Um estranho no ninho

Ken Kesey

Um estranho no ninho

Tradução de
Ana Lúcia Deiró

1ª edição

RIO DE JANEIRO | 2024

Copyright © Ken Kesey

Edição publicada mediante acordo com Viking, um selo da Penguin Publishing Group, uma divisão da Penguin Random House LLC.

Título original: *One Flew Over the Cuckoo's Nest*
Diagramação de miolo: Abreu's System

Todos os direitos reservados. É proibido reproduzir, armazenar ou transmitir partes deste livro, através de quaisquer meios, sem prévia autorização por escrito.

CIP-BRASIL. CATALOGAÇÃO NA PUBLICAÇÃO
SINDICATO NACIONAL DOS EDITORES DE LIVROS, RJ

K49E

Kesey, Ken
  Um estranho no ninho / Ken Kesey ; tradução Ana Lúcia Deiró. – 1. ed. – Rio de Janeiro : Amarcord, 2024.

  Tradução de: One flew over the cuckoo's nest
  ISBN 978-65-85854-01-6

  1. Ficção americana. I. Deiró, Ana Lúcia. II. Título.

24-87638   CDD: 813
                      CDU: 82-3(73)

Gabriela Faray Ferreira Lopes – Bibliotecária – CRB-7/6643

Este livro foi revisado segundo o Acordo Ortográfico da Língua Portuguesa de 1990.

Direitos desta edição adquiridos pela
AMARCORD
Um selo da
EDITORA RECORD LTDA.
Rua Argentina, 171 – Rio de Janeiro, RJ
20921-380, Tel.: (21) 2585-2000.

Seja um leitor preferencial Record.
Cadastre-se em www.record.com.br
e receba informações sobre nossos
lançamentos e nossas promoções.

Atendimento e venda direta ao leitor:
sac@record.com.br

Impresso no Brasil
2024

Para Vik Lovell,

que me disse que os dragões não existiam,
e depois me levou até suas tocas.

"...one flew east, one flew west,
one flew over the cuckoo's nest."*

CANTIGA POPULAR DE RODA

---

* "...de leste a oeste, voa passarinho, fica sem pouso, um estranho no ninho."

Apresentação a esta edição

O humano no ninho

Natalia Timerman*

Ler *Um estranho no ninho* hoje é lê-lo de muitas maneiras. Primeiro, como texto com valor literário em si, mas também como documento de uma época e em diálogo com a contemporaneidade, desde um momento em que os psicodélicos estão sendo progressivamente incorporados aos tratamentos mais modernos da psiquiatria. Assistimos hoje, afinal de contas, à medicina se dobrar às certezas que os que se chamavam malucos pareciam dar mostras de saber há muito tempo.

Publicado num momento de ruptura com padrões culturais e sociais, a obra propicia, a partir de sua leitura hoje, revisitar o que ficou das transformações da década de 1960 e evidenciar circunstâncias locais que ainda não completaram o curso de sua necessária mudança. Se no romance causa incômodo a confusão entre tratamento e castigo, se a vigilância da instituição

---

* Natalia Timerman é médica psiquiatra pela Universidade Federal de São Paulo, mestre em psicologia e doutoranda em literatura pela Universidade de São Paulo. É autora de *Desterros: histórias de um hospital-prisão* (Elefante, 2017), acerca de seu trabalho por oito anos em um hospital penitenciário de São Paulo; *Rachaduras* (Quelônio, 2019), finalista do prêmio Jabuti na categoria contos; e dos romances *Copo vazio* (Todavia, 2021) e *As pequenas chances* (Todavia, 2023).

total (segundo Erving Goffman) faz a persecutoriedade desses internos ficcionais encontrar eco no que é realidade dentro do livro, não podemos dizer que o Brasil está totalmente livre de instituições manicomiais abusivas, nem que o debate vigente sobre a continuidade dos hospitais de custódia (onde há pouco havia cerca de mil pessoas cumprindo medida de segurança) não tenha razão de ser.

Ler *Um estranho no ninho* hoje é, também, reconhecer sua contribuição, ao lado de outras obras, para que a discussão sobre saúde mental direcionasse a psiquiatria a ser uma prática mais inclusiva, respeitosa e menos estigmatizante, ainda que alguns outros aspectos possam concomitantemente causar incômodos. A leitura do texto mais de seis décadas depois de sua primeira publicação faz ressaltar, em seus meandros, expressões e atitudes dos personagens que demonstram o racismo, o machismo e a homofobia escancarados nos Estados Unidos da década de 1960. Essas manifestações do preconceito disseminado da época podem ser espantosas ao leitor contemporâneo, e por isso mesmo é importante mantê-las, preservando o caráter original e documental do que assim se escreveu e também para que o próprio espanto seja a medida da capacidade de transformação dos indivíduos e das sociedades.

Alguns aspectos mais específicos da construção textual convocam o leitor e a leitora de hoje a compreender *Um estranho no ninho* como um livro que jamais envelheceu. O Chefe Bromden, narrador em primeira pessoa, indígena, cujos primeiros sinais de psicose se instauram quando da perda das terras por sua família para a construção de uma represa, continua dialogando com aqui e agora, com este Brasil da década de 2020, que não consegue garantir acima de qualquer questionamento a seus povos originários o direito às suas terras.

A construção literária do narrador Bromden, sua apreensão singular e alucinatória da realidade, baseou-se na experiência do próprio Ken Kesey com experimentos psicodélicos na década de 1960. É assim que a construção formal se mostra tão vívida, é assim que a fuga de ideias, a frouxidão de laços associativos e arborização do pensamento se transformam em metáfora e dizem uma verdade outra sobre o mundo — verdade essa em geral inacessível aos ditos sãos, mas, ainda assim, verdade. "Eu não disse que não fazia sentido, Chefe. Apenas que eram loucuras", afirma McMurphy, personagem inesquecível de um enredo inesquecível.

Quando Randle McMurphy chega à enfermaria psiquiátrica alegando insanidade para fugir da colônia penal, o ambiente estéril e cada um de seus integrantes começam a se transformar profundamente. Sua insolência, sua espontaneidade, sua pulsão vital borram as fronteiras entre o Lado de Dentro e o Lado de Fora, modificando não só o olhar para a realidade, mas a realidade ela mesma.

A argúcia e a malandragem de McMurphy são tão contundentes quanto seu riso, a maior artimanha para atingir a enfermeira Ratched e tudo o que ela representa, principalmente a simplificação do mundo e das pessoas que sua visão impõe. E esse riso se expande e chega ao leitor — nesta leitora, *Um estranho no ninho* provocou tanto gargalhadas quanto uma profunda comoção. É, afinal, na contradição que o personagem se torna complexo, que o humano se forja, se transforma, se torna outro — ou si mesmo.

Prefácio da edição brasileira

Loucura e estilo de existência

Joel Birman[*]

Publicado originalmente em 1962, *Um estranho no ninho*, de Ken Kesey, se inscreve efetivamente num contexto histórico de ruptura, não apenas na sociedade norte-americana mas também no plano internacional. Estamos aqui num momento de descontinuidade, no qual o estatuto da loucura foi colocado radicalmente em questão. Condensava, como metáfora da desordem, tudo aquilo que deveria ser normalizado, para que o sistema social pudesse se reproduzir com indivíduos conformistas e obedientes. O confinamento psiquiátrico, instrumentado pelo eletrochoque, pela lobotomia e pela então nascente psicofarmacologia, era o símbolo maior de uma forma de vida (Wittgenstein). A comparação disso tudo com os campos de concentração nazistas era bastante evidente.

---

[*] É professor titular e professor aposentado do Instituto de Medicina Social da Uerj. Doutor em Filosofia pela Universidade de São Paulo, pós-doutor pela Université Paris VII, é membro de honra do Espace Analytique. Foi premiado três vezes com o Jabuti, categoria Psicanálise e Psicologia, e recebeu o prêmio Sérgio Buarque de Holanda, categoria Ensaio Social, da Biblioteca Nacional. Publicou *Guerra e política em psicanálise*, *Ser justo com a psicanálise*, *O trauma na pandemia do Coronavírus*, *Cartografias do avesso*, entre outros títulos, pela Editora Civilização Brasileira.

O cenário de *confinamento, controle* e *solidão*, no contexto da Guerra Fria e do macarthismo, delineava o estilo de existência na sociedade norte-americana. Isso se evidenciava em diferentes obras: no romance *Os nus e os mortos* (1948), de N. Mailer, no ensaio sociológico *A multidão solitária* (1957), de D. Riesman, e no filme de S. Kubrick, *Caminhos da glória* (1957). A homogeneização da sociedade norte-americana estava presente nas páginas de *O homem organizado* (1956), de W.H. White, assim como nos romances de Ginsberg e Burroughs.

A crítica à condição social da loucura se delineou em diversas frentes. A internação psiquiátrica foi questionada, assim como a leitura do louco como doente mental. A crítica da psiquiatrização da loucura foi colocada em cena. T. Szasz publicou nos Estados Unidos *O mito da doença mental* (1960); R. Laing, na Inglaterra, editou *O eu dividido: um estudo sobre a sanidade e a loucura* (1960); M. Foucault publicou na França *Loucura e desrazão: história da loucura na Idade Clássica* (1961); e E. Goffman publicou *Asilo* (1960) nos Estados Unidos. O rastilho do movimento antipsiquiátrico foi aceso e uma onda de contestação do sistema psiquiátrico se disseminou pelo mundo.

Porém, interrogar-se efetivamente sobre o que seria a loucura evidenciava o desejo de afirmação da liberdade, numa atmosfera sufocante de controle social generalizado. Nesse sentido, a contestação antipsiquiátrica se conjugou inicialmente com o movimento *beatnik* e posteriormente com o movimento *hippie*. O que estava em pauta era a transvalorização do mundo, com vistas a construir a *contracultura* como um outro estilo de existência. Com efeito, se o uso costumeiro de drogas psicodélicas era um antídoto contra os eletrochoques e psicofármacos, não se pode esquecer que uma revolução dos costumes estava em marcha, que teve nas gigantescas manifestações contra a

Guerra do Vietnã, na rebelião estudantil de maio de 1968 e no feminismo os seus signos mais ostensivos.

Nada seria jamais como antes, pois o mundo foi virado de ponta-cabeça. Mesmo que se tenha realizado posteriormente "uma outra volta do parafuso" (H. James), com a restauração pós-moderna, certos limiares éticos foram definitivamente ultrapassados, transformando o nosso horizonte. *Um estranho no ninho* restitui esse cenário mágico de um mundo em franca subversão contra os guardiões da ordem e as seduções do consumo, fazendo palpitar corações e mentes de que o sonho prometeico ainda continua pulsante.

Nota do autor

Psicodélicos anos 1960. Deus sabe o que isso significa, certamente bem mais do que drogas, apesar de as drogas terem levado toda a fama daqueles dias.

Sei bem como era isso. Legalmente, é bom deixar claro. Na verdade, foi quase um ato de patriotismo naqueles primeiros anos de psicodelismo.

Todas as terças-feiras pela manhã eu me encaminhava para o hospital em Menlo Park, Califórnia. Era levado pelo médico para um quartinho, tomava umas pílulas ou bebia um suco amargo e era trancado lá dentro. A cada quarenta minutos ele voltava para checar se eu continuava vivo, aplicava uns testes, fazia algumas perguntas e saía. Nos longos intervalos entre essas visitas, eu ficava observando o funcionamento da minha mente ou olhando pela janelinha gradeada da porta.

A imaginação é capaz de atravessar qualquer prisão.

Os pacientes ficavam pelo corredor lá fora, seus rostos eram terríveis. Às vezes eles me davam uma olhada, às vezes era eu que os espiava, mas raramente nós nos encarávamos. Era muito constrangedor e doloroso. O rosto humano é capaz de revelar muito mais do que é possível tolerar cara a cara.

Seis meses depois, o experimento com as drogas chegou ao fim e eu me candidatei ao trabalho. Fui contratado como auxiliar de enfermagem para trabalhar na mesma seção, com o mesmo médico e a mesma enfermeira que me atenderam anteriormente — embora houvesse diversas outras seções disponíveis! Muito esquisito.

Mas, como eu disse, eram os anos 1960.

Aqueles rostos continuavam lá, dolorosamente expostos. Para despistá-los, eu andava com um caderno de anotações. Rabiscava alguns deles no meu caderno. Não, não é bem isso. Enquanto rememoro essas cenas, posso ver que os rostos se desenhavam sozinhos. Eu apenas segurava a caneta e esperava a mágica acontecer.

Afinal de contas, aqueles eram os anos 1960.

K.K., 2000

Parte I

Eles estão lá fora.

Os auxiliares negros de uniformes brancos bem na minha frente, cometendo atos sexuais no corredor e limpando tudo antes que eu possa apanhá-los.

Eles estão fazendo a limpeza quando eu saio do dormitório, todos os três, mal-humorados e odiando tudo, a hora do dia, o lugar onde estão, as pessoas com quem têm de trabalhar. Quando sentem todo esse ódio, melhor que não me vejam. Vou esgueirando-me rente à parede, silencioso como a poeira, com meus sapatos de lona, mas eles estão equipados com uma sensibilidade excepcional que detecta meu medo, e todos erguem o olhar, os três ao mesmo tempo, os olhos brilhando como o faiscar de válvulas no interior de um rádio velho.

— Olhem só, aí está o Chefe. O chefão, gente. O velho Chefe Vassoura. Vai em frente, Chefe Vassoura...

Enfiam um esfregão na minha mão e mostram o lugar que eles querem que eu limpe hoje, e eu vou. Um bate com violência na parte de trás das minhas pernas, com um cabo de vassoura, para que eu ande depressa.

— Puxa, olha só pra ele, não é fantástico? É bem crescido, mas posso cuidar dele como um bebê.

Eles riem, e então eu os ouço cochichar atrás de mim, as cabeças bem juntas. Zumbido de maquinaria negra, zumbindo ódio e morte e outros segredos do hospital. Não se dão ao trabalho de falar em voz baixa sobre seus ódios secretos quando estou por perto, porque pensam que sou surdo e mudo. Todo mundo pensa isso. Sou suficientemente vivo para enganá-los a esse ponto. Se o fato de eu ser como um índio mestiço alguma vez me ajudou nesta vida suja, ajudou-me a ser atento, ajudou--me durante todos esses anos.

Estou limpando perto da porta da enfermaria quando uma chave gira na porta do outro lado, e sei que é a Chefona, pela maneira como os encaixes da fechadura cedem à penetração da chave, suave, rápida e familiar, já que há tanto tempo ela está habituada com as fechaduras. Ela entra com uma rajada de frio, tranca a porta, e vejo seus dedos deslizarem pelo aço polido — a ponta de cada dedo da mesma cor que seus lábios. Um tom de laranja esquisito. Como a ponta de um ferro de soldar. Uma cor tão quente ou tão fria que, se ela nos toca, não sabemos dizer a temperatura.

Carrega sua bolsa de vime trançado, como as que a tribo Umpqua vende em quantidade à beira da estrada durante o mês quente de agosto, uma bolsa com o formato de uma caixa de ferramentas e alça de cânhamo. Ela sempre usou essa bolsa em todos os anos em que estive aqui. O ponto é aberto e posso ver lá dentro; não há estojo de pó de arroz ou batom ou objetos de mulher, ela mantém aquela bolsa cheia de milhares de componentes que tenciona utilizar no cumprimento de seus deveres cotidianos — rodas e engrenagens, dentes de engate polidos a ponto de mostrar um brilho violento, minúsculas pílulas que cintilam como porcelana, agulhas, fórceps, alicates de relojoeiro, carretéis de fio de cobre...

Ela me cumprimenta com um aceno de cabeça quando passa. Largo o esfregão, recuo, encostando-me na parede, sorrio e tento enganar os detectores dela o máximo possível, não deixando que veja meus olhos — ninguém pode saber muito a respeito de outra pessoa se não houver muito contato visual.

Na sombra onde estou, ouço seus saltos de borracha contra os azulejos e as tralhas na bolsa de vime se chocarem umas contra as outras, fazendo barulho, como o som do seu caminhar quando ela passa por mim no corredor. Ela pisa duro. Quando abro os olhos, está já lá no fim, quase virando para entrar pela porta de vidro da Sala das Enfermeiras, onde passará o dia sentada diante de sua escrivaninha, olhando para fora, pela janela, e anotando o que está acontecendo à sua frente, na enfermaria onde passamos o dia, durante as próximas oito horas. O rosto dela assume um ar satisfeito e tranquilo diante desse pensamento.

Então... ela avista os auxiliares. Eles ainda estão juntos, lá embaixo, cochichando entre si. Não a ouviram entrar na enfermaria. Agora, sentem que ela está olhando fixamente para eles, mas é tarde demais. Não deveriam ser estúpidos a ponto de se agrupar e ficar cochichando na hora em que ela está para chegar. Ficaram agitados e confusos. Ela se abaixa e avança para onde eles estão juntos e encurralados, na extremidade do corredor. Sabe o que estiveram dizendo, e posso ver que está furiosa, absolutamente descontrolada. Vai estraçalhar os bastardos negros, membro por membro, tão furiosa ela está. Vai inflando-se, incha até que as costas estejam acentuadas dentro do uniforme branco e ela tenha estendido os braços longe o suficiente para envolver e apertar os três, umas cinco, seis vezes. Olha em volta, girando a enorme cabeça. Ninguém acordado para ver, só o velho Vassoura Bromden, o índio mestiço, ali atrás, escondendo-se atrás do esfregão, e que não pode falar para pedir ajuda. Assim, ela realmente fica à vontade, e o sorriso com boca pintada se contorce, transformando-se num franco rosnado, e ela se enche de ar, tornando-se cada vez maior, grande como um trator, tão grande que posso sentir o cheiro da máquina lá dentro, como se sente o cheiro de um motor puxando uma carga pesada demais. Prendo a respiração e penso, meu Deus, desta vez eles vão até o fim! Desta vez eles deixarão o ódio crescer demais e passar da medida, e vão estraçalhar-se uns aos outros, reduzindo-se a pedaços antes que se deem conta do que estão fazendo!

Mas bem no momento em que ela começa a entortar aqueles braços musculosos em torno dos garotos negros e eles começam a golpeá-la na parte inferior do corpo com os cabos de vassoura, todos os pacientes começam a sair dos dormitórios para ver o que é aquela confusão, e ela tem de voltar a ser o que era, antes de ser apanhada sob sua horrenda e verdadeira forma. Mas, quando os pacientes acabam de esfregar os olhos de modo a perceber a razão de todo o tumulto, tudo o que veem é a enfermeira-chefe sorridente, calma e fria como de hábito, dizendo aos três auxiliares negros que seria melhor se eles não ficassem em grupo tagarelando quando é manhã de segunda-feira, e há tanta coisa para ser feita na primeira manhã da semana...

— ...quer dizer, segunda-feira de manhã, vocês sabem, rapazes...

— Sim, Dona Ratched...

— ...e nós temos uma quantidade considerável de compromissos esta manhã, assim, talvez, se não for *muito* urgente ficarem de pé aí conversando em grupinho...

— Sim, Dona Ratched...

Ela para e cumprimenta com a cabeça alguns dos pacientes que se aproximaram e olham com os olhos vermelhos e inchados de sono. Ela cumprimenta um a um. Um gesto preciso, automático. O rosto dela é liso, calculado e feito com precisão, como o de uma boneca cara, a pele como esmalte cor de carne, mistura de branco e creme, e olhos em tonalidade azul-bebê, nariz pequeno, pequenas narinas cor-de-rosa — tudo combinando muito bem, exceto a cor dos lábios e das unhas e o tamanho dos peitos. Seja como for, um erro foi cometido na hora da produção, colocando-se aqueles seios grandes de mulher — não fosse por isso, teria sido um trabalho perfeito, e a gente pode ver o quanto isso a amargura.

Os homens ainda estão de pé, esperando para ver por que ela estava em cima dos auxiliares; então, ela se lembra de ter-me visto e diz:

— E uma vez que é segunda-feira, rapazes, por que não começamos bem a semana fazendo primeiro a barba do coitadinho do Sr. Bromden esta manhã, antes do corre-corre que acontece depois do café à barbearia, para vermos se é possível evitar um pouco do... ah!... tumulto que ele costuma criar, não acham?

Antes que qualquer pessoa pudesse se virar para me procurar, enfiei-me depressa no armário das vassouras, fechei a porta com um puxão e, no escuro, prendi a respiração. A pior hora para se fazer a barba é antes de tomar o café. Quando temos algum alimento na barriga, tornamo-nos mais fortes e bem mais despertos, e os miseráveis que trabalham para a Liga não têm tanta possibilidade de inserir um dos aparelhos deles na gente disfarçadamente, em vez de um barbeador elétrico. Mas, quando nos barbeiam *antes* do café, como ela me obriga a fazer certas manhãs — às 6h30, numa sala de paredes e bacias brancas, e longas lâmpadas de luz fluorescente no teto, para assegurar que não haja nenhuma sombra, e rostos por toda parte encurralando a gente, gritando atrás dos espelhos —, então, qual é a chance que se tem contra uma das máquinas deles?

Eu me escondo no armário das vassouras e escuto, com o coração batendo na escuridão, e tento evitar ficar com medo, tento dirigir meus pensamentos para fora dali, para algum outro lugar — tento pensar no passado e ter recordações sobre o vilarejo e o grande rio Columbia, pensar sobre, ah!, uma vez quando papai e eu estávamos caçando aves entre cedros, perto de The Dalles... Mas, como sempre acontece quando tento dirigir meus pensamentos para o passado e ali me esconder, o medo muito próximo se infiltra pela memória. Posso sentir aquele garoto negro, o menor de todos lá fora, aproximando-se pelo corredor acima, farejando em busca do meu medo. Abre as narinas como funis, a cabeça desproporcional virando-se para um lado e para o outro enquanto ele fareja, e suga o medo vindo de toda a ala. Agora ele está me farejando, posso ouvi-lo roncar. Não sabe onde estou escondido, mas está farejando e procurando. Tento ficar quieto...

(Papai me diz para ficar quieto, diz que o cachorro está pegando o rastro de uma ave em algum lugar bem perto. Tomamos um perdigueiro emprestado de um homem em The Dalles. Todos os cachorros do vilarejo são vira-latas imprestáveis, é o que papai diz, comedores de tripas de peixe e sem classe alguma; esse cachorro aqui, ele tem *ichtinto*! Eu nada digo, mas já vejo a ave lá em cima numa moita, encolhida num bolo de penas cinzentas. O cachorro correndo em círculos, embaixo, rastro demais por todo lado para que ele aponte com segurança. O pássaro a salvo, enquanto se mantiver quieto. Ele está se aguentando bastante bem, mas o cachorro continua farejando, em círculos, cada vez mais perto. Então, o pássaro não resiste e se lança para fora da moita, soltando penas, a fim de encontrar o tiro da arma de papai.)

O negro menor e um dos maiores me apanham antes que eu consiga dar dez passos fora do armário das vassouras, e me arrastam de volta para a barbearia. Não luto nem faço qualquer ruído. Se você gritar, é pior para você. Eu seguro os gritos. Seguro até que eles cheguem às minhas têmporas. Não tenho certeza se é uma daquelas outras máquinas e não um barbeador até que chega bem perto; então não consigo segurar. Não é mais uma questão de força de vontade quando eles chegam às minhas têmporas. É um... *botão* que, apertado, diz "ataque aéreo, ataque aéreo", me liga e me faz berrar tão alto que é como se não houvesse som algum, todo mundo gritando comigo, mãos tapando os ouvidos por trás de uma parede de vidro, rostos se mexendo por toda a volta, em conversas, mas nenhum som saindo das bocas. Meu som absorve todos os outros. Eles ligam a máquina de neblina outra vez, e está nevando frio e branco por cima de todo o meu corpo, como leite desnatado, tão espesso que eu poderia até me esconder ali dentro se eles não estivessem me segurando. Não consigo ver além de um palmo à minha frente através da neblina, e o único som que consigo ouvir acima do grito que estou dando é o da Chefona berrando e avançando pelo corredor acima, enquanto atira pacientes para fora de seu caminho com aquela bolsa de vime. Ouço-a aproximar-se, mas não consigo calar-me. Grito até ela chegar. Eles me seguram enquanto ela tapa minha boca com o que tem na mão, bolsa de vime incluída, e empurra tudo para baixo com um cabo de vassoura.

(Um cão de caça late acuado lá fora na neblina, correndo assustado e perdido porque não pode enxergar. Não há rastros no chão, exceto os que ele está deixando, e ele fareja em todas as direções com seu focinho frio, que parece uma borracha, e não consegue acompanhar nenhum outro rastro a não ser o de seu próprio medo, que vai penetrando, queimando por dentro como vapor.) Vai queimar-me exatamente desse jeito, finalmente contando tudo isso, sobre o hospital, e ela, e os caras — e sobre McMurphy. Estive calado durante tanto tempo que agora isso vai jorrar para fora de mim como as águas de uma enchente, e, se você pensa que o cara que está contando isso está exagerando e delirando, meu *Deus*; você acha que é horrível demais para ter acontecido realmente, isso é pavoroso demais para ser verdade! Por favor, ainda é difícil para mim manter a mente clara quando penso nisso. Mas é a verdade, mesmo que não tenha acontecido.

Quando a neblina se dissipa, permitindo que eu enxergue novamente, estou sentado na enfermaria onde passamos o dia. Eles não me levaram para a sala de choque dessa vez. Lembro-me de que me tiraram da barbearia e me trancaram no isolamento. Não lembro se tomei café. Provavelmente não. Posso trazer de volta à memória algumas manhãs que passei trancado no isolamento em que os auxiliares negros ficavam trazendo porções repetidas de tudo — supostamente eram para mim, mas, em vez disso, eles comiam — até que os três tomavam café, enquanto eu continuava deitado ali naquele colchão fedendo a mijo, observando-os comer ovos com torradas. Posso sentir o cheiro da gordura e ouvi-los mastigando as torradas. Em outras manhãs, eles me trazem mingau frio e me obrigam a comê-lo.

Dessa manhã simplesmente não me lembro. Eles me fizeram engolir um bocado dessas coisas que chamam de pílulas, de modo que nada sei até que ouvi a porta da enfermaria ser aberta. Aquele abrir de porta significa que são pelo menos 8 horas, significa que se passou talvez uma hora e meia enquanto estive apagado naquela sala de isolamento, quando os técnicos poderiam ter entrado e instalado qualquer coisa que a Chefona tivesse ordenado, e eu não teria a mais remota ideia do que fosse.

Ouço barulho na porta da enfermaria, bem lá no fim do corredor, fora de meu campo de visão. Aquela porta começa a se abrir às 8 horas e se abre e fecha um milhão de vezes por dia, *crac, clic*. Todas as manhãs nós nos sentamos enfileirados de cada lado da enfermaria, onde passamos o dia, armando quebra-cabeças depois do café, esperando ouvir uma chave girar na fechadura e aguardando para ver quem está entrando. Não há muito mais o que fazer. Às vezes, na porta, surge um jovem residente que chegou cedo para ver como estamos. Antes da Medicação. AM, como eles dizem. Outras vezes, é a visita de uma esposa, de saltos altos, com a bolsa apertada contra a barriga. Ou então é um grupinho de professoras primárias levado em excursão por aquele idiota da Divisão de Relações Públicas, que está sempre batendo palmas com as mãos úmidas e dizendo o quanto ele se sente feliz porque os hospitais para doentes mentais eliminaram toda a crueldade ultrapassada: "Que atmosfera festiva, não acham?" Ele se alvoroça, batendo palmas em volta das professoras, que se reúnem num grupo compacto por medida de segurança. "Oh, quando penso em antigamente, na imundície, na comida ruim, e mesmo, sim, na brutalidade, oh, só então percebo, senhoras, que já percorremos um longo caminho vitorioso em nossa campanha!" Quem quer que entre pela porta é geralmente alguém desapontador, mas há sempre uma oportunidade de que seja diferente, e quando uma chave gira na fechadura todas as cabeças se levantam, como se estivessem presas por cordéis.

Hoje de manhã, a lingueta da fechadura estala de maneira estranha; não é um visitante habitual que está na porta. A voz de um homem da escolta grita irritada e impaciente:

"Admissão, venham assinar por ele", e os auxiliares vão. Admissão. Todo mundo para de jogar cartas e jogos de tabuleiro e se vira na direção da porta da enfermaria. Normalmente eu estaria lá fora varrendo o corredor e veria quem eles estão admitindo, mas, nesta manhã, como já expliquei, a Chefona me fez engolir um milhão de coisas, e não posso levantar-me da cadeira. Quase sempre sou o primeiro a ver a Admissão. Observo o recém-chegado a arrastar-se pela porta adentro e deslizar ao longo da parede, ficar de pé apavorado até que os auxiliares venham assinar por ele e levá-lo para a sala do chuveiro, onde o despem e o deixam tremendo, com a porta aberta, enquanto os três correm, sorrindo com malícia, para baixo e para cima pelos corredores, procurando a vaselina. "Nós *precisamos* daquela vaselina", dirão à Chefona, "para o termômetro." Ela olha de um para o outro: "Tenho *certeza* de que precisam", e lhes entrega um pote contendo no mínimo um galão, "mas prestem atenção, rapazes, não fiquem todos juntos lá dentro." Então, vejo dois, talvez os três lá dentro, naquela sala do chuveiro, com a Admissão, mergulhando e untando aquele termômetro na gordura até que fique coberto por uma camada do tamanho do seu dedo, murmurando: "É isso aí, mamãe, é isso aí", e então eles fecham a porta e abrem todos os chuveiros até que não se possa ouvir mais nada exceto o barulho da água contra o ladrilho verde. Estou lá fora, na maioria dos dias, e vejo isso.

Mas esta manhã tenho de ficar sentado na cadeira e apenas os escuto trazê-lo para dentro. Entretanto, ainda que eu não possa vê-lo, sei que não é uma Admissão comum. Não o ouço deslizar apavorado ao longo da parede, e, quando eles lhe falam a respeito do chuveiro, ele não se submete simplesmente com um "sim" esquálido, ele lhes responde diretamente, numa voz alta e atrevida, que já está mais do que muitíssimo limpo, obrigado.

— Eles me puseram no chuveiro, hoje de manhã, no tribunal, e ontem à noite na cadeia. E eu *juro* que acredito que teriam me lavado as orelhas durante a corrida de táxi até aqui, se tivessem encontrado um jeito. Pô, cara, parece que toda vez que eles me despacham para algum lugar eu tenho de ser bem esfregado e lavado antes, durante e depois da operação. Estou ficando de tal jeito que só o barulho da água me faz começar a juntar meus pertences. E *saia* de perto de mim com esse termômetro, Sam, e me dê um minuto pra dar uma olhada no meu novo lar; nunca estive num Instituto de Psicologia antes.

Os pacientes se entreolham com expressões intrigadas, depois outra vez para a porta de onde a voz dele ainda está vindo. Falando mais alto do que seria preciso se os negros estivessem em qualquer lugar perto dele. Ele fala como se estivesse longe, muito acima deles, falando para baixo, como se estivesse velejando 45 metros acima, gritando para aqueles lá embaixo, no chão. Fala como um grande homem. Eu o ouço aproximar-se pelo corredor e parece grande pela maneira de andar, e ele não desliza mesmo, tem chapa de ferro nos saltos e os faz estalar no chão como ferraduras. Surge na porta e para, enfia os polegares nos bolsos, as botas bem separadas, e fica ali, com os outros olhando para ele.

— Bom *dia*, amigos.

Há um morcego de papel da festa de Halloween pendurado num cordão acima de sua cabeça; ele levanta o braço e dá um piparote no morcego, que começa a girar.

— Dia de outono bem agradável — continua ele.

Fala um pouco do jeito que papai costumava falar, voz alta, selvagem mesmo, mas não se parece com papai; papai era um índio puro de Columbia — um chefe — e duro e brilhante como a coronha de uma arma. Esse cara é ruivo, com longas costeletas vermelhas e um emaranhado de cachos saindo por baixo do boné, está precisando dar um corte no cabelo há muito tempo, e é tão robusto quanto papai era alto, queixo, ombros e peito largos, um amplo sorriso diabólico, muito branco, e é duro de um jeito diferente do que papai era, mais ou menos do jeito que uma bola de beisebol é dura sob o couro gasto. Uma cicatriz lhe atravessa o nariz e uma das maçãs do rosto, no lugar em que alguém o acertou numa briga, e os pontos ainda estão no corte. Ele fica de pé ali, esperando; e, como ninguém toma a iniciativa de lhe responder, começa a rir. Ninguém é capaz de dizer exatamente por que ele ri; não há nada engraçado acontecendo. Mas não é da maneira como aquele relações-públicas ri, é um riso livre e alto que sai de sua larga boca e se espalha em ondas cada vez maiores até ir de encontro às paredes por toda a ala. Não como aquele riso do gordo relações-públicas. Este som é verdadeiro. Eu me dou conta de repente de que é a primeira gargalhada que ouço há anos.

Ele fica de pé, olhando para nós, balançando-se para trás nas botas, e ri e ri. Cruza os dedos sobre a barriga sem tirar os polegares dos bolsos. Vejo como suas mãos são grandes e grossas. Todo mundo na ala — pacientes, funcionários e todos os outros — está pasmo e abobalhado diante dele e de sua risada. Não há qualquer movimento para fazê-lo parar, nenhuma iniciativa para dizer alguma palavra. Ele então interrompe a risada, por algum tempo, e vem andando, entrando na enfermaria. Mesmo quando não está rindo, aquele ressoar de seu riso paira à sua volta, do mesmo modo como o som paira em torno de um grande sino que acabou de ser tocado — está em seus olhos, na maneira como sorri, na maneira como fala.

— Meu nome é McMurphy, companheiros, R.P. McMurphy, e sou um jogador idiota. — Ele pisca o olho e canta o pedacinho de uma canção — "...e sempre ponho... meu dinheiro... na mesa" — sem parar de rir.

Vai andando até um dos jogos de cartas, vira para cima as cartas de um dos Agudos,* com um dedo grosso e pesado, olha de soslaio para a mão e sacode a cabeça:

— Sim, senhor, foi pra isso que vim para este estabelecimento, para trazer pra vocês, coleguinhas, alegria e divertimento na mesa de jogo. Não havia mais ninguém naquela Colônia Penal de Pendleton para tornar meus dias interessantes, assim requeri uma *transferência*, entenderam? Precisava de algum sangue novo. Que horror! Olha só o jeito que esse cara segura as cartas, mostrando pra todo mundo no quarteirão! Vou esfolar vocês, crianças, como carneirinhos.

Cheswick junta e apanha suas cartas. O homem ruivo estende a mão para que Cheswick a aperte.

— Oi, companheiro, o que você está jogando? *Pinochle?*** Jesus, não é de admirar que não se importe em mostrar suas cartas. Vocês não têm aqui um baralho comum? Bem, aqui vamos nós, eu trouxe comigo meu baralho, só por via das dúvidas. Ele tem algo mais do que cartas figuradas... e vejam as fotografias, hum? Cada uma é diferente. Cinquenta e duas posições.

Cheswick já tem os olhos esbugalhados, e o que ele vê naquelas cartas não o está ajudando.

— Calma, agora, não lambuze tudo. Temos muito tempo, muitos jogos pela frente. Gosto de usar este meu baralho aqui porque leva pelo menos uma semana para que os outros jogadores sejam capazes até mesmo de ver a *sequência*...

---

* Em inglês, *acute*: classificação médica para crises severas, porém breves, da doença. (N. do E.)
** Nos Estados Unidos, jogo de cartas semelhante ao besigue. (N. da T.)

Está vestido com as calças e a camisa da colônia penal, desbotadas pelo sol a ponto de terem ficado da cor de leite aguado. Seu rosto, pescoço e braços são da cor de couro curtido avermelhado, por ter trabalhado muito tempo nos campos. Na cabeça, um gorro de motociclista, e, dobrada no braço, uma jaqueta de couro. Usa botas cinzentas e empoeiradas, suficientemente pesadas para partir um homem ao meio com um pontapé. Afasta-se de Cheswick, tira o gorro e, ao bater com ele na coxa, levanta uma nuvem de poeira. Um dos auxiliares anda à sua volta com o termômetro, mas ele é rápido demais para eles; escapole, enfiando-se entre os Agudos, e começa a andar de um lado para outro, apertando as mãos, antes que o auxiliar possa fazer boa pontaria. A maneira como ele fala, sua piscadela, sua conversa espalhafatosa, sua fanfarronice, tudo me lembra um vendedor de automóveis, ou um leiloeiro — ou um daqueles homens com o rosto pintado de preto que a gente vê em palcos de espetáculos de variedades de segunda classe, lá na frente de suas bandeiras tremulantes, de pé com uma camisa listrada com botões amarelados, atraindo as pessoas como se fosse um ímã.

— O que aconteceu, sabem, pra dizer a pura verdade, foi que me enfiei em umas brigas na colônia penal e a corte me declarou psicopata. E acham que vou discutir com a corte? Pois sim, podem apostar até seu último dólar que não vou. Se isso me tira daqueles malditos campos de ervilha, serei o que quer que o coraçãozinho de cada um deles desejar, seja psicopata, cachorro louco ou lobisomem, porque o que quero é nunca mais ver uma enxada até o dia da minha morte. Agora, eles me dizem que um psicopata é um cara que briga demais e trepa demais, mas eles não estão totalmente certos, não acham? Quero dizer, quem já ouviu falar de um homem que tivesse trepado demais? Alô, companheiro, como eles chamam você? Meu nome é

McMurphy e aposto 2 dólares aqui e agora que você não é capaz de me dizer quantos pontos tem nessa mão de *pinochle*, que está segurando, não olhe. Dois dólares; o que é que acha? Porra, que droga, Sam! Será que não pode esperar meio minuto antes de me cutucar com esse seu maldito termômetro?

O recém-chegado fica parado, observando tudo por um momento, para ter uma visão completa da enfermaria.

De um lado da sala, os pacientes mais jovens, conhecidos como Agudos — porque os médicos acham que eles ainda podem ser curados —, praticam queda de braço e truques com cartas em que somam e subtraem para encontrar uma determinada carta. Billy Bibbit tenta aprender a enrolar um cigarro artesanal, e Martini anda de um lado para outro, procurando objetos debaixo das mesas e das cadeiras. Os Agudos se movimentam bastante. Contam piadas uns para os outros e riem em silêncio, cobrindo o rosto com as mãos (ninguém jamais ousa se soltar e rir, a equipe inteira do hospital apareceria com blocos de anotações e um monte de perguntas) e escrevendo cartas com minúsculos lápis amarelos mastigados.

Eles espionam uns aos outros. Às vezes, um homem diz algo a respeito de si mesmo que não tinha intenção de deixar escapar, e um de seus companheiros, na mesa onde ele falou, boceja, levanta-se e vai sorrateiramente até o grande livro de registro diário que fica junto da Sala das Enfermeiras e anota ali a informação que ouviu — de interesse terapêutico para todos.

Pelo menos, a Chefona afirma que é para isso que o diário serve, mas eu sei que ela espera apenas obter informações suficientes para mandar um cara qualquer ao Prédio Principal e, lá, ser vistoriado por dentro da cabeça para resolver o problema.

O cara que escreveu a informação no diário, esse ganha uma estrela ao lado de seu nome na lista e vai dormir tarde no dia seguinte.

Do lado oposto da sala, em frente aos Agudos, ficam os refugos da Liga, os Crônicos. Estes não estão no hospital para serem tratados, mas apenas para que sejam impedidos de andar por aí pelas ruas fazendo má propaganda do hospital. Os Crônicos estão internados para sempre, o pessoal do hospital reconhece. Os Crônicos estão divididos em Caminhantes — como eu, que ainda andam por aí se forem mantidos alimentados —, Circulantes e Vegetais. Na verdade, os Crônicos — ou a maioria de nós — não passam de máquinas com defeitos internos que não podem ser reparados, defeitos provocados por tantos anos dando cabeçadas, de tal modo que, quando o hospital encontra um, o sujeito está sangrando apaticamente num terreno baldio qualquer.

Mas existem alguns Crônicos em quem os técnicos cometeram uma série de erros há anos; alguns de nós que éramos Agudos, quando entramos, e fomos modificados. Ellis é um Crônico que entrou Agudo e foi definitivamente danificado quando eles carregaram demais em cima dele, naquela pútrida sala assassina de cérebros que os auxiliares chamam de "Loja de Choque". Agora ele está pregado na parede no mesmo estado em que eles o tiraram da mesa pela última vez, na mesma posição, os braços abertos, a palma das mãos encolhida, com o mesmo terror no rosto. Fica pregado na parede assim, como um troféu empalhado. Eles arrancam os pregos na hora de comer ou na hora de levá-lo para a cama, ou ainda quando querem que ele saia dali, para que eu possa limpar a poça que se forma no local. Anteriormente, ele permanecia tanto tempo num mesmo ponto que a urina apodreceu o assoalho e as próprias vigas, e ele vivia caindo pelo buraco ali aberto para o andar inferior, dando todos os tipos de dores de cabeça lá embaixo quando faziam a contagem de verificação.

Ruckly é outro Crônico que entrou há poucos anos como um Agudo, mas com ele carregaram demais de maneira diferente: cometeram um erro em uma daquelas instalações de cabeça. Ele estava sendo uma inconveniência geral por toda parte, chutando os auxiliares, mordendo as pernas das estudantes de enfermagem, de maneira que o levaram embora para ser consertado. Eles o amarraram àquela mesa, e a última vez que o viram foi pouco antes de fecharem a porta; ele piscou, no minuto antes de a porta se fechar, e disse aos auxiliares, quando iam se afastando: "Vocês pagarão por isso, seus malditos moleques de piche."

E eles o trouxeram de volta para a enfermaria, duas semanas depois, careca, com o rosto todo ferido, vermelho, melado, e com dois pininhos do tamanho de botões costurados, um em cima de cada olho. Pelos olhos, a gente pode ver como eles o fundiram por completo lá dentro; os olhos dele ficaram esfumaçados, cinzentos e vazios, como fusíveis queimados. Agora ele não faz outra coisa o dia inteiro senão segurar uma velha fotografia diante daquele rosto destruído, revirando-a sem parar em seus dedos frios. Com todo aquele manusear, a fotografia ficou gasta e cinzenta, dos dois lados, como seus olhos, de forma que não se pode mais dizer o que era.

Agora, a equipe técnica, bem, eles consideram Ruckly um de seus fracassos, mas não tenho certeza de como ele poderia estar melhor se a instalação tivesse sido perfeita. As instalações que eles fazem atualmente, em geral, são bem-sucedidas. Os técnicos adquiriram mais habilidade e experiência. Nada mais de buracos de botões na testa, nenhum corte mesmo — eles inserem pelas cavidades dos olhos. Às vezes, um cara vai até lá para fazer tratamento, deixa a enfermaria furiosa — chega louco e xingando o mundo inteiro, e volta poucas semanas depois, com os olhos roxos, cobertos de hematomas, como se tivesse apanhado, e de repente torna-se a pessoa mais doce, mais boazinha, mais bem-comportada que jamais se viu. Ele talvez até vá para casa em um mês ou dois, com um chapéu bem puxado sobre o rosto de sonâmbulo, vagueando por um sonho simples e feliz. Um sucesso, eles dizem, mas digo que ele é apenas mais um robô para a Liga e estaria melhor se fosse um fracasso como Ruckly, sentado ali, revirando e babando em cima da fotografia. Ele nunca faz nada muito diferente. O auxiliar mais baixo vez por outra consegue arrancar-lhe uma reação violenta quando, inclinando-se bem perto dele, pergunta: "Ei, Ruckly, o que você imagina que sua mulherzinha está fazendo na cidade hoje à noite?" A cabeça de Ruckly se levanta. A memória sussurra em algum lugar naquele aparelho danificado. Ele fica vermelho e as veias saltam da testa. Isso o incha de tal maneira que ele mal pode emitir um som. Uma baba começa a escorrer-lhe pelo canto da boca ao forçar o maxilar para dizer alguma palavra. Quando finalmente chega ao ponto em que parece dizer algo, é um ruído baixo e estrangulado que se ouve, capaz de arrepiar a pele da gente: "Fffffffoda a mulher! Fffffffoda a mulher!", e desmaia em seguida por causa do esforço.

    Ellis e Ruckly são os Crônicos mais jovens. O Coronel Matterson é o mais velho, um velho soldado da Primeira Guerra Mundial, que é dado a levantar, com a bengala, as saias das enfermeiras que passam, ou a contar uma história saída do texto em sua mão esquerda para qualquer um que queira ouvir. É o mais velho da enfermaria, mas não o que está aqui há mais tempo — a esposa o internou há apenas alguns anos, quando chegou ao ponto em que não tinha mais condições de cuidar dele.

Eu sou a pessoa que está aqui na enfermaria há mais tempo, desde a Segunda Guerra Mundial. Estou aqui há mais tempo que qualquer outra pessoa. Mais tempo que qualquer outro paciente. A Chefona está aqui há mais tempo que eu.

Os Crônicos e os Agudos geralmente não se misturam. Cada grupo fica do seu lado na enfermaria, da maneira como os auxiliares querem. Eles dizem que é mais arrumado assim e dão a entender a todos que é assim que querem que continue. Eles nos levam para lá depois do café e observam a separação dos grupos movendo a cabeça com satisfação.

— É isso mesmo, senhores, é assim mesmo. Agora, mantenham-se assim.

Na realidade, não há muita necessidade de eles dizerem coisa alguma, porque, a não ser por mim, os Crônicos não se movimentam para onde quer que seja, e os Agudos dizem que preferem mesmo ficar lá no lado deles, alegando que o lado dos Crônicos fede mais que fralda suja. Mas eu sei que não é tanto o fedor que os mantém longe do lado dos Crônicos, mas o fato de que não gostam de ser lembrados de que ali está o que pode vir a acontecer com *eles* qualquer dia desses. A Chefona percebe esse medo e sabe explorá-lo; ela deixará claro para um Agudo sempre que ele começar a aborrecê-la: "Vocês, meninos, sejam bons meninos e cooperem com a política dos funcionários que têm em mente a sua *cura*, ou vocês acabarão ali, *naquele* lado."

(Todos na enfermaria têm orgulho da maneira como os pacientes cooperam. Nós recebemos uma plaqueta de metal presa num pedaço de madeira que vem gravada assim: PARABÉNS

POR SE DAREM BEM COM O MENOR NÚMERO DE FUNCIONÁRIOS DE QUALQUER DAS ENFERMARIAS DO HOSPITAL. É um prêmio pela cooperação. Fica pendurada bem em cima do livro de registro, exatamente no meio, entre os Crônicos e os Agudos.)

    Essa nova Admissão, o ruivo, McMurphy, sabe muito bem que não é um Crônico. Depois de ter examinado a enfermaria por um minuto, ele vê que está destinado ao lado dos Agudos e vai direto para lá, sorrindo e apertando a mão de todos que encontra. De início, vejo que ele está fazendo os do lado de lá se sentirem pouco à vontade, com todas as suas brincadeiras e palhaçadas e com a maneira atrevida com que grita com o auxiliar, que ainda está atrás dele com um termômetro, e especialmente com aquela sua risada. Os indicadores tremem no painel de controle com seu ressoar. Os Agudos ficam com um ar assustado e inquieto quando ele ri, assim como ficam as crianças numa sala de aula quando algum garoto está fazendo bagunça demais e a professora, fora da sala. Eles estão com medo de que a professora volte de repente e resolva que todos têm de ficar de castigo depois. Estão todos se remexendo, agitando-se, em reação aos indicadores no painel de controle; vejo que McMurphy percebe que está fazendo com que se sintam inquietos, mas ele não deixa que isso o detenha.

    — Porra, mas que coleção de caras mais tristes. Vocês aí não me parecem assim tão loucos. — Ele tenta fazer com que eles se descontraiam, assim como a gente vê um leiloeiro que diz piadas para descontrair o público antes de começar o pregão. — Qual de vocês alega ser o mais louco? Qual é o maior lunático? Quem dirige estes jogos de cartas? É meu primeiro dia, e o que gosto de fazer é causar uma boa impressão logo de início no homem certo, se ele puder me provar que *é* o homem certo. Quem é o valentão do pedaço?

Está dizendo isso diretamente para Billy Bibbit. Ele se inclina e olha fixamente com tanta dureza para Billy que este se sente compelido a gaguejar que ainda não é o valentão do pedaço, embora seja o próximo na li-li-linha de sucessão para o posto.

McMurphy estende a mão para baixo na frente de Billy, e Billy não pode tomar outra atitude senão apertá-la.

— Bem, companheiro — diz ele a Billy —, estou realmente satisfeito que você seja o próximo na li-linha para o posto, mas, uma vez que estou pensando em assumir o comando deste espetáculo, talvez seja melhor eu falar com o homem de cima. — Ele olha em volta, até onde alguns Agudos pararam de jogar cartas, cobre uma das mãos com a outra e estala os dedos todos de uma vez. — Estou querendo ser, sabe, companheiro, uma espécie de magnata da jogatina nesta enfermaria, incrementar um vinte e um violento. Assim, é melhor você me levar ao seu chefe e nós vamos resolver quem vai ser o valentão aqui dentro.

Ninguém sabe ao certo se este homem, forte como um touro, com a cicatriz e o sorriso selvagem, está fazendo uma simples encenação ou se é suficientemente louco para estar de acordo com a maneira como fala, ou ambas as situações, mas eles estão começando a se divertir com as tiradas dele. Observam, enquanto ele fecha aquela grande mão vermelha no braço magro de Billy, esperando para ver sua resposta. Billy percebe que agora cabe a ele quebrar o silêncio; assim, olha em volta e escolhe um dos jogadores de *pinochle*:

— Harding — diz Billy. — Acho que seria você. Você é o presidente do Conselho de Pa-Pa-Pacientes. Es-Es-este homem quer falar com você.

Agora os Agudos estão sorrindo, já não mais tão inquietos, satisfeitos porque algo fora da rotina está acontecendo. Todos riem de Harding, perguntam-lhe se é o valentão dos maníacos. Ele põe suas cartas na mesa.

Harding é um homem simplório e nervoso, com um rosto que às vezes faz a gente pensar que já o viu no cinema, um rosto bonito demais para ser apenas um qualquer na rua. Tem ombros largos e magros e os curva sobre o peito quando está tentando esconder-se dentro de si mesmo. Tem mãos tão compridas, brancas e elegantes que acho que elas se esculpiram uma à outra de um bloco de sabão, e às vezes elas se soltam e flutuam no ar na frente dele, livres como dois passarinhos brancos, até que ele perceba e as prenda entre os joelhos; desagrada-lhe o fato de ter mãos bonitas.

Ele é o presidente do Conselho de Pacientes, porque tem um papel que diz que se formou numa universidade. O papel está numa moldura e fica em sua mesinha de cabeceira, ao lado do retrato de uma mulher de maiô que também parece que a gente já viu no cinema — tem seios muito grandes e está segurando a parte de cima do maiô sobre eles com os dedos, e olhando de esguelha para a câmera. A gente pode ver Harding sentado numa toalha atrás dela, parecendo muito magricela em seus calções, como se ele estivesse esperando por algum sujeito grandalhão para chutar areia em cima dele. Harding se gaba muito de ter uma mulher daquelas como esposa, diz que ela é a mulher mais sexy do mundo e que ela não se cansa de tê-lo todas as noites.

Quando Billy o aponta, Harding se recosta na cadeira e assume um ar de importância, fala para cima, para o teto, sem olhar para Billy ou para McMurphy.

— Por acaso este... cavalheiro tem entrevista marcada, Sr. Bibbit?

— O senhor tem entrevista marcada, Sr. McM-m-murphy? O Sr. Harding é um homem ocupado, ninguém o vê sem ter hora ma-marcada.

— Esse homem ocupado, o Sr. Harding, ele é o valentão dos malucos? — Ele olha para Billy e este concorda movendo a cabeça bem depressa; Billy está deliciado com toda a atenção que está recebendo.

— Então, diga a Harding, o valentão dos doidos, que R.P. McMurphy está esperando para vê-lo, porque este hospital não é grande o bastante para nós dois. Estou acostumado a ser o chefe. Fui um valentão para todos os trambiques entre os madeireiros, no Noroeste, e valentão dos jogadores durante a guerra na Coreia e fui até o maior valentão entre os capinadores naquela plantação de ervilha em Pendleton. Assim, creio que, se estou condenado a ser um lunático, então estou destinado a ser o melhor deles. Diga a esse Harding que ou ele me enfrenta de homem para homem ou ele é um sujeito desprezível e é melhor que esteja fora da cidade antes do pôr do sol.

Harding se recosta para trás, enfia os polegares nas lapelas.

— Bibbit, diga a este jovem carreirista, McMurphy, que eu o encontrarei no saguão principal ao meio-dia em ponto e que resolveremos este caso de uma vez por todas, de libidos inflamadas.

Harding tenta falar com a voz arrastada como McMurphy; soa engraçado, com sua voz fina e ansiosa:

— Também poderia avisar a ele, só para ser justo, que sou o maior maníaco lunático desta enfermaria há quase dois anos seguidos, e que sou mais maluco do que qualquer homem vivo.

— Sr. Bibbit, o senhor poderia avisar a este Sr. Harding que sou tão maluco que admito ter votado no Eisenhower.*

---

* Eisenhower — Presidente dos Estados Unidos entre 1953 e 1961. Candidato do Partido Republicano, sua eleição encerrou os vinte anos de domínio democrata na política americana. (N. do E.)

— Bibbit! Diga ao Sr. McMurphy que sou tão maluco que votei no Eisenhower *duas vezes*!

— E então diga logo ao Sr. Harding — ele apoia as mãos sobre a mesa e se inclina, a voz ficando mais baixa — que sou tão maluco que planejo votar no Eisenhower outra vez, agora em *novembro*.

— Eu tiro o chapéu — Harding diz, inclina a cabeça e depois aperta a mão de McMurphy. — Não há dúvida de que McMurphy venceu, mas o que não tenho bem certeza o quê.

Todos os outros Agudos deixam de lado o que estavam fazendo e aproximam-se para ver de que espécie nova é este sujeito. Jamais alguém como ele esteve naquela enfermaria. Estão perguntando-lhe de onde ele vem e o que faz, de um modo como nunca os vi fazer. Ele diz que é um homem com uma missão. Diz que era apenas um vagabundo errante e um madeireiro, antes que o Exército o apanhasse e lhe ensinasse qual era sua vocação natural, exatamente como eles ensinam a arte da evasão e a arte da mistificação a alguns homens, a alguns outros eles ensinam a jogar pôquer. Desde então, ele se acomodou e se dedicou ao jogo em todos os níveis. Apenas jogar pôquer e continuar solteiro e viver onde e como quisesse, se as pessoas o deixassem.

— Mas — diz ele — vocês sabem como a sociedade persegue um homem dedicado. Desde que encontrei minha vocação, já estive preso em tantas cadeias de cidades pequenas que poderia escrever um livro. Dizem que sou um desordeiro incorrigível. Como se eu brigasse muito. Merda. Eles não se importavam tanto quando eu era um madeireiro estúpido e me enfiava em uma briga; isto é *desculpável*, eles dizem, é um sujeito trabalhador que dá duro botando para fora a tensão. Mas, se você é um jogador, se eles sabem que você é homem de topar um jogo de fundo de salão de vez em quando, tudo que você tem de fazer é cuspir atravessado e você é um criminoso maldito. Puxa, estava estourando o orçamento aquela história de me levar e de me trazer para a cadeia de carro.

Ele sacode a cabeça, infla as bochechas e continua:

— Mas aquilo foi só por um período. Aprendi os truques. Para dizer a verdade, aquela pena por assalto, que eu estava cumprindo em Pendleton, foi a primeira cadeia em cerca de um ano. Foi por isso que acabei estourado. Estava fora de forma; o cara conseguiu se levantar do chão e chamar os tiras antes que eu abandonasse a cidade. Um sujeito muito duro...

Ele ri de novo e vai apertando as mãos e se senta para jogar queda de braço toda vez que o auxiliar chega perto demais com o termômetro, até ter conhecido todos do lado dos Agudos. E, quando aperta a mão do último Agudo, vem até os Crônicos, como se não fôssemos nada diferentes. Não se pode saber se ele é realmente simpático ou se tem alguma estratégia de jogador para tentar aproximar-se e conhecer sujeitos já tão pirados que muitos deles não sabem nem os próprios nomes.

Ele está ali puxando a mão de Ellis da parede e sacudindo, como se fosse um político, candidato a alguma coisa, e o voto de Ellis fosse tão importante como o de todos os outros.

— Companheiro — diz a Ellis numa voz solene —, meu nome é R.P. McMurphy e não gosto de ver um homem deixar sua barba chapinhar em sua própria água. Por que você não se enxuga?

Ellis olha para baixo, para a poça em volta de seus pés, bastante surpreso.

— Ora, obrigado — diz ele, e até se afasta uns poucos passos em direção à latrina antes que as garras puxem suas mãos de volta para a parede.

McMurphy vem descendo a fileira de Crônicos, aperta a mão do Coronel Matterson, de Ruckly e do Velho Pete. Aperta a mão de Circulantes, Caminhantes e Vegetais, aperta as mãos que ele tem de levantar dos colos como se estivesse apanhando passarinhos mortos, passarinhos mecânicos, maravilhas de ossos minúsculos e fios cuja elasticidade se perdeu. Aperta a mão de todos que encontra, exceto a de George Grande, o maníaco por limpeza, que sorri e recua, afastando-se daquela mão anti-higiênica; assim, McMurphy apenas o saúda e diz para a própria mão direita quando vai se afastando:

— Mão, como você acha que aquele sujeito ali descobriu todo o mal em que você já esteve metida?

Ninguém consegue imaginar qual é o objetivo dele, ou por que ele está fazendo tamanha encenação para conhecer todo mundo, mas é melhor do que fazer quebra-cabeças. Ele fica dizendo o tempo todo que é necessário circular e conhecer os homens com quem irá lidar, parte do trabalho de um jogador. Mas ele deve saber que não vai tratar com nenhum demente de oitenta anos que não poderia fazer mais nada com uma carta de baralho senão enfiá-la na boca e mascá-la durante algum tempo. Entretanto, parece que está se divertindo, como se fosse o tipo de pessoa que gosta de rir dos outros.

Eu sou o último. Ainda amarrado na cadeira no canto. McMurphy para quando chega até onde estou, enfia novamente os polegares nos bolsos e se inclina para trás para rir, como se visse alguma coisa mais engraçada em mim do que em qualquer outra pessoa. De repente, fico apavorado. Quem sabe ele estivesse rindo porque soubesse que a maneira como eu estava sentado ali, com os joelhos puxados para cima e os braços em volta deles, olhando fixamente para a frente, como se nada pudesse ouvir, não passava de encenação.

— Oobaa — disse ele —, olha só o que nós temos aqui.

Lembro-me de toda essa parte realmente muito bem. Eu me lembro da maneira como ele fechou um olho, inclinou a cabeça para trás e olhou para baixo, rindo de mim por sobre aquela cicatriz cor de vinho no nariz que já estava sarando. De início, pensei que estivesse rindo por causa do aspecto engraçado que eu tinha, rosto de índio e cabelos pretos e lustrosos. Pensei que talvez estivesse rindo de como eu parecia fraco. Mas então me lembro de ter pensado que ele estava rindo porque não se havia deixado enganar nem por um minuto pela minha encenação de surdo-mudo; não fazia diferença o *quanto* a encenação fosse habilidosa, ele havia percebido e estava rindo e piscando para que eu soubesse.

— Qual é sua história, grande Chefe? Você parece o Touro Sentado fazendo greve de ficar sentado. — Olhou para os Agudos, para ver se eles ririam de sua piada; quando apenas riram em silêncio, ele tornou a olhar para mim e piscou de novo. — Qual é seu nome, Chefe?

Billy Bibbit gritou do outro lado da sala:

— O n-n-nome dele é Bromden. Chefe Bromden. Mas todo mundo o chama de Chefe Vassoura,* porque os enfermeiros o obrigam a varrer o chão gr-grande parte do tempo. Acho que não há m-muito mais que ele possa fazer. É surdo. — Billy apoiou o queixo nas mãos. — Se eu fosse s-s-surdo — suspirou —, eu me mataria.

McMurphy continuava olhando para mim.

— Quando ele crescer, vai ficar bem grande, não vai? Gostaria de saber qual é a altura dele.

---

* *Broom*, vassoura em inglês, tem a mesma pronúncia da primeira sílaba do nome Bromden. (N. da T.)

— Acho que alguém o m-m-mediu uma vez, deu mais de 2 metros; mas, mesmo sendo grande, tem medo até da sua própria s-s-sombra. É só um gr-grande índio surdo.

— Quando o vi sentado aqui, *pensei* que ele parecia um índio mesmo. Mas Bromden não é um nome indígena. De que tribo ele é?

— Não sei — disse Billy. — Ele já estava aqui qu-quando eu che-cheguei.

— Tenho informação do médico — disse Harding — de que ele só é meio índio, um índio de Columbia, acho. É uma tribo extinta de Columbia Gorge. O médico disse que o pai dele era líder da tribo, daí o título desse sujeito, "chefe". Quanto a essa parte do nome "Bromden", temo que meus conhecimentos de tradições indígenas não cheguem até aí.

McMurphy inclinou-se, baixando a cabeça bem perto da minha, de tal maneira que eu tinha de olhar para ele.

— Isso é verdade? Você é surdo, Chefe?

— Ele é su-su-surdo e mudo.

McMurphy franziu os lábios e olhou fixamente para meu rosto durante muito tempo. Então se endireitou novamente e estendeu a mão.

— Bem, que diabo, ele pode apertar mãos, não pode? Surdo, ou seja lá o que for. Por Deus, Chefe, você pode ser grande, mas é bom apertar minha mão ou considerarei um insulto. E não é uma boa ideia insultar o novo valentão do hospital de doidos.

Quando ele disse isso, olhou para trás, para Billy e Harding, e fez uma careta, mas deixou aquela mão na minha frente, grande como uma travessa de jantar.

Eu me lembro muito bem do aspecto daquela mão: havia graxa nas unhas, como se tivesse trabalhado numa garagem; havia uma âncora tatuada nas costas da mão; havia um band-aid sujo no meio do nó dos dedos, a ponta descolando. O restante das articulações dos dedos estava coberto de cicatrizes e cortes, antigos e recentes. Lembro que a palma da mão era lisa e dura como osso, de tanto manejar os cabos de madeira de machados e enxadas, não a mão que se pensaria poder lidar com cartas. A palma era calejada, e os calos estavam rachados, e a sujeira entranhada nas rachaduras. Um mapa rodoviário de suas viagens pelo Oeste. Aquela palma fez um som arrastado contra a minha mão. Eu me lembro de que os dedos eram grossos e fortes fechando-se sobre os meus, e minha mão começou a ficar estranha e começou a inchar ali naquela minha vareta de braço, como se ele estivesse transmitindo o próprio sangue para dentro dela. Latejava de sangue e força. Floresceu quase que tão grande como a dele, eu me lembro...

— Sr. McMurphy.

É a Chefona.

— Sr. McMurphy, poderia vir até aqui, por favor?

É a Chefona. O auxiliar com o termômetro foi buscá-la. Ela está de pé ali, batendo com o termômetro no relógio de pulso, os olhos faiscando enquanto tenta avaliar o novo homem. Os lábios estão com aquele formato triangular, como os lábios de uma boneca, prontos para uma mamadeira de mentira.

— O enfermeiro Williams me disse, Sr. Murphy, que o senhor está sendo meio difícil com relação a tomar o banho da admissão. Isso é verdade? Por favor, compreenda, eu aprecio a maneira como tomou a seu encargo aproximar-se dos outros pacientes, mas tudo no seu devido tempo, Sr. Murphy. Sinto muito interromper o senhor e o Sr. Bromden, mas por favor compreenda: *todos*... têm de seguir as regras.

Ele inclina a cabeça para trás e dá aquela piscadela, mostrando que ela não o está enganando, da mesma maneira como eu não o enganei, que ele a apanhou. Olha para ela com apenas um dos olhos durante um minuto.

— A senhora sabe, dona — diz ele. — A senhora sabe... isso é exatamente o que *alguém sempre* me diz a respeito das regras...

Ele sorri. Ambos sorriem, cada um avaliando o outro.

— ...bem no momento em que eles descobrem que estou a ponto de fazer o extremo oposto.

Então, ele solta minha mão.

N a saleta de paredes envidraçadas, a Chefona abriu um embrulho vindo de um endereço estrangeiro e está puxando para dentro das seringas hipodérmicas o líquido verde e leitoso que veio em vidrinhos no pacote. Uma das jovens enfermeiras — uma moça com um olho torto que toma conta de tudo por cima do ombro dela, enquanto o outro cuida das tarefas rotineiras — apanha a bandeja de seringas cheias, mas não a leva logo embora.

— Srta. Ratched, qual é sua opinião a respeito desse novo paciente? Quero dizer, puxa, ele é bem-apessoado e simpático, mas em minha humilde opinião ele realmente *domina*.

A Chefona experimenta uma agulha na ponta do dedo.

— Temo — ela enfia a agulha na tampa de borracha do vidro e levanta o êmbolo — que isto seja exatamente o que ele está planejando fazer: dominar. Ele é o que costumamos chamar de "manipulador", Srta. Flinn, um homem capaz de usar tudo e todos para atingir seus objetivos pessoais.

— Ah. Mas em um hospital para doentes mentais? Quais seriam os objetivos dele?

— Muitos. — Ela está calma, sorridente, ocupada no trabalho de encher as seringas. — Conforto e uma vida fácil, por exemplo; o sentimento de poder e de ser respeitado, talvez; vantagens monetárias... talvez todos esses benefícios. Às vezes, os objetivos pessoais de um manipulador são simplesmente o *rompimento* mesmo da ala, apenas pelo prazer do rompimento. Há pessoas assim em nossa sociedade. Um manipulador pode influenciar os outros pacientes e destruí-los a tal ponto que poderia levar meses para se conseguir fazer com que tudo voltasse ao normal. Com a atual filosofia permissiva em hospitais para doentes mentais, é fácil para eles escaparem impunemente. Há alguns anos era bem diferente. Lembro-me de que, há uns anos, tivemos na enfermaria um paciente, o Sr. Taber, e ele era um *intolerável* manipulador. Por algum tempo. — Ela desvia o olhar do trabalho, a seringa cheia pela metade diante do rosto, como uma batuta. Seus olhos ficam sonhadores e satisfeitos com a lembrança. — Seu Tay-bur — diz ela.

— Mas, puxa — diz a outra enfermeira —, que diabo *faria* um homem querer criar confusão na enfermaria, Srta. Ratched? Qual o motivo possível...?

Ela interrompe a jovem enfermeira enquanto enfia bruscamente a agulha na tampa de borracha do frasco, enche a seringa, puxa a agulha e coloca a seringa na bandeja. Eu observo sua mão se estender na direção de outra seringa vazia, observo-a tomar impulso, girar sobre a tampa, descer.

— Parece esquecer, Srta. Flinn, que esta é uma instituição para insanos.

A Chefona costuma ficar realmente furiosa se algo impede seu aparato de funcionar como uma máquina de precisão, exata e suave. A menor bagunça, ou algo fora de ordem ou que a atrapalhe, invoca a fúria contida por trás do sorriso forçado. Ela anda com aquele mesmo sorriso de boneca, pregueado entre o queixo e o nariz, e aquele mesmo brilho calmo saindo dos olhos, mas bem lá dentro está tensa como aço. Eu sei, posso sentir. E ela não descontrai um fio de cabelo sequer até conseguir afastar o aborrecimento — tê-lo "ajustado ao meio ambiente", como ela diz.

Sob seu domínio, o Lado de Dentro está quase completamente ajustado ao meio ambiente. Mas o problema é que ela não pode estar presente o tempo todo. Tem de passar algum tempo do Lado de Fora. Assim, ela trabalha tendo em vista ajustar também o mundo do Lado de Fora. Trabalhando em conjunto com outros iguais a ela, a quem chamo de Liga, que é uma enorme organização que tem como objetivo ajustar o Lado de Fora tão bem como ela ajustou o de Dentro, ela se tornou uma verdadeira perita em ajustar as coisas. Ela era a Chefona deste lugar quando eu cheguei, vindo do Lado de Fora, há tanto tempo, e desde então já vinha se dedicando a esses ajustes.

E eu noto que ficou cada vez mais hábil ao longo dos anos. A prática a equilibrou e fortaleceu a tal ponto que agora ela emite uma energia que se espalha em todas as direções através de fios finos como cabelo, pequenos demais para os olhos de qualquer pessoa, exceto para os meus; eu a vejo sentar-se no centro dessa teia de fios como um robô vigilante, cuidar de sua rede com a habilidade mecânica de um inseto, saber a cada segundo qual o fio e para onde deve ir, e exatamente qual a corrente que deve enviar para obter os resultados que quer. Eu era assistente de eletricista no campo de treinamento, antes que o Exército me embarcasse para a Alemanha, e estudei um pouco de eletrônica no ano em que passei na universidade, e foi assim que aprendi sobre a maneira como essas coisas podem ser aparelhadas.

Ela está sonhando, ali no centro daqueles fios, é com um mundo de precisão, eficiência e limpeza, como um relógio de bolso com o fundo de vidro, um mundo no qual a programação é intocável e todos os pacientes que não estão do Lado de Fora, obedientes sob o seu comando, são Crônicos em cadeiras de rodas com sondas que descem direto de cada perna para o esgoto sob o assoalho. Ano após ano, ela vai reunindo sua equipe ideal: médicos, de todas as idades e tipos, vêm e se erguem diante dela com ideias próprias sobre a maneira como uma enfermaria deveria ser dirigida, alguns com suficiente convicção para defender suas ideias, e ela encara esses médicos com olhos gelados, entra dia, sai dia, até que eles se retiram sentindo calafrios sobrenaturais. "Eu lhe digo que não sei o *que é*", dizem ao sujeito encarregado da seleção de funcionários. "Desde que comecei a trabalhar naquela enfermaria com aquela mulher, eu me sinto como se tivesse amônia correndo nas veias. Eu tremo o tempo todo, meus filhos se recusam a sentar-se no meu colo, minha mulher se recusa a dormir comigo. Eu *insisto* numa transferência... neurologia, tratamento de alcoólatras, pediatria, eu simplesmente não me *importo!*"

Ela vem mantendo a situação assim há anos. Os médicos duram três semanas, três meses. Até que ela finalmente se decide por um homenzinho com uma testa grande e larga, bochechas grandes e caídas, espremendo os olhinhos minúsculos, como se outrora tivesse usado óculos que eram pequenos demais e os tivesse usado durante tanto tempo que eles acabaram fazendo uma prega no meio do rosto dele, de forma que agora ele usa os óculos pendurados numa corrente presa ao botão do colarinho; eles oscilam na ponta do nariz minúsculo e estão sempre escorregando para um lado ou para outro, de maneira que ele tem de inclinar a cabeça para trás quando fala, só para manter os óculos equilibrados. Este é o médico que ela escolhe.

Os três auxiliares para o trabalho diurno, ela consegue depois de anos de testes e recusa de milhares. Eles vêm até ela numa longa fileira de máscaras narigudas e mal-humoradas, odiando-a e à sua brancura de boneca de giz logo no primeiro olhar. Ela os avalia durante um mês mais ou menos, depois os deixa ir, porque não odeiam o bastante. Quando finalmente arranja os três que ela quer — consegue um de cada vez, por um período de vários anos, entrelaçando-os em seu plano e em sua rede —, tem certeza absoluta de que odeiam o suficiente para se mostrar capazes.

O primeiro, ela conseguiu cinco anos depois de minha chegada aqui; um anão forte, de espinha torta, da cor do asfalto. A mãe dele foi violentada na Geórgia enquanto o pai estava de pé do lado, amarrado ao forno quente de ferro com tirantes de arado, o sangue escorrendo para dentro dos sapatos. O garoto assistiu a tudo de dentro de um armário, com cinco anos de idade e apertando os olhos para espiar pela fenda entre a porta e a ombreira, e ele nunca mais cresceu um centímetro depois disso. Agora, suas pálpebras pendem frouxas e finas das sobrancelhas, como se tivesse um morcego empoleirado no osso do nariz. Pálpebras como couro cinzento, fino, ele as ergue um pouco sempre que um novo homem branco entra na enfermaria, examina o sujeito de alto a baixo e balança a cabeça só uma vez, como se tivesse, isso mesmo, tivesse acabado de obter uma resposta absolutamente positiva de algo de que já tivesse certeza. Ele queria trazer uma meia cheia de chumbo para passarinho, logo no início, quando veio trabalhar, para pôr os pacientes em forma, mas ela lhe disse que não se fazia mais daquela maneira, obrigou-o a deixar a meia em casa e lhe ensinou sua própria técnica; ensinou-o a não demonstrar seu ódio e a ficar calmo e esperar, esperar por uma pequena vantagem, um pequeno descuido, e então torcer a corda e manter a pressão constante. O tempo todo. É assim que a gente os põe em forma, ela lhe ensinou.

Os outros dois meninos pretos, os auxiliares, chegaram dois anos depois, começando a trabalhar com um intervalo de apenas um mês entre eles, e ambos tão parecidos que acho que ela mandou fazer uma cópia do que veio primeiro. São altos, rápidos e ossudos, e têm no rosto expressões que nunca mudam, os olhos terminam em pontas. Se você roçasse no cabelo deles, só isso arrancaria sua pele de uma vez.

Todos eles são pretos como carvão. Quanto mais negros eles são — ela aprendeu isso com a longa fileira negra que veio antes deles —, mais tempo provavelmente se dedicarão a limpar, a esfregar e a manter a enfermaria em ordem. Por exemplo, os uniformes dos três homens estão sempre imaculados. Brancos e engomados como os dela.

Todos eles usam calças engomadas, brancas como neve, e camisas brancas com botões de pressão de metal de um lado, e sapatos brancos, lustrosos como gelo, com solas vermelhas de borracha, silenciosas como camundongos de um lado para o outro no corredor. Eles nunca fazem barulho quando andam. Materializam-se em lugares diferentes da ala toda vez que um paciente pensa em se examinar sozinho ou contar algum segredo a outro. Um paciente está sozinho num canto e de repente há um guinchado e gelo se forma nas maçãs do seu rosto, então ele se vira naquela direção, e lá está uma máscara fria de pedra flutuando acima dele, contra a parede. Ele vê apenas o rosto negro. Não há corpo. As paredes são tão brancas quanto os uniformes, limpas e lustrosas como a porta de uma geladeira, e o rosto e as mãos negras parecem flutuar diante daquele fundo como fantasmas.

Anos de treinamento e os três homens se afinam cada vez mais com o ritmo da Chefona. Um a um, eles são capazes de desligar os fios diretos e operar através de ondas de energia. Ela nunca dá ordens em voz alta ou deixa instruções escritas, que poderiam ser encontradas por uma esposa ou por uma professora em visita. Não precisa mais fazê-lo. Eles estão em contato numa onda de ódio de alta voltagem, e os auxiliares estão lá executando sua ordem antes mesmo de pensar nela.

Assim, depois que a enfermeira consegue montar sua equipe, a eficiência tranca a porta da ala como o relógio de um vigia. Tudo que os caras pensam, dizem e fazem, e tudo planejado com meses de antecedência, com base nas pequenas anotações que a enfermeira toma durante o dia. Elas são datilografadas e transmitidas para a máquina que ouço zumbir atrás da porta de aço nos fundos da Sala das Enfermeiras. Uma série de cartões de Ordens Diárias é devolvida, perfurados com um desenho de buraquinhos quadrados. No início de cada dia, o cartão OD devidamente datado é inserido numa fenda na porta de aço e as paredes zumbem. Luzes se acendem no dormitório às 6h30: os Agudos se levantam e saem da cama tão depressa quanto os negros possam cutucá-los para fora, colocá-los a trabalhar, encerando o chão, esvaziando cinzeiros, tirando com polimento as marcas de arranhões daquela parede ali, onde um velho entrou em curto-circuito no dia anterior e caiu numa terrível convulsão de fumaça e cheiro de borracha queimada. Os Circulantes giram suas pernas quase mortas para o chão e esperam, como estátuas sentadas, que alguém empurre as cadeiras até eles. Os Vegetais mijam na cama, ativando um choque elétrico e um zumbido que os faz rolar para os ladrilhos, onde os auxiliares podem despejar água neles com a mangueira e enfiá-los em pijamas limpos...

Às 6h45 o som dos barbeadores é ouvido e os Agudos fazem fila em ordem alfabética diante dos espelhos, A, B, C, D... Os Crônicos, que ainda caminham como eu, entram quando os Agudos acabam; depois, os Circulantes são trazidos nas cadeiras de rodas. Os três velhos que ainda restam, com uma crosta de mofo amarelo na dobra frouxa debaixo do queixo, são barbeados em espreguiçadeiras, na enfermaria, com uma tira de couro em torno da testa para impedi-los de cabecear de um lado para o outro sob o barbeador.

Em algumas manhãs — as de segunda-feira especialmente —, eu me escondo e tento resistir ao horário. Em outras ocasiões, acho que é mais inteligente me colocar na fila, no lugar entre A e C no alfabeto, e seguir adiante como todo mundo, sem levantar os pés — magnetos muito fortes sob o assoalho manobram as pessoas pela enfermaria como se fossem fantoches...

Às 7 horas a sala de refeições é aberta e a ordem da fila, invertida: os Circulantes primeiro, então os Caminhantes, depois os Agudos apanham as bandejas, flocos de milho, bacon com ovos e torradas — e hoje de manhã um pêssego em calda num pedaço de alface verde. Alguns dos Agudos trazem as bandejas para os Circulantes. A maioria dos Circulantes é apenas de Crônicos com as pernas ruins, que se alimentam sozinhos, mas há os três que não têm qualquer movimento do pescoço para baixo, e pouco do pescoço para cima. Esses se chamam Vegetais. Os auxiliares os trazem para o refeitório depois que todo mundo já está sentado, empurram as cadeiras de rodas, encostando-as numa parede, e lhes trazem bandejas idênticas de comida com aspecto de lama, com pequenos cartões brancos, indicativos da dieta, presos às bandejas. Mecanicamente suave — é o que se lê nos cartões da dieta para esses três desdentados: ovos, presunto, torrada, bacon, tudo mastigado trinta e duas vezes pela máquina de aço inoxidável da cozinha. Eu a vejo franzir os lábios cortados, como o tubo de um aspirador, e cuspir um coágulo de presunto mastigado num prato, com um som de curral.

Os auxiliares enchem as bocas rosadas dos Vegetais depressa demais para dar tempo de engolir, e a comida "mecanicamente suave" escorre, descendo pelos queixos arredondados até os pijamas verdes. Os negros xingam os Vegetais e aumentam-lhes a abertura das bocas com um movimento giratório da colher, como se estivessem descaroçando uma maçã podre: "Esse peido velho do Blastic está caindo aos pedaços na minha frente. Já não posso mais dizer se estou dando a ele papa de bacon ou pedaços da porra da língua dele..."

Às 7h30 voltamos para a enfermaria. A Chefona olha para fora através do seu vidro especial, sempre limpo a tal ponto que não se pode dizer que está ali, e balança a cabeça em sinal de aprovação do que está vendo, estende o braço e arranca uma folha do calendário, um dia mais para perto do objetivo. Aperta um botão para que a rotina se inicie. Ouço o ressoar de uma grande folha de zinco sendo sacudida em algum lugar. Todo mundo se coloca em ordem. Agudos: sentem-se do seu lado da enfermaria e esperem que as cartas e os jogos de tabuleiro sejam trazidos. Crônicos: sentem-se do seu lado e esperem pelos quebra-cabeças da caixa da Cruz Vermelha. Ellis: vá para seu lugar na parede, mãos para o alto para receber os pregos e o mijo escorrendo pela perna. Pete: balance a cabeça como um fantoche. Scanlon: trabalhe com as mãos nodosas na mesa à sua frente, construindo uma bomba de faz de conta para explodir um mundo de paz. Harding: comece a falar, agitando suas mãos de pombo no ar, depois as prenda debaixo dos braços, porque homens adultos não devem agitar suas bonitas mãos desse jeito. Sefelt: comece a choramingar porque seus dentes doem e seus cabelos estão caindo. Todo mundo: inspire... expire... em perfeita ordem; corações batendo todos no compasso determinado pelos cartões OD. Som de cilindros emparelhados.

Como no mundo das histórias em quadrinhos, em que os personagens são achatados e delineados em preto, movendo-se aos trancos por uma história idiota qualquer, que até poderia ser engraçada não fosse pelo fato de os personagens caricaturescos serem de verdade...

Às 7h45 os auxiliares vêm descendo pela fileira de Crônicos, esvaziando as sondas dos que ficam suficientemente quietos para usá-las. As sondas são camisas de vênus de segunda mão, as pontas cortadas e presas com fita de borracha a tubos que descem pelas pernas até um saco plástico que traz escrito PARA JOGAR NO LIXO. NÃO DEVE SER UTILIZADO OUTRA VEZ, o qual tenho a tarefa de lavar ao fim de cada dia. Os auxiliares prendem a camisa de vênus com fita adesiva nos pelos; os velhos Crônicos de sonda são lisos como bebês, por causa da remoção da fita...

Às 8 horas as paredes zunem em plena atividade. A voz da Chefona soa do alto-falante: "Medicamentos." Olhamos para o compartimento de vidro onde ela costuma ficar sentada, mas ela não está em lugar algum por ali; de fato, ela está a dez passos de distância do microfone, ensinando a uma das jovens enfermeiras como se prepara uma bandeja de remédios bem-arrumada, com os comprimidos dispostos em ordem. Os Agudos formam fila diante da porta de vidro, A, B, C, D, em seguida os Crônicos e os Circulantes (os Vegetais recebem os deles depois, misturados numa colher de suco de maçã). Os caras vão avançando e recebem uma cápsula num copinho de papel — jogam a cápsula no fundo da garganta, o copinho é enchido de água pela jovem enfermeira e eles engolem a cápsula. Em raras ocasiões, um idiota qualquer poderia perguntar o que lhe estavam pedindo que engolisse.

— Espere só um pouquinho, boneca; o que são essas duas cápsulas aqui com a minha vitamina?

Eu o conheço. É um Agudo grande e curioso, começando a ganhar a reputação de criador de caso.

— É apenas um remédio, Sr. Taber, para o senhor. Agora engula.

— Mas quero saber que espécie de remédio. Cristo, posso ver que são comprimidos...

— Ora, apenas engula tudo de uma vez, vamos, Sr. Taber... por mim, sim? — Ela lança um olhar rápido na direção da Chefona, para ver como sua técnica de namorico está sendo recebida, então torna a olhar para o Agudo. Ele ainda não está disposto a engolir algo que não sabe o que é, nem mesmo por ela.

— Senhorita, não gosto de criar caso, mas também não gosto de engolir algo sem saber o que é. Como vou saber se este aqui não é um desses comprimidos esquisitos, que me farão ser o que não sou?

— Não fique aborrecido, Sr. Taber...

— Aborrecido? Tudo que quero é *saber*, pelo amor de Deus...

Mas a Chefona se aproxima sem ser notada, fecha a mão sobre o braço dele, paralisando-o por completo até o ombro.

— Está tudo bem, Srta. Flinn — diz ela. — Se o Sr. Taber prefere agir como criança, ele tem de ser tratado como tal. Nós já tentamos ser gentis e ter consideração com ele. É óbvio que esta não é a resposta. Hostilidade, hostilidade, este é o agradecimento que recebemos. O senhor pode ir, Sr. Taber, se não quer tomar a medicação por via oral.

— Tudo que eu queria era *saber*, pelo amor de...

— O senhor pode ir.

Ele se afasta, resmungando, quando ela lhe solta o braço, e passa o dia rondando em volta da latrina, matutando a respeito dos tais comprimidos. Uma vez eu me livrei, segurando uma daquelas mesmas cápsulas vermelhas debaixo da língua, fingi que a havia engolido e a abri depois, esmagando-a, no armário das vassouras. Por uma fração de segundo, antes que toda ela se transformasse em poeira branca, vi que era um aparelho eletrônico em miniatura, como os que ajudei a Equipe de Radar a desenvolver no Exército, fios, suportes e transistores, aquele ali feito de maneira a se dissolver em contato com o ar...

Às 8h20 as cartas e os quebra-cabeças vão embora...

Às 8h25 um dos Agudos diz que costumava observar a irmã tomando banho; os três caras que estavam na mesa com ele caem uns por cima dos outros para ver quem consegue escrever aquilo no diário...

Às 8h30 a porta da enfermaria é aberta e dois auxiliares entram em passo de trote, cheirando a álcool; eles sempre se movimentam depressa ou em passo de trote, porque estão sempre se inclinando tanto para a frente que têm de andar depressa para continuar de pé. Eles se inclinam para a frente e sempre cheiram como se tivessem esterilizado os instrumentos em vinho. Fecham a porta do laboratório atrás de si, e eu vou varrer bem ali perto e consigo distinguir as vozes sobre o maligno zzzt-zzzt-zzzt de aço sobre a pedra de amolar.

— O que nós já temos a essa hora revoltante da manhã?

— Temos de instalar um Comutador Interno de Curiosidade num sujeitinho abelhudo. Ela diz que tem de ser um trabalho rápido, e não tenho certeza se temos uma dessas engenhocas no estoque.

— Poderíamos ter de chamar a IBM para nos mandar uma com urgência; deixe-me verificar lá com o Fornecimento...

— Ei, apanhe uma garrafa daquela boa enquanto estiver lá e traga: está ficando de um jeito que não consigo instalar a droga de um aparelho dos mais simples sem precisar de um suporte. Bem, que diabo, é melhor do que trabalho de oficina...

A voz deles é forçada e rápida demais na resposta para serem parte de uma conversa de verdade — parece mais com falas de desenho animado. Trato de me afastar e ir varrendo para longe antes que seja apanhado ouvindo atrás da porta.

Os dois auxiliares pegam Taber na latrina e o arrastam até o quarto acolchoado. Ele leva um bom chute nas canelas. Está berrando furioso de ódio. Fico surpreso de ver como parece indefeso quando os negros o seguram, como se estivesse enrolado em faixas de ferro.

Eles o atiram de cara no colchão. Um se senta sobre a cabeça dele, e o outro lhe rasga as calças, abrindo a parte de trás, e arranca pedaços de pano até que o traseiro cor de pêssego de Taber fica emoldurado pelo verde-alface esfarrapado. Ele está abafando pragas no colchão, e o negro sentado sobre a sua cabeça diz: "É isso mesmo, seu Taber, é isso mesmo..." A enfermeira vem se aproximando pelo corredor, espalhando vaselina sobre uma longa agulha, fecha a porta, eles ficam fora do ângulo de visão durante um segundo, então ela torna a sair, limpando a agulha num farrapo das calças de Taber. Ela deixou o vidro de vaselina no quarto. Antes que o auxiliar possa fechar a porta, vejo um deles ainda sentado sobre a cabeça de Taber, alisando-o com um lenço de papel. Ficam lá dentro muito tempo antes que a porta se abra novamente e saem, carregando-o pelo corredor até o laboratório. Agora as calças dele já foram arrancadas mesmo, e ele está enrolado num lençol úmido...

Às 9 horas os jovens internos, vestidos em roupas com cotovelos de couro, conversam com os Agudos durante cinquenta minutos sobre o que eles fizeram quando eram garotos. A Chefona desconfia da aparência desses residentes de cabelos curtos, e aqueles cinquenta minutos que eles passam na enfermaria são um período duro para ela. Enquanto estão por ali, a máquina começa a engasgar, e ela está de cenho franzido, tomando nota do que é preciso para examinar os dossiês daqueles rapazes, a fim de descobrir velhas infrações de trânsito e informações do gênero.

Às 9h50 os residentes vão embora e a máquina volta a zumbir macio. A enfermeira observa a enfermaria de dentro do seu compartimento de vidro; a cena diante dela torna a adquirir aquela clareza azul-metálica, aquele movimento limpo e ordenado de um desenho animado.

Taber é tirado do laboratório numa cama de rodinhas.

— Tivemos de dar mais uma injeção nele quando começou a acordar durante a punção espinhal — diz-lhe o técnico. — O que acha de o levarmos direto para o Setor 1 e o bombardearmos com pequenos eletrochoques enquanto estivermos por lá... e assim não desperdiçaremos o Seconal?

— Acho que é uma excelente sugestão. Talvez depois disso possamos levá-lo até o encefalógrafo e verificar a cabeça dele... poderíamos encontrar provas da necessidade de um tratamento cerebral.

Os técnicos saem andando depressa, empurrando o homem na cama gurney, como personagens de história em quadrinhos — ou como fantoches, fantoches mecânicos num daqueles espetáculos em que se espera que seja engraçado ver o fantoche derrotado pelo Diabo e engolido pela cabeça por um jacaré sorridente...

Às 10 horas chega a correspondência. Às vezes, você recebe o envelope rasgado...

Às 10h30 vem o relações-públicas seguido de um grupo de senhoras. Bate palmas com as mãos gordas na porta da enfermaria.

— Oh, alô, amigos. Animação, animação... Olhem só, meninas; vejam só como é limpo e claro, hein? Esta é a Srta. Ratched. Escolho sempre esta enfermaria porque é a *dela*. Meninas, ela é como mãe. Não estou querendo falar em termos de idade, mas vocês compreendem...

O colarinho da camisa do relações-públicas é tão apertado que faz o rosto dele inchar quando ri, e está rindo a maior parte do tempo, nunca sei de quê, rindo alto e depressa, como se quisesse poder parar mas sem conseguir. E o rosto está inchado, vermelho e redondo como uma bola com um rosto pintado nela. Ele não tem cabelos, nem pelos no rosto, de que se possa falar; parece que é como se outrora tivesse colado um pouco de cabelo, mas ficava escorregando e entrando pelos punhos e pelos bolsos da camisa dele, e descendo pelo colarinho. Talvez seja por isso que mantém o colarinho tão apertado, para que o pouco pelo fique do lado de fora.

Talvez seja por isso que fique rindo tanto, porque consegue manter todos os pelos do lado de fora.

Ele conduz essas excursões — mulheres sérias de casacos de malha, balançando a cabeça para ele à medida que mostra o quanto as condições melhoraram com o correr dos anos. Mostra a televisão, as grandes poltronas de couro, os bebedouros higiênicos; depois, todos eles vão tomar café na Sala das Enfermeiras. Às vezes, ele vem sozinho e apenas fica de pé no meio da enfermaria e bate com as palmas das mãos (a gente pode ouvir como elas estão molhadas), bate as palmas duas ou três vezes até que se grudem, então as mantém juntas, sob uma das bochechas, como se estivesse rezando, e começa a girar. Gira, gira e gira ali no meio do chão, olhando selvagem e freneticamente para a televisão, os quadros novos nas paredes, o bebedouro. E ri.

O que ele vê de tão engraçado, nunca nos deixa saber, e a única coisa engraçada que vejo é ele rodando, rodando e rodando ali, como um brinquedo de borracha — se a gente o empurrar para a frente, ele tem um peso no fundo, e logo balança de volta para o lugar, e recomeça a girar. Ele nunca olha para o rosto dos homens...

Às 10h40, 10h45, 10h50, os pacientes transitam, entrando e saindo das salas de entrevistas ou de salinhas estranhas em algum lugar onde as paredes nunca têm o mesmo tamanho e os assoalhos não são nivelados. Os sons da maquinaria à sua volta atingem uma velocidade constante, como em um navio.

A enfermaria zumbe da maneira como ouvi uma fábrica de tecido zumbir certa vez, quando o time de futebol jogou contra a escola secundária na Califórnia. Depois de uma boa temporada, os promotores da cidade estavam tão orgulhosos e exaltados que pagaram para que fôssemos de avião até a Califórnia para disputar um campeonato de escolas secundárias contra o time de lá. Quando chegamos à cidade, tivemos de visitar uma indústria local qualquer. Nosso treinador era um daqueles dados a convencer as pessoas de que o atletismo era educativo por causa do aprendizado proporcionado pelas viagens, e em todas as viagens que fazíamos ele carregava o time para visitar fábricas de laticínios, fazendas de plantação de beterraba e fábricas de conservas antes do jogo. Na Califórnia, foi uma fábrica de tecidos. Quando entramos na fábrica, a maioria do time deu uma olhada rápida e saiu, para se sentar no ônibus e jogar pôquer em cima das malas, mas eu fiquei lá dentro num canto, fora do caminho das moças negras, que corriam de um lado para outro entre as fileiras de máquinas. A fábrica me colocou numa espécie de sonho, todos aqueles zumbidos e estalos e chocalhar de gente e de máquinas sacudindo-se em espasmos regulares. Foi por isso que fiquei quando todos os outros se foram, por isso e porque aquilo me lembrou de alguma forma os homens da tribo que haviam deixado a aldeia nos últimos dias para trabalhar na trituradora de pedras para a represa. O padrão frenético, os rostos hipnotizados pela rotina... eu queria ir com o time, mas não pude.

Era de manhã, no princípio do inverno, e eu ainda usava a jaqueta que nos deram quando ganhamos o campeonato — uma jaqueta vermelha e verde com mangas de couro e um emblema com o formato de uma bola de futebol bordado nas costas, dizendo o que havíamos vencido — e ela estava fazendo com que uma porção de moças negras olhasse. Eu a tirei, mas elas continuaram olhando. Eu era muito maior naquela época.

Uma das moças afastou-se de sua máquina e olhou para um lado e para o outro para ver se o chefe estava por perto, depois veio até onde eu estava. Perguntou se íamos jogar na escola secundária naquela noite e me disse que seu irmão jogava como zagueiro para eles. Falamos um pouco a respeito de futebol e assuntos assim, e reparei como o rosto dela parecia embaçado, como se houvesse uma névoa entre nós dois. Era a penugem do algodão pairando no ar.

Falei-lhe a respeito da penugem. Ela revirou os olhos e cobriu a boca com a mão, para rir, quando eu lhe disse como era parecido com olhar seu rosto numa manhã enevoada de caça a patos. E ela respondeu: "Agora me diga, neste bendito mundo, você desejaria estar sozinho comigo lá fora, numa tocaia de pato?" Disse-lhe que ela poderia tomar conta da minha arma, e as moças começaram a rir com a boca escondida atrás das mãos na fábrica inteira. Eu também ri um pouco, vendo como havia parecido inteligente. Ainda estávamos conversando e rindo quando ela agarrou meus pulsos e os apertou com as mãos. Os traços de seu rosto de repente se acentuaram num foco radioso; vi que ela estava aterrorizada por alguma coisa.

— Leve-me — disse ela num murmúrio. — Leve-me mesmo, garotão. Para fora desta fábrica aqui, para fora desta cidade, para fora desta vida. Leve-me para uma tocaia de pato qualquer, num lugar qualquer. Num *outro* lugar qualquer. Hein, garotão, hein?

Seu rosto negro, bonito, cintilava ali na minha frente. Fiquei boquiaberto, tentando pensar em alguma resposta. Ficamos juntos, enlaçados daquela maneira durante alguns segundos; então, o som da fábrica saltou num arranco, e algo começou a puxá-la para trás, afastando-a de mim. Um cordão em algum lugar que eu não via prendera-se naquela saia vermelha florida e a puxava para trás. As unhas dela foram arranhando minhas mãos e, tão logo ela desfez o contato comigo, seu rosto saiu novamente de foco, tornou-se suave e escorregadio como chocolate, derretendo-se atrás daquela neblina de algodão que soprava. Ela riu e girou depressa, deixando que eu visse a perna amarela quando a saia subiu. Lançou-me uma piscadela de olho por sobre o ombro enquanto corria para sua máquina, onde uma pilha de fibras deslizava da mesa para o chão; ela apanhou tudo e saiu correndo sem fazer barulho pela fileira de máquinas para enfiar as fibras num funil de enchimento; depois, desapareceu de meu ângulo de visão ao virar num canto.

Todos aqueles fusos bobinando e rodando, e lançadeiras saltando por todo lado, e carretéis fustigando o ar com fios, paredes caiadas e máquinas cinza-aço e moças com saias floridas saltitando para a frente e para trás, e aquilo tudo tecido como uma teia, com linhas brancas corrediças que prendiam a fábrica, mantendo-a unida — aquilo me marcou, e, de vez em quando, algo na enfermaria traz de volta a lembrança à minha mente.

Sim. Isso é o que eu sei. A enfermaria é uma fábrica da Liga. Serve para reparar os enganos cometidos nas vizinhanças, nas escolas e nas igrejas, isso é o que o hospital é. Quando um produto é finalizado, volta para a sociedade lá fora — todo reparado e bom, como se fosse novo, às vezes *melhor* do que se fosse novo, traz alegria ao coração da Chefona; algo que entrou deformado, todo diferente, agora é um componente em funcionamento e bem-ajustado, um crédito para todo esquema e uma beleza para ser observada. Observe-o se esgueirando pela terra com um sorriso, encaixando-se em alguma vizinhança, onde estão escavando valas agora mesmo, por toda a rua, para colocar encanamento para a água da cidade. Ele está contente com isso. Ele finalmente está ajustado ao meio ambiente...

"Puxa, nunca vi algo capaz de superar a mudança que houve em Maxwell Taber desde que ele voltou daquele hospital; com umas marcas roxas em volta dos olhos, um pouco mais magro e, sabe de uma coisa? Ele é *outro homem*. Deus, a moderna ciência americana..."

E a luz fica acesa na janela de seu porão, muito depois da meia-noite, toda noite, à medida que os Elementos de Reação Retardada que os técnicos instalaram emprestam habilidades ligeiras a seus dedos quando ele se inclina sobre o vulto entorpecido da esposa, de suas garotinhas de apenas quatro e seis anos, do vizinho com quem joga boliche às segundas-feiras; ele os ajusta como foi ajustado. É assim que eles espalham o sistema.

Quando a corda dele finalmente acaba, depois de um número de anos preestabelecido, a cidade o ama carinhosamente e o jornal publica seu retrato ajudando os escoteiros no Dia de Limpeza do Cemitério, no ano anterior, e a esposa dele recebe uma carta do diretor da escola secundária, dizendo como Maxwell Taber era uma figura inspiradora para a juventude de nossa maravilhosa comunidade.

Até embalsamadores, normalmente uns pães-duros, contadores de tostão, ficam influenciados. "É, olhe só: o velho Max Taber era um bom sujeito. O que você acha de nos aproveitarmos do peso dele, 30% mais caro, sem cobrar nenhuma taxa extra da esposa? Não, que diabo, vamos fazê-lo por conta da casa."

Um Desfecho bem-sucedido como esse é um produto que traz alegria ao coração da Chefona e faz a propaganda de sua arte e da indústria inteira de maneira geral. Todo mundo fica satisfeito com o Desfecho.

Mas a Admissão é uma história diferente. Mesmo a Admissão mais bem-comportada demanda algum trabalho para entrar na rotina, e, também, nunca se pode dizer quando poderia entrar justamente aquele *determinado tipo*, que é suficientemente livre para estragar tudo, realmente fazer uma confusão dos diabos e representar uma ameaça a toda a organização bem lubrificada do esquema. E, como já expliquei, a Chefona fica realmente furiosa se algo impede seu esquema de funcionar direitinho.

Antes do meio-dia eles estão novamente na máquina de neblina, mas não a ligaram a toda; não está tão espessa assim, posso ver com algum esforço. Um dia desses, deixarei de me esforçar e me deixarei levar por completo, me perderei na neblina como alguns dos Crônicos se perderam, mas por enquanto estou interessado nesse cara novo — quero ver como ele vai reagir à Sessão de Grupo que vem aí.

Às 12h50 a neblina se dissolve por completo e os auxiliares estão dizendo aos Agudos para liberar o aposento para a sessão. Todas as mesas são levadas para fora da enfermaria e para a Sala da Banheira, do outro lado do corredor.

— Desocupem o chão — diz McMurphy, como se estivéssemos querendo dançar um pouquinho.

A Chefona observa tudo pela sua janela. Ela não se mexeu daquele lugar, diante daquela janela, durante três horas inteiras, nem mesmo para almoçar. O chão da enfermaria fica livre de mesas e, às 13 horas, o médico sai do consultório, no fundo do corredor, cumprimenta a enfermeira com um aceno de cabeça ao passar por onde ela está, observando pela janela, e se instala em sua cadeira, um pouco à esquerda da porta. Os pacientes sentam-se em seguida; e aí as jovens enfermeiras e os internos vêm entrando, um a um. Quando todos estão sentados, a Chefona se levanta por trás da janela e vai até os fundos da Sala das Enfermeiras, até aquele painel de aço, com controles e botões, liga uma espécie qualquer de piloto automático para dirigir as coisas enquanto ela estiver fora e sai para a enfermaria, trazendo o diário e um punhado de anotações. O uniforme dela, mesmo depois de ela ter estado ali durante a metade de um dia, ainda se conserva tão engomado que não se dobra exatamente em lugar algum; estala e se parte nas juntas com o mesmo som que uma lona congelada ao ser dobrada.

Ela senta-se bem à direita da porta.

Tão logo ela se acomoda, o velho Pete Bancini desliza, pondo-se de pé, e começa a sacudir a cabeça e a ofegar.

— Estou cansado. Ufa. Oh, Senhor. Oh, estou muito cansado... — Ele sempre faz assim, toda vez que aparece um paciente novo na ala.

A Chefona nem olha para Pete. Está examinando os papéis em sua cesta.

— Alguém vá sentar-se ao lado do Sr. Bancini — diz ela. — Acalme-o, de maneira que possamos começar a reunião.

Billy Bibbit vai. Pete virou a cabeça, ficando de frente para McMurphy, e está balançando a cabeça de um lado para outro, como um sinal luminoso de cruzamento de estrada de ferro. Ele trabalhou numa estrada de ferro durante trinta anos; agora está realmente acabado, mas sua memória ainda funciona.

— Tô can-sa-a-do — diz ele, balançando a cabeça para McMurphy.

— Vamos com calma, Pete — diz Billy, pondo a mão sardenta sobre seu joelho.

— ...muito cansado...

— Eu sei, Pete — dá uma palmadinha no joelho descarnado de Pete, que levanta a cabeça, percebendo que hoje ninguém vai prestar atenção à sua queixa.

A enfermeira tira o relógio da enfermaria, dá corda no relógio de pulso e o coloca, virado para ela, na cesta. Pega uma pasta.

— Agora, vamos dar início à sessão?

Olha em volta para ver se mais alguém está disposto a interrompê-la, sorrindo sempre, enquanto sua cabeça se vira no colarinho. Ninguém sustenta o olhar dela; estão todos procurando algo nas unhas. Exceto McMurphy. Ele arranjou uma poltrona num canto, está sentado como se tivesse tomado posse dela em definitivo. Está observando todos os movimentos dela. Ainda conserva o gorro bem enterrado na cabeça ruiva, como se fosse um corredor de motocicleta. Um baralho em seu colo se abre para um corte de uma só mão, então se fecha com um estalo, um som alto ampliado pelo silêncio. Os olhos em movimento da enfermeira se detêm sobre ele por um segundo. Ela o esteve observando enquanto jogava pôquer durante a manhã inteira e, embora não tenha visto dinheiro trocar de mãos, desconfia de que ele não seja exatamente do tipo que vá ficar satisfeito com o regulamento, que estabelece que só é possível apostar fósforos. O baralho se abre com um farfalhar e se fecha novamente com um estalo, e então desaparece em algum lugar numa daquelas manobras.

A enfermeira torna a olhar para o relógio e tira um pedaço de papel da pasta que tem nas mãos, olha para o papel e torna a colocá-lo na pasta. Põe de lado a pasta e apanha o livro de registro diário. Ellis tosse lá de seu lugar na parede; ela espera até que ele pare.

— Bom. No encerramento da sessão de sexta-feira... estávamos discutindo o problema do Sr. Harding — com relação à sua jovem esposa. Ele declarou que a esposa era extremamente bem servida de busto e que isso o deixava pouco à vontade, porque ela atraía os olhares dos homens na rua. — Ela começa a abrir o livro em determinados lugares; pedacinhos de papel para marcar as páginas saem do alto da lombada do livro. — De acordo com as notas registradas no livro por vários pacientes, ouviu-se o Sr. Harding comentar que ela "dá todas as razões para que os bastardos olhem". Também o ouviram dizer que ele poderia ter dado *a ela* motivos para buscar outras atenções sexuais. Ele foi ouvido ao comentar "minha esposa querida e doce, mas analfabeta, acha que qualquer palavra ou gesto que não despertar num estalo uma admirável força física e fantástica brutalidade é uma palavra ou um gesto de um janota fraco". — Continua a ler o livro em silêncio durante alguns instantes, depois o fecha. — Ele também declarou que o grande busto da esposa às vezes lhe dava um sentimento de inferioridade. É tudo. Alguém está disposto a explorar esse assunto mais um pouco?

Harding fecha os olhos, e ninguém mais diz nada. McMurphy olha em volta examinando os outros, esperando para ver se alguém vai responder à enfermeira, então ergue a mão e estala os dedos, como um colegial numa sala de aulas; a enfermeira volta a cabeça para ele.

— Sr., ah, McMurry?

— Explorar o quê?

— O quê? Explorar...

— A senhora perguntou, acho, "alguém está disposto a explorar".

— Explorar o... assunto, Sr. McMurry, o problema do Sr. Harding com a esposa.

— Ah. Pensei que se referisse a explorar o caso dela... outra coisa.

— Ora, mas o que poderia...

Mas ela para. Quase ficou desconcertada por um segundo. Alguns dos Agudos escondem o sorriso, e McMurphy se espreguiça longamente, boceja, pisca o olho para Harding. Então, a enfermeira, com muita calma, põe o livro de volta na cesta, tira outra pasta, abre-a e começa a ler.

— McMurry, Randle Patrick. Internado pelo estado e encaminhado pela Colônia Correcional de Pendleton. Para diagnóstico e possível tratamento. Trinta e cinco anos de idade. Solteiro. Cruz de Distinção em Serviço na Coreia, por liderar a fuga de um campo de prisioneiros comunista. Em seguida, expulsão desonrosa por insubordinação. Seguida por uma série de rixas de rua, brigas de bar e outra série de prisões por bebedeira, tentativa de agressão, perturbação da ordem, *contumácia* em jogos ilícitos e uma prisão... por estupro.

— Estupro? — O médico deu um salto.

— Sedução,* de uma moça de...

— Chega! Eles não conseguiram sustentar a acusação no tribunal — diz McMurphy para o médico. — A garota se recusou a testemunhar.

— De uma criança de quinze anos.

— Ela disse que tinha *dezessete anos*, doutor, e também queria.

— Um exame médico de corpo de delito na criança constatou penetração, penetração *repetida*, o auto declara...

— Estava querendo tanto que tive de costurar as calças para mantê-las fechadas.

---

* *Statury Rape*, no original, é estupro cometido contra menor, crime previsto como sedução, antes de ser retirado do Código Penal brasileiro. (N. da T.)

— A criança se recusou a testemunhar, a despeito do que o médico descobriu. Parece que houve coação. O acusado deixou a cidade logo depois do julgamento.

— Puxa, cara, eu *tinha* de ir embora. Doutor, deixe que eu lhe conte — ele se inclinou para a frente com um cotovelo no joelho, baixando a voz para o médico do outro lado da sala. — Aquela pestinha danada teria acabado realmente me reduzindo a farrapos quando completasse os dezesseis anos estabelecidos pela lei. Ela chegou a um ponto em que andava sapateando em cima de mim e me deixando exausto no chão.

A enfermeira fecha a pasta e a entrega ao médico além da porta.

— Nossa nova Admissão, Dr. Spivey — exatamente como se tivesse um homem dobradinho ali dentro daquele papel amarelo e pudesse passá-lo adiante para ser examinado. — Pensei em colocá-lo a par do dossiê dele hoje mais tarde, mas, uma vez que ele parece insistir em se afirmar na Sessão de Grupo, poderíamos muito bem cuidar do caso agora mesmo.

O médico tira os óculos do bolso do paletó, puxando o cordão, ajeita-os no nariz diante dos olhos. Estão meio inclinados para a direita, mas ele vira a cabeça para a esquerda e os equilibra. Está sorrindo de leve, enquanto folheia a pasta, tão deliciado com a maneira impudente de falar desse cara novo quanto o restante de nós, mas, exatamente como o restante de nós, toma cuidado para não se deixar descontrolar e rir. O médico fecha a pasta quando chega ao fim e coloca os óculos de volta no bolso. Olha para McMurphy ainda inclinado em sua direção, do outro lado da sala.

— O senhor não tem... parece... nenhum outro histórico psiquiátrico, Sr. McMurry?

— *McMurphy*, doutor.

— Ah? Mas eu pensei... a enfermeira estava dizendo...

Ele torna a abrir a pasta, puxa os óculos, examina novamente o dossiê por mais um minuto antes de fechá-lo e recoloca os óculos no bolso.

— Sim. McMurphy. Está certo. Desculpe-me.

— Não tem importância, doutor. Foi a senhora ali quem começou, ela se enganou. Já conheci gente que era dada a isso. Eu tinha um tio que se chamava Hallahan, e numa ocasião ele andou com uma dona que ficava fingindo que não conseguia lembrar-se do nome dele direito e ficava chamando-o de Hooligan só para chatear. Isso durou alguns meses, antes que ele a fizesse parar. Também a fez parar de uma vez.

— Ah? Como ele a fez parar? — perguntou o médico.

McMurphy sorriu e esfregou o nariz com o polegar.

— Ah, ah, agora isso eu não posso contar. Mantenho o método do tio Hallahan em segredo absoluto, o senhor sabe, para o caso de eu mesmo precisar utilizá-lo um dia.

Disse isso direto para a enfermeira. Ela sorriu de volta e ele olhou para o médico.

— Agora, o que o senhor estava perguntando a respeito do meu dossiê, doutor?

— Sim. Eu estava querendo saber se o senhor teve alguma experiência psiquiátrica anterior. Análise ou algum tempo passado em outra instituição qualquer?

— Bem, levando em conta as prisões estaduais e municipais...

— Instituições *psiquiátricas*.

— Ah. Não, se o caso é esse. Esta é minha primeira viagem. Mas eu sou louco, doutor. Juro que sou. Bem aqui... deixa que lhe mostre, aqui. Acho que aquele outro médico na colônia penal...

Ele se levanta, enfia o baralho no bolso da jaqueta e atravessa a sala para se inclinar por sobre o ombro do médico e folhear a pasta em seu colo.

— Acho que ele escreveu algo aqui atrás em algum lugar...

— Sim? Eu deixei passar. Só um momento. — O médico volta a puxar os óculos, coloca-os e olha para onde McMurphy está apontando.

— Bem aqui, doutor. A enfermeira deixou essa parte de fora quando estava *resumindo* meu dossiê. Onde diz "O Sr. McMurphy demonstrou *reiterados*...". Só quero ter certeza de que sou totalmente compreendido, doutor. "*Reiterados* transportes emocionais exagerados que sugerem o possível diagnóstico de psicopatia." Ele me disse que "psicopatia" quer dizer que eu brigo e fo..., perdão, senhoras, quero dizer que eu sou, conforme ele diz, *excessivamente* zeloso em minhas relações sexuais. Doutor, isto é realmente sério?

Ele perguntou isso com uma tal expressão infantil de preocupação e interesse, espelhada por todo o seu rosto grande e rude, que o médico não conseguiu evitar inclinar a cabeça e esconder outro risinho silencioso no colarinho, e os óculos caíram-lhe do nariz certinho bem no meio do bolso. Agora todos os Agudos estão sorrindo também, e até alguns dos Crônicos.

— Quero dizer esse excesso de zelo, doutor, o senhor alguma vez já teve algum problema com isso?

O médico esfrega os olhos.

— Não, Sr. McMurphy, devo admitir que não. Entretanto, estou interessado no fato de que o médico da colônia penal tenha acrescentado esta declaração: "Não afastar a possibilidade de que este homem pode estar simulando uma psicose para fugir ao trabalho penoso da colônia penal." — Ele ergueu o olhar para McMurphy. — O que o senhor diz disso?

— Doutor — ele se levanta, alto e empertigado, franze o rosto e abre os braços, estendidos com franqueza e honestidade para o mundo inteiro. — Pareço ser um homem são?

O médico está, outra vez, fazendo tanta força para não rir que não consegue responder. McMurphy gira, afastando-se do médico, e faz a mesma pergunta à Chefona:

— Pareço?

Em vez de responder, ela se levanta, toma a pasta de papel pardo do médico e torna a colocá-la na cesta sob sua guarda. Em seguida, ela se senta.

— Talvez, doutor, o senhor devesse esclarecer o Sr. McMurry a respeito do protocolo dessas Sessões de Grupo.

— Dona — diz McMurphy —, eu já lhe falei a respeito do meu tio Hallahan e da mulher que costumava fazer confusão com o nome dele?

Ela olha para ele durante muito tempo sem o seu sorriso característico. Tem a habilidade de transformar aquele sorriso em qualquer expressão que deseje utilizar sobre alguém, mas a aparência que ela lhe dá nada tem de diferente, é apenas uma expressão calculada e mecânica para servir a seus propósitos. Finalmente, diz:

— Desculpe-me, Mack-Murph-y. — Vira-se novamente para o médico. — Agora, doutor, se quiser explicar...

O médico cruza as mãos e se recosta.

— Sim. Creio que devo explicar a *teoria* toda de nossa Comunidade Terapêutica, uma vez que estamos aqui. Embora eu normalmente deixe isso para mais tarde. Uma boa ideia, Srta. Ratched, ótima ideia.

— Certamente que a teoria também, doutor, mas o que eu tinha em mente era a regra de que os pacientes têm de permanecer sentados durante a sessão.

— Sim. É claro. Depois explicarei a teoria. Sr. McMurphy, uma das primeiras regras é que os pacientes permaneçam sentados durante a sessão. É a única maneira, sabe, de mantermos a ordem.

— Claro, doutor. Eu só me levantei para lhe mostrar uma informação em meu dossiê.

Ele vai até sua cadeira, volta a se espreguiçar longamente, dá um grande bocejo e se remexe um pouco, como um cachorro se ajeitando para descansar. Quando se sente confortável, olha para o médico, esperando.

— Quanto à *teoria*... — O médico inspira profundamente, satisfeito.

— Ffffoda a mulher — diz Ruckly. McMurphy esconde a boca atrás das costas da mão e atira para o outro lado da sala, para Ruckly, num sussurro áspero:

— Mulher de quem?

A cabeça de Martini se levanta num salto, os olhos arregalados e fixos.

— É — diz ele. — Mulher de quem? Oh, ela? Sim, eu a vejo. Ééé.

— Eu daria um bocado para ter os olhos desse homem — diz McMurphy a respeito de Martini e depois nada mais fala durante o restante da sessão. Apenas fica sentado ali, observa e nada perde do que acontece, nem uma palavra sequer que é dita. O médico fala sobre a sua teoria até que a Chefona finalmente decide que ele já gastou tempo suficiente e lhe pede que se cale para que possam continuar com o problema de Harding, e falam durante todo o restante da sessão a respeito disso.

McMurphy se inclina para a frente na cadeira umas duas vezes durante a sessão, como se tivesse algo a dizer, mas pensa melhor e torna a se recostar. Há uma expressão de perplexidade em seu rosto. Alguma situação estranha está acontecendo ali, está descobrindo. Não consegue dizer exatamente o que é. Como, por exemplo, a maneira como ninguém ri. Ora, ele achou que haveria com certeza uma risada geral quando perguntou a Ruckly: "Mulher de quem?" Mas não houve nem sinal de umazinha. O ar está comprimido dentro das paredes, comprimido demais para se rir. Há alguma coisa estranha a respeito de um lugar onde os homens não se permitem descontrair e rir, alguma coisa estranha na maneira como todos se submetem àquela matrona velha, sorridente, de rosto cor de farinha, com o batom vermelho demais e os peitos exageradamente grandes. E ele pensa que vai só esperar um pouco para ver qual é a história nesse lugar novo, antes de fazer qualquer espécie de jogada. Esta é uma boa regra para um jogador: observar o jogo durante algum tempo antes de fazer a jogada.

Já ouvi aquela teoria da Comunidade Terapêutica um número suficiente de vezes para repeti-la de trás para a frente e de frente para trás — como alguém tem de aprender a sair-se bem num grupo antes de estar apto a funcionar numa sociedade normal; como o grupo pode ajudar alguém, mostrando-lhe onde ele está fora do lugar; como é a sociedade que decide quem é são e quem não é; assim, é preciso estar à altura. Todo esse negócio. Toda vez que recebemos um novo paciente na enfermaria, o médico mergulha na teoria com os dois pés; é praticamente a única ocasião em que ele assume o comando da situação e dirige a sessão. Ele explica que o objetivo da Comunidade Terapêutica é uma enfermaria democrática, completamente dirigida pelos pacientes e por seus votos, trabalhando com o objetivo de tornar cidadãos aptos a voltarem para o Lado de Fora, para a rua. Qualquer problema, qualquer aborrecimento, qualquer coisa que você queira que se modifique, diz ele, deverá ser apresentada e exposta ao grupo e discutida, em vez de deixar que lhe envenene o espírito. Você também deverá sentir-se à vontade em seu ambiente a ponto de poder discutir livremente problemas emocionais diante dos pacientes e da equipe. Converse, diz ele, discuta, confesse. E se ouvir um amigo dizer alguma coisa durante a conversa cotidiana, então registre no diário para que a equipe fique ciente. Isto não é delatar, é ajudar o companheiro. Traga esses velhos pecados à tona, onde eles possam ser apagados, ficando à vista de todos. E participe da Discussão do Grupo. Ajude a si mesmo e a seus amigos a vasculhar os segredos do subconsciente. Não deve haver necessidade de segredos entre amigos.

Nossa intenção, ele normalmente chega ao fim dizendo isso, é fazer daqui um lugar tão parecido quanto possível com suas comunidades de origem, livres e democráticas — um pequeno mundo do Lado de Dentro que é um protótipo em escala menor do grande mundo do Lado de Fora, onde um dia você ocupará de novo seu lugar.

Talvez ele tenha algo mais a dizer, mas, quando atinge esse ponto, a Chefona geralmente o faz calar, e na calmaria o velho Pete se levanta e sacode aquela cabeça que parece uma panela de cobre amassada e diz a todo mundo como está cansado, e a enfermeira diz a alguém que vá fazê-lo calar a boca também, de forma que a sessão possa continuar, e com frequência Pete se cala e a sessão continua.

Uma vez, só uma vez que eu me lembre, há uns quatro ou cinco anos, foi um pouco diferente. O médico acabara de dizer sua arenga e a enfermeira havia começado direto com: "Bem. Quem vai começar? Vamos colocar para fora esses velhos segredos." E ela colocou os Agudos em transe, permanecendo sentada ali em silêncio durante vinte minutos depois da pergunta, silenciosa como um despertador prestes a tocar, esperando que alguém começasse a contar algo a respeito de si mesmo. Os olhos dela corriam sobre eles de um lado para o outro, firmes como raios de luz girando num farol. A enfermaria ficou fechada em absoluto silêncio durante vinte longos minutos, com todos os pacientes atordoados nos lugares em que estavam. Depois que haviam se passado vinte minutos, ela olhou para o relógio e disse: "Devo concluir que não há um único homem entre vocês que tenha praticado algum ato que nunca admitiu?" Remexeu a cesta para apanhar o livro de anotações. "Será que vamos ter de rever alguma história antiga?"

Aquilo disparou alguma coisa, alguma engenhosa acústica nas paredes, preparadas para entrar em funcionamento apenas diante do som daquelas palavras, saídas de sua boca. Os Agudos se enrijeceram. Suas bocas se abriram em uníssono. Os olhos dela, que corriam, detiveram-se no primeiro homem ao longo da parede.

A boca se moveu:

— Eu assaltei a caixa registradora de um posto de gasolina.

Ela passou para o homem seguinte.

— Eu tentei levar minha irmã mais moça para a cama.

Os olhos dela passaram para o homem seguinte; cada um saltou como alvo de uma galeria de tiro.

— Eu... uma vez... quis levar meu irmão para a cama.

— Eu matei minha gata quando tinha seis anos. Oh, Deus me perdoe, eu a apedrejei até a morte e disse que o vizinho é que havia feito isso.

— Eu menti quando disse que havia tentado. Realmente trepei com minha irmã!

— Eu também! Eu também!

— E eu! E eu!

Foi melhor do que ela havia sonhado. Estavam todos gritando para se superarem uns aos outros, indo adiante e mais adiante, sem jeito de parar, contando histórias que nunca mais lhes permitiriam se olhar de frente outra vez. A enfermeira assentindo a cada confissão e repetindo "sim", "sim", "sim".

Então, o velho Pete ficou de pé.

— Estou *cansado!* — foi o que ele gritou, com um tom forte, zangado e metálico na voz que ninguém jamais ouvira.

Todo mundo se calou. Estavam como que envergonhados. Era como se, de repente, ele tivesse dito alguma coisa que era real e verdadeira e importante, e aquilo tivesse coberto de vergonha toda aquela gritaria infantil. A Chefona ficou furiosa. Virou-se e o olhou com ódio, o sorriso escorrendo-lhe por sobre o queixo; ela havia conseguido que tudo corresse tão bem.

— Alguém, por favor, vá atender o pobre Sr. Bancini — disse ela.

Dois ou três se levantaram. Tentaram acalmá-lo, deram-lhe palmadinhas no ombro. Mas Pete não ia deixar que o calassem.

— Cansado! Cansado! — continuou.

Finalmente a enfermeira mandou um dos auxiliares levá-lo para fora da enfermaria à força. Ela esqueceu que seus auxiliares não tinham nenhum controle sobre pessoas como Pete.

Pete foi um Crônico a vida inteira. Embora não tenha vindo para o hospital senão com mais de cinquenta anos, sempre fora um Crônico. A cabeça dele tem duas grandes mossas, uma de cada lado, porque o médico que assistia sua mãe na hora do parto lhe apertou o crânio, tentando puxá-lo para fora. Pete havia olhado para fora, primeiro, e visto toda a aparelhagem da sala de parto à sua espera e de alguma forma se dera conta do lugar para onde ia e se agarrara a tudo que estava a seu alcance ali dentro para tentar evitar nascer. O médico tateou lá dentro e o apanhou pela cabeça com um fórceps e o puxou com um arranco e concluiu que estava tudo bem. Mas a cabeça de Pete ainda era nova demais, ainda macia como gesso, e, quando endureceu, aquelas duas mossas deixadas pelo fórceps permaneceram. E aquilo fez com que ele fosse simples a ponto de precisar de todos os seus mais valentes esforços, concentração e força de vontade para executar apenas as tarefas que eram fáceis para uma criança de seis anos.

Mas uma coisa boa — o fato de ser simples assim o colocou fora do alcance das garras da Liga. Não foram capazes de transformá-lo numa fenda. Assim, deixaram-no arranjar um emprego simples numa ferrovia, onde tudo que tinha de fazer era sentar-se numa casinha de madeira bem longe, lá no interior, num desvio solitário, e balançar uma lanterna vermelha para os trens se o desvio fosse para uma das vias; uma verde se fosse para a outra; e uma lanterna amarela se houvesse um trem em algum lugar mais adiante. E ele o fez, com a força condutora e a garra que eles não conseguiram espremer para fora de sua cabeça, sozinho naquele desvio. E nunca nenhum controle foi instalado.

É por isso que os auxiliares não tinham autoridade alguma sobre ele. Mas o negro não pensou naquilo naquele momento, da mesma forma que a enfermeira não pensou quando mandou que Pete fosse levado para fora da enfermaria. O negro aproximou-se depressa e deu um puxão no braço de Pete na direção da porta, exatamente como a gente puxa as rédeas de um cavalo para virá-lo.

— É isso mesmo, Pete. Vam'bora pro dormitório. Você tá incomodando todo mundo.

Pete sacudiu o braço, soltando-se.

— Estou *cansado* — advertiu.

— Vam'bora, velho, cê tá criando caso. Vamos lá, deitar na cama e ficar quieto como um garoto bem-comportado.
— Cansado...
— Eu disse que você vai pro dormitório, velho!
O auxiliar tornou a lhe dar um puxão no braço, e Pete parou de balançar a cabeça. Enrijeceu-se, endireitou o corpo e ficou firme, e seus olhos se desanuviaram de repente. Normalmente os olhos de Pete estão semicerrados e embaçados, como se houvesse leite neles, mas daquela vez eles se abriram claros como néon azul. E a mão naquele braço que o auxiliar estava segurando começou a inchar. Os funcionários e a maioria dos outros pacientes estavam falando entre si, sem prestar atenção àquele velho e à sua velha história de que estava cansado, imaginando que ele seria acalmado como de hábito e que a sessão continuaria. Eles não viram a mão na extremidade daquele braço latejar e tornar-se cada vez maior, à medida que ele a abria e fechava. Eu fui o único a ver. Eu a vi inchar-se e se fechar apertado, flutuar diante dos meus olhos, tornar-se lisa — dura. Uma grande bola de ferro enferrujado na ponta de uma corrente. Olhei fixamente para ela e esperei, enquanto o auxiliar dava outro puxão no braço de Pete em direção ao dormitório.
— Velho, eu disse que cê tem...
Ele viu a mão. Tentou recuar e escapar dela, dizendo "você é um bom garoto, Peter", mas era um pouco tarde demais. Pete balançava a bola, tomando impulso desde o joelho. O negro foi achatado contra a parede e ficou pregado ali um instante, depois deslizou até o chão como se a parede estivesse escorregadia. Ouvi canos estourarem e curtos-circuitos por toda parte dentro da parede, e o estuque se partiu exatamente no formato em que ele bateu.

Os outros dois — o menor e o outro grandão — ficaram parados, chocados. A enfermeira estalou os dedos, e eles despertaram de repente. Movimento imediato, deslizando pelo assoalho. O pequeno ao lado do grande como uma imagem refletida num espelho distorcido. Estavam quase alcançando Pete quando de repente lhes ocorreu o que o outro auxiliar devia ter percebido, que Pete não estava sob controle como o restante de nós, que ele não ia se importar nem um pouco só por eles lhe darem uma ordem ou um puxão no braço. Se fossem realmente levá-lo, teriam de levá-lo como se leva um urso ou um touro selvagem, e com um do trio fora de ação, de cara no rodapé, os outros dois não quiseram arriscar-se.

Esse pensamento ocorreu a ambos ao mesmo tempo, e eles pararam imóveis, o grande e seu reflexo minúsculo, exatamente na mesma posição, o pé esquerdo na frente, a mão direita estendida, a meio caminho entre Pete e a Chefona. Aquela bola de ferro balançando na frente deles e aquela raiva branca como neve atrás deles, eles tremeram, soltaram fumaça, e eu podia ouvir as engrenagens rangendo. Podia vê-los se contorcerem confusos, como máquinas aceleradas ao máximo e com os freios empurrados até o fundo.

Pete ficou de pé ali, no meio do assoalho, balançando a bola, para trás e para a frente, ao lado do corpo, todo inclinado por causa do peso. Todo mundo o observava agora. Ele olhou do auxiliar grande para o pequeno e, quando viu que não chegariam mais perto, virou-se para os pacientes.

— Vocês veem... é um monte de besteiras — disse-lhes. – É tudo um monte de besteiras.

A Chefona havia se esgueirado da cadeira e se dirigia sorrateiramente para sua bolsa de vime encostada na porta.

— Sim, sim, Sr. Bancini — murmurou ela. — Agora, se o senhor apenas se acalmasse...

— É isso que tudo é, nada mais que um monte de besteiras. — A voz dele perdeu a força metálica e tornou-se tensa e desesperada, como se ele não tivesse muito tempo para concluir o que tinha de dizer. — Vocês veem, não posso fazer nada, não posso... não veem? Eu nasci morto. Vocês não. Vocês não nasceram mortos. Ahhhh, tem sido tão difícil...

Ele começou a chorar. Não conseguia mais fazer as palavras saírem articuladas; abria e fechava a boca para falar, mas não conseguia mais arrumar as palavras em frases. Sacudia a cabeça para desanuviá-la e pestanejou, olhando para os Agudos.

— Ahhhh, eu... digo a vo... eu digo a *vocês*.

Começou a afundar de novo, e a bola de ferro tornou a reduzir-se a uma das mãos. Ele a mantinha estendida semiaberta à sua frente, como se estivesse oferecendo alguma coisa aos pacientes.

— Eu não posso fazer nada. Nasci um aborto. Ouvi tantos insultos que morri. Não posso fazer nada. Estou cansado. Estou desistindo de tentar. Vocês têm chances. Eu ouvi tantos insultos que nasci morto. Vocês conseguiram com facilidade. Eu nasci morto e a vida foi difícil. Estou cansado. Estou exausto de falar e de ficar em pé. Eu estive morto durante cinquenta e cinco *anos*.

A Chefona o apanhou de jeito pelo outro lado da sala, puxando-o pelas calças. Ela saltou para trás sem tirar a agulha depois da injeção, e aquilo ficou pendurado nas calças dele como um rabinho de vidro e aço, o velho Pete se afundando cada vez mais, não por causa da injeção, mas por causa do esforço; os últimos dois minutos o haviam exaurido completa e definitivamente, de uma vez por todas — bastava olhar para ele que se via que estava acabado.

Assim, na realidade, não havia nenhuma necessidade da injeção; a cabeça dele já começara a balançar-se para trás e para a frente, seus olhos estavam embaciados. Quando a enfermeira voltou para apanhar a seringa, ele estava tão inclinado para a frente que chorava diretamente no chão, sem molhar o rosto, lágrimas manchando um trecho grande, à medida que balançava a cabeça para a frente e para trás, pingando, pingando, formando um desenho regular no chão da enfermaria, como se ele as estivesse semeando.

— Ahhhh — gemeu ele. Não se moveu quando ela tirou a agulha.

Ele voltara à vida durante, talvez, um minuto, para tentar dizer-nos alguma coisa, algo que nenhum de nós se importava em ouvir ou compreender, e o esforço o havia exaurido até a última gota. Aquela injeção no quadril foi tão desperdiçada como se ela a tivesse aplicado num homem morto — sem coração para bombeá-la, sem veias para levá-la até a cabeça, sem cérebro lá em cima para ser mortificado por seu veneno. Teria surtido o mesmo resultado se ela a tivesse aplicado num cadáver velho e seco.

— Estou... cansado...

— Bem. Acho que, se vocês dois aí, rapazes, forem *corajosos* o suficiente, o Sr. Bancini irá para a cama como um bom rapaz.

— ...mui... to cansado.

— E o auxiliar Williams está voltando a si, Dr. Spivey. — Cuide dele, sim. Isso. O relógio dele está quebrado e ele cortou o braço.

Pete nunca mais tentou nada parecido com aquilo, e nunca tentará. Agora, quando começa a se agitar durante uma sessão e eles tentam calá-lo, ele sempre se cala. Ainda se levanta de tempos em tempos e balança a cabeça e nos diz o quanto está cansado, mas não é mais uma queixa ou uma desculpa ou uma advertência — ele já acabou com isso; é como um velho relógio que não diz mais as horas, mas também não para; com os ponteiros deformados, estendidos, e o mostrador vazio, sem números, e a campainha de despertar, enferrujada e silenciosa, um velho relógio inútil, que apenas continua fazendo tique--taque e cuco, sem nada significar.

O grupo ainda está estraçalhando o pobre Harding quando soam as 14 horas.

Às 14 horas, o médico começa a se remexer na cadeira. As sessões são desagradáveis para ele, a menos que esteja dissertando sobre sua teoria; ele teria preferido passar seu tempo lá embaixo, no consultório, fazendo gráficos. Ele se remexe um pouco e finalmente pigarreia, e a enfermeira consulta o relógio e nos diz que é para trazermos de volta as mesas e que retomaremos aquela discussão novamente no dia seguinte, no mesmo horário. Os Agudos saem do transe, olham na direção de Harding por um instante. O rosto deles queima de vergonha, como se tivessem acabado de despertar para o fato de que foram feitos de idiotas mais uma vez. Alguns vão para a Sala da Banheira, do outro lado do corredor, para buscar as mesas; alguns vagueiam até as prateleiras de revistas e demonstram muito interesse pelas velhas *McCall's*, mas o que todos eles realmente estão fazendo é evitar Harding. Foram novamente manobrados para torturar um de seus amigos como se fosse um criminoso e todos eles fossem promotores, juízes e jurados. Durante 45 minutos estiveram retalhando um homem em pedaços, como se tivessem prazer nisso, bombardeando-o de perguntas: o que ele *pensa* que há de errado com ele, que não consegue satisfazer a dama, por que *insiste* em dizer que ela nunca teve nada a ver com outro homem; como espera ficar bom se não responde com *honestidade*? — perguntas e insinuações, até que então se sentem mal a respeito delas e não querem sentir-se pior ainda por estar perto dele.

Os olhos de McMurphy acompanham tudo. Ele não sai da cadeira. Tem uma expressão perplexa novamente. Deixa-se ficar sentado na cadeira durante algum tempo, observando os Agudos, roçando o baralho para cima e para baixo nas pontas da barba vermelha até o queixo. Afinal, levanta-se da cadeira, boceja, espreguiça-se e coça a barriga com a ponta de uma carta. Depois, enfia o baralho no bolso e anda até onde está Harding, sozinho, grudado de suor na cadeira.

McMurphy olha para Harding durante um minuto, em seguida lança a mão sobre o encosto de uma cadeira de pau que está por perto, vira-a de costas, de forma que o encosto fique de frente para Harding, e monta nela como montaria num cavalo bem pequeno. Harding não se dá conta de nada. McMurphy remexe os bolsos até encontrar os cigarros, tira um e o acende; ele o segura diante de si, franze o rosto para a ponta, lambe o polegar e o indicador e ajeita a brasa a seu gosto.

Cada um dos homens parece não se dar conta de que o outro está ali. Não sei nem dizer se Harding nota a presença de McMurphy. Harding está com os ombros bem encolhidos em torno de si, como asas verdes, e está sentado muito ereto perto da beirada da cadeira, com as mãos presas entre os joelhos. Olha fixo para a frente, cantarolando baixinho, tentando aparentar calma — mas ele está mordendo a gengiva e isso lhe dá um estranho sorriso de caveira que nada tem de calmo.

McMurphy torna a enfiar o cigarro entre os dentes, cruza as mãos sobre o encosto e descansa o queixo sobre elas, fechando um dos olhos por causa da fumaça. Olha para Harding com o outro olho por algum tempo, depois começa a falar, com o cigarro para cima e para baixo entre os lábios:

— Bem, diga lá, companheiro, é desse jeito que essas sessõezinhas costumam ser?

— Costumam ser? — O cantarolar de Harding para. Não está mais mordendo a gengiva, mas ainda olha fixo para a frente, para além do ombro de McMurphy.

— Esse é o *procedimento* habitual para essas festanças de Terapia de Grupo? Um bando de galinhas numa festa de bicadas?

A cabeça de Harding vira com um movimento brusco e seus olhos acham McMurphy, como se fosse a primeira vez que ele percebesse que alguém está sentado à sua frente. Forma-se uma ruga no meio de seu rosto quando ele volta a morder a bochecha, e isso faz com que pareça que está sorrindo. Joga os ombros para trás e encosta-se na cadeira, tentando parecer descontraído.

— Uma "festa de bicadas"? Acho que esse seu modo de falar, estranho e caipira, está além da minha compreensão, amigo. Não faço a menor ideia do que você está falando.

— Ora, então deixe que eu lhe explique. — McMurphy levanta a voz; embora não olhe para os outros Agudos que o estão ouvindo, atrás dele, é a eles que se dirige. — O bando avista uma mancha de sangue numa galinha qualquer e todos eles começam a bicá-la, sabe, até que estraçalham a galinha em sangue e ossos e penas. Mas normalmente um par das aves do *bando* ganha também sua ferida na confusão, então é a vez delas. E mais algumas ficam machucadas e são bicadas até a morte, e mais outras e outras. Ah, uma festa de bicadas pode acabar com o bando inteiro em uma questão de horas, companheiro, eu já vi. É uma cena um bocado assustadora. A única maneira de impedir que isso aconteça com as galinhas é meter antolhos nelas. De forma que não possam ver.

Harding enlaça os dedos longos em torno do joelho e o puxa para junto do corpo, recostando-se na cadeira.

— Uma festa de bicadas. Essa é realmente uma analogia divertida, meu amigo.

— E é exatamente o que aquela sessão a que acabei de assistir me fez lembrar, companheiro, se você quer saber a verdade suja. Lembrou-me de um bando de galinhas sujas.

— Assim, isso faz de mim a galinha com a mancha de sangue, amigo?

— Exato, companheiro.

Ainda estão sorrindo um para o outro, mas o tom de voz deles tornou-se tão baixo e tenso que tenho de ir varrer mais perto deles para conseguir ouvir. Os outros Agudos também se estão aproximando.

— E quer saber de mais uma coisa, companheiro? Você quer saber quem dá aquela primeira bicada?

Harding espera que ele continue.

— É aquela enfermeira velha, é ela.

Um gemido de medo quebra o silêncio. Ouço a maquinaria nas paredes engrenar. Harding está enfrentando momentos difíceis para manter as mãos imóveis, mas continua tentando aparentar calma.

— Assim — diz ele —, é apenas isso, é estupidamente apenas isso. Você está em nossa enfermaria há seis horas e já simplificou todo o trabalho de Freud, Jung e Maxwell Jones e resumiu tudo numa única analogia: é uma "festa de bicadas".

— Não estou falando em Fred Yoong e Maxwell Jones, companheiro, só estou falando daquela sessãozinha piolhenta e o que aquela enfermeira e esses outros miseráveis fizeram com você. E fizeram dobrado.

— Fizeram comigo?

— É isso mesmo, *fizeram*. Fizeram com você em todas as oportunidades que tiveram. Fizeram com você do princípio ao fim. Você deve ter feito alguma coisa para ter esse monte de inimigos aqui neste lugar, companheiro, porque parece mesmo que há um monte aí que está doido pra pegar você.

— Ora, isto é incrível. Você ignora completamente, não leva em consideração e ignora o fato de que o que eles estavam fazendo hoje era para o meu próprio bem? Que qualquer questão ou discussão levantada pela Srta. Ratched, ou pela equipe, é feita exclusivamente por motivos terapêuticos? Você não deve ter ouvido uma palavra sequer da teoria do Dr. Spivey sobre a Comunidade Terapêutica, ou, se ouviu, não deve ter tido a educação necessária para compreendê-la. Estou desapontado. Eu havia concluído, pela nossa conversa nesta manhã, que você era mais inteligente. Um cabeça-dura, analfabeto, talvez, certamente um fanfarrão caipira com tanta sensibilidade quanto um ganso, mas basicamente inteligente, não obstante tudo isso. Mas, embora eu costume ser observador e introspectivo, ainda cometo erros.

— Vá pro inferno, companheiro.

— Ah, sim; esqueci-me de acrescentar que também notei sua brutalidade primitiva nesta manhã. Psicopata com tendências sádicas definidas, provavelmente motivadas por egomania irracional. Sim. Como você vê, todos esses talentos naturais o qualificam um terapeuta competente e o tornam bastante capaz para criticar o procedimento da sessão da Srta. Ratched, a despeito do fato de que ela é uma enfermeira psiquiátrica tida em alta conta, com vinte anos de experiência nesse campo. Sim, com seu talento, amigo, você poderia fazer milagres subconscientes, acalmar o id dolorido e curar o superego ferido. Você provavelmente poderia obter a cura total da enfermaria inteira, com os Vegetais e tudo, em seis meses rapidinhos... senhoras e senhores, ou seu dinheiro de volta.

Em vez de responder ao desafio, McMurphy continuou apenas a olhar para Harding. Finalmente, pergunta com a voz controlada:

— E você realmente acredita que aquela baboseira que houve na sessão de hoje está produzindo alguma espécie de cura, fazendo algum tipo de bem?

— Que outra razão teríamos para nos submeter a ela, amigo? Os funcionários desejam nossa cura tanto quanto nós mesmos. Eles não são monstros. A Srta. Ratched pode ser uma senhora de meia-idade bastante severa, mas não é uma espécie qualquer de monstro gigante do clã das galináceas, dada a arrancar nossos olhos sadicamente com bicadas. Você não pode realmente pensar isso a respeito dela, pode?

— Não, companheiro, isso não. Ela não está bicando seus *olhos*. Não é isso que ela está bicando.

Harding recua, e vejo suas mãos começarem a se esgueirar para fora, do meio de seus joelhos, como aranhas brancas saindo do meio de dois galhos de árvore cobertos de limo, subindo pelos galhos até o ponto de encontro no tronco.

— Os nossos olhos, não? — diz ele. — Diga, então, por caridade, onde *é* que a Srta. Ratched nos *está* bicando, amigo?

McMurphy sorri.

— Ora, você não *sabe*, companheiro?

— Não, claro que não! Quero dizer, se você insis...

— Em seus colhões, companheiro, em seus queridos *colhões*.

As aranhas alcançam a junção no tronco e se acomodam ali, contorcendo-se. Harding tenta sorrir, mas seu rosto e os lábios estão tão pálidos que o sorriso se perde. Olha fixamente para McMurphy. McMurphy tira o cigarro da boca e repete o que já dissera.

— Bem no seu saco. Não, aquela enfermeira não é nenhuma espécie de galinha monstro, companheiro; na verdade, ela é uma capadora de colhões. Já vi milhares delas, velhas e moças, homens e mulheres. Já vi essa espécie por todo o país. Gente que tenta fazer com que você fique fraco para que possa obrigá-lo a entrar na linha, a seguir as regras deles, a viver como eles querem que você viva. E a melhor maneira de fazer isso, de submeter as pessoas, é enfraquecendo-as, acertando porradas onde mais dói. Alguma vez você já levou uma joelhada no saco numa briga, companheiro? Faz você ficar paralisado e suar frio, não faz? Não há nada pior. Faz você ficar enjoado, tira qualquer resquício de força que você tiver. Se você estiver enfrentando um cara que quer ganhar fazendo você ficar mais fraco, em vez de ele se fazer mais forte, então fique de olho no joelho dele, pois ele vai atacar é nos seus colhões. E é isso que aquela velha escrota está fazendo: atacando seus colhões.

O rosto de Harding ainda está sem cor, mas ele já conseguiu controlar as mãos; elas se movem com sacudidelas bruscas diante dele, tentando atirar para longe o que McMurphy estava dizendo:

— Nossa querida Srta. Ratched? Nosso doce, sorridente e terno anjo de misericórdia, mãe Ratched, uma capadora de colhões? Ora, amigo, isto é *extremamente* ridículo.

— Companheiro, não me venha com essa baboseira de mãezinha terna. Ela pode ser como mãe, mas é grande como um celeiro e dura como uma faca de metal. Ela me enganou com aquela encenação de mãezinha gentil, durante talvez uns três minutos, quando entrei, hoje de manhã, mas não mais do que isso. Não creio que ela tenha realmente enganado algum de vocês por seis meses ou um ano. Que *horror*! Já vi um bocado de cadelas na minha vida, mas ela ganha de todas disparada.

— Uma cadela? Mas há um momento era uma capadora de colhões, depois uma escrota... ou era uma galinha? Suas metáforas se contradizem.

— Vá pro inferno com essa papagaiada; ela é uma cadela e uma escrota e uma capadora de colhões, e não tente me enganar, você entende o que estou falando.

O rosto e as mãos de Harding agora estão se movendo mais depressa que nunca, numa sequência de gestos, sorrisos, caretas e trejeitos em alta velocidade. Quanto mais ele tenta parar, mais rápido correm. Quando ele deixa as mãos e o rosto se moverem à vontade e não tenta impedi-los, fluem e gesticulam de um jeito que é realmente bonito de se ver, mas, quando ele se preocupa e tenta controlá-los, transforma-se numa marionete saltitante na execução de uma dança frenética. Tudo está se mexendo cada vez mais depressa, e a voz dele apressa-se para acompanhar o ritmo.

— Ora, veja bem, meu amigo Sr. McMurphy, meu camarada psicopata, nossa Srta. Ratched é um verdadeiro anjo de misericórdia, e o porquê simplesmente *todo* mundo sabe. Ela é dedicada e generosa, trabalhando, sem visar a agradecimentos, para o bem de todos, dia após dia, durante cinco longos dias por semana. É preciso ter coração para isso, meu amigo, coração. De fato, fui informado por fontes, não tenho permissão para revelar minhas fontes, mas poderia dizer que Martini está em contato com as mesmas pessoas boa parte do tempo, de que ela ainda presta *grandes* serviços à humanidade durante os fins de semana, num trabalho generoso e voluntário pela cidade. Reúne, por caridade, alimentos enlatados, queijo para completar a dieta, sabão, ajudando com eles um jovem casal qualquer que esteja atravessando dificuldades financeiras. — As mãos dele saltam no ar, moldando o quadro que está descrevendo. — Ah, olhem, ali está ela, nossa enfermeira. Sua batida suave à porta. A cesta com fitas. O jovem casal radiante a ponto de ter perdido a fala. O marido boquiaberto, a esposa chorando abertamente. Ela examina a casa deles. Promete-lhes enviar dinheiro para... sabão em pó, sim. Coloca a cesta no meio do assoalho. E, quando nosso anjo vai embora, atirando beijos, sorrindo eternamente, está tão *intoxicado* com o doce leite da bondade humana que sua ação gerou no interior de seu grande busto que está fora de si de generosidade. *Fo-ra de si*, está ouvindo? Parando na porta, ela chama a jovem esposa tímida para um lado e lhe oferece 20 dólares do seu dinheiro: "Vá, pobre criança infeliz e mal alimentada, vá e compre um *vestido* decente. Eu *compreendo* que seu marido não tem condições para isso, mas, tome aqui, aceite e *vá*." E o casal estará endividado para sempre com sua generosidade.

Ele fala cada vez mais depressa, os músculos saltando no pescoço. Quando para de falar, a enfermaria está em absoluto silêncio. Nada ouço além de um leve girar ritmado, que imagino seja o gravador escondido em algum lugar, captando tudo.

Harding ergue os olhos e, notando que todo mundo está olhando para ele, esforça-se para rir. Sai de sua boca um som parecido com o de um prego ao ser arrancado de uma tábua de pinho verde com um pé de cabra: Iii-iii-iii. Ele não consegue parar. Torce as mãos e aperta os olhos ante o som horrível daquele guinchado. Mas não consegue parar. Fica mais alto e mais alto ainda, até que, finalmente, com uma tomada de fôlego, ele deixa o rosto cair sobre as mãos que esperam.

— Oh, a cadela, a cadela, a cadela — murmura por entre os dentes.

McMurphy acende outro cigarro e o oferece a ele; Harding aceita sem dizer uma só palavra. McMurphy ainda está observando o rosto de Harding, ali, na sua frente, com uma espécie de perplexidade, olhando para ele como se fosse o primeiro rosto humano em que estivesse pondo os olhos. Observa enquanto as contrações de Harding vão diminuindo e o rosto se levanta das mãos.

— Você está certo — diz Harding — a respeito de tudo.
— Ele olha para os outros pacientes, que o observam. — Ninguém nunca ousou abrir o jogo e dizê-lo antes, mas não há um único homem entre nós que não pense isso, que não sinta da mesma maneira que você, com relação a ela e a tudo mais, que não sinta isso em algum lugar, bem lá no fundo, em sua alma assustada.

McMurphy franze o rosto e pergunta:

— E o que há com aquele peido de médico? Ele pode até ser meio lento da cabeça, mas não tanto a ponto de não ser capaz de ver como ela assumiu o comando e o que está fazendo.

Harding dá uma longa tragada no cigarro e deixa a fumaça ir saindo à medida que vai falando.

— O Dr. Spivey... é exatamente como todos nós, McMurphy, absolutamente consciente de sua incapacidade. É um coelhinho desesperado, assustado e inútil, totalmente incapaz de dirigir esta enfermaria sem a ajuda de nossa Srta. Ratched, e ele sabe disso. E, pior, ela *sabe* que ele sabe disso, e lhe recorda em todas as oportunidades que tem. Toda vez que ela descobre que ele deu um pequeno escorregão em seus deveres ou, digamos, nos registros, você pode muito bem imaginá-la ali, esfregando o nariz dele no erro.

— É isso mesmo — diz Cheswick, colocando-se ao lado de McMurphy. — Esfrega nosso nariz em nossos erros.

— Por que ele não a manda embora?

— Neste hospital — diz Harding —, o médico não tem poder de contratar e despedir. Esse poder é do supervisor, e o supervisor é uma mulher, uma velha e querida amiga da Srta. Ratched; elas foram enfermeiras do Exército, na mesma época, na década de 1930. Nós aqui somos vítimas de um matriarcado, amigo, e o médico é tão impotente quanto nós. Ele sabe que tudo que a Ratched tem de fazer é pegar aquele fone que você vê ali junto do cotovelo dela, chamar a supervisora e dizer, ah, digamos, que o médico parece estar fazendo um *grande* número de requisições de Demerol...

— Espere aí, Harding, não estou entendendo todo esse papo técnico.

— Demerol, meu amigo, é um preparado sintético duas vezes mais forte para criar dependência que a heroína. É muito comum médicos viciados nele.

— Aquele peidinho? Ele é um viciado em drogas?

— Tenho certeza de que não sei.

— Então como é que ela começa acusando-o de...

— Ah, você não está prestando atenção, meu amigo. Ela *não* acusa. Ela precisa apenas insinuar, insinuar qualquer coisa, entende? Não reparou hoje? Ela chama um homem até a Sala das Enfermeiras e lá o interroga sobre um lenço de papel que foi encontrado debaixo da cama dele. Nada mais, apenas interroga. E ele se sentirá como se estivesse mentindo para ela, qualquer que seja sua resposta. Se alega que estava limpando uma caneta, ela diz "Eu sei, uma caneta", ou, se ele afirma que estava resfriado, limpando o nariz, ela diz "Eu sei, resfriado", e balança a cabecinha grisalha bem penteada e sorri seu sorrisinho limpo e vira-se e volta para a Sala das Enfermeiras, deixa-o de pé ali, perguntando-se apenas para que diabo que ele usou o lenço de papel. — Ele recomeça a tremer e os ombros tornam a se dobrar em sua volta. — Não, ela não precisa acusar. Ela é um gênio em insinuações. Alguma vez você a ouviu, durante a nossa discussão hoje, *alguma vez* a ouviu me acusar de alguma coisa? No entanto, parece que fui acusado de uma porção de coisas, de ciúme e paranoia, de não ser homem bastante para satisfazer minha mulher, de ter relações com meus amigos homens, de segurar o cigarro de maneira efeminada e, até, lembro-me, fui acusado de nada ter entre as pernas, a não ser um chumaço de cabelos... e, por falar nisso, *cabelos tão macios, louros e fofos!* Capadora de colhões? Oh, você a está *subestimando*!

Harding cala-se de repente e se inclina para a frente, a fim de segurar as mãos de McMurphy entre as suas. Seu rosto está estranhamente inclinado, pontiagudo, cheio de mossas vermelhas e cinzentas, uma garrafa de vinho arrebentada.

— Este mundo... pertence aos fortes, meu amigo! — continua ele. — O ritual da nossa existência está baseado no fato de os fortes ficarem mais fortes por devorarem os mais fracos. Nós temos de encarar isso. É mais do que certo que seja assim. Temos de aprender a aceitar esse fato como uma lei da natureza. Os coelhos aceitam seu papel no ritual e reconhecem o lobo como o forte. Para se defender, o coelho torna-se esperto, assustado, arredio e cava buracos e se esconde quando o lobo está por perto. E ele resiste, vai continuando. Conhece seu lugar. É absolutamente certo que ele não irá desafiar o lobo para um combate. Ora, diga-me, isso seria inteligente? Seria?

Ele solta a mão de McMurphy, volta a se recostar e cruza as pernas, dá outra longa tragada no cigarro. Tira o cigarro da estreita fenda que é seu sorriso, e o riso recomeça — Iii-iii-iii — como um prego sendo arrancado...

— Sr. McMurphy... meu amigo... não sou um frango, sou um coelho. O médico é um coelho. O Cheswick, ali, é um coelho. Billy Bibbit é um coelho. Todos nós aqui somos coelhos, com idades e graus variados, sal-ti-tando pelo nosso mundo de Walt Disney. Oh, não me compreenda mal, não estamos aqui dentro *porque* somos coelhos, seríamos coelhos onde quer que estivéssemos, estamos todos aqui porque não conseguimos *nos ajustar* ao fato de sermos coelhos. Nós *precisamos* de um bom lobo forte, como a enfermeira, para nos ensinar o nosso lugar.

— Cara, você está falando como um idiota. Está querendo me dizer que vai ficar sentado sem se mexer e deixar uma velha qualquer de cabelo azulado convencê-lo de que você é um coelho?

— Não me convencer de que eu sou, não. Eu nasci coelho. Apenas olhe para mim. Eu só preciso da enfermeira para ficar *contente* com meu papel.

— Você não é porra de coelho nenhum!

— Vê as orelhas? O nariz se arrebitando? O rabinho bonitinho de pompom?

— Você está falando como um doido...

— Como um doido? Que esperto!

— Merda, Harding, não quis dizer isso. Você não é louco, não desse jeito. Eu quis dizer, diabo, fiquei surpreso de ver que todos vocês são lúcidos. Tanto quanto eu possa dizer, vocês não são mais loucos do que qualquer *babaca* médio que anda pelas ruas.

— Ah, sim, o *babaca* médio que anda pelas ruas.

— Mas, sabe, não loucos da maneira como os filmes pintam gente louca. Vocês só estão perturbados e... como se fossem...

— Como se fôssemos coelhos, não é isso?

— Coelhos *porra nenhuma!* Vocês não têm nada a ver com coelhos, droga.

— Sr. Bibbit, dê umas saltitadas por aí para o Sr. McMurphy ver. Sr. Cheswick, mostre a ele como o senhor é peludo.

Billy Bibbit e Cheswick se transformam em coelhos brancos agachados, bem diante dos meus olhos, mas estão envergonhados demais para fazer qualquer das tarefas que Harding mandou.

— Ah, eles estão acanhados, Sr. McMurphy. Não é uma gracinha? Ou talvez os caras estejam pouco à vontade porque não ficaram do lado do amigo. Talvez estejam se sentindo culpados por, mais uma vez, eles a terem deixado fazê-los suas vítimas, transformando-os em seus interrogadores. Alegrem-se, amigos, vocês não têm razão alguma para se sentir envergonhados. Está tudo como deve ser. Não faz parte do papel do coelho tomar partido do companheiro. Isso teria sido idiota. Não, vocês foram espertos, covardes, porém espertos.

— Olha aqui, Harding — diz Cheswick.

— Não, não, Cheswick. Não fique irritado com a verdade.

— Olha aqui: já houve ocasiões em que eu disse sobre a velha Ratched as mesmas coisas que McMurphy está dizendo.

— Sim, mas você disse tudo bem baixinho e engoliu suas palavras depois. Você também é um coelho, não tente fugir à verdade. É por isso que não guardo raiva de você pelas perguntas que me fez hoje, durante a sessão. Você só estava desempenhando seu papel. Se você estivesse na berlinda, ou você, Billy, ou você, Fredrickson, eu os teria atacado com a mesma crueldade com que vocês me atacaram. Não devemos nos envergonhar de nosso comportamento; é a maneira como nós, os animaizinhos, fomos criados para nos comportar.

McMurphy vira-se na cadeira e olha para os outros Agudos de cima a baixo.

— Não tenho tanta certeza de que não devam estar envergonhados. Pessoalmente, achei um bocado escroto o jeito que eles se passaram para o lado dela, contra você. Por um momento ali, pensei que estivesse de volta a um campo de prisioneiros da China comunista...

— Ora, por Deus, McMurphy, escute só um momento — diz Cheswick.

McMurphy vira-se e escuta, mas Cheswick não continua. Cheswick nunca continua; ele é um desses que fazem um grande estardalhaço de que vão liderar um ataque, gritam ao ataque e sapateiam para cima e para baixo durante um minuto, dão dois passos à frente e desistem. McMurphy olha para ele justamente quando ele se está desequilibrando outra vez, depois de um começo aparentemente tão firme, e lhe diz:

— Um lugar terrivelmente parecido com um campo de concentração chinês.

Harding ergue as mãos, pedindo paz.

— Oh, não, não, isso não está certo. Você não nos deve condenar, amigo. Não. Na realidade...

Eu vejo aquela febre sorrateira surgir de novo nos olhos de Harding; penso que vai começar a rir mais uma vez, mas, em vez disso, tira o cigarro da boca e aponta com ele para McMurphy — em sua mão, o cigarro parece com um de seus dedos, magros e brancos, soltando fumaça na ponta.

— ...você também, Sr. McMurphy, com todo o seu estardalhaço de vaqueiro e seu falatório de teatro mambembe, você também, sob essa sua superfície calejada, deve ter provavelmente uma alma de coelho tão fofa e esfiapada quanto nós.

— É, é isso aí. Não passo de um coelho. Diga. O que faz de mim um coelho, Harding? Minhas tendências psicopáticas? Minhas tendências à briga, ou minha mania de trepação? Deve ser minha mania de trepar, não é? Todo aquele "foda-se e obrigado, madame". É aquele "fo-da-se, tome lá", é isso que provavelmente faz de mim um coelho...

— Espere, temo que você tenha levantado uma questão que requer certa reflexão. Os coelhos são conhecidos por essa determinada característica, certo? Na realidade, são famosos pela capacidade de reprodução. Sim. Hum. Mas, de qualquer jeito, a questão que você levantou indica simplesmente que você é um coelho saudável, em bom funcionamento e bem ajustado, enquanto a maioria de nós aqui não tem nem capacidade sexual para passar no exame de coelhos ajustados. Fracassos, nós somos... pequenas criaturas fracas, raquíticas, frágeis, de uma racinha fraca. Coelhos que não trepam; uma ideia patética.

— Espere um minuto, você fica distorcendo o que eu digo...

— Não. Você estava certo. Lembra-se de que foi você quem chamou nossa atenção para o ponto em que a enfermeira estava concentrando suas bicadas? Aquilo era verdade. Não há um homem aqui que não esteja com medo de estar perdendo ou que já não tenha perdido seu aparelho de foder. Nós, as cômicas criaturinhas, não podemos nem ao menos alcançar a maturidade no mundo dos coelhos, isso é que mostra o quanto somos fracos e incapazes. Nós somos... os *coelhos*, poder-se-ia dizer, do mundo dos coelhos!

Ele novamente se inclina para a frente, e aquele seu riso entrecortado e convulso que eu tenho esperado começa a levantar-se de sua boca, as mãos se debatendo, o rosto em contração.

— Harding! Feche essa maldita boca!

É como um tapa. Harding se cala, cortado e paralisado, com a boca ainda aberta num esgar forçado, as mãos oscilando numa nuvem azul de fumaça. Fica assim imóvel durante um segundo; então, seus olhos se estreitam em pequenas fendas traiçoeiras e ele os deixa deslizar até McMurphy; fala tão suavemente que tenho de empurrar a vassoura até bem junto da cadeira dele para ouvir o que diz.

— Amigo... *você*... pode ser um lobo.

— Que merda, não sou nenhum lobo, nem você é um coelho. Porra, nunca ouvi tanta...

— Você tem um rosnado de lobo.

Com um ruído sibilante, McMurphy deixa escapar a respiração, vira-se para os demais Agudos que estão de pé em volta deles.

— Olhem aqui, todos vocês. Que diabo há com vocês? Vocês não são tão loucos assim em pensar que são uma espécie de animal.

— Não — diz Cheswick, pondo-se ao lado de McMurphy. — Não, por Deus, eu não. Não sou nenhum coelho.

— É isso aí, Cheswick. E o restante de vocês, vamos deixar isso pra lá. Olhem só pra vocês, convencendo-se, com *papo furado*, a sair correndo de pavor de uma droga de uma mulher de cinquenta anos. De qualquer maneira, o que ela pode fazer contra vocês?

— Sim, o quê? — diz Cheswick e lança um olhar desafiante para os outros.

— Ela não pode mandar chicotear vocês. Não pode queimar vocês com ferros em brasa. Não pode amarrar vocês à roda.*

---

* Aparelho de tortura muito utilizado pela Inquisição. (N. *da* T.)

Existem leis hoje em dia; não estamos na Idade Média. Não há nada no mundo que ela possa...

— Você v-v-viu o que ela p-pode fazer conosco! Na s-s--sessão hoje. — Vejo que Billy Bibbit deixou de ser coelho. Ele se inclina para McMurphy, tentando continuar, a boca molhada de cuspe e o rosto vermelho. Então, ele se vira e se afasta. — Ah, n-n-n-não adianta. Eu só devia me m-m-matar.

McMurphy grita pelas suas costas.

— Hoje? O que foi que eu vi hoje na sessão? Cara, que diabo, tudo que eu vi hoje foi ela fazer uma série de perguntas e, por falar nisso, perguntas agradáveis e simples. Perguntas não quebram ossos, não são varas nem pedras.

Billy torna a se virar.

— Mas a ma-ma-maneira como ela pergunta...

— Você não é obrigado a responder, é?

— Se você n-não responde, ela apenas sorri e t-t-toma nota naquele livrinho dela e então ela... oh... *inferno*!

Scanlon aproxima-se e fica ao lado de Billy.

— Se você não responder às perguntas dela, Mack, você as *reconhece* apenas por ter ficado em silêncio. É desse jeito que esses bandidos do governo nos apanham. É impossível escapar. A única atitude a tomar é explodir o treco inteiro, arrancar tudo da face da droga da Terra... explodir tudo.

— Bem, quando ela faz uma dessas, por que não pedem que se levante e vá para o inferno?

— Sim — diz Cheswick, sacudindo o punho. — Dizer a ela para se levantar e ir para o inferno.

— Então o quê, Mack? Ela apenas responderia direto com "Por que o senhor parece estar tão a-borre-ci-do com esta per-gunta em par-ti-cu-lar, paciente McMurphy?"

— E daí diz a ela pra ir pro inferno de novo. Digam a todos eles que vão para o inferno. Eles ainda não machucaram vocês.

Os Agudos estão se juntando mais em volta dele. Fredrickson responde dessa vez.

— Ok, você diz isso a ela e é posto na lista como Potencialmente Agressivo e mandado lá para cima, para a enfermaria dos Perturbados. Eu fiz isso. Três vezes. Aqueles pobres patetas lá de cima não saem da enfermaria nem para ir ao cinema sábado à tarde. Eles não têm nem um aparelho de tevê.

— E, meu amigo, se continuar a demonstrar tendências tão hostis, tais como mandar as pessoas para o inferno, acaba sendo escalado para ir para a Sala de Choque, talvez até coisas piores, uma operação, uma...

— Merda, Harding, já disse que não entendo essa conversa.

— A Sala de Choque, Sr. McMurphy, é um jargão utilizado para dizer aparelho de TE, Terapia de Eletrochoque. Um engenho do qual se poderia dizer que faz o trabalho dos comprimidos para dormir, da cadeira elétrica e da roda de tortura. É um procedimentozinho hábil, simples, rápido, quase indolor, visto que é bem rápido, mas a gente nunca quer repetir a dose. Nunca.

— O que essa coisa faz?

— Você é amarrado sobre uma mesa, ironicamente em forma de uma cruz, com uma coroa de fusos elétricos em lugar de espinhos. Você é ligado de cada lado da cabeça com fios. Zap! A eletricidade atravessa o cérebro e administram-lhe conjuntamente a terapia e uma punição por seu comportamento hostil de "Vá para o inferno", além de ser posto fora das vistas de todos de seis horas a três dias, dependendo do indivíduo. Mesmo quando você recobra a consciência, fica em estado de desorientação durante dias. Fica incapaz de pensar com coerência. Não consegue lembrar-se das coisas. Certa repetição desses tratamentos poderia fazer um homem ficar igualzinho ao Sr. Ellis, que você vê ali encostado na parede. Um idiota sonâmbulo, molhador de calças aos trinta e cinco anos. Ou transformá-lo num organismo sem cérebro que come e elimina e berra "Foda-se a mulher", como Ruckly. Ou olhe para o Chefe Vassoura agarrado a seu apelido aí a seu lado.

Harding aponta o cigarro para mim, tarde demais para eu recuar. Faço de conta que não vi. Continuo varrendo. Ele prossegue:

— Ouvi dizer que o Chefe, há anos, recebeu mais de duzentos tratamentos de choque, quando eles estavam realmente em voga. Imagine o que isso pôde fazer com uma mente que já estava meio doente. Olhe para ele: um limpador gigante. Aí está seu americano em extinção, uma máquina de varrer de 2 metros, com medo da própria sombra. É com isso, meu amigo, que podemos ser ameaçados.

McMurphy olha para mim por um instante e, em seguida, volta-se novamente para Harding.

— Cara, me responde uma pergunta, como vocês concordam com isso? E essa merda toda de enfermaria democrática de que o médico estava me falando? Por que não fazem uma votação?

Harding sorri para ele e dá outra tragada no cigarro.

— Votar o quê, meu amigo? Votar que a enfermeira não possa mais fazer perguntas nas sessões? Votar que ela não deverá mais nos *olhar* de certa maneira? Diga-me você, Sr. McMurphy, em que é que devemos votar?

— Diabo, pouco me importa. Votar em qualquer coisa. Vocês não veem que precisam fazer algo para mostrar que ainda têm um pouco de coragem? Não veem que não podem deixá-la assumir o controle completamente? Olhem para si mesmos: vocês dizem que o Chefe tem medo da própria sombra, mas eu nunca vi um bando que me parecesse tão apavorado quanto vocês.

— Eu não! — diz Cheswick.

— Talvez você não, companheiro, mas os outros têm medo até de abrir a guarda e *rir*. Sabe, esta foi a primeira característica que me chamou a atenção com relação a este lugar: ninguém ri. Eu não ouvi uma única risada de verdade desde que entrei por aquela porta, sabe disso? Cara, se você perde sua risada, perde seu *ponto de apoio*. Se um homem vai e deixa uma mulher derrubá-lo até que ele não consiga mais rir, então ele perde uma das maiores defesas que tem do seu lado. Logo de cara, a primeira coisa que acontece é que ele começa a pensar que ela é mais forte que ele...

— Ah! Acho que meu amigo está começando a compreender, companheiros coelhos. Diga-me, Sr. McMurphy, como se mostra a uma mulher que é chefe, quero dizer de outra maneira que não seja só rindo, como se mostra a ela quem é o rei da montanha? Um homem como você deveria ser capaz de nos dizer isso. Não se sai por aí dando tapas nela, não é? Não, senão ela chama a polícia. Não se pode perder as estribeiras e sair por aí berrando com ela; assim, ela vence tentando aplacar seu garotão zangado: "Será que meu homenzinho está ficando *aborrecido*? Ahhhhh?" Alguma vez você já tentou manter uma fachada digna e zangada diante de tal consolo? Você vê, meu amigo, é mais ou menos como você afirmou: o homem não tem senão *uma* arma verdadeiramente eficaz contra a força irresistível do matriarcado moderno, mas certamente não é o riso. Uma arma, e cada ano que se passa nessa sociedade obsessiva, e pesquisada em termos de motivação, mais e mais as pessoas estão descobrindo como tornar aquela arma inútil e como conquistar aqueles que foram até então os conquistadores...

— Deus, Harding, pare com isso — diz McMurphy.

— E você acha que, com todos esses seus celebrados poderes psicopáticos, poderia utilizar sua arma contra nossa campeã? Acha que poderia usá-la contra a Srta. Ratched, McMurphy? Alguma vez?

E uma de suas mãos faz um gesto largo, na direção do compartimento. Todas as cabeças se viram para olhar. Ela está ali dentro, olhando para fora pela janela, o gravador escondido em algum lugar que não se pode ver, já planejando como encaixar o assunto na programação.

A enfermeira vê todos olharem para ela e move a cabeça num cumprimento, e todos eles se viram. McMurphy tira o gorro e passa as mãos pelo cabelo vermelho. Agora todos estão olhando para ele; esperam que dê uma resposta, e ele sabe. Sente que de alguma forma foi apanhado numa armadilha. Torna a enfiar o gorro e coça as cicatrizes dos pontos no nariz.

— Puxa, se você está querendo dizer que eu acho que seria capaz de meter o pau naquela velha escrota, não, não acredito que fosse capaz...

— Ela não é assim tão sem graça, McMurphy. O rosto dela até que é bem bonito e bem conservado. E, a despeito de todas as tentativas para *escondê-los*, naquela beca assexuada, ainda se pode perceber a evidência de uns seios realmente extraordinários. Ela deve ter sido uma mulher bem bonita quando jovem. Entretanto, apenas para argumentar, você seria capaz de meter nela mesmo se não fosse velha, se ela fosse jovem e tivesse a beleza de uma Helena?

— Não conheço Helena, mas já entendi aonde você quer chegar. E, por Deus, você está certo. Eu não conseguiria enfiar naquela cara velha e gelada ali, nem que ela tivesse a beleza da Marilyn Monroe.

— Pronto, é isso aí. Ela ganhou.

É isso aí. Harding torna a se recostar e todo mundo espera para ver o que McMurphy vai dizer em seguida. McMurphy se dá conta de que está encurralado contra a parede. Examina os rostos por um minuto, então encolhe os ombros e se levanta da cadeira.

— Bem, que diabo, não é minha pele que está sendo esfolada.

— É verdade, não é de sua pele que se trata.

— E, porra, também não quero ter o diabo de uma enfermeira atrás de mim com 3 mil volts. Não quando apenas o que me move é o espírito de aventura.

— Não. Você tem razão.

Harding ganhou a discussão, mas ninguém parece estar contente. McMurphy enfia os polegares nos bolsos e tenta fazer uma graça.

— Não, senhor, nunca ouvi ninguém oferecer um prêmio de 20 dólares para alguém foder uma capadora de colhões.

Todo mundo ri disso junto com ele, mas não estão felizes. Estou satisfeito porque, afinal, McMurphy vai ser esperto e não vai acabar metendo-se numa parada que não tem condições de controlar, mas eu sei como os outros se sentem, eu também não estou muito feliz. McMurphy acende outro cigarro. Ninguém se moveu ainda. Eles estão todos de pé ali, sorrindo, mas inquietos. McMurphy coça o nariz mais uma vez e desvia o olhar daquela porção de rostos pendurados à sua volta, torna a olhar para a enfermeira e começa a mordiscar o lábio.

— Mas você não disse... que ela não nos manda para aquela outra enfermaria a menos que nos apanhe de jeito? A menos que ela consiga nos quebrar de alguma maneira e que acabemos xingando ou arrebentando uma janela ou coisa parecida?

— A menos que se faça algo assim.

— Mas você tem mesmo certeza disso? Porque estou começando a ter os primeiros sinais de uma ideia de como tomar um dinheirinho de vocês aqui. Mas não quero bancar o bobo nessa história. Levei bastante tempo e passei por poucas e boas para sair daquele outro buraco; não quero pular da frigideira e cair no fogo.

— Tenho certeza absoluta. Ela nada pode fazer, a menos que você faça alguma coisa que mereça honestamente a Enfermaria dos Perturbados, ou a TE. Se você for suficientemente duro para não se deixar apanhar, ela nada poderá fazer.

— Assim, se eu me comportar e não der porrada nela...

— Nem der porrada nos auxiliares.

— Nem der porrada nos auxiliares, nem estourar a banca de algum modo por aqui, ela não pode fazer nada comigo?

— Estas são as regras de acordo com as quais jogamos aqui. É claro que ela sempre ganha, meu amigo, sempre. Ela própria é invulnerável e, com o fator tempo trabalhando a seu favor, acaba conseguindo quebrar as defesas de cada um. É por isso que o hospital a considera sua melhor enfermeira e lhe dá tanta autoridade; ela é mestra em forçar a libido trêmula a se expor...

— Para o inferno com tudo isso. O que quero saber é se é seguro para mim tentar derrotá-la no seu próprio jogo. Se eu ficar bonzinho como um cordeiro quando estiver com ela, não importa o que eu insinue, ela não vai ter um ataque e mandar me eletrocutar?

— Você estará em segurança enquanto mantiver o controle. Desde que você não perca a cabeça e não dê a ela uma razão verdadeira para requerer o internamento na Enfermaria dos Perturbados, ou os benefícios terapêuticos do Choque Elétrico, você estará em segurança. Mas isto requer antes, e mais do que tudo, manter a cabeça fria. Mas você? Com seus cabelos de fogo e sua folha de serviços? Por que enganar a si mesmo?

— Ok. Está bem. — McMurphy esfrega a palma das mãos. — Eu estou pensando o seguinte: vocês parecem supor que têm aqui a campeã da verdade, não é? Quase a... do que foi que você a chamou... claro, mulher invulnerável. O que quero saber é quantos de vocês têm *certeza* absoluta mesmo, a ponto de apostar nela?

— Certeza absoluta mesmo, a ponto...

— Exatamente o que eu disse: algum de vocês, espertinhos, está disposto a apostar "cinco pratas" comigo como sou capaz de levar a melhor com aquela mulher... antes que a semana termine... sem que ela consiga me pegar? Uma semana, e se eu não conseguir levá-la a um ponto onde ela não saiba se dá ou se desce, terá ganhado a aposta.

— Você está *apostando* nisso. — Cheswick começa a pular de um pé para outro, esfregando as mãos como McMurphy esfrega as dele.

— Você está absolutamente certo.

Harding e alguns dos outros dizem que não entenderam.

— É bastante simples. Nada há de nobre ou de complicado. Eu gosto de jogar. E gosto de ganhar. E acho que posso ganhar esta aposta, ok? Eu cheguei a um ponto em Pendleton em que os caras não arriscavam nem mais um centavo comigo, porque eu só sabia ganhar. Puxa, uma das razões principais por que arranjei de ser mandado para cá foi porque eu precisava de uns otários novos. Vou dizer-lhes algo: descobri alguns detalhes a respeito deste lugar, antes de vir para cá. Mais ou menos a metade de vocês recebe de indenização uns 300 ou 400 por mês e não têm nada no mundo para fazer com o dinheiro, além de deixá-lo juntar poeira. Achei que podia tirar vantagem disso e talvez tornar a vida de todos nós um pouco mais rica. Estou começando com vocês do mesmo ponto. Sou um jogador e não estou habituado a perder. E nunca conheci uma mulher que eu considerasse mais homem do que eu, não importa se fico teso por ela ou não. Ela pode ter o fator tempo, mas eu já tenho a meu favor uma lista de vitórias bem grande. — Ele tira o gorro e o faz girar no dedo, atira-o para trás e apanha-o nas costas com a outra mão. — Outra coisa: estou aqui neste lugar porque foi assim que planejei, pura e simplesmente porque é um lugar melhor do que uma colônia penal. Tanto quanto posso dizer, não sou nenhum maluco, nem nunca soube que fosse. Sua enfermeira não sabe disso; ela não vai estar preparada para ver alguém aproximar-se dela com uma mente super-rápida, como a que eu obviamente tenho. Essas coisas me dão uma agudeza de que eu gosto. Assim, estou oferecendo "cinco paus" pra cada um de vocês se eu não conseguir um bom revertério na cabeça daquela enfermeira em uma semana.

— Ainda não tenho certeza de que eu...

— É isso aí, uma abelha atrás da orelha dela, uma pulga nas calcinhas dela. Apanhá-la de jeito. Fundir a cuca dela a tal ponto que ela se desmanche toda naquelas costurinhas bem-feitas e mostre, apenas uma vez, que não é tão invencível como vocês pensam. Uma semana. Vou deixar que vocês sejam os juízes para decidir se ganhei ou não.

Harding pega um lápis e escreve alguma coisa no bloco de *pinochle*.

— Tome. Um vale de 10 dólares daquele dinheiro em que eu venho juntando poeira em meu nome, nos Fundos. Vale duas vezes isso para mim, meu amigo, ver esse milagre improvável realizar-se.

McMurphy olha para o papel e o dobra.

— Está valendo para mais algum outro de vocês aí, caras?
— Os outros Agudos agora se enfileiram, esperando sua vez para usar o bloco. Ele pega os pedaços de papel quando acabam, segurando-os todos juntos na palma da mão sob o grande polegar rijo. Vejo os pedaços de papel se irem amontoando na mão dele. Ele os examina.

— Vocês confiam em mim o suficiente para ficar com o dinheiro das apostas, companheiros?

— Eu acho que podemos ficar tranquilos quanto a isso — diz Harding. — Você não irá a lugar algum durante um bom tempo.

Num Natal, à meia-noite em ponto, no hospital antigo, a porta da enfermaria é aberta com estardalhaço, entra um homem gordo de barba, os olhos avermelhados pelo frio e o nariz da cor de uma cereja. Os negros o encurralam num canto do corredor com lanternas. Vejo que está todo emaranhado nos enfeites que o relações-públicas prendeu com cordões por todos os lados e está cambaleando na escuridão. Está cobrindo os olhos vermelhos por causa das lanternas e chupando o bigode.

— Oh, oh, oh — diz ele. — Gostaria de ficar, mas tenho de ir andando. Um programa muito apertado, sabe? Tenho de ir andando.

Os auxiliares entram com as lanternas. Eles o mantiveram conosco durante seis anos, antes de lhe darem alta, bem barbeado e magro como um poste.

A Chefona é capaz de regular o relógio da parede para andar na velocidade que quiser, basta virar um daqueles mostradores na porta de aço; quando ela mete na cabeça a ideia de apressar as coisas, aumenta a velocidade, e aquelas mãos batem em torno daquele disco como as traves numa roda. A cena nas janelas de tela de cinema sofre mudanças rápidas de luz para mostrar a manhã, o meio-dia e a noite — aparecem e desaparecem em lampejos, furiosamente, com dia e escuridão, e todo mundo se apressa loucamente para acompanhar aquela falsa passagem do tempo; uma confusão horrível para fazer barbas, tomar café e consultas e almoços e remédios e dez minutos de noite, de forma que você mal consegue fechar os olhos antes que a luz do dormitório esteja berrando na sua cara para se levantar e começar a confusão de novo, ir assim como um filho da puta, executando o esquema inteiro de um dia talvez vinte vezes por hora, até que a Chefona vê todo mundo ali a ponto de estourar e reduz a aceleração, diminui o ritmo no botão do relógio como se fosse uma criança brincando com um projetor de cinema e finalmente tivesse ficado cansada de ver o filme correr a uma velocidade dez vezes maior que a normal, tivesse ficado entediada com toda aquela agitação idiota e fizesse tudo voltar ao normal.

Ela costuma aumentar a velocidade desse jeito em dias em que, digamos, alguém vem fazer uma visita a um paciente ou quando a VFW* traz de Portland um espetáculo para homens — ocasiões que você gostaria de segurar e fazer com que durassem mais. É aí que ela apressa as coisas.

Mas, de maneira geral, é o contrário, tudo passa bem devagar. Ela vira aquele botão de controle para ponto morto e congela o sol ali na tela de modo que ele não se move nem um milímetro sequer durante semanas, assim como nenhuma folha estremece numa árvore, nenhum fiapo de grama no pasto. Os ponteiros do relógio ficam parados às 14h58 e ela é capaz de deixá-los ficar ali até que nós nos enferrujemos. Você se senta bem imóvel e não pode se mexer, não pode andar ou

---

* Veterans Foreign Wars — Associação de Veteranos de Guerra. (N. da T.)

fazer movimentos para aliviar a tensão de estar sentado, não pode engolir, nem respirar. A única parte que você pode mover são os olhos, e nada há para ver senão Agudos petrificados do outro lado da sala, um esperando que o outro decida de quem é a vez de jogar. O velho Crônico a meu lado está morto há seis dias e está apodrecendo na cadeira. E, em vez de neblina, às vezes ela deixa entrar pelos buracos de ventilação um gás químico muito claro, e a enfermaria inteira fica sólida quando o gás se transforma em plástico.

Deus sabe quanto tempo ficamos assim.

Então, gradualmente, ela gira o botão para aumentar um grau, e isso ainda é pior. Eu posso suportar ficar absolutamente imóvel muito melhor do que aguentar aquela mão lenta e melada de Scanlon, do outro lado da sala, levando três dias para finalizar o movimento. Meus pulmões sugam o ar plástico espesso, como se o estivesse absorvendo por um buraco de alfinete. Tento ir até a latrina e me sinto enterrado sob uma tonelada de areia, espremendo minha bexiga até que faíscas verdes piscam, e zumbe até a minha testa.

Esforço-me com todos os músculos e ossos para sair daquela cadeira e caminhar até a latrina, esforço-me até que meus braços e pernas ficam trêmulos e meus dentes doem. Eu puxo, puxo, e tudo que consigo é talvez sair alguns centímetros do assento de couro. Assim, caio de volta e desisto e deixo a urina escorrer, quente, pela minha perna esquerda, disparando alarmes humilhantes, sirenes, luzes, todo mundo se levantando, gritando e correndo para todos os lados e os negros empurrando o amontoado de gente para um lado e para o outro, à medida que os dois vêm depressa, direto para mim, sacudindo esfregões horríveis de fios de cobre molhado, estalando e soltando fagulhas ao entrar em contato com a água.

Acho que a única ocasião em que temos escapatória para esse controle de tempo é na neblina; então, o tempo nada significa. Está perdido na neblina, como todo o resto. (Eles não puseram neblina de verdade hoje, por aqui, o dia inteiro, não desde que McMurphy chegou. Aposto que ele berraria como um touro se eles pusessem a neblina.)

Quando mais nada está acontecendo, normalmente você ainda tem de lutar contra a neblina e contra o controle de tempo, mas hoje aconteceu uma novidade: não puseram nenhuma dessas coisas para funcionar o dia inteiro, desde a hora de fazer a barba. Hoje de tarde, tudo está se encaixando. Quando os funcionários do outro turno começam a trabalhar, o relógio diz que são 16h30, como deveria ser. A Chefona dispensa os auxiliares e faz uma última inspeção pela enfermaria. Tira um grande alfinete de chapéu do coque azul-metálico preso na parte de trás da cabeça, tira a touca branca e a coloca cuidadosamente numa caixa de papelão (naquela caixa há bolinhas de naftalina) e torna a enfiar o alfinete no cabelo.

Atrás do vidro, eu a vejo dar boa-noite a todo mundo. Ela entrega um pedaço de papel à jovem enfermeira do outro turno que tem um sinal de nascença; então, a mão dela se estende para o painel de controle na porta de aço, liga o microfone: "Boa noite, rapazes. Comportem-se." E liga a música ainda mais alto. Ela esfrega o punho na janela; um olhar de desagrado mostra ao auxiliar gordo que acabou de entrar em serviço que é melhor que ele comece a limpá-la, e, antes que ela tenha acabado de trancar a porta da ala atrás de si, ele está limpando o vidro com uma toalha de papel.

A maquinaria nas paredes assovia, suspira, cai num ritmo mais lento.

Então, até a noite, comemos, tomamos um banho de chuveiro e voltamos a nos sentar na enfermaria. O velho Detonador, o mais velho dos Vegetais, está apertando o estômago e gemendo. George (os negros o chamam de Esfrega-Esfrega) está lavando as mãos no bebedouro. Os Agudos se sentam e jogam cartas e se esforçam para conseguir uma imagem do nosso aparelho de televisão, carregando o aparelho para todos os lugares até onde o fio chega, em busca de uma boa onda de frequência.

Os alto-falantes no teto ainda estão tocando música. Ela não é transmitida por uma emissão radiofônica, é por isso que a maquinaria não interfere. A música vem de uma longa fita da Sala das Enfermeiras, uma fita que todos nós conhecemos tão bem, de cor, que nenhum de nós a ouve conscientemente, exceto um cara novo como McMurphy. Ele ainda não se acostumou com ela. Está jogando vinte e um, apostando cigarros, e o alto-falante está bem em cima da mesa de jogo. Puxou tanto o gorro para a frente que tem de inclinar a cabeça para trás e espiar por baixo da aba para ver as cartas. Mantém um cigarro entre os dentes e fala fazendo-o girar como um leiloeiro que eu vi uma vez, num leilão de gado, em The Dalles.

— ...vam'bora, vam'bora — diz alto e depressa —, estou esperando por vocês, seus trouxas, é pegar ou largar. Vai nessa, é? Bom, bom, com um rei aberto o rapaz está querendo acertar. Quem sabe? Já vou lá e *que pena*, uma dama para o valete! Já vou cuidar de você, Scanlon, mas *gostaria que um idiota qualquer naquele bordel das enfermeiras desligasse a porra dessa música*. Que droga! Essa coisa fica tocando noite e dia, Harding? Nunca ouvi uma porcaria tão irritante.

Harding lança-lhe um olhar de incompreensão.

— A que barulho, exatamente, o senhor está se referindo, Sr. McMurphy?

— Esse maldito *rádio*, cara, está tocando sem parar desde a hora em que entrei hoje de manhã. E não me venha com papagaiadas de que não está ouvindo.

Harding levanta a orelha para o teto.

— Ah, sim, a música. Sim, acho que ouviremos se nos concentrarmos, mas também podemos ouvir o próprio coração batendo, se nos concentrarmos bastante. — Ele sorri para McMurphy. — Sabe, é uma gravação que está tocando aí, meu amigo. Nós raramente ouvimos rádio. As notícias do mundo poderiam não ser terapêuticas. E todos nós já ouvimos essa gravação tantas vezes que agora simplesmente escapa à nossa audição, do mesmo jeito que o ruído de uma cachoeira logo se torna um som inaudível para aqueles que vivem perto dela. Acha que se vivesse perto de uma cachoeira ouviria o som dela durante muito tempo?

(Eu ainda ouço o som das cachoeiras em Columbia, eu sempre ouvirei — sempre —, ouço o golpe de Charley Barriga de Urso apunhalando um índio chinuque, o salto dos peixes na água, o riso de crianças nuas na margem, as mulheres nos teares... há muito tempo.)

— Eles a deixam ligada o tempo todo, como uma cachoeira? — pergunta McMurphy.

— Não quando dormimos — diz Cheswick. — Mas durante o restante do tempo, sim.

— Pro inferno com isso. Vou dizer àquele negro ali para desligar se não quiser levar um pontapé naquele traseiro gordo!

Ele começa a se levantar e Harding toca-lhe o braço.

— Amigo, esse é exatamente o tipo de comentário que faz alguém ser rotulado como agressivo. Você está tão ansioso assim para perder a aposta?

McMurphy olha para ele.

— Então é assim, hein? Um jogo de pressões? Manter o velho aperto sem parar?

— É isso aí.

Ele volta a sentar-se lentamente na cadeira.

— Merda de cavalo!

Harding olha em volta para os outros Agudos em torno da mesa de jogo.

— Cavalheiros, parece que já posso detectar em nosso ruivo desafiador o mais anti-heroico declínio de seu estoicismo de vaqueiro de televisão.

Ele olha sorrindo para McMurphy, do outro lado da mesa. McMurphy balança a cabeça, dá uma piscadela, lambe o polegar.

— Bem, senhores, o professor Harding parece estar ficando prosa. Ele ganha um par de rodadas e começa logo a dar uma de espertinho. Pois, muito bem; aí está ele sentado com um dois à mostra e apostamos um maço de Marlboro como ele vai desistir do jogo... Upa! Tá melhorando, professor, aqui está um três, ele quer mais outro, ganha outro dois, quer tentar uma quina, professor? Tenta fazer aquela dobradinha ou joga no seguro? Outro maço diz que não vai, não. Pois bem, outra dama e o professor afunda nós exames...

Outra canção começa no microfone, alta, com muitos metais e acordeão. McMurphy dá uma olhada nos microfones e sua voz eleva-se cada vez mais para superá-la.

— Ok, ok, o *seguinte*, pro diabo, ou bate ou fica... já te pego...

Isso continua até que as luzes se apagam, às 21h30.

Eu poderia ter ficado observando McMurphy naquela mesa de jogo a noite inteira, a maneira como dava as cartas e conversava e os enredava, deixando-os perder até estarem *quase a ponto* de desistir, então perdia uma mão ou duas para lhes incutir confiança e fazê-los continuar de novo. De uma feita, ele parou um instante para acender um cigarro, recostou-se na cadeira, as mãos cruzadas atrás da cabeça, e disse aos caras:

— O segredo de ser um malandro nota dez está na capacidade de saber o que é que o pato *quer*, e em fazê-lo acreditar que vai conseguir. Aprendi isso quando trabalhei por um tempo num estande de apostas num parque de diversões. Sente-se o otário direitinho com os olhos, quando ele se aproxima, e a gente diz: "Ora, mas aqui está um cara que precisa se sentir valentão." Assim, toda vez que ele parte para cima de você, por estar levando a melhor sobre ele, você bate com as botas, morrendo de medo e lhe diz: "Por favor, senhor. Não tem problema. A próxima rodada é por conta da casa, senhor." Assim, ambos estão conseguindo exatamente aquilo que desejam.

Ele se balança para a frente e as pernas da cadeira batem no chão com um estalo. Pega o baralho, corre o polegar nele, bate com o canto no tampo da mesa, lambe o polegar e o dedo.

— Eu acho que vocês, otários, precisam de uma parada das boas para tentá-los. Aqui está, dez maços na próxima rodada. Vamos, estou pronto pra vocês. Daqui pra frente têm de ter peito.

E joga a cabeça para trás e solta uma gargalhada, ante a maneira como os caras se apressaram em fazer suas apostas.

Aquela gargalhada ecoou pela enfermaria durante toda a noite, e o tempo todo em que jogava fazia brincadeiras e conversava, tentando fazer com que os jogadores rissem com ele. Mas todos tinham medo de se descontrair; haviam passado muito tempo desse jeito. Ele desistiu de tentar e resolveu jogar a sério. Eles ganharam uma ou duas partidas, mas ele sempre recuperava ou sempre tornava a lutar, e os cigarros começaram a se empilhar cada vez mais alto à sua direita e à esquerda, em forma de pirâmide.

Então, pouco antes de 21h30, ele começou a deixá-los ganhar tudo de volta tão depressa que eles nem se lembram de ter perdido. Paga com os dois últimos cigarros, larga o baralho, torna a se recostar com um suspiro e empurra o gorro, tirando-o de cima dos olhos, e o jogo está acabado.

— Bem, senhores, ganhem um pouco, percam o resto, é o que digo. — Sacode a cabeça com tristeza. — Eu não sei... sempre fui um cara bastante bom em vinte e um, mas vocês aí podem realmente ser *duros* demais para mim. Têm uma espécie de jeito sobrenatural, faz até um cara ficar com um pouco de medo de jogar amanhã por dinheiro de verdade contra uns craques como vocês.

Ele não está enganando nem a si mesmo, acreditando que eles caíram nessa. Ele os deixa ganhar, e cada um de nós que assistiu ao jogo sabe disso. Os jogadores também. Mas ainda não há um único cara remexendo sua pilha de cigarros — cigarros que não ganharam, realmente, mas apenas recuperaram, porque eram deles inicialmente — que não tenha um sorriso afetado no rosto, como se fosse o mais duro dos jogadores de todo o Mississippi.

O negro gordo e um outro chamado Geever nos põem para fora da enfermaria e começam a apagar as luzes com uma chavinha numa corrente, e, à medida que a ala fica sombria e mais escura, os olhos da jovem enfermeira com a marca de nascença, no posto de controle, vão ficando maiores e mais brilhantes. Ela está na porta da sala de vidro, distribuindo os comprimidos da noite para os homens que vão passando por ela arrastadamente numa fila, e está tendo dificuldades em se lembrar com clareza de quem vai ser envenenado com o quê esta noite. Ela nem está olhando onde está pondo a água. O que distraiu sua atenção desse jeito foi aquele homenzarrão ruivo com aquele gorro horrível e aquela cicatriz de aspecto assustador vindo em sua direção. Ela está observando McMurphy afastar-se da mesa de jogo na enfermaria que está às escuras, uma de suas mãos calosas torcendo o tufo de cabelos vermelhos que sai pelo decote estreito da camisa do uniforme da colônia penal, e concluo pela maneira como ela recua quando ele se aproxima da porta da Sala das Enfermeiras que ela provavelmente foi advertida a respeito dele, com antecedência, pela Chefona. ("Ah, mais uma coisa antes que eu deixe tudo em suas mãos por esta noite, Srta. Pilbow; aquele homem novo que está sentado ali, aquele com as costeletas ruivas extravagantes e ferimentos no rosto — tenho razões para crer que é um maníaco sexual.")

McMurphy vê como ela está com um ar assustado e os olhos arregalados em sua direção, assim enfia a cabeça na porta da sala onde ela está distribuindo os comprimidos e lhe dá um sorriso largo e amistoso, para se tornar conhecido. Isso a perturba tanto que ela deixa cair a jarra d'água no pé. Solta um grito e pula num pé só, agita a mão, e o comprimido que me ia dar salta para fora do copinho e desce direto pela gola de seu uniforme, onde a marca de nascença corre como um rio de vinho por um vale abaixo.

— Deixe-me lhe dar uma ajuda, dona.

E entra pela porta da Sala das Enfermeiras, com aquela mão cheia de cicatrizes e tatuagens e da cor de carne crua.

— Para trás! Há dois auxiliares aqui comigo!

Ela vira os olhos em busca dos negros, mas eles estão ocupados amarrando os Crônicos na cama, longe suficientemente para acudi-la rapidamente. McMurphy sorri e vira a mão, para que ela possa ver que ele não está segurando uma faca. Tudo que ela pode ver é a luz brilhando na palma calejada, lisa e opaca.

— Tudo que *pretendo* fazer, dona, é...

— Para trás! Os pacientes não têm permissão para... Oh, afaste-se, eu sou *católica*! — E imediatamente puxa a corrente de ouro do pescoço com um arranco, de maneira que a cruz sai voando de entre seus seios, e atira o comprimido perdido no ar, como um estilingue! McMurphy dá um golpe no ar bem na frente do rosto dela. Ela grita e enfia a cruz na boca, cerra os dentes, como se estivesse prestes a levar um soco, fica de pé assim, branca como uma folha de papel, exceto pela marca que fica mais escura do que nunca, como se tivesse sugado todo o sangue do corpo dela. Quando ela finalmente abre os olhos de novo, ali está aquela mão calejada bem na frente dela com meu pequeno comprimido vermelho bem no meio.

— Era para apanhar a jarra d'água que a senhora deixou cair. — Ele a está segurando na outra mão.

Ela deixa sair o ar com um sibilar alto. Tira a jarra da mão dele.

— Obrigada. Boa noite, boa noite. — E fecha a porta na cara do homem seguinte; esta noite não haverá mais pílulas.

No dormitório, McMurphy atira a pílula na minha cama.

— Quer sua bolinha, Chefe?

Sacudo a cabeça para o comprimido e ele o atira para fora da cama com um peteleco, como se fosse um inseto que o estivesse incomodando. O comprimido pula pelo chão com um ruído de grilo. Ele se apronta para ir para a cama, tirando a roupa. As cuecas sob as calças de trabalho são de cetim preto como carvão, cobertas de grandes baleias brancas de olhos vermelhos. Ele sorri quando percebe que eu o estou observando.

— Ganhei de uma aluna de um colégio coeducacional no estado do Oregon, Chefe, especializado em literatura. — Ele estala o elástico com o polegar. — Ela me deu porque disse que eu era um símbolo.

Os braços, o pescoço e o rosto dele estão bronzeados pelo sol e cobertos de pelos alaranjados e crespos. Tem tatuagens em cada um dos ombros largos; uma diz "Bravos Fuzileiros Navais" e tem um diabo com um olho só e chifres vermelhos e um rifle M-1, a outra são cartas de pôquer, abertas em leque sobre o seu músculo — ases e oitos. Coloca o monte de roupas na mesinha de cabeceira junto da minha cama e começa a socar o travesseiro. Designaram-lhe a cama à direita da minha.

Ele se enfia entre os lençóis e me diz que é melhor eu tratar de me apressar também, porque lá vem um dos auxiliares para apagar as luzes. Olho em volta e o negro chamado Geever está vindo, atiro longe os sapatos e me enfio na cama bem no momento em que ele vem me amarrar com um lençol. Quando ele acaba de cuidar de mim, lança um último olhar ao redor, dá umas risadinhas e apaga as luzes do dormitório.

Exceto pela luz igual a pó branco que vem da Sala das Enfermeiras, lá fora, no corredor, o dormitório está às escuras. Posso apenas distinguir McMurphy perto de mim, respirando profunda e regularmente, os lençóis que o cobrem subindo e descendo. A respiração vai ficando cada vez mais lenta, até que chego à conclusão de que ele já está dormindo há algum tempo. Então ouço um ruído suave e rouco vindo da cama dele, como a risada de um cavalo. Ainda está acordado e está rindo consigo mesmo de algo.

Ele para de rir e murmura:

— Puxa, você deu mesmo um pulo e tanto quando eu lhe disse que aquele babaca estava vindo, Chefe. Pensei que alguém tivesse me dito que você era surdo.

Pela primeira vez há muito tempo estou na cama sem ter tomado aquele pequeno comprimido vermelho (se me escondo para não tomá-lo, a enfermeira da noite com a marca de nascença manda o negro chamado Geever sair para me caçar, para me manter preso com a lanterna até que ela possa aprontar a seringa), assim finjo que estou dormindo quando o auxiliar passa com a lanterna para fazer a verificação.

Quando a gente toma um daqueles comprimidos vermelhos, não adormece apenas; fica paralisado de sono e a noite inteira não pode acordar, não importa o que esteja acontecendo ao redor. É por isso que eles me dão comprimidos; antigamente eu costumava acordar durante a noite e os apanhava executando todos os tipos de crimes horríveis nos pacientes adormecidos ao meu redor.

Fico deitado imóvel e respiro mais devagar, esperando para ver se algo vai acontecer. Está escuro, meu Deus, e os escuto deslizando de um lado para o outro, lá fora, com os sapatos de borracha; por duas vezes espiam dentro do dormitório e passam a luz da lanterna sobre todo mundo. Mantenho os olhos fechados, embora esteja acordado. Ouço um gemido alto vindo lá de cima dos Perturbados, *lúú lúú lúúú* — instalaram os arames num cara qualquer, para captar sinais de código.

— Ah, uma cerveja, acho, pra longa noite que temos pela frente — ouço um dos auxiliares cochichar para o outro. Os sapatos de borracha saem guinchando em direção à Sala das Enfermeiras, onde fica a geladeira. — Quer uma cerveja, coisinha bonita com marca de nascença? Para a longa noite que temos pela frente?

O cara lá de cima se cala. O som abafado dos aparelhos nas paredes fica cada vez mais baixo, até que se transforma apenas num zumbido. Não se ouve um ruído sequer por todo o hospital — exceto por um ronco surdo e arrastado em algum lugar lá no fundo, nas entranhas do prédio, um ruído que eu nunca notei antes — muito parecido com o som que a gente ouve quando está parado bem tarde da noite no topo de uma represa hidrelétrica. Força brutal, implacável, baixa.

O auxiliar gordo está de pé ali fora no corredor onde posso vê-lo, olhando em volta para um lado e outro, e rindo sozinho. Vem andando na direção da porta do dormitório, devagar, esfregando as palmas cinzentas molhadas nas axilas. A luz vinda da Sala das Enfermeiras lança sua sombra grande como um elefante na parede do dormitório, ficando menor à medida que se aproxima da porta e olha para dentro. Ele torna a dar uma risadinha, destranca a caixa de fusíveis junto da porta e estende a mão lá para dentro. "É isso mesmo, queridinhos, durmam bem."

Torce um trinco, e o chão inteiro começa a deslizar para baixo, afastando-se dele, que está de pé na porta, descendo para o interior do prédio como uma plataforma num silo com elevadores!

Nada além do chão do dormitório se move, e estamos deslizando para longe das paredes e da porta e das janelas da ala com uma rapidez danada — camas, mesinhas de cabeceira, tudo. O equipamento — provavelmente uma engenhoca de roda denteada e trilho em cada canto do poço — é bem lubrificado e silencioso como a morte. O único ruído que ouço é a respiração dos outros, e aquele rufar debaixo de nós está ficando mais alto à medida que vamos descendo. A luz da porta do dormitório lá em cima desse buraco não é nada além de uma manchinha, salpicando os cantos quadrados do poço com um pó descolorido, esmaecido. Vai ficando cada vez mais esmaecido, até que um grito longínquo desce ecoando pelas paredes do poço — "Para *trás*!" — e a luz desaparece completamente.

O assoalho alcança uma espécie qualquer de fundo sólido bem lá embaixo no chão e para com um rangido suave. Está escuro como um breu, e posso sentir o lençol em torno de mim me sufocando. No exato momento em que consigo desamarrar o lençol, o chão começa a deslizar para a frente com uma pequena sacudidela. Há uma espécie qualquer de engrenagem ali embaixo que eu não consigo ouvir. Não consigo ouvir nem os caras respirando em torno de mim, e me dou conta de repente de que é porque aquele rufar foi gradualmente ficando tão alto que não consigo ouvir mais nada. Devemos estar exatamente no meio dele. Comecei a dar puxões na droga do lençol que me prendia à cama e já estou com ele quase solto quando uma parede inteira desliza para cima, revelando um aposento enorme, com incontáveis equipamentos se estendendo até fora do alcance dos olhos, enxameando de homens suados e sem camisa, correndo de um lado para outro pelas coxias, os rostos inexpressivos e imprecisos, à luz do fogo lançado por uma centena de altos-fornos.

Aquilo — tudo que vejo — tem exatamente o aspecto da coisa que parecia ser pelo som, pela maneira como soavam, do interior de uma imensa represa. Enormes tubos de metal desaparecem lá no alto na escuridão. Fios se estendem até os transformadores numa extensão de se perder de vista. Graxa e escória de carvão aparecem por toda parte, manchando de vermelho e de negro os acopladores, os motores e os dínamos.

Os operários movem-se todos na mesma velocidade, rápida e suave, um ritmo natural e fluido. Ninguém está com pressa. Um deles espera um segundo, gira um controle, aperta um botão, liga o interruptor, e um dos lados de seu rosto fulgura, branco como um raio, por causa da fagulha do interruptor de conexão, e ele continua correndo, subindo os degraus de aço e por uma coxia de ferro — passam uns pelos outros com tanta suavidade e tão próximos que ouço o roçar dos lados molhados como o bater do rabo de um salmão na água —, para de novo e dispara um raio de outro interruptor e continua correndo. Eles se movem rapidamente em todas as direções até se perder de vista, esses flashes imprecisos de operários-robôs.

Os olhos de um operário se fecham de repente quando ele está em plena corrida e cai; dois de seus companheiros, que estão correndo por ali, o agarram e o levantam e o atiram dentro de um forno pelo qual vão passando. O forno solta uma bola de fogo e ouço o barulho do caminhar por um campo coberto de sementes de vagens. Esse ruído se mistura com o zumbido e o clangor das demais máquinas.

Há um ritmo nisso, como uma pulsação trovejante.

O chão do dormitório continua deslizando para fora do poço e entra na sala de máquinas. Imediatamente vejo o que está bem acima de nós — um daqueles cavaletes que a gente vê em matadouros, cilindros para transportar carcaças do congelador para o açougueiro sem muito trabalho. Dois sujeitos de calças esportivas, camisas brancas com as mangas arregaçadas e gravatas pretas finas estão debruçados na caixa acima de nossas camas, gesticulando um para o outro à medida que falam, os cigarros em longas piteiras traçando linhas de luz vermelha. Estão falando, mas não se pode distinguir as palavras por causa do rugido contínuo que se ouve por toda parte em volta deles. Um deles estala os dedos, e o operário mais próximo se vira bruscamente e corre em sua direção. O outro aponta com a piteira para baixo, para uma das camas, e o operário sai correndo para a escadinha de aço e desce rápido até o nosso nível, onde desaparece entre dois transformadores, grandes como celeiros de batatas.

Quando aquele operário torna a aparecer, está puxando um gancho preso no cavalete acima e dando passadas gigantescas à medida que o impulsiona. Passa pela minha cama, e um forno rugindo em algum lugar de repente ilumina seu rosto, ali bem em cima do meu, um rosto bonito e brutal, e ceroso como uma máscara, inexpressivo. Já vi um milhão de rostos assim.

Ele vai até a cama e com uma das mãos agarra o velho Vegetal Blastic pelo calcanhar e o levanta tranquilamente, como se Blastic não pesasse nada além de alguns gramas; com a outra mão, o operário enfia o gancho através do tendão do calcanhar, e o velho fica pendurado ali de cabeça para baixo, o rosto bolorento inchado e grande, assustado, os olhos espumantes de medo mudo. Fica sacudindo os braços e a perna livre até que o pijama escorrega sobre a sua cabeça. O operário agarra a parte de cima e as pontas e o vira como se fosse um saco de aniagem e puxa o gancho de volta na lagarta até a coxia, olha para cima, onde estão aqueles dois de camisa branca. Um deles tira um escalpelo de uma bainha presa ao cinto. Há uma corrente soldada ao escalpelo. Desce o escalpelo até o operário, prende a outra ponta da corrente no corrimão, de modo que o operário não possa fugir com a arma.

O operário pega o escalpelo e corta o rosto do velho Blastic com um golpe firme, e o velho para de se agitar. Penso que vou vomitar, mas não há sangue ou entranha caindo como eu imaginava que veria — apenas um chuveiro de mofo e cinzas e de vez em quando um pedaço de fio ou de vidro. O operário está parado ali, coberto até os joelhos pelo que parece ser escória de carvão.

Um dos fornos está aberto em algum lugar e engole alguém.

Penso em saltar de pé, correr e acordar McMurphy e Harding, e os outros, tantos quantos eu puder, mas não haveria sentido algum em fazer isso. Se eu sacudisse alguém até acordar, ele diria: "Ora, seu idiota maluco, que diabo está devorando você?" E então provavelmente ajudaria um dos operários a me levantar até um daqueles ganchos, dizendo: "Que tal, vamos ver como são as entranhas de um *índio*?"

Ouço a respiração arquejante, fria, alta e molhada da máquina de neblina, vejo seus primeiros vapores infiltrando-se, saindo de debaixo da cama de McMurphy. Espero que ele saiba o bastante para se esconder na neblina.

Ouço uma tagarelice idiota que me recorda alguém conhecido, viro-me o suficiente para poder olhar para o outro lado. É o relações-públicas careca com o rosto inchado, a respeito do qual os pacientes estão sempre discutindo quanto à razão do inchaço. "Eu acho que ele *usa*", argumentam. "Pois eu acho que não; alguma vez já ouviu falar de um cara que *realmente* usasse um?" "Pois é, mas você alguma vez já ouviu falar de um cara como *ele* antes?" O primeiro paciente encolhe os ombros e balança a cabeça. "Esse é um ponto interessante."

Agora ele está quase despido, exceto por uma camiseta comprida com monogramas vistosos bordados em vermelho na frente e nas costas. E eu vejo, de uma vez por todas (a camiseta sobe um pouco atrás quando ele vem andando e passa por mim, dando-me uma espiadela), que ele positivamente *usa* um, tão apertado que pode explodir a qualquer segundo.

E balançando, pendurados no *espartilho*, ele traz uma dúzia de objetos murchos, presos pelo cabelo: escalpos.

Ele carrega um vidrinho de algo que beberica para manter a garganta aberta para continuar falando e um lencinho com cânfora que põe diante do nariz de tempos em tempos para afastar o fedor. Há um bando de professoras e universitárias e congêneres andando rapidamente atrás dele. Elas usam aventais azuis e têm os cabelos presos em cachos. Elas o estão ouvindo em uma breve dissertação sobre a excursão.

Ele pensa em alguma coisa engraçada e tem de interromper a palestra durante tempo suficiente para tomar um gole do vidro para parar de rir. Durante a pausa, uma de suas alunas olha sonhadoramente em volta e vê o Crônico estripado, pendurado pelo calcanhar. Ela arqueja e dá um salto para trás. O relações--públicas se vira, avista o cadáver e sai correndo para pegar uma daquelas mãos inertes e fazê-lo girar. A estudante avança toda encolhida para um exame cauteloso, o rosto num transe.

"Você *vê*? Você vê?" Ele guincha e revira os olhos, acabando por cuspir a bebida do vidro, de tanto que está rindo. Ele ri tanto que eu penso que vai explodir.

Quando finalmente contém o riso, começa novamente a andar ao longo da fileira de máquinas e reinicia a dissertação. Para de repente e dá um tapa na testa: "Oh, que distraído que *eu* sou!" — e volta correndo até o Crônico pendurado para arrancar mais um troféu e amarrá-lo no espartilho.

À direita e à esquerda há outros acontecimentos igualmente ruins — loucas, terríveis coisas malucas e estranhas demais para que se possa chorar por elas e verdadeiras demais para que se possa rir delas —, mas a neblina está ficando suficientemente forte para que eu não tenha de vê-las. E alguém está sacudindo meu braço. Já sei o que vai acontecer: alguém vai me tirar da neblina e eu estarei de volta à enfermaria e não haverá sinal algum do que aconteceu esta noite e, se eu fosse suficientemente bobo para tentar contar a alguém o que aconteceu, eles diriam: "Idiota, você apenas teve um pesadelo; coisas tão malucas como uma sala de máquinas nos intestinos de uma represa onde as pessoas são estripadas por operários-robôs não existem."

Mas, se elas não existem, como um homem pode vê-las?

É o Sr. Turkle que me puxa para fora da neblina pelo braço, sacudindo-me e sorrindo. Ele diz:

— Tava tendo um sonho ruim, seu Bromden. — Ele é o ajudante que trabalha no longo turno solitário das 23 horas às 7 horas, um velho negro, com um grande sorriso sonolento na extremidade de um longo pescoço trêmulo. Está cheirando como se tivesse bebido um pouco. — Agora vá dormir de novo, seu Bromden.

Em algumas noites, ele desamarra o lençol que me prende, se estiver muito apertado a ponto de me deixar todo torto. Ele não o faria se achasse que os funcionários do turno da manhã pudessem descobrir que foi ele, porque provavelmente o despediriam, mas ele acha que os outros imaginam que sou eu mesmo quem desamarra o lençol. Acho que ele faz isso realmente por bondade, para ajudar — mas verifica primeiro se está em segurança.

Dessa vez não desamarra o lençol, afasta-se de mim para ajudar dois auxiliares que nunca vi e um médico jovem a colocarem o velho Blastic na maca e levá-lo embora, coberto por um lençol — mexem nele com mais cuidado do que alguém jamais o fez em toda sua vida.

Chega a manhã. McMurphy levanta-se antes de mim, é a primeira vez que alguém se levanta antes de mim desde a época em que o tio Jules, o Caminhante de Paredes, estava aqui. Jules era um velho negro de cabelos brancos, muito esperto, com uma teoria de que o mundo estava sendo virado para o outro lado, durante a noite, pelos auxiliares; ele costumava escapulir de madrugada, para ver se os apanhava enquanto viravam o mundo. Como Jules, eu me levanto bem cedo pela manhã, para observar que equipamentos eles estão trazendo disfarçadamente para a enfermaria, ou instalando na barbearia, e normalmente só ficamos eu e os auxiliares no corredor durante 15 minutos antes que o paciente seguinte saia da cama. Mas agora de manhã ouço McMurphy lá fora no banheiro quando saio da cama. Eu o ouço cantar! Canta de tal maneira que se pensaria que ele não tem uma única preocupação no mundo. A voz dele soa clara e forte, de encontro ao cimento e ao aço.

— "Seus cavalos estão com fome, foi o que ela disse pra mim."

Ele está gostando do jeito que o som ressoa no banheiro.

— "Venha para junto de mim e dê-lhes um pouco de feno."

Ele toma fôlego e sua voz sobe uma oitava, ganhando altura e força, até que chega ao ponto de estremecer a fiação das paredes.

— "Meus cavalos não estão com fome, eles não vão comer o seu fee-nn-oo-oo."

Ele sustenta o tom e brinca com ele, então continua com o restante da letra, até o fim.

— "Assim aadeusss, querida, vou tratar da minha vida."

Cantando! Todo mundo está estarrecido. Há anos que não ouvem tal coisa, não nesta enfermaria. A maioria dos Agudos está se levantando, no dormitório, apoiando-se nos cotovelos, piscando e ouvindo. Eles olham uns para os outros e levantam as sobrancelhas. Como é possível que os auxiliares não o tenham calado lá fora? Eles nunca deixaram ninguém armar tamanho escarcéu antes, deixaram? Como é possível que eles tratem esse cara de maneira diferente? É um homem feito de pele e ossos, que está destinado a ficar fraco e pálido, e morrer, igualzinho ao restante de nós. Ele vive de acordo com as mesmas leis, tem de comer, defronta-se com os mesmos problemas; essas características o fazem tão vulnerável à Liga quanto todas as outras pessoas, não é verdade?

Mas o novato é diferente, e os Agudos podem ver isso, diferente de qualquer pessoa que veio para esta enfermaria nos últimos dez anos, diferente de qualquer outra pessoa que eles tenham conhecido lá fora. Talvez ele seja tão vulnerável quanto qualquer dos outros, mas a Liga não o apanhou.

— "Minha carroça está carregada — canta ele —, meu chicote está na minha mão..."

Como ele conseguiu escapar do laço? Talvez, como o velho Pete, a Liga não tenha conseguido apanhá-lo suficientemente cedo, com seu controle. Talvez ele tenha crescido de um modo tão selvagem, rodando por todo o país, saltando de um lugar para outro, nunca se permitindo ficar numa cidade por mais de alguns meses quando era garoto, de forma que escola alguma nunca conseguiu ter muita influência sobre ele; cortando madeira, jogando, controlando parques de diversões, viajando a passos rápidos e mostrando-se ligeiro, mantendo-se em tanto movimento que a Liga nunca tenha tido a oportunidade de instalar coisa alguma. Talvez seja isso, ele nunca deu oportunidade à Liga, exatamente como ontem pela manhã, ele não deu oportunidade ao auxiliar de apanhá-lo com o termômetro, porque um alvo em movimento é difícil de se atingir.

Nenhuma esposa querendo um linóleo novo. Nenhum parente na tentativa de influenciá-lo com olhos lacrimejantes. Ninguém com quem se *importar*, o que o torna suficientemente livre para ser um bom pilantra. E talvez a razão pela qual os auxiliares não tenham entrado correndo naquele banheiro para acabar com a cantoria dele seja porque eles *sabem* que ele está fora do controle, e eles se lembram daquela outra vez com o velho Pete e do que um homem fora do controle é capaz. E eles podem ver que McMurphy é um bocado maior do que o velho Pete; se realmente chegar às vias de fato, serão necessários os três e mais a Chefona do lado com uma seringa. Os Agudos balançam a cabeça uns para os outros; esta é a razão, concluem, por que os auxiliares não acabaram com a cantoria dele, como teriam feito com qualquer um de nós.

Vou do dormitório para o corredor no momento exato em que McMurphy sai do banheiro. Está de gorro e muito pouco além disso, apenas uma toalha enrolada nos quadris. Traz uma escova de dentes em uma das mãos. Para ali no corredor, olha de um lado para o outro, equilibrando-se nos dedos dos pés para evitar o quanto possível o frio dos ladrilhos. Avista um dos negros, o menor, e vai andando até ele e lhe dá um soco no ombro como se tivessem sido os melhores amigos durante toda a vida.

— Ei, você aí, companheiro, quais são as minhas possibilidades de arranjar um bocado de pasta de dente para escovar meus moedores?

A cabeça do auxiliar anão gira e fica de nariz contra o punho daquela mão. Ele franze o rosto para ela, então faz uma verificação rápida de onde estão os outros dois só para certificar-se e diz a McMurphy que eles não abrem o armário antes de 6h45.

— É a norma da casa — diz ele.

— É isso mesmo? Quero dizer, é lá que eles guardam a pasta de dentes? No armário?

— Isso mesmo, trancada no armário.

O auxiliar tenta recomeçar a encerar os rodapés, mas aquela mão ainda está enganchada sobre seu ombro como uma grande ostra vermelha.

— Trancada no armário, é? Ora, ora, muito bem. Agora, diga-me qual é sua opinião, por que eles guardam a pasta trancada? Quer dizer, não é como se fosse uma substância perigosa, é? Não se pode envenenar um homem com pasta de dente, pode? Não se pode dar uma porretada na cabeça de alguém com o tubo, pode? Qual é a razão que você acha que eles têm para botar um objeto tão inofensivo como um tubinho de pasta de dente trancado à chave?

— É a norma da enfermaria, Sr. McMurphy, essa é a razão. — E, quando ele vê que essa resposta não impressiona McMurphy como deveria, franze o rosto para a mão em seu ombro e acrescenta: — Cum'é que o senhor acha que seria se todo mundo fosse escovar os dentes toda vez que desse na telha?

McMurphy solta o ombro, puxa de leve aquele tufo de pelos vermelhos no pescoço e pensa a respeito.

— Humm... humm, hum-hum, acho que *saquei* o que você quer dizer: a norma da ala é para aqueles que não podem escovar os dentes depois de cada refeição.

— Meu Deus, não *entendeu*?

— Claro, agora entendo. Está dizendo que haveria gente que escovaria os dentes sempre que desse vontade.

— É isso aí, é por isso que nós...

— E, puxa vida, pode imaginar só? Dentes sendo escovados às 6h20, 6h30... quem sabe? Talvez às 6 horas! É, posso compreender seu ponto de vista.

Ele dá uma piscadela por sobre o ombro do negro para mim, que estou de pé encostado na parede.

— Tenho de limpar esse rodapé, McMurphy.

— Ah. Não tinha a intenção de afastá-lo de suas tarefas. — Ele começa a recuar, afastando-se, enquanto o auxiliar se inclina para recomeçar o trabalho. Então se aproxima novamente e se abaixa para olhar para dentro da lata ao lado do sujeito. — Bem, olhe só; o que temos aqui?

O auxiliar olha para baixo.

— Olhar para onde?

— Aí dentro dessa lata velha, cara. Que negócio é esse aí dentro dessa lata velha?

— É... sabão em pó.

— Bem, eu geralmente uso pasta, mas — McMurphy mete a escova lá embaixo no pó, dá uma girada com ela, tira e bate na borda da lata — isso aqui serve muito bem pra mim. Obrigado. Vamos tratar daquele negócio de norma da enfermaria depois.

E dirige-se de novo ao banheiro, de onde posso ouvir sua cantoria adulterada pelo compasso da escova nos dentes.

O auxiliar fica de pé ali, olhando para onde ele foi, com o trapo de esfregar pendendo frouxo da mão cinzenta. Depois de um minuto, ele pisca, olha em volta e vê que eu o estava observando, aproxima-se e me arrasta pelo corredor abaixo, puxando-me pelos cordões do pijama, e me empurra para um lugar no chão, que ontem mesmo eu limpei.

— Ai! Seu maldito, fica aí! É aí que eu quero que você fique trabalhando, não olhando em volta estupidamente como uma vaca inútil qualquer! Aí! Aí!

Eu me abaixo e começo a esfregar de costas para ele, de maneira que não me veja sorrindo. Eu me sinto bem por ver que McMurphy apanhou de jeito aquele auxiliar, como poucos homens teriam conseguido. Papai costumava ser capaz de fazer isso — as pernas separadas, o rosto inexpressivo, olhando para cima, para o céu, naquela primeira vez que os homens do governo apareceram para negociar a conclusão do tratado. "Gansos do Canadá lá em cima", diz papai, olhando de soslaio para cima. Os homens do governo olham, folheando papéis. "Em que mês estamos? Em julho? Não há... hum... gansos nesta época do ano. Hum, não há gansos."

Eles estavam falando como turistas do Leste que acham que têm de falar com índios de maneira que eles compreendam. Parecia que papai não se dava conta da maneira como eles falavam. Continuava olhando para o céu. "São gansos, lá em cima, homem branco. Você sabe. Gansos neste ano. E no ano passado. E no ano anterior e no ano anterior ao anterior."

Os homens se entreolharam e pigarrearam. "Sim. Pode ser verdade, Chefe Bromden. Agora, esqueça os gansos. Preste atenção ao contrato. O que oferecemos poderia beneficiar significativamente os... a sua gente... modificar a vida dos peles-vermelhas."

Papai disse: "...e no ano anterior e no ano anterior e no ano anterior ao anterior..."

Quando os homens do governo se deram conta de que estavam sendo feitos de idiotas, todo o conselho que permanecera sentado na varanda de nossa cabana, enfiando os cachimbos no bolso das camisas de lã xadrez, vermelha e branca, e tornando a tirá-los e sorrindo uns para os outros e para papai — todos eles já haviam estourado no maior acesso de riso, rindo de morrer. Tio Lobo Veloz rolava no chão, arquejando às gargalhadas e repetindo: "Você sabe disso, homem branco."

Aquilo realmente os aborreceu; viraram-se sem dizer uma palavra sequer e saíram em direção à estrada, vermelhos de raiva, e nós rindo nas costas deles. Eu me esqueço, às vezes, do que o riso pode fazer.

A chave da Chefona gira na fechadura, e o auxiliar está a seu lado tão logo ela passa pela porta, pulando em um pé e outro como uma criança pedindo para fazer pipi. Estou perto o bastante para ouvir o nome de McMurphy ser mencionado na conversa dele umas duas vezes, de modo que sei que ele está lhe contando a história de McMurphy escovar os dentes, esquecendo-se por completo de lhe falar sobre o velho Vegetal que morreu durante a noite. Abanando os braços e tentando dizer a ela o que aquele ruivo idiota já esteve aprontando de manhã tão cedo — atrapalhando as coisas, contrariando a norma da enfermaria... será que ela não pode tomar alguma atitude?

Ela olha fixa e penetrantemente para o auxiliar, até que ele para de se remexer. Dirige então o olhar para o corredor, por onde a cantoria de McMurphy ressoa através da porta do banheiro, mais alta do que nunca: — "Oh, seus pais não gostam de mim, dizem que sou pobre demais, que não sou digno nem de passar por sua porta."

De início, o rosto dela fica perplexo; como o restante de nós, já faz tanto tempo que ela não ouve alguém cantar que leva um momento para tornar-se ciente da situação.

— "A vida difícil é meu prazer, meu dinheiro é só me-eeu, e, se eles não gostam de mim, podem me deixar em paz."

Ela escuta por mais um minuto para se assegurar de que não está ouvindo coisas; então começa a inchar. As narinas se abrem de estalo, e cada vez que respira ela fica maior, tão grande e com um aspecto tão mau como não a vejo ficar por causa de um paciente desde a época em que Taber estava aqui. Ela põe em funcionamento as dobradiças dos cotovelos e dos dedos. Ouço um pequeno guinchado. Começa a se mover, e eu recuo de encontro à parede, e, quando ela passa ribombando, já está grande como um caminhão, arrastando aquela cesta de vime como um trailer atrás de um caminhão. Os lábios dela estão separados e seu sorriso segue na frente como a grade de um radiador. Posso sentir cheiro de óleo quente e fagulha de radiador quando ela passa, e a cada passo que bate no chão ela se infla, ficando um ponto maior, inflando e inchando, esmagando o que quer que esteja em seu caminho! Estou com medo só de pensar o *que* ela irá fazer.

Então, no momento exato em que ela vai acelerando em seu maior e pior estado, McMurphy sai pela porta do banheiro, colocando-se bem na frente dela, toalha enrolada nos quadris. Ela para de estalo! Ela encolhe até mais ou menos da altura da cabeça até o ponto em que aquela toalha o cobre, e ele lhe está sorrindo. Até o sorriso dela está abalado, treme nos cantos.

— Bom dia, Srta. Rat-shed!* Como vão as coisas lá fora?

— Não pode ficar andando aqui... enrolado numa *toalha*!

— Não? — Ele olha para baixo, para a parte da toalha que ela está olhando. Nota que a toalha molhada está colada na pele. — Toalhas também são contra as normas da enfermaria? Bem, acho que não há mais nada a fazer sen...

— *Pare!* Não ouse. Volte já para o dormitório e vista suas roupas *imediatamente*.

Ela fala como uma professora ao repreender um aluno. Assim, McMurphy baixa a cabeça como um aluno e diz numa voz que soa como se ele estivesse a ponto de chorar:

— Eu não posso fazer isso, dona. Acho que algum ladrão *afanou* minhas roupas durante a noite, enquanto eu dormia. Eu durmo um sono muito pesado nesses colchões que vocês têm por aqui.

— Alguém afanou?...

— Lalou. Passou a mão. Deu sumiço. Roubou — diz ele, satisfeito. — Sabe, dona, parece que alguém afanou meus trapos. — Dizer aquilo o excita tanto que começa a executar um pequeno balé, descalço diante dela.

— Alguém roubou suas roupas?

— Parece que foi isso mesmo.

— Mas... uniforme de presidiário? Por quê?

Ele para de saltitar e torna a baixar a cabeça.

— Tudo que sei é que elas estavam lá quando fui para a cama e haviam sumido quando me levantei. Sumiram como num passe de mágica. Oh, eu *sei* que elas não eram nada além de um ordinário uniforme de presidiário, desbotadas e gros-

---

* Trocadilho com duplo sentido do nome; tradução literal das duas sílabas separadas: abrigo (*shed*) de ratazanas (*rat*). (N. da T.)

seiras, dona, bem que sei disso... e um uniforme de presidiário pode não parecer muito para aqueles que têm *mais*. Mas para um homem nu...

— Aquelas roupas — diz ela, caindo em si — *deveriam mesmo* ser apanhadas. Foi-lhe entregue um uniforme verde de convalescente esta manhã.

Ele sacode a cabeça e suspira, mas ainda não ergue o olhar.

— Não, não, acho que não me foi entregue. Não havia uma única coisa lá esta manhã, exceto o gorro que está na minha cabeça e...

— Williams — ela urra para o auxiliar que ainda está na porta da enfermaria como se estivesse pronto para sair correndo por ela. — Williams, você pode vir até aqui um momento?

Ele se arrasta até ela como um cachorro diante de um chicote.

— Williams, por que esse paciente não recebeu um uniforme de convalescente?

O auxiliar está aliviado. Ele se endireita e sorri, levanta aquela mão cinzenta e aponta, na outra extremidade do corredor, para um dos grandalhões ali parados.

— O seu Washington, que está ali, é quem está encarregado do serviço de lavanderia esta manhã. Eu não. Não.

— Sr. *Washington!* — Ela o apanha com o esfregão pairando sobre o balde e o paralisa ali. — Será que pode vir até aqui um momento?

O esfregão desliza sem um ruído sequer para dentro do balde, e, com movimentos lentos e cuidadosos, ele apoia a alça contra a parede. Vira-se e olha para McMurphy e para o negro menor e para a enfermeira. Então olha para a esquerda e para a direita, como se ela pudesse estar gritando com outra pessoa qualquer.

— Venha já aqui!

Ele enfia as mãos nos bolsos e começa a caminhar lentamente pelo corredor na direção dela. Ele nunca anda muito depressa, e posso ver como, se não tratar de andar logo, ela é capaz de paralisá-lo e arrebentá-lo inteiro apenas com o olhar; todo o ódio e a fúria e a frustração que ela estava planejando utilizar em McMurphy estão faiscando em ondas pelo corredor na direção do auxiliar e ele pode senti-los a soprar em rajadas como um vento de nevasca, tornando-o mais lento do que nunca. Tem de se inclinar para prosseguir contra aquilo, envolvendo o corpo com os braços apertados. A geada se forma em seu cabelo e nas sobrancelhas. Ele ainda se inclina mais para a frente, mas seus passos estão ficando mais lentos; ele nunca irá conseguir.

Então McMurphy começa a assoviar "Sweet Georgia Brown", e a enfermeira desvia o olhar do negro bem a tempo. Agora, ela fica tão zangada e se sente tão frustrada como nunca a vi. O sorriso de boneca desapareceu, estirado ao ponto máximo e fino como um arame em brasa. Se alguns dos pacientes pudessem estar ali fora para vê-la agora, McMurphy poderia começar a receber as apostas.

O negro finalmente chega até onde ela está, e aquilo lhe tomou horas. Ela respira bem fundo.

— Washington, por que este homem não recebeu uma muda de pijamas hoje de manhã? Será que você não podia ver que ele nada tinha além de uma toalha?

— E o meu gorro — cochicha McMurphy, batendo na aba com o dedo.

— Sr. Washington?

O auxiliar grandalhão olha para o pequeno que o denunciou, e este começa a se remexer de novo. O grande olha para o pequeno durante um longo tempo, com aqueles olhos estáticos e esbugalhados, parecendo válvulas de rádio, e planeja acertar as coisas com *ele* mais tarde; então, a cabeça se vira e olha para McMurphy de cima a baixo, avaliando os ombros duros e pesados, o sorriso de lado, a cicatriz no nariz, a mão segurando a toalha. Em seguida, ele se volta para a enfermeira.

— Eu acho... — ele começa.

— O senhor *acha*! Fará mais do que *achar*! Arranje um uniforme para ele imediatamente, Sr. Washington, ou passará as próximas duas semanas na Enfermaria de Geriatria! Sim. Pode ser que precise de um mês de comadres e banhos de lama para renovar seu apreço pelo pouco trabalho que vocês, auxiliares, têm de fazer aqui. Se isso fosse numa das outras enfermarias, quem é que pensa que estaria esfregando o chão o dia inteiro? O Sr. Bromden? Não, o senhor sabe bem quem seria. Nós dispensamos vocês, auxiliares, da maioria de suas obrigações de limpeza para permitir que atendam os pacientes. E isso significa cuidar para que eles não desfilem por aí pelados. O que acha que teria acontecido se uma das jovens enfermeiras tivesse aparecido cedo e encontrado um paciente andando pelo corredor sem uniforme? O que você acha?

O grandalhão negro não está muito certo quanto a isso, mas percebe o objetivo dela e sai andando em seu passo lento para a rouparia, a fim de arranjar uma muda de pijamas para McMurphy — provavelmente alguns números menor do que o tamanho dele —, e volta no mesmo passo e a estende para ele com um olhar do mais puro ódio que eu já vi. McMurphy apenas aparenta estar confuso, como se não soubesse como apanhar, se com uma das mãos está segurando a escova de dentes e, com a outra, a toalha. Finalmente, pisca o olho para a enfermeira, encolhe os ombros e desenrola a toalha, atira-a sobre o ombro dela como se ela fosse um cabide de madeira.

Vejo que estava com os calções sob a toalha o tempo todo.

Tenho certeza absoluta de que ela teria preferido que ele estivesse nu em pelo sob a toalha a estar com aqueles calções. Ela está olhando fixa e furiosamente para aquelas grandes baleias brancas saltando pelos calções dele como um ultraje indizível. Aquilo é mais do que ela pode suportar. Passa-se um minuto inteiro até que consiga recuperar a compostura para se virar para o auxiliar menor, a voz tremendo descontrolada, ainda furiosa.

— Williams... eu creio... que você já deveria ter limpado as janelas da Sala das Enfermeiras na hora em que eu chegasse esta manhã. — Ele sai arrastando os pés como um inseto. — E você, Washington... e você... — Washington volta arrastando os pés para o balde, quase em passo de trote. Ela olha em volta mais uma vez, perguntando-se em quem mais poderia descarregar sua raiva. Ela me avista, mas a essa altura alguns dos outros pacientes já saíram do dormitório e estão curiosos a respeito do grupinho que fazemos no corredor. Ela fecha os olhos e se concentra. Não pode permitir que a vejam com o rosto assim, carregado de fúria. Usa toda a força de controle de que dispõe. Gradualmente, os lábios tornam a se juntar sob o narizinho branco, grudam-se, como se o fio incandescente tivesse ficado quente o bastante para derreter, cintilam por um segundo, depois se solidificam com um estalo, à medida que o metal derretido toma forma, tornando-se frio e estranhamente opaco. Seus lábios se separam e a língua sai por entre eles, um pedaço de escória. Os olhos abrem-se de novo e têm aquele estranho aspecto frio e opaco dos lábios, mas ela inicia sua rotina de bom dia, como se nada diferente houvesse acontecido, imaginando que os pacientes estejam com muito sono para perceber.

— Bom dia, Sr. Sefelt, seus dentes estão melhores? Bom dia, Sr. Fredrickson, o senhor e o Sr. Sefelt dormiram bem a noite passada? Vocês dormem lado a lado, não é? A propósito, foi trazido a meu conhecimento o fato de que vocês dois fizeram um acordo qualquer com relação à medicação... está deixando Bruce tomar sua medicação, não está, Sr. Sefelt? Discutiremos isso mais tarde. Bom dia, Billy; vi sua mãe quando estava vindo para cá, e ela me disse que não deixasse de lhe dizer que pensava em você o tempo todo e que *sabia* que você não a desapontaria. Bom dia, Sr. Harding... ora, olhe só, as pontas de seus dedos estão vermelhas e em carne viva. Esteve roendo as unhas novamente?

Antes que eles pudessem responder, mesmo se houvesse alguma resposta, ela se vira para McMurphy, que ainda continua de pé ali, de calções. Harding olha para os calções e assovia.

— E o senhor, Sr. McMurphy — diz ela, sorrindo, doce como açúcar —, se já tiver acabado de exibir seu físico másculo e suas cuecas espalhafatosas, acho que seria melhor voltar para o dormitório e vestir o pijama.

Ele toca a aba do gorro num cumprimento para ela e para os pacientes que admiram e zombam dos calções com baleias brancas e vai para o dormitório sem dizer uma única palavra. Ela se vira e segue em outra direção, o sorriso vermelho inexpressivo à sua frente; antes que ela feche a porta da saleta envidraçada, a cantoria dele está saindo novamente pela porta do dormitório, ecoando no corredor.

"Ela me levou para a sua saleta e me refresco-oo-ou com seu abano."

Posso ouvir as pancadas enquanto ele bate na barriga nua.

"Cochichou baixinho no ouvido de sua mãezinha, eu a-amo-oooo esse jogador."

Varrendo o dormitório assim que este fica vazio, vou catar sujeira de rato sob a cama dele, quando sinto o cheiro de uma coisa que me faz perceber, pela primeira vez desde que estou no hospital, que este grande dormitório cheio de camas, que acomoda quarenta homens adultos, sempre esteve impregnado de um milhar de outros cheiros — cheiros de germicidas, de unguento antisséptico, de talco para os pés, cheiro de urina e de fezes azedas de velhos, de cuecas mofadas e de meias bolorentas mesmo quando acabaram de voltar da lavanderia, cheiro forte de goma na roupa de cama, o fedor ácido das bocas pela manhã, cheiro de banana do óleo de máquinas e, às vezes, cheiro de cabelo chamuscado — mas nunca, antes desse momento, antes que ele tivesse entrado, cheiro humano de poeira e de terra dos campos abertos, e de suor e de trabalho.

Durante todo o café, McMurphy fala e ri sem parar. Depois de hoje de manhã, ele acha que a Chefona vai ser uma barbada. Ele não sabe que apenas a apanhou de guarda aberta, e, se é que conseguiu alguma coisa, foi fazê-la ficar alerta.

Ele está se fazendo de palhaço, esforçando-se para conseguir que alguns dos caras riam. Incomoda-o o fato de que o máximo que eles conseguem é sorrir palidamente e às vezes rir em silêncio. Ele provoca Billy Bibbit, sentado à sua frente do outro lado da mesa, dizendo numa voz misteriosa:

— Ei, Billy, você se lembra daquela vez em Seattle, em que você e eu apanhamos aquelas duas bonecas? Uma das melhores trepadas que já dei na minha vida.

Os olhos de Billy se erguem do prato, arregalados. Abre a boca, mas nada consegue dizer. McMurphy se vira para Harding e prossegue:

— Nós nunca teríamos conseguido, de jeito nenhum, apanhar as duas assim no impulso do momento, não fosse pelo fato de que elas já tinham ouvido falar de Billy Bibbit. Billy *Cacete* Bibbit era como ele era conhecido naquela época. Aquelas garotas estavam a ponto de se *mandar* quando uma olhou para ele e disse: "Você é o famoso Billy *Cacete* Bibbit? Dos famosos 14 centímetros?" Ele, Billy, baixou a cabeça e corou, como está fazendo agora, e olha a gente ganhando a parada. E eu me lembro, quando levamos as duas lá para o hotel, ouvi aquela voz de mulher, vindo lá de perto da cama de Billy: "Sr. Bibbit, estou desapontada com o senhor; ouvi dizer que o senhor tinha me-me-meu Deus!"

E dá um grito e um tapa na perna e cutuca Billy com o polegar a tal ponto que acho que Billy vai cair duro e desmaiar de tanto corar e sorrir.

McMurphy diz que, para falar a verdade, um par de garotas gostosas como aquelas suas é a *única* coisa que falta ao hospital. A cama que eles dão aqui é a melhor em que ele já dormiu, e que mesa farta eles oferecem. Não consegue imaginar por que todo mundo vive tão aborrecido por estar trancado ali.

— Agora, olhem só para mim — diz e levanta um copo contra a luz. — Estou bebendo meu primeiro copo de laranjada em seis meses. Puxa vida, é bom! Agora, pergunto a vocês, o que eu tomava no café da manhã naquela colônia penal? O que é que me davam? Bem, posso descrever com o que *parecia*, mas garanto que não posso dar um nome àquilo; de manhã, ao meio--dia e à noite era preto de queimado e tinha batatas, e parecia com cola para telhas. Sei de uma coisa: não era suco de laranja. Olhem para mim agora: bacon, torrada, manteiga, ovos, café que a doçura ali da cozinha até me perguntou se queria puro ou com leite, obrigado, e um fantástico!, grande! copo de suco de laranja fresco. Puxa, eu não deixaria este lugar nem que me *pagassem*!

Ele repete de tudo e marca um encontro com a moça que serve o café na cozinha para quando tiver alta. Cumprimenta o cozinheiro negro por fazer os melhores ovos fritos que ele já comeu. Tem bananas para comer com os flocos de milho, e ele se serve de uma, diz ao auxiliar que lhe vai dar uma porque ele tem uma aparência bastante faminta, e o negro olha de esguelha lá para o fundo do corredor, onde a enfermeira está sentada em seu invólucro de vidro, e diz que não é permitido aos auxiliares comer junto com os pacientes.

— É contra as normas da enfermaria?
— Isso mesmo.
— Azar! — Ele descasca três bananas bem debaixo do nariz do auxiliar e come uma atrás da outra, diz a ele que sempre que ele quiser tirar um *rango* do refeitório é só falar.

Quando McMurphy acaba a última banana, dá um tapa na barriga, levanta-se e dirige-se para a porta. O auxiliar grande bloqueia a porta e lhe diz que o regulamento determina que os pacientes fiquem sentados no refeitório até a hora de todos saírem, às 7h30. McMurphy fica olhando para ele como se não pudesse acreditar que está ouvindo bem, então se vira e olha para Harding. Harding diz que sim com um aceno de cabeça. McMurphy encolhe os ombros e volta para a cadeira.

— De qualquer maneira, eu não quero mesmo ir contra a porra do regulamento.

O relógio no fundo do refeitório mostra que são 7h15, está mentindo dizendo que só estamos sentados aqui há 15 minutos, quando se pode dizer que já faz pelo menos uma hora. Todo mundo já acabou de comer e se recostou na cadeira, observando o ponteiro grande mover-se para as 7h30. Os auxiliares levam embora as bandejas sujas dos Vegetais e empurram os dois velhos nas cadeiras de rodas para serem lavados com as mangueiras. No refeitório, cerca de metade dos homens deita a cabeça nos braços, pensando em tirar um cochilo antes que os auxiliares voltem. Não há mais nada a fazer sem cartas, revistas ou quebra-cabeças. Apenas dormir ou observar o relógio.

Mas McMurphy não consegue ficar quieto assim; ele tem de estar preparando alguma. Depois de levar cerca de dois minutos empurrando farelos de comida em volta do prato com a colher, está pronto para mais atividades. Enfia os polegares nos bolsos e inclina a cabeça para trás e olha com um olho só para o relógio na parede. Então esfrega o nariz.

— Sabe... aquele relógio velho ali me faz lembrar os alvos no campo de tiro em Fort Riley. Foi onde ganhei minha primeira medalha de atirador de precisão. McMurphy Bom de Tiro. Quem quer apostar comigo 1 dolarzinho como eu acerto este pedacinho de manteiga bem no centro do mostrador daquele relógio, ou pelo menos *no* mostrador?

Ele consegue três apostas e pega o pedaço de manteiga, põe na faca e faz um arremesso rápido. Vai parar bem a uns 20 centímetros, ou coisa assim, à esquerda do relógio, e todo mundo o ridiculariza por causa daquilo, até que ele paga as apostas. Ainda estão zombando dele, querendo saber se ele quis dizer Bom de Tiro ou Bonde em Tiro, quando o auxiliar menor volta depois de ter lavado os Vegetais. Todo mundo olha para o prato e fica quieto. O negro percebe que há algo no ar, mas não pode ver o quê. Provavelmente nunca teria sabido se não fosse pelo velho Coronel Matterson, que fica olhando em volta, e *ele* vê a manteiga grudada na parede e isto o faz apontar para ela e dar início a uma de suas aulas, explicando-nos a todos, em sua voz paciente e ressonante, como se o que ele dissesse fizesse sentido.

— A man-tei-ga... é o Partido Re-pu-bli-ca-no...

O auxiliar olha para onde o Coronel está apontando, e lá está a manteiga, escorrendo devagar pela parede como uma lagarta amarela. Ele pisca para ela, mas não diz uma palavra, nem se dá ao trabalho de olhar em volta para ter certeza de quem foi que a atirou.

McMurphy está cochichando e cutucando os Agudos sentados à sua volta, e num minuto todos eles concordam, e ele põe 3 dólares sobre a mesa e se recosta. Todo mundo se vira na cadeira e observa aquela manteiga escorrer pela parede, seguindo, parando, pendendo imóvel, despencando e deixando um rastro brilhante na pintura. Ninguém diz uma palavra sequer. Eles olham para a manteiga e em seguida para o relógio, e então de volta para a manteiga. Agora o relógio está andando.

A manteiga chega ao chão meio minuto antes das 7h30, e McMurphy recupera todo o dinheiro que havia perdido.

O auxiliar se levanta, dá as costas para a faixa gordurosa na parede e diz que podemos ir. McMurphy anda para fora do refeitório enfiando o dinheiro no bolso. Põe o braço em torno do ombro do auxiliar e o vai levando meio andando e meio carregado, pelo corredor, em direção à enfermaria.

— Metade do dia se foi, Sam, meu camaradinha, e eu mal estou começando. Vou ter de andar depressa para recuperar o tempo perdido. Que tal me trazer aquele baralho que você trancou em segurança naquele armário? Assim, vou ver se consigo me fazer ouvir acima daquele alto-falante.

Passa a maior parte daquela manhã andando depressa, para recuperar o tempo perdido, jogando vinte e um, agora apostando vales em vez de cigarros. Ele muda de lugar a mesa de vinte e um, umas duas ou três vezes, para tentar sair de debaixo do alto-falante. Pode-se ver que aquilo lhe está dando nos nervos. Finalmente, vai até a Sala das Enfermeiras e bate numa das vidraças até que a Chefona faz girar a cadeira e abre a porta. Ele lhe pergunta que tal desligar aquela barulheira infernal por algum tempo. Agora, ela está mais calma do que nunca, de volta à sua cadeira atrás da vidraça; não há nenhum pagão saracoteando meio nu para desequilibrá-la. O sorriso dela está fixo e sólido. Fecha os olhos, sacode a cabeça e diz a McMurphy em tom muito agradável:

— Não!

— A senhora não pode nem diminuir o volume? Não acho que todo o estado do Oregon precise ouvir Lawrence Welk tocar "Tea for Two" três vezes por hora, o dia inteiro! Se fosse baixo o bastante para que se pudesse ouvir um homem berrar suas apostas do outro lado da mesa, eu poderia organizar um jogo de pôquer...

— Já lhe foi dito, Sr. McMurphy, que é contra o regulamento jogar a dinheiro na enfermaria.

— Ok. Então bastante baixo para se jogar apostando com fósforos, com botões de braguilha... apenas abaixe esse maldito volume!

— Sr. McMurphy — ela espera e deixa que sua voz calma de professora penetre, antes de continuar; ela sabe que todos os Agudos estão ouvindo a conversa. — Quer saber o que eu acho? Acho que está sendo muito egoísta. Ainda não reparou que há outras pessoas no hospital além do senhor? Há indivíduos muito, muito velhos, que simplesmente não são capazes de ler ou de montar quebra-cabeças... ou de jogar cartas para ganhar os cigarros dos outros. Para indivíduos idosos como Matterson e Kittling, aquela música é tudo que eles têm. E o senhor quer tirá-la deles. Nós gostamos de ouvir sugestões e pedidos sempre que podemos, mas acho que o senhor poderia pelo menos pensar um pouco nos outros antes de fazer seus pedidos.

Ele se vira e olha para o lado dos Crônicos e vê que há alguma verdade no que ela diz. Tira o gorro e passa a mão pelo cabelo. Afinal, vira-se para ela de novo. Ele sabe tão bem quanto ela que todos os Agudos estão ouvindo tudo que eles dizem.

— Ok... Eu nunca pensei a respeito disso.

— Imaginei que não tivesse pensado.

Ele puxa de leve aquele tufo de pelos vermelhos pela gola do pijama e diz:

— Em todo caso, o que acha de levarmos o jogo de cartas para outro lugar qualquer? Outra sala? Assim como, digamos, a sala em que vocês põem as mesas durante aquelas sessões. Não há nada ali dentro durante o restante do dia. Poderia abrir aquela sala e deixar os jogadores entrarem ali. Os velhos ficariam aqui com o rádio... um bom negócio sob todos os pontos de vista.

Ela sorri, fecha os olhos e balança a cabeça suavemente.

— É claro, o senhor pode examinar a sugestão em conjunto com as demais pessoas numa outra ocasião, mas creio que os sentimentos de todos corresponderão aos meus: não temos equipe suficiente para vigiar as duas dependências. E eu gostaria que o senhor não se encostasse nesse vidro aí, por favor; suas mãos engorduradas estão manchando a janela. Isso significa trabalho extra para alguns dos outros homens.

Ele tira a mão num arranco, vejo que começa a dizer algo e depois para, percebendo que ela não deixou mais nada para ser dito por ele, a menos que queira começar a xingá-la. O rosto e o pescoço dele ficam vermelhos. Respira fundo e se concentra em sua força de vontade, do mesmo jeito que ela fez esta manhã, diz que sente muito por tê-la incomodado e volta para a mesa de jogo.

Todo mundo na enfermaria sente que a inspeção começou.

Às 11 horas, o médico vem até a porta e diz a McMurphy que gostaria que ele descesse com ele até o consultório para uma entrevista.

— Eu entrevisto todos os recém-admitidos no segundo dia.

McMurphy deixa as cartas, levanta-se e vai andando até o médico. O médico lhe pergunta como passou a noite, mas McMurphy apenas resmunga uma resposta.

— Parece muito pensativo hoje, Sr. McMurphy.

— Ah, eu sou mesmo um pensador — diz McMurphy, e eles saem andando juntos pelo corredor. Quando voltam, depois do que parece ser dias mais tarde, estão sorrindo e conversando alegremente a respeito de algum assunto. O médico está limpando as lágrimas dos óculos e tem o aspecto de quem realmente esteve rindo, e McMurphy está de novo falando alto e cheio de irreverência e presunção, como sempre. Ele fica assim durante todo o almoço e, às 13 horas, é o primeiro a sentar-se para a sessão, os olhos azuis e inexpressivos espiando lá do canto.

A Chefona entra na enfermaria com seu bando de estudantes de enfermagem e a cesta de apontamentos. Pega o livro diário sobre a mesa e franze o rosto, examinando-o por um minuto (ninguém dedurou ninguém durante o dia inteiro), depois vai para sua cadeira ao lado da porta. Tira algumas pastas da cesta que tem no colo e as folheia até encontrar a que trata de Harding.

— Conforme me recordo, estávamos fazendo um progresso considerável com o problema do Sr. Harding...

— Ah... antes que tratemos disso — diz o médico —, gostaria de interromper por um momento, se me permitir. É sobre uma conversa que o Sr. McMurphy e eu tivemos em meu consultório nesta manhã. Reminiscências, na realidade. Falando a respeito dos velhos tempos. Sabe, o Sr. McMurphy e eu descobrimos que temos algo em comum... frequentamos a mesma escola secundária.

As enfermeiras se entreolham e se perguntam o que deu naquele homem. Os pacientes olham para McMurphy, que está sorrindo no seu canto, e esperam que o médico continue. Ele balança a cabeça em sinal de assentimento.

— Sim, a mesma escola secundária. E o curso de nossas recordações trouxe-nos à lembrança os bailes à fantasia que a escola costumava promover... maravilhosos, barulhentos, festas de gala. Decorações, serpentinas de papel crepom, barraquinhas, brincadeiras e jogos... era sempre um dos grandes acontecimentos do ano. Eu... conforme contei a McMurphy, era presidente da comissão organizadora do baile à fantasia da escola, tanto no primeiro ano, como calouro, quanto depois, já veterano. Maravilhosos anos despreocupados...

Fez-se realmente silêncio na enfermaria. O médico levanta a cabeça, olha em volta para ver se está fazendo um papel ridículo. A Chefona lança-lhe um olhar que não deveria deixar dúvida alguma a respeito do assunto, mas ele está sem óculos, e a expressão desse olhar não o atinge.

— De qualquer maneira — continuou ele —, para pôr um fim a esta demonstração sentimental de nostalgia, durante a nossa conversa, McMurphy e eu ficamos curiosos para saber qual seria a atitude de alguns dos homens com relação a um baile à fantasia aqui, na enfermaria?

Ele põe os óculos e torna a olhar em volta. Ninguém está dando pulos de alegria diante da ideia. Alguns de nós podem lembrar-se de Taber, tentando organizar um baile à fantasia, há alguns anos, e o que aconteceu com o baile. Enquanto o médico espera, um silêncio se eleva, emergindo da enfermeira, e paira sobre todo mundo, desafiando qualquer um a tentar enfrentá-lo. Sei que McMurphy não pode, porque estava envolvido no planejamento do baile, e, justamente quando estou pensando que ninguém vai ser bastante idiota para quebrar o silêncio, Cheswick, que está sentado ao lado de McMurphy, solta um grunhido e se levanta esfregando as costelas, antes mesmo de saber o que está acontecendo.

— Haaan... eu pessoalmente acredito, sabe. — Ele olha para o punho de McMurphy no braço da cadeira, a seu lado, com aquele grande polegar rijo saindo dele e apontando bem para o alto como um aguilhão de gado. — Um baile à fantasia é realmente uma boa ideia. Algo para quebrar a monotonia.

— É isso mesmo, Charley — diz o médico, apreciando o apoio de Cheswick. — E não de todo sem valor terapêutico.

— Claro que não — diz Cheswick parecendo mais satisfeito. — Não. Um bocado de terapia num baile à fantasia. Pode apostar.

— Seria d-d-divertido — diz Billy Bibbit.

— Sim, isso também — diz Cheswick. — Nós poderíamos fazê-lo, Dr. Spivey, é claro que poderíamos. Scanlon poderia executar seu número de bomba humana, e eu posso fazer um círculo de apostas sobre Terapia Ocupacional.

— Eu leio mãos — diz Martini, e olha de soslaio para um ponto acima de sua cabeça.

— Eu mesmo sou bastante bom em diagnosticar doenças pela leitura das mãos — diz Harding.

— Bom, bom — diz Cheswick e bate palmas. Nunca antes alguém havia apoiado alguma ideia sua.

— E eu — diz McMurphy com sua fala arrastada — ficaria honrado em trabalhar com a roda da sorte. Já tenho certa experiência.

— Oh, há inúmeras possibilidades — diz o médico, endireitando-se na cadeira e realmente animado com o assunto. — Ora, eu tenho um milhão de ideias...

Ele fala a todo vapor por mais uns cinco minutos. Pode-se perceber que muitas das ideias ele já discutiu com McMurphy. Ele descreve as brincadeiras e os jogos, as barraquinhas, fala de vender entradas, e aí para tão de repente como se o olhar da enfermeira o tivesse atingido bem entre os olhos. Pisca para ela e pergunta:

— O que acha da ideia, Srta. Ratched? De um baile à fantasia? Aqui, na enfermaria.

— Eu concordo que possa ter uma série de possibilidades terapêuticas — diz ela, e espera. Deixa novamente aquele silêncio emergir de dentro dela. Quando tem certeza de que ninguém vai desafiá-la, continua: — Mas também creio que uma ideia como essa deveria ser discutida numa reunião da administração do hospital antes que seja tomada qualquer decisão. Não era essa sua ideia, doutor?

— É claro. Apenas pensei, compreende, que seria bom sondar alguns dos pacientes antes. Mas, certamente, uma reunião da equipe deve vir em primeiro lugar. Então daremos prosseguimento a nossos planos.

Todo mundo sabe que aquilo é tudo o que haverá quanto ao baile.

A Chefona começa a retomar o controle da situação tamborilando com os dedos na pasta.

— Ótimo. Então, se não há mais nenhum outro tópico novo... e se o Sr. Cheswick se sentar... acho que poderíamos entrar direto na discussão. Nós ainda temos — ela tira o relógio da cesta e olha — 48 minutos. Assim, como eu...

— Oh! Espere. Eu me lembrei de que há mais outro tópico novo. — McMurphy está com a mão levantada, os dedos estalando. Ela olha para a mão durante muito tempo antes de dizer alguma palavra.

— Sim, Sr. McMurphy?

— Eu não, é o Dr. Spivey. Doutor, conte a eles o que o senhor descobriu a respeito dos caras que têm dificuldade de ouvir e o rádio.

A cabeça da enfermeira dá um pequeno sobressalto, quase que impossível de se ver, mas meu coração de repente dispara. Ela torna a colocar a pasta na cesta e vira-se para o médico.

— Sim — diz o médico. — Eu quase me esqueci. — Ele se recosta, cruza as pernas e junta as pontas dos dedos; posso ver que ainda está de bom humor, por causa do baile. — Sabe, McMurphy e eu estávamos conversando a respeito daquele problema antigo que temos aqui nesta enfermaria: a mistura de pacientes, os jovens e os velhos juntos. Não é o ambiente ideal para a nossa Comunidade Terapêutica, mas a Administração diz que não há jeito de modificar isso com o Setor da Geriatria lotado do jeito que está. Sou o primeiro a admitir que não é absolutamente uma situação agradável para nenhum dos envolvidos. Entretanto, em nossa conversa, McMurphy e eu por acaso acabamos por chegar a uma ideia que poderia tornar a situação mais agradável para ambos os grupos de idade. McMurphy comentou que havia notado que alguns dos pacientes mais velhos pareciam ter dificuldade em ouvir o rádio. Ele sugeriu que o volume poderia ser aumentado de maneira que os Crônicos com dificuldades de audição pudessem ouvi-lo. Uma sugestão muito humana, eu acho.

McMurphy abana a mão com modéstia, e o médico balança a cabeça para ele e continua:

— Mas eu disse a ele que havia recebido queixas anteriores de alguns dos homens mais jovens, de que o rádio já está tão alto que perturba a conversa e a leitura. McMurphy disse que não havia pensado nisso, mas comentou que realmente parecia uma pena que aqueles que queriam ler não pudessem ir sozinhos para um lugar tranquilo, deixando o rádio para aqueles que o quisessem ouvir. Concordei com ele em que realmente era uma lástima e estava prestes a deixar de lado o assunto quando, por acaso, pensei na velha Sala da Banheira, onde guardamos as mesas durante as sessões. Nós não utilizamos mesmo aquele cômodo para mais nada; já não há mais necessidade da hidroterapia para a qual ele foi idealizado, agora que dispomos de novas drogas. Assim, o que o grupo acharia de ter aquela sala como uma espécie de anexo, uma sala de *jogos*, digamos?

O grupo nada responde. Eles sabem de quem é a próxima jogada. Ela volta a dobrar a pasta de Harding, coloca-a no colo e cruza as mãos sobre ela, olhando em volta pela sala, como se alguém pudesse ousar ter algo a dizer. Quando fica claro que ninguém vai falar até que ela fale, sua cabeça novamente se volta para o médico.

— Soa como um bom plano, Dr. Spivey, e eu aprecio o interesse do Sr. McMurphy pelos outros pacientes, mas, embora lamente muitíssimo, creio que não temos funcionários para cobrir um anexo.

E fica tão segura de que aquilo deve ser o ponto final da conversa que começa a abrir a pasta mais uma vez. Mas o médico já havia pensado melhor a respeito daquilo do que ela imaginava.

— Eu também pensei nisso, Srta. Ratched. Mas, uma vez que serão em grande parte os pacientes Crônicos que ficarão aqui na enfermaria com o rádio, a maioria deles restrita a espreguiçadeiras e cadeiras de rodas, um auxiliar e uma enfermeira aqui dentro devem, facilmente, ser capazes de controlar quaisquer conflitos ou revoltas que possam ocorrer, não acha?

Ela não responde, e também não acha muita graça na brincadeira dele sobre conflitos e revoltas, mas seu rosto não se modifica. O sorriso permanece.

— Assim, os outros dois auxiliares e enfermeiras podem dar cobertura aos homens na Sala da Banheira, talvez até melhor do que aqui, num aposento maior. O que vocês acham, rapazes? É uma ideia que pode funcionar? Eu mesmo estou bastante entusiasmado com ela, e acho que devemos pelo menos fazer uma tentativa, ver como funciona na prática, durante alguns dias. Se não funcionar, bem, ainda temos a chave para tornar a trancá-la, não temos?

— Certo! — diz Cheswick, socando a palma da mão com o punho. Ele ainda está de pé, como se estivesse com medo de chegar perto daquele polegar de McMurphy outra vez. — Certo, Dr. Spivey, se não funcionar, ainda temos a chave para tornar a trancá-la. Pode apostar.

O médico olha em volta pela sala e vê todos os outros Agudos concordando com um aceno de cabeça. Sorriem e parecem tão satisfeitos com o que ele crê que sejam ele próprio e sua ideia que enrubesce como Billy Bibbit e começa a limpar os óculos uma ou duas vezes antes de conseguir continuar. Acho divertido ver aquele homenzinho tão satisfeito consigo mesmo. Olha para todos os que manifestam seu assentimento e ele mesmo balança a cabeça e diz:

— Bom, bom. — E acomoda as mãos sobre os joelhos. — Muito bom. Agora, se isto está decidido... parece que esqueci, o que estávamos planejando discutir nesta manhã?

A cabeça da enfermeira dá outra vez aquele pequeno sobressalto, e ela se inclina sobre a cesta, apanha outra pasta. Remexe os papéis, e parece que suas mãos estão trêmulas. Tira um papel, porém mais uma vez, antes que possa começar a lê-lo, McMurphy está de pé, a mão levantada, apoiando-se num pé e no outro, enquanto vai dizendo pensativamente:

— Ooolheee. — E ela para de remexer os papéis e fica enrijecida, como se o som da voz dele a congelasse do mesmo modo como a sua congelou aquele auxiliar de manhã. Eu volto a ter aquela sensação de vertigem quando ela se congela. Observo-a atentamente enquanto McMurphy continua: — Ooolheee, doutor, o que estou morrendo de vontade de saber há tempo é o que significava aquele sonho que eu tive na outra noite. O senhor vê, era como se eu fosse *eu*, no sonho, e então, de novo, assim como se eu *não fosse* eu... como se eu fosse outra pessoa qualquer que parecesse comigo... como... como o meu *pai*! Sim, era ele mesmo. Era meu pai, porque às vezes quando eu me via... a ele... eu via que lá estava aquele pino de ferro atravessado no maxilar como papai costumava ter...

— Seu pai tinha um *pino* de ferro atravessado no maxilar?

— Bem, não tem mais, mas já teve quando eu era garoto. Ele andou por aí uns dez meses com aquele grande pino de metal entrando por aqui e saindo por *ali*! Deus, ele era um verdadeiro Frankenstein. Havia levado um golpe no maxilar com uma machadinha, quando se meteu numa briga qualquer com aquele sujeito lá no serviço de derrubada e transporte de árvores... Deixem-me contar como *aquele* incidente aconteceu...

O rosto dela ainda se mostra calmo, como se ela tivesse mandado fazer uma matriz e a tivesse pintado, para ter exatamente a aparência que ela quer. Confiante, paciente e serena. Não mais o pequeno sobressalto, apenas aquele terrível rosto frio, um sorriso calmo estampado em plástico; uma testa limpa e lisa, nenhuma ruga para mostrar fraqueza ou preocupação; olhos inexpressivos, rasgados, pintados com uma expressão que diz: eu posso esperar, eu posso perder espaço de vez em quando, mas posso esperar, e ser paciente e calma e confiante, porque sei que não há perda verdadeira para mim.

Pensei por um minuto ali que a tivesse visto ser derrotada. Talvez eu tenha visto. Mas vejo agora que não faz diferença alguma. Um a um, os pacientes lhe estão lançando olhares de esguelha, para ver como ela está recebendo a maneira como

McMurphy está dominando a sessão, e eles veem a mesma coisa. Ela é grande demais para ser derrotada, cobre um lado inteiro da sala como uma estátua japonesa. Não há como movê-la — não há forma de defesa contra ela. Perdeu uma pequena batalha aqui, hoje, mas é uma batalha insignificante numa grande guerra que ela vem vencendo e que continuará vencendo. Não devemos deixar que McMurphy nos desperte esperanças quanto a algo diferente, que nos leve a fazer algum tipo de jogada estúpida. Ela continuará vencendo, exatamente como a Liga, porque tem todo o poder da Liga atrás de si. Ela não perde com as próprias derrotas, mas ganha com as nossas. Para derrotá-la, não se tem de vencer duas em três partidas ou três em cinco, mas todas as vezes que se defrontar com ela. Tão logo se abaixa a guarda, tão logo se perde *uma vez*, ela terá vencido definitivamente. E, eventualmente, todos nós acabamos perdendo. Ninguém pode impedir isso.

Agora mesmo ela está com a máquina de neblina ligada, e a névoa vem rolando tão depressa que nada consigo ver além do rosto dela. Vem rolando cada vez mais densa, e eu me sinto tão indefeso e morto como me senti feliz há um minuto, quando ela teve aquele pequeno sobressalto — até mais indefeso do que nunca estive, porque agora sei que não existe realmente uma forma de lutar contra ela ou sua Liga. McMurphy não pode impedir isso, do mesmo modo como eu não pude. Ninguém pode. E, quanto mais eu penso em como nada pode ser modificado, mais rápido a neblina vem rolando.

E fico satisfeito quando se torna tão espessa que a gente se perde ali dentro e pode deixar tudo para lá e ficar novamente em segurança.

Há uma partida de tabuleiro sendo jogada na enfermaria. Eles estão jogando há três dias, casas e hotéis em todos os lugares, juntaram duas mesas para comportar todos os títulos e as pilhas de dinheiro do jogo. McMurphy os convenceu a tornar o jogo interessante mediante o pagamento de um centavo para cada dólar de brinquedo que o banco emite para eles; a caixa do jogo está cheia de trocados.

— É sua vez de jogar, Cheswick.

— Espere um minuto antes de ele jogar. Para que um homem precisa comprar esses hotéis?

— Você precisa de quatro casas em cada grupo da mesma cor. Agora, vam'bora, pelo amor de Deus.

— Espere um minuto.

Há uma agitação de dinheiro daquele lado da mesa, notas vermelhas, verdes e amarelas voando em todas as direções.

— Você está comprando um hotel ou comemorando o ano-novo, porra?

— É a droga da sua vez, Cheswick.

— Um dobrado! Que horror, Cheswick, onde é que isso coloca você? Será que não põe você nos meus Jardins Marvin, por acaso? Será que isso não quer dizer que você tem de me pagar, vejamos, 350 dólares?

— Tô fodido.

— O que são essas outras coisas? Espere um minuto. O que são essas outras coisas aí espalhadas por *todo* o tabuleiro?

— Martini, você está vendo essas outras coisas por todo o tabuleiro há dois dias. Não é de espantar que eu esteja perdendo até o rabo. McMurphy, não vejo como você pode se concentrar com Martini sentado aí delirando adoidado.

— Cheswick, deixe o Martini pra lá. Ele está realmente se virando bem. É só você pagar aqueles 350 e o Martini vai se cuidar; não recebemos um aluguel dele toda vez que uma das "coisas" dele aterrissa em nossas propriedades?

— Espere um minuto. Há muitas.

— Está tudo bem, Mart. É só você nos manter informados de quem é a propriedade onde elas aterrissam. Você ainda está com os dados, Cheswick. Você tirou o ponto dobrado, assim joga de novo. Muito bem! Puxa! Um seis grande.

— Este me leva para... Sorte: "Você foi eleito presidente do conselho; pague a cada jogador..." Fodido e fodido de novo!

— De quem é esse hotel aqui, pelo amor de Deus, na estrada de ferro...

— Meu amigo, isso, como qualquer pessoa pode ver, não é um hotel; é uma estação ferroviária.

— Agora *espere* aí um minuto...

McMurphy rodeia seu canto da mesa, movendo as cartas, tornando a arrumar o dinheiro, ajeitando os hotéis. Há uma nota de 100 dólares saindo da fita de seu gorro, como uma credencial de imprensa; dinheiro louco, é como ele a chama.

— Scanlon? Acho que é sua vez, companheiro.

— Me dá esses dados. Vou explodir esse tabuleiro em pedaços. Aqui vamos nós. Lebenty Leben, pode botar mais de 11 pra mim, Martini.

— Ora, está bem.

— Essa aí não, seu porra-louca; isso não é minha pedra, isso é minha *casa*.

— É da mesma cor.

— O que essa casinha está fazendo na Companhia Elétrica?

— É uma estação geradora.

— Martini, isso que você está sacudindo não são dados...

— Deixa o cara em paz; qual é a diferença?

— São duas casas!

— *Porra*, e o Martini tirou um grande, deixa eu ver, um grande 19. Está indo bem, Mart; isso leva você... Onde é que está sua pedra, companheiro?

— Hein? Ora, está aqui.

— Ele estava com ela na boca, McMurphy. Excelente. São duas casas no segundo e no terceiro pré-molar, quatro casas no tabuleiro, o que leva você para a... a Avenida Baltic, Martini. É sua propriedade e é a única. Como é possível um homem ter tanta sorte, amigos? Martini está jogando há três dias e para na propriedade dele praticamente todas as vezes.

— Cale a boca e jogue, Harding. É sua vez.

Harding junta os dados com os dedos longos, tocando as superfícies lisas com o polegar como se fosse cego. Os dedos são da mesma cor dos dados e parece que foram entalhados pela outra mão. Os dados chocalham na mão dele enquanto sacode. Eles caem e vão parar na frente de McMurphy.

— *Porra*. Cinco, seis, sete. Má sorte, companheiro. Esta é mais uma das minhas vastas propriedades. Você me deve... hum, 200 dólares devem dar para cobrir.

— Droga.

O jogo continua e continua, ao chocalhar de dados e farfalhar de dinheiro de brinquedo.

Há longos períodos — três dias, anos — em que você não consegue ver nada, sabe onde está apenas por causa do alto--falante que ressoa acima de sua cabeça como uma boia de sino repicando com estrondo no meio da neblina. Quando consigo ver, os outros geralmente estão se movendo por aí em volta de mim tão despreocupados como se nada tivessem notado além de uma névoa no ar. Creio que a neblina afete a memória deles de algum modo, o que não acontece com a minha.

Até McMurphy parece não saber que está sob a ação da névoa. Se ele sabe, trata de não deixar transparecer que ela o está incomodando. Está cuidando para que ninguém o veja aborrecido. Ele sabe que não há no mundo forma melhor de irritar alguém que está tentando tornar as condições difíceis para você do que agir como se não se incomodasse.

Ele continua com suas maneiras de grande estilo com as enfermeiras e com os auxiliares, a despeito de qualquer coisa que eles lhe possam dizer, a despeito de todas as artimanhas que eles usem para fazer com que ele perca a cabeça. Uma vez ou outra, uma regra estúpida qualquer o faz ficar zangado, mas ele apenas se obriga a agir com mais polidez e gentileza do que nunca, até que começa a ver como tudo aquilo é engraçado — as regras, os olhares desaprovadores que eles lançam para fazer com que elas sejam cumpridas, as maneiras de falar com você, como se você não passasse de um pirralho de três anos de idade —, e, quando ele vê como é engraçado, começa a rir, e isso os irrita ao máximo. Ele estará em segurança enquanto puder rir, é o que pensa, e isso funciona bastante bem. Só uma vez ele perdeu o controle e demonstrou sua raiva, mas então não foi por causa dos auxiliares ou por causa da Chefona e de algo que eles tivessem feito, e sim por causa dos pacientes e de algo que eles *não haviam feito*.

Aconteceu numa das Sessões de Grupo. Ele ficou zangado com os caras por agirem com covardia demais — por serem *encagaçados* demais, como ele definiu. Ele recebera apostas de todos eles para as finais de beisebol, que seriam disputadas na sexta-feira. Metera na cabeça que eles conseguiriam assistir aos jogos na tevê, mesmo se esses jogos não fossem disputados na hora regulamentada de ver tevê. Durante a reunião, alguns dias antes dos jogos, ele perguntou se não estaria bem se eles fizessem o trabalho de limpeza à noite, na hora de assistir à televisão, e assistissem aos jogos durante a tarde. A enfermeira lhe disse que não, o que era mais ou menos o que ele esperava. Ela lhe explicou como o horário foi estabelecido segundo uma razão delicadamente ponderada que seria totalmente conturbada pela mudança da rotina.

Aquilo não o surpreendeu, vindo da enfermeira; o que o surpreendeu foi a maneira como os Agudos agiram quando lhes foi perguntado o que achavam da ideia. Ninguém disse nada. Eles estão todos fora de vista, mergulhados em pequenas nuvens de neblina. Eu mal posso vê-los.

— Ora, olhem aqui — diz ele, mas eles não olham. Ele está esperando que alguém diga alguma palavra, que responda à sua pergunta. Ninguém age como se o tivesse ouvido. — Olhem aqui, droga — diz ele quando ninguém se mexe. — Há pelo menos uns doze de vocês que eu sei com certeza que têm um *interessezinho* pessoal em saber quem vai ganhar esses jogos. Vocês aí não querem assistir?

— Não sei, Mack — diz Scanlon, afinal. — Estou bastante acostumado a assistir àquele jornal das 18 horas. E se a troca dos horários realmente for conturbar a rotina como a Srta. Ratched diz...

— A rotina que vá pro inferno. Vocês podem voltar ao horário de rotina na semana que vem, quando os jogos tiverem acabado. O que acham, companheiros? Vamos fazer uma votação pra decidir se assistimos à tevê durante a tarde em vez da noite. Todo mundo a favor?

— Sim — grita Cheswick e se levanta.

— Quero dizer, todos que forem a favor levantem a mão, ok? Todo mundo a favor?

A mão de Cheswick se levanta. Alguns dos outros olham em volta para ver se mais algum idiota concorda. McMurphy não consegue acreditar no que vê.

— Ora, vamos, que droga é essa? Pensei que vocês aí pudessem decidir por votos a respeito de programas de ação e assuntos desse tipo. Não é assim mesmo, doutor?

O médico concorda, balançando a cabeça sem levantar o olhar.

— Então, ok. Agora, quem quer assistir aos jogos?

Cheswick levanta a mão ainda mais alto e olha em volta, furioso. Scanlon sacode a cabeça e então levanta a mão, mantendo o cotovelo no braço da cadeira. E mais ninguém. McMurphy não pôde dizer uma palavra sequer.

— Se isso está decidido — diz a enfermeira — então, talvez devêssemos prosseguir com a sessão.

— É — diz ele e se afunda na cadeira até que a aba do gorro quase lhe toca o peito. — É, talvez devêssemos prosseguir com a porra da sessão mesmo.

— É — diz Cheswick, lançando um olhar duro para todos os outros e sentando-se. — Sim, vamos continuar com a bendita sessão. — Ele balança a cabeça contrariado, então acomoda o queixo no peito fazendo uma carranca. Está satisfeito por se sentar ao lado de McMurphy, sentindo-se corajoso assim. É a primeira vez que Cheswick encontra alguém que o apoie em suas causas perdidas.

Depois da sessão, McMurphy recusa-se a falar com qualquer um deles, de tão zangado e decepcionado que está. É Billy Bibbit quem se aproxima dele.

— Alguns de nós estamos a-aqui há ci-ci-cinco anos, Randle — diz Billy. Ele enrolou uma revista e a está torcendo nas mãos; é possível ver as marcas de queimaduras de cigarros nas costas de suas mãos. — E alguns de nós fi-fi-ficarão aqui talvez por um ou-outro pe-período desses, muito depois de você ter ido em-em-embora, muito depois de esse campeonato de beisebol ter acabado. E... você não vê... — Ele joga a revista no chão e se afasta. — Oh, de que é que adianta, seja lá como for.

McMurphy fica olhando para ele, aquela ruga de incompreensão juntando de novo as sobrancelhas ruivas.

Ele discute durante o restante do dia com alguns dos outros sobre por que eles não votaram, mas ninguém quer falar sobre o assunto, de forma que ele parece desistir, nada mais diz a respeito do caso até a véspera do dia do início das finais dos jogos.

— Cá estamos na quinta-feira — diz ele, sacudindo a cabeça.

Está sentado a uma das mesas na Sala da Banheira com os pés numa cadeira, tentando girar o gorro num dos dedos. Outros Agudos vagueiam por ali e tentam não prestar atenção nele. Ninguém mais joga pôquer ou vinte e um com ele a dinheiro — depois que os pacientes se recusaram a votar, ele ficou zangado e os depenou de tal maneira nas cartas que todos estão devendo tanto a ele que têm medo de continuar — e não podem jogar apostando cigarros porque a enfermeira começou a obrigar os homens a deixarem os pacotes na mesa da Sala das Enfermeiras, onde ela lhes entrega um maço por dia, alegando que é para o bem da saúde deles, embora todo mundo saiba que é para impedir que McMurphy ganhe todos nas cartas. Sem pôquer e sem vinte e um, está tudo tranquilo na Sala da Banheira, ouve-se apenas o som do alto-falante que vem da enfermaria. Está tão tranquilo que se pode ouvir aquele cara lá em cima na Enfermaria dos Perturbados a subir pela parede, lançando um sinal ocasional, luu luu luuu, um som entediado e desinteressado, como um neném que chora, esgoelando-se até dormir.

— Quinta-feira — repete McMurphy.

— Luuuuu — berra o cara lá em cima.

— É o Rawler — diz Scanlon, olhando para o teto. Ele não quer prestar atenção em McMurphy. — Rawler, o Berrador. Ele passou por esta enfermaria há uns anos. Não ficava quieto de maneira que agradasse a Srta. Ratched, lembra, Billy? Luu luu luu, o tempo todo, a um ponto que pensei que eu fosse ficar maluco. O que eles deviam fazer com todo aquele bando de malucos lá de cima é jogar umas duas granadas no dormitório. Eles não têm utilidade para ninguém...

— E amanhã é sexta-feira — diz McMurphy. Ele não deixa Scanlon mudar de assunto.

— Sim — diz Cheswick, fazendo uma carranca. — Amanhã é sexta-feira.

Harding vira a página de sua revista.

— E com isso fará quase uma semana que nosso amigo McMurphy está conosco sem ter derrubado o governo, é isso o que você está dizendo, Cheswick? Deus, pensar no abismo de apatia no qual caímos... uma vergonha, uma vergonha lamentável.

— Pro inferno com essa história — diz McMurphy. — O que Cheswick quer dizer é que o primeiro jogo do torneio será disputado e transmitido pela tevê amanhã, e o que é que nós vamos estar fazendo? Vamos estar esfregando mais uma vez a porcaria desse berçário.

— É isso — diz Cheswick. — O Berçário Terapêutico da Mamãezinha Ratched.

Encostado na parede da sala, começo a me sentir como um espião; o cabo da vassoura em minhas mãos é feito de metal e não de madeira (o metal é melhor condutor), e é oco; há lugar de sobra lá dentro para esconder um microfone miniatura. Se a Chefona estiver ouvindo isso, ela realmente vai pegar o Cheswick. Apanho uma bola dura de chiclete do meu bolso e retiro uns fiapos que estão grudados nela, coloco-a na boca e deixo ficar até amolecer.

— Deixe-me ver de novo — diz McMurphy. — Quantos de vocês aí votariam comigo se eu voltasse a propor aquela mudança de horário?

Cerca de metade dos Agudos balança a cabeça confirmando, muito mais do que os que realmente votariam. Ele repõe o gorro na cabeça e apoia o queixo nas mãos.

— Vou contar uma coisa para vocês, pois não consigo entender. Harding, o que há de errado com *você* para fugir da raia?

Está com medo de que se você levantar a mão aquela velha escrota vá cortá-la fora?

Harding ergue uma sobrancelha fina.

— Talvez eu esteja, talvez eu *tenha* medo de que ela vá cortá-la se eu a levantar.

— E você, Billy? É disso que está com medo?

— Não. Não acho que ela vá f-f-fazer coisa nenhuma, mas... — ele encolhe os ombros e suspira e sobe pelo grande painel de torneiras que controla os bocais dos chuveiros, fica empoleirado lá em cima como um macaco — ...mas eu não acho que uma votação a-a-a-adiantaria nada. Não a l-longo prazo. Simplesmente não adianta, M-Mack.

— Não adianta *nada*? Porra! Vai fazer um bocado de bem a vocês aí apenas o exercício de levantar o braço.

— Ainda assim, é um risco, amigo. Ela tem sempre a capacidade de tornar a situação pior para nós. Um jogo de beisebol não vale o risco — diz Harding.

— Porra, quem foi que disse que não? Cristo, não perco um Campeonato Mundial há anos. Mesmo quando eu estava na cadeia num mês de setembro, eles nos deixaram levar uma televisão e assistir aos jogos; eles teriam tido um belo motim nas mãos se não tivessem deixado. Talvez eu tenha que pôr aquela maldita porta abaixo e ir andando até algum bar no centro para assistir ao jogo, só eu e meu companheiro Cheswick.

— Ora, aí está uma sugestão de muito mérito — diz Harding, atirando a revista. — Por que não apresentar isso para uma votação na Sessão de Grupo amanhã? "Srta. Ratched, eu gostaria de apresentar uma moção para que a enfermaria seja transportada em massa para o Hora Vaga, para tomar cerveja e ver televisão."

— Eu apoiaria a moção — diz Cheswick. — Sem tirar nem pôr.

— Pro inferno com esse negócio de massa — diz McMurphy. — Estou cansado de olhar pra vocês, um bando de velhinhas; quando eu e Cheswick dermos o fora daqui, acho que, por Deus, vou fechar a porta a pregos quando sair. Vocês aí, é melhor ficarem por aqui; a mamãezinha de vocês provavelmente não os deixaria atravessarem a rua.

— Ah, é? É isso, é? — Fredrickson se levantou e se aproximou por trás de McMurphy. — Você vai simplesmente levantar uma dessas suas botas de valentão e derrubar a porta com um pontapé? É um cara duro, realmente.

McMurphy quase nem olha para Fredrickson; aprendeu que Fredrickson pode agir de maneira meio explosiva de vez em quando, mas é uma encenação que termina diante da mais leve ameaça.

— Então como é que é, valentão? — continua ele. — Você vai derrubar a porta a pontapés e nos mostrar o quanto é duro?

— Não, Fred, acho que não. Eu não gostaria de arranhar minha bota.

— Ah, é? Ok. Você está botando tanta banca, então conta direitinho: como é que você *iria* dar o fora daqui?

McMurphy olha em volta.

— Bem, acho que eu poderia arrebentar a tela de uma dessas janelas com uma cadeira quando e se me desse na telha...

— Ah, é? Você poderia, poderia? Arrebentar direto? Ok! Vamos ver você tentar. Vam'bora, valentão, aposto 10 dólares como você não consegue.

— Nem se incomode em tentar, Mack — diz Cheswick. — Fredrickson sabe que você vai apenas quebrar uma cadeira e acabar na Enfermaria dos Perturbados. No dia em que chegamos aqui, deram-nos uma demonstração sobre essas telas.

São feitas de maneira especial. Um técnico pegou uma cadeira igualzinha a essa em que estão seus pés e deu com ela na tela até que a cadeira não passasse de madeira estraçalhada. Quase que nem arranhou a tela.

— Então está bem — diz McMurphy, olhando em volta. Posso ver que ele está ficando mais interessado. Espero que a Chefona não esteja ouvindo isso; ele vai parar na Enfermaria dos Perturbados em uma hora. — Precisamos de algo mais pesado. Que tal uma mesa?

— A mesma coisa que a cadeira. É da mesma madeira, do mesmo peso.

— Está bem, por Deus, então vamos descobrir o que é que eu teria de atirar por aquela tela para arrebentá-la. E se vocês não acreditam que eu seria capaz de fazê-lo, se tivesse necessidade, então é melhor pensarem de novo. Ok... algum objeto maior que uma mesa ou uma cadeira... Bem, se fosse à noite eu poderia atirar aquele vaso grande; ele é bastante pesado.

— Macio demais — diz Harding. — Bateria na tela e ela o cortaria em quadradinhos como uma berinjela.

— Que tal uma das camas?

— Uma cama é grande demais, ainda que você conseguisse levantá-la. Não passaria pela janela.

— É claro que eu conseguiria levantá-la. Bem, que diabo, bem aí onde você está: aquela coisa em que Billy está sentado. Aquele grande painel de controle com todas as manivelas e alças. Isso é bastante duro, não é? E, porra, deve ser suficientemente pesado.

— Claro — diz Fredrickson. — Isso é o mesmo que você derrubar a porta de aço da frente a pontapés.

— O que há de errado em usar o painel? Não parece estar pregado no chão.

— Não, não está aparafusado... provavelmente nada tem que o segure exceto uns poucos fios de arame... mas olhe para ele, por Deus.

Todos olham. O painel é de aço e cimento, da metade do tamanho de uma das mesas, provavelmente pesa 200 quilos.

— Ok, estou olhando para ele. Não parece nada maior que os fardos de feno que já carreguei para dentro de caminhões.

— Temo, meu amigo, que este aparelho vá pesar um pouco mais do que seus fardos de feno.

— Cerca de 250 quilos ou mais, aposto — diz Fredrickson.

— Ele tem razão, Mack — diz Cheswick. — Deve ser terrivelmente pesado.

— Droga, será que vocês aí estão me dizendo que não consigo levantar aquela tralhazinha insignificante?

— Meu amigo, não me lembro de nada a respeito de psicopatas serem capazes de mover montanhas, além de suas outras aptidões dignas de menção.

— Ok! Você diz que não consigo levantá-lo. Bem, por Deus...

McMurphy salta da mesa e começa a tirar o paletó verde; as tatuagens, surgindo fora das mangas da camiseta, saltam nos músculos de seus braços.

— Então quem está disposto a apostar "cinco mangos"? Ninguém vai me convencer de que não sou capaz de fazer uma coisa até que eu tenha pelo menos tentado fazê-lo. "Cinco mangos."

— McMurphy, isto é tão idiota como sua aposta sobre a enfermeira.

— Quem tem "cinco mangos" que queira perder? É pegar ou largar...

Todos começam a assinar vales imediatamente. Ele os venceu tantas vezes no pôquer e no vinte e um que eles não tinham esperança de ir à forra, mas esta é uma boa oportunidade. Não sei qual o objetivo dele; mesmo grande e forte como é, seriam precisos três dele para levantar aquele painel, e ele sabe disso. Basta-lhe apenas olhar para o objeto, e ele vê que provavelmente não conseguiria movê-lo, quanto mais levantá-lo. Só mesmo um gigante para tirá-lo do chão. Mas, quando os Agudos estão com todos os vales assinados, ele se adianta para o painel, tira Billy Bibbit de lá de cima e cospe nas grandes palmas das mãos calejadas, bate palmas, movimenta os ombros.

— Ok, saiam do caminho. Às vezes, quando me exercito, uso todo o ar das redondezas e os homens adultos desmaiam de sufocação. Cheguem para trás. Há uma possibilidade de cimento estilhaçar-se e aço voar. Levem as mulheres e as crianças para algum lugar seguro. Para trás...

— Por Deus, ele bem que é capaz de fazer isso — resmunga Cheswick.

— Claro, talvez ele consiga convencê-lo a sair do chão só com um papo — diz Fredrickson.

— É mais provável que ele adquira uma bela hérnia — comenta Harding. — Ora, vamos, McMurphy, pare de agir como um idiota; não existe um homem que seja capaz de levantar esse negócio.

— Para trás, mariquinhas, vocês estão utilizando meu oxigênio.

McMurphy firma os pés algumas vezes para obter uma boa base, esfrega as palmas das mãos nas coxas, em seguida se abaixa e segura as alavancas dos lados do painel. Quando começa a fazer força, todos se põem a vaiá-lo e a ridicularizá-lo. Ele solta, levanta-se e torna a ajeitar os pés.

— Desistindo? — Fredrickson sorri.

— Apenas me *aquecendo*. Aqui vai a força de verdade... — E torna a agarrar as alavancas.

E de repente ninguém mais o está vaiando. Os braços dele começam a inchar, e as veias latejam à superfície. Ele fecha os olhos e seus lábios se esticam e descobrem os dentes. A cabeça se inclina para trás, e tendões saltam como cordas espiraladas, descendo do pescoço pesado pelos dois braços, até as mãos. Todo o corpo estremece com o esforço, enquanto tenta levantar um objeto que ele *sabe*, um objeto que *todo mundo* sabe que ele não pode levantar.

Mas, por apenas um segundo, quando sentimos o cimento estremecer sob nossos pés, pensamos, por Deus, ele bem que é capaz de fazê-lo.

Então a respiração dele explode e ele cai para trás frouxamente de encontro à parede. Há sangue nas alavancas, onde ele rasgou as mãos. Ele arqueja por um minuto encostado na parede, com os olhos fechados. Não há nenhum som, exceto o de sua respiração ofegante; ninguém diz nada.

Ele abre os olhos e olha em volta para nós. Um a um, ele vai olhando para todos — até para mim — e então remexe nos bolsos tirando todos os vales que ganhou nos últimos dias no pôquer. Inclina-se sobre a mesa e tenta separá-los, mas suas mãos estão paralisadas, transformadas em garras vermelhas, e ele não consegue mover os dedos.

Finalmente, atira o maço inteiro no chão — provavelmente 40 ou 50 dólares de cada homem. Vira-se para sair da Sala da Banheira. Para na porta e olha para trás, para todo mundo de pé ali.

— Mas, seja como for, eu tentei — diz ele. — Porra, pelo menos isso eu realmente fiz, não fiz?

Sai e deixa aqueles pedaços de papel manchados no chão para quem quiser separá-los.

Um médico visitante, coberto de teias de aranha no crânio amarelo, está falando para os jovens internos na Sala dos Funcionários.

Eu passo por ele varrendo.

— Oh, e o que é isto aqui? — Ele me lança um olhar como se eu fosse alguma espécie de inseto. Um dos residentes aponta para as orelhas, indicando que sou surdo, e o médico visitante continua.

Empurro a vassoura até ficar cara a cara com um cartaz grande e lindo que o relações-públicas trouxe quando estava uma névoa tão espessa que eu não o vi. A fotografia é de um cara pescando com um anzol em algum lugar nas montanhas, parece com as Ochocos, perto de Paineville — a neve nos picos, aparecendo acima dos pinheiros, longos troncos de álamos enfileirados na beirada da corrente, tufos de azedinha espalhados em manchas de um verde vibrante. O homem está lançando a isca num tanque atrás de uma rocha. Não é lugar para uma mosca; é lugar para uma única minhoca num anzol número seis — ele faria melhor se deixasse a isca flutuar sobre aquelas cascatas mais abaixo na correnteza.

Há um caminho que desce entre os álamos, e empurro a vassoura pelo caminho adentro e me sento numa pedra e torno a olhar para fora, através da moldura, para o médico visitante que continua falando com os residentes. Posso vê-lo quando bate num ponto qualquer na palma da mão com o dedo, mas não consigo ouvir o que ele diz por causa do ruído da correnteza fria e espumante por entre as rochas. Posso sentir o cheiro da neve no vento quando ele sopra para baixo, vindo dos picos. Posso ver tocas de toupeiras corcoveando sob o mato e os pastos de búfalos. É um lugar realmente agradável para esticar as pernas e relaxar.

A gente se esquece — se não se senta e faz o esforço de se lembrar —, se esquece de como era neste antigo hospital. Eles não tinham lugares agradáveis como este nas paredes, por onde se pode subir e entrar. Não tinham televisão ou piscina ou galinha duas vezes por mês. Nada tinham além de paredes e cadeiras, camisas de força das quais a gente levava horas dando duro para sair de dentro. Aprenderam muito desde então. "Percorreu-se um longo caminho", diz o relações-públicas de cara de lua. Eles fizeram com que a vida parecesse muito agradável, com tintas, decorações e cromados no banheiro. "Um homem que quisesse fugir de um lugar agradável como esse", diz o gordo relações-públicas, "puxa, teria de ter algo de errado com ele."

Lá fora, na Sala dos Funcionários, a autoridade visitante está apertando os cotovelos e tremendo como se estivesse com frio, enquanto responde às perguntas que os residentes lhe fazem. Ele é magro e descarnado, e as roupas esvoaçam em torno de seus ossos. Ele fica ali, apertando os cotovelos e tremendo. Talvez também sinta o vento frio da neve que vem dos picos.

Está ficando difícil localizar minha cama à noite, tenho de engatinhar por aí, sobre mãos e joelhos, tateando sob os estrados até achar meus pedaços de chicletes colados. Ninguém se queixa da neblina. Agora sei a razão: mesmo ruim como é, a gente pode deslizar lá para dentro dela e sentir-se em segurança. É isso que McMurphy não consegue compreender — nosso desejo de estar em segurança. Ele fica tentando arrastar-nos para fora da neblina, para fora em terreno aberto, onde seríamos alvos fáceis de sermos atingidos.

Há um carregamento de órgãos congelados que veio aqui para baixo — corações, rins, cérebros e afins. Posso ouvi-los rolar para dentro do frigorífico através da calha de transporte de carvão. Um sujeito sentado na sala, em algum lugar que não posso ver, está falando que alguém lá de cima, da Enfermaria dos Perturbados, se matou. O velho Rawler. Cortou as duas bolas e sangrou até a morte, sentado bem ali na latrina, no banheiro. Meia dúzia de pessoas ali dentro, junto com ele, não se deram conta daquilo até que ele caísse morto no chão. O que torna as pessoas impacientes, eu não consigo imaginar; tudo o que ele tinha de fazer era esperar.

Sei como eles fazem funcionar a máquina de neblina. Nós tínhamos um pelotão inteiro que costumava pôr em funcionamento máquinas de neblina em volta dos aeroportos, no exterior. Sempre que o Serviço Secreto desconfiava de que poderia haver um bombardeio, ou se os generais tinham algo secreto que queriam experimentar — sem que ninguém visse, tão bem escondido que nem os espiões da base pudessem notar o que estava acontecendo —, eles colocavam neblina no campo.

É um equipamento simples: pega-se um compressor comum e faz-se com que ele sugue toda a água de um tanque e um óleo especial de outro tanque, que se misturam no compressor, e da haste negra na extremidade da máquina começa a sair uma nuvem branca de neblina que pode cobrir um campo de pouso inteiro em noventa segundos. A primeira coisa que eu vi quando desci na Europa foi a neblina fabricada com essas máquinas. Havia alguns interceptadores logo atrás do nosso avião, e tão logo tocamos o chão o pessoal da neblina ligou as máquinas. Podíamos olhar em volta do avião, limpamos as janelas e observamos os jipes que rebocavam as máquinas mais para perto do avião e a neblina saindo em rolos, até atravessar o campo de pouso e se grudar nas janelas como algodão molhado.

Encontramos o caminho de saída do avião seguindo um apito de juiz que o tenente ficava tocando, que soava como o grasnado de um ganso. Tão logo a gente saiu da cabine, não conseguia mais ver além de 1 metro em qualquer direção. Havia a impressão de que se estava sozinho no campo de pouso. Você estava a salvo do inimigo, mas se sentia terrivelmente sozinho. Os sons morriam e se dissolviam e não se podia ouvir ninguém do restante do grupo, nada além do grasnado do apito que saía de uma brancura suave e macia, tão espessa que o nosso corpo simplesmente se dissolvia nela logo abaixo do cinto; além da camisa marrom e da fivela de metal, nada se via que não fosse o branco, como se da cintura para baixo a gente também tivesse se transformado em neblina.

E então um sujeito qualquer, tão perdido quanto você, de repente aparecia bem diante de seus olhos, e com mais clareza do que você jamais tivesse visto o rosto de um homem em toda a sua vida. Seus olhos faziam tanto esforço para ver através da neblina que, quando alguma coisa realmente aparecia, cada detalhe era muitas vezes mais claro que o normal, tão claro que os dois tinham de desviar o olhar. Quando um homem aparecia, você não queria olhar para o rosto dele e ele não queria olhar para o seu, porque é tão doloroso ver alguém com tanta clareza que é como olhar dentro da pessoa, mas ainda assim você também não queria desviar o olhar e perdê-lo completamente. Você tinha uma escolha: podia esforçar-se e olhar para as coisas que apareciam à sua frente na neblina, por mais doloroso que fosse, ou podia relaxar os nervos e se perder.

Quando eles usaram a máquina de neblina na enfermaria pela primeira vez, uma máquina comprada dos excedentes do Exército, e a esconderam nos escaninhos no prédio novo antes que nos mudássemos, eu ficava olhando para qualquer coisa que surgisse da neblina por tanto tempo e com tanto esforço quanto me fosse possível, para me manter informado das notícias, do mesmo jeito que eu costumava fazer quando eles soltavam neblina nos aeroportos da Europa. Não havia ninguém soprando um apito para indicar o caminho, não havia corda alguma onde me segurar. Assim, fixar meus olhos em alguma coisa era a única maneira que eu encontrava de não me perder. Às vezes, mesmo assim, eu me perdia, ia fundo demais, na tentativa de me esconder, e todas as vezes que eu fazia isso parecia que eu sempre ia parar no mesmo lugar, na mesma porta de metal com a fileira de rebites, como olhos, e sem nenhum número. Do mesmo modo que o quarto atrás da porta me atraía para si, não importando o quanto eu me esforçasse para ficar longe dele; como se a corrente gerada pelos demônios que havia naquele quarto fosse conduzida por um radioemissor no meio da neblina e me puxasse de volta através dela como um robô. Eu vagueava pela neblina durante dias, com medo de nunca mais ver nada, e então aquela porta estava lá, abrindo-se para mostrar o colchão que cobria o outro lado para deter os sons, os homens de pé, enfileirados como zumbis entre fios brilhantes de cobre e luzes fluorescentes pulsantes, e o movimento brilhante da eletricidade em arcos voltaicos. Eu tomava meu lugar na fila e esperava minha vez de ir à mesa. A mesa tinha a forma de uma cruz, com as sombras de uma multidão de homens assassinados impressas nela, silhuetas de pulsos e tornozelos sob as tiras de couro esverdeadas de suor e uso, a silhueta de um pescoço e de uma cabeça a subir para uma faixa prateada que lhe ficava atravessada na testa. E um técnico nos controles ao lado da mesa que, ao erguer o olhar de seus botões para a fileira, aponta para mim com uma luva de borracha. "Espere, *conheço* aquele grandalhão filho da puta ali... é melhor marretar logo sua cabeça ou pedir mais reforços. Ele é um caso terrível, é de sair arrebentando tudo."

Assim, eu costumava não tentar ir muito fundo por medo de, perdido, acabar na porta do Tratamento de Choque. Eu olhava firme para qualquer objeto que aparecesse e me agarrava a ele como um homem se agarra a um corrimão numa nevasca. Mas eles continuavam a fazer a neblina cada vez mais espessa, e parecia que, não importando o quanto eu me esforçasse em tentar, duas ou três vezes por mês eu ia parar diante daquela porta que se abria com o cheiro ácido de fagulhas e de ozônio. A despeito de tudo que eu pudesse fazer, estava ficando cada vez mais difícil evitar que eu me perdesse.

Então fiz uma descoberta: não tenho de acabar diante daquela porta se ficar parado, simplesmente quieto, quando a neblina vier e me cobrir. O problema é que eu mesmo ia de encontro àquela porta porque ficava com medo de me perder e começava a gritar de maneira que eles pudessem me achar. De certa forma, eu gritava *para que* eles me achassem; eu achava que qualquer circunstância seria melhor do que ficar perdido para sempre, até o Tratamento de Choque. Agora, não sei. Estar perdido não é tão ruim assim.

Durante toda esta manhã, esperei que eles lançassem neblina sobre nós outra vez. Nos últimos dias, eles têm feito isso cada vez com mais frequência. Minha impressão é de que eles o fazem por causa de McMurphy. Ainda não o ajustaram com controles, e estão tentando apanhá-lo de guarda aberta. Percebem que ele está destinado a ser um problema; uma meia dúzia de vezes ele já provocou Cheswick e Harding e alguns dos outros, a ponto de parecer que eles estavam realmente aptos a enfrentar um dos auxiliares — mas sempre, bem no momento em que parecia que o paciente ia vencer, a neblina começava, como está começando agora.

Ouvi o compressor começar o bombeamento há algum tempo, bem na hora em que começavam a tirar as mesas da enfermaria para a sessão terapêutica. A névoa já está escoando lentamente pelo chão, tão espessa que as pernas de minhas calças estão molhadas. Estou limpando as janelas da Sala das Enfermeiras, e ouço a Chefona pegar o telefone e ligar para o médico, para avisá-lo de que já estamos prontos para a sessão e dizer-lhe que talvez fosse melhor deixar uma hora livre esta tarde para uma reunião da equipe administrativa. "A razão para isso", diz ela, "é que creio que já é mais do que tempo de termos uma discussão a respeito do paciente Randle McMurphy e se ele deve continuar nesta enfermaria ou não." Ela ouve um minuto, em seguida diz a ele: "Não creio que seja inteligente deixá-lo continuar a perturbar os pacientes da maneira como vem fazendo nestes últimos dias."

É por isso que ela está pondo neblina na enfermaria antes da sessão. Não costuma fazer isso. Mas hoje ela vai tentar algo contra McMurphy, provavelmente mandá-lo para a Enfermaria dos Perturbados. Eu largo o trapo de limpar a janela e vou para a minha cadeira no fim da fila dos Crônicos, quase sem poder ver os outros irem para suas cadeiras e o médico entrar pela porta, limpando os óculos, como se pensasse que aquelas imagens enevoadas fossem resultado de suas lentes embaçadas, e não da neblina.

Ela está vindo em rolos, mais espessa do que nunca.

Posso ouvi-los lá fora, tentando prosseguir com a sessão, falando alguma besteira a respeito da gagueira de Billy Bibbit e como começou. As palavras chegam até mim como se passassem através de água, tão espessa está a neblina. Na realidade, é tão parecida com a água que faz com que eu flutue, saindo de minha cadeira, e não sei onde fica o teto durante algum tempo. Flutuar, de início, faz eu ficar um pouco enjoado. Nada consigo ver. Nunca esteve assim tão espessa a ponto de me fazer flutuar desse jeito.

As palavras ficam abafadas e altas, somem e reaparecem, enquanto vou flutuando. Mas, por mais altas que fiquem, tão altas, às vezes, que sei que estou bem do lado de quem está falando, continuo sem nada ver.

Reconheço a voz de Billy, gaguejando mais do que nunca porque está nervoso.

— ...ex-ex-expulso da universidade po-po-porque abandonei o Serviço Militar. Não c-c-conseguia suportá-lo. S-s-s--sempre que o oficial de serviço da tropa fazia a chamada, e chamava "Bibbit", não conseguia responder. A gente devia dizer ahh-ahh-ahh... — Ele está engasgado com a palavra, como se tivesse um osso na garganta. Eu o escuto quando engole e começa de novo. — A gente devia dizer "Aqui, senhor", e eu nunca conseguia fazer isso sa-sair.

A voz dele vai ficando velada e aí a voz da Chefona entra cortante:

— Pode lembrar-se, Billy, de quando teve problemas de fala pela primeira vez? Quando foi que gaguejou pela primeira vez, você se lembra?

Não sei dizer se ele está rindo ou não.

— Pri-primeira vez que gaguejei? Primeira vez que gaguejei. A primeira palavra que eu disse ga-gag-gue-jando foi m-m-m--mamãe.

Então a conversa desaparece por completo; nunca vi isso antes. Talvez Billy também tenha se escondido na neblina. Talvez todos afinal e para sempre tenham se juntado e recuado para dentro da neblina.

Uma cadeira e eu passamos flutuando um pelo outro. É o primeiro objeto que vejo. Ela vem surgindo gradualmente para fora da neblina, bem à minha direita, e por alguns segundos fica bem ao lado do meu rosto, apenas fora do meu alcance. Ultimamente tenho me habituado a deixar os objetos em paz quando eles aparecem na neblina. Fico sentado imóvel e não tento agarrá-los. Mas dessa vez estou com medo, da maneira como eu costumava ficar. Tento com todas as minhas forças empurrar-me até a cadeira e agarrá-la, mas não há nada em que me apoiar para tomar impulso e tudo que consigo é me agitar no ar, tudo que posso fazer é ver a cadeira tornar-se mais clara, mais clara do que nunca, a ponto de eu poder até distinguir a impressão de um dedo onde um trabalhador tocou o verniz antes que estivesse seco. Aparece gradualmente por alguns segundos, para então desaparecer aos poucos. Nunca vi algo flutuar desse jeito. Nunca vi a neblina tão espessa assim, a tal ponto que, se eu quiser, não consigo descer para o chão, ficar de pé e andar. É por isso que estou com tanto medo; sinto que dessa vez vou sair flutuando para algum lugar, para sempre...

Vejo um Crônico surgir, flutuando, um pouco abaixo de mim. É o velho Coronel Matterson, lendo a escrita enrugada daquela mão longa e amarelada. Eu o observo com cuidado porque acho que é a última vez que o verei. O rosto dele está enorme, quase maior do que posso suportar. Seus cabelos e suas rugas estão grandes, como se eu estivesse olhando para ele através de um microscópio. Ele se mostra com tanta clareza que vejo toda a sua vida. O rosto tem sessenta anos de bases do Exército do sudoeste, sulcado pelas rodas de ferro das carretas de munição, gasto até os ossos por milhares de pés em marchas forçadas.

Ele estende aquela mão longa e a coloca diante dos olhos e olha atentamente para ela, levanta a outra mão e sublinha as palavras com um dedo de madeira envernizada que a nicotina tornou da cor de uma coronha. A voz dele é profunda, lenta e paciente, e sinto, quando ele lê, as palavras saírem pesadas de seus lábios quebradiços.

— Agora... A bandeira é... A-mé-rica. América é... a ameixa. O pêssego. A me-lan-ci-a. América é... a jujuba. A semente de abóbora. América é... te-le-visão.

É verdade. Está tudo escrito naquela mão amarela. Posso ler junto com ele.

— Agora... A cruz é... Mé-xi-co. — Ele levanta o olhar para ver se estou prestando atenção e, quando percebe que sim, sorri para mim e continua: — O México é... a noz. A avelã. O milho. O México é... o arco-íris. O arco-íris é... de madeira. O México é de ma-deira.

Posso ver aonde ele quer chegar. Tem repetido as mesmas palavras durante todos esses seis anos que esteve aqui, mas eu nunca prestei atenção, achava que não passava de uma estátua falante, uma coisa feita de osso e artrite, divagando incoerentemente sem parar sobre aquelas suas definições estúpidas, que não faziam um pingo de sentido. Agora, afinal, entendo o que ele está dizendo. Tento segurá-lo para um último olhar, para me lembrar dele, e isto é o que me faz olhar com atenção suficiente para compreendê-lo. Ele faz uma pausa e torna a erguer o olhar para mim, para se assegurar de que estou entendendo, e quero berrar para ele que sim, que compreendo: o México é como a avelã; é castanho e duro e a gente o sente com o olho e a gente o *sente* como uma avelã! Você está fazendo sentido, velho, um sentido próprio. Você não é o louco que eles pensam. Sim... eu compreendo.

Mas a neblina obstruiu minha garganta a tal ponto que não consigo emitir som algum. Quando ele vai se afastando no ar, eu o vejo tornar a se inclinar sobre a mão.

— Agora... O carneiro verde é... Ca-na-dá. O Canadá é... o abeto. O trigal. O ca-len-dá-rio...

Forço os olhos para vê-lo enquanto se afasta. Forço tanto meus olhos que eles doem e tenho de fechá-los. Quando os abro novamente, o Coronel já desapareceu. Continuo flutuando sozinho outra vez, mais perdido do que nunca.

É dessa vez, digo a mim mesmo. Estou indo para sempre.

Lá está o velho Pete, o rosto como um holofote. Ele está a 50 metros à minha esquerda, mas posso vê-lo tão nitidamente como se não houvesse neblina alguma. Ou talvez ele esteja bem perto e muito pequeno mesmo, não tenho certeza. Fala uma vez comigo e diz como está cansado, e só o fato de ele repetir isso me faz ver toda a sua vida naquela estrada de ferro, esforçando-se para descobrir como ver as horas num relógio, suando enquanto tenta enfiar o botão na casa certa de seu uniforme de ferroviário, dando absolutamente o melhor de si para estar à altura de um emprego que é tão fácil para os outros que eles podem se recostar numa cadeira acolchoada e ler histórias de mistério e livrinhos sobre garotas. Não que ele alguma vez tenha pensado em ficar realmente à altura — sabia desde o início que não podia —, mas tinha de tentar, mesmo que fosse apenas para continuar a conviver com os outros. Assim, durante quarenta anos ele foi capaz de viver, senão dentro do mundo dos homens, pelo menos à margem dele.

Posso ver tudo isso, e ser ferido por isso, assim como fui ferido por ver coisas no Exército, na guerra. Da maneira como fui ferido ao ver o que aconteceu com papai e com a tribo. Pensei que já tivesse passado do ponto de ver tais coisas e me angustiar por elas. Não há qualquer sentido nisso. Nada há que possa ser feito.

— Estou cansado — é o que ele diz.

— Sei que você está cansado, Pete, mas não posso fazer bem algum a você em ficar me angustiando e me desgastando por causa disso. Você sabe que não posso.

Pete flutua do mesmo jeito que o velho Coronel.

Aí vem Billy Bibbit, do mesmo modo como Pete veio. Eles estão todos desfilando para um último olhar. Sei que Billy não pode estar a mais de um metro de distância, mas parece tão pequeno que dá a impressão de estar afastado um quilômetro. Seu rosto está virado para mim como se fosse o de um mendigo, precisando de muito mais do que qualquer pessoa lhe possa dar. Sua boca move-se como a de uma bonequinha.

— E até quando eu a pedi em ca-casamento, estraguei tudo. Eu disse: "Querida, você quer ca-ca-ca-ca-ca...", até que a garota caiu na gar-gargalhada.

A voz da enfermeira, não consigo ver de onde vem:

— Sua mãe me falou a respeito dessa moça, Billy. Aparentemente, ela era muito inferior a você. O que você acha que havia nela que o assustava tanto, Billy?

— Eu estava ap-ap-apaixonado por ela.

Eu também nada posso fazer por você, Billy. Você sabe disso. Nenhum de nós pode. Você tem de compreender que, tão logo um homem sai para ajudar alguém, ele se torna desprotegido. Ele *tem* de ser esperto, Billy. Você devia saber disso tão bem como todo mundo. O que eu poderia fazer? Não posso curar sua gagueira. Não posso apagar as marcas de gilete de seus pulsos, ou as queimaduras de cigarro das costas de suas mãos. Não posso lhe dar outra mãe. E, enquanto a enfermeira estiver montada em você desse jeito, esfregando seu nariz em suas fraquezas até que aquele pouco de dignidade que ainda lhe resta se acabe e você se resuma a um nada de humilhação, eu também nada posso fazer sobre isso. Em Anzio, vi um companheiro meu amarrado a uma árvore a 50 metros de mim, berrando por um pouco d'água, o rosto empolado no sol. Eles queriam que eu tentasse sair para ajudá-lo. Eles me teriam cortado pela metade lá naquela fazenda.

Tire seu rosto daí, Billy.

Eles continuam a passar desfilando.

É como se cada rosto fosse uma daquelas placas "Eu sou cego" que os gringos acordeonistas em Portland penduram no pescoço, só que essas placas dizem "Estou cansado", ou "Estou com medo", ou "Estou morrendo por causa de um fígado de bêbado", ou ainda "Estou amarrado com equipamentos e com pessoas me *empurrando* o tempo todo". Posso ler todas as placas, não importa que as letras sejam pequenas. Alguns dos rostos estão olhando em volta uns para os outros, e poderiam ler o rosto do outro, se quisessem, mas qual é o sentido? Os rostos passam na neblina voando como confete.

Estou mais no fundo, como nunca estive. É assim que é estar morto. Acho que é assim que é ser um Vegetal; você se perde na neblina. Você não se move. Eles alimentam seu corpo até que finalmente ele para de comer; então eles o queimam. Não é tão ruim. Não há dor. Não sinto quase nada a não ser um pouco de frio, que imagino que vá passar com o tempo.

Vejo meu oficial superior prendendo aviso no quadro de boletim: o que devemos vestir hoje. Vejo o Ministério dos Negócios Interiores dos Estados Unidos caindo, sobre a nossa pequena tribo, com uma máquina trituradora de cascalho.

Vejo papai vir abaixando-se para fora de uma vala e reduzir a marcha para tentar pontaria em um grande gamo com uma galhada de seis pontas que corre aos saltos entre os cedros. Um tiro atrás do outro sai do cano da espingarda, levantando poeira por toda parte em volta do gamo. Saio da vala atrás de papai e abato o gamo com o meu segundo tiro, justo no momento em que ele começava a subir o penhasco. Sorrio para papai.

Eu nunca vi o senhor perder um tiro assim antes, papai.

A vista se foi, filho. Não consigo manter a mira. O que eu via na minha arma ainda há pouco estava tremendo como um cachorro a cagar caroços de pêssego.

Papai, estou lhe dizendo: aquela cachaça de cacto do Sid vai fazer você ficar velho antes da hora.

Um homem que bebe aquela cachaça de cacto do Sid, menino, já está velho antes da hora. Vamos estripar aquele animal logo, antes que as moscas o devorem.

Isso não está acontecendo agora. Vocês veem? Nada há que se possa fazer quanto a um acontecimento do passado como esse.

Olhe aqui, meu velho...

Ouço murmúrios, auxiliares.

Olhe ali aquele velho idiota, o Vassoura, acabou dormindo.

É isso aí, Chefe Vassoura, é isso mesmo. Fique dormindo e não se meta em confusões. Assimmm.

Não estou mais com frio. Acho que acabei conseguindo. Estou longe, onde o frio não pode me alcançar. Posso ficar aqui fora para sempre. Não estou mais com medo. Eles não podem me alcançar. Só as palavras me alcançam, e elas vão desaparecendo.

Bem... uma vez que Billy decidiu abandonar a discussão, alguém mais tem um problema que queira apresentar ao grupo?

Para falar a verdade, dona, de fato há algo...

Este é McMurphy. Ele está muito longe. Ainda está tentando arrancar as pessoas para fora da neblina. Por que ele não me deixa em paz?

— ...lembra-se daquela votação que fizemos há um dia ou coisa assim... a respeito do horário da televisão? Bem, hoje é sexta-feira e pensei em apresentar a proposta de novo, só para ver se mais alguém arranjou um pouco de coragem.

— Sr. McMurphy, o objetivo desta sessão é a terapia, terapia de grupo, e não estou certa de que essas queixas mesquinhas...

— Sim, sim, pro inferno com isso, já ouvimos tudo isso antes. Eu e alguns dos outros caras decidimos...

— Um momento, Sr. McMurphy, deixe-me fazer uma pergunta ao grupo: alguém aqui acha que o Sr. McMurphy está, talvez, impondo demais seus desejos pessoais sobre alguns de vocês? Estive pensando que talvez ficassem mais satisfeitos se ele fosse transferido para outra enfermaria.

Ninguém se manifesta durante um minuto. Então alguém diz:

— Deixe que ele faça a votação, por que não deixa? Por que fica querendo mandá-lo para a Enfermaria dos Perturbados só porque ele quer fazer uma votação? O que há de tão errado em trocar o horário?

— Ora, Sr. Scanlon, se é que me lembro bem, o senhor se recusou a comer durante três dias até que permitimos que ligasse a televisão às 18 horas em vez de às 18h30.

— Um homem tem de ver as notícias do mundo, não tem? Deus, eles podiam bombardear Washington e levaria uma semana antes que soubéssemos.

— Sim? E como se sente com relação a abrir mão de suas notícias do mundo para ver um bando de homens jogando beisebol?

— Não podemos ter as duas coisas, hein? Não, acho que não. Bem, que diabo... não creio que eles nos bombardeiem esta semana.

— Vamos deixar que ele faça a votação, Srta. Ratched.

— Muito bem. Mas eu acho que há provas suficientes do quanto ele está incomodando alguns dos pacientes. O que o senhor está propondo, Sr. McMurphy?

— Estou propondo uma nova votação a respeito de assistir à tevê à tarde.

— O senhor está certo de que mais uma votação vai satisfazê-lo? Temos assuntos mais importantes...

— Vai me satisfazer. Eu apenas gostaria de ver quais desses caras têm um pouco de coragem e quais não têm.

— É este tipo de conversa, Dr. Spivey, que faz com que eu me pergunte se os pacientes não ficariam mais felizes se o Sr. McMurphy fosse transferido.

— Deixe que ele faça a votação, por que não deixa?

— Certamente, Sr. Cheswick. A votação está sendo apresentada ao grupo agora. Um levantar de mãos seria adequado, Sr. McMurphy, ou o senhor vai insistir em escrutínio secreto?

— Quero ver as mãos. Quero ver as mãos que não se levantam também.

— Todo mundo a favor de trocar o horário da televisão para a tarde levante a mão.

A primeira mão que se levanta, posso dizer de quem é, é a de McMurphy, por causa das ataduras onde aquelas alavancas do painel o feriram quando tentou levantá-lo. E então lá longe, ladeira abaixo, eu as vejo, outras mãos que se erguem para fora da neblina. É como... se aquela mão vermelha de McMurphy se estivesse enfiando na neblina e descendo até lá embaixo e arrastando os homens para cima pelas mãos, arrastando-os estonteados para o campo aberto. Primeiro, uma, então outra, logo a seguinte. Seguindo por toda a fileira de Agudos, ele os arrasta para fora da neblina até que saiam dela. Todos os vinte levantam a mão não apenas para assistir à televisão, mas contra a Chefona, contra a tentativa de ela mandar McMurphy para a Enfermaria dos Perturbados, contra a maneira como ela falou e agiu e os derrotou durante anos.

Ninguém diz uma palavra. Posso sentir como todo mundo está estarrecido, tanto os pacientes quanto os funcionários. A enfermeira não consegue entender o que aconteceu; ontem, antes que ele tentasse levantar aquele painel, não havia mais do que quatro ou cinco homens que poderiam ter votado. Mas, quando ela fala, não deixa transparecer em sua voz o quanto está surpreendida.

— Eu conto apenas vinte, Sr. McMurphy.

— Vinte? Bem, por que não? Vinte somos todos nós aqui — a voz dele para quando percebe aonde ela quer chegar. — Ora, espere só uma droga de minuto, dona...

— Temo que sua proposta tenha sido derrotada.

— Espere só a porra dum *minuto*!

— Há quarenta pacientes na enfermaria, Sr. McMurphy. Quarenta pacientes, e apenas vinte votaram. O senhor tem de ter maioria para modificar uma norma da enfermaria. Acho que a votação está encerrada.

As mãos estão descendo pela sala. Todos sabem que foram derrotados. Estão tentando esgueirar-se de volta para a segurança da neblina. McMurphy continua de pé.

— Bem, puta que me pariu! Está querendo me dizer que é assim que vai trapacear? Contando os votos daqueles caras velhos ali também?

— Não explicou o procedimento de votação a ele, doutor?

— Temo que... a maioria *seja* indispensável, McMurphy. Ela está certa. Ela está certa.

— A maioria, Sr. McMurphy, está no regulamento.

— E creio que a maneira de modificar o maldito regulamento é com uma votação por maioria. De todas as titicas de galinha que eu já vi na minha vida, por Deus, esta ganha *disparado!*

— Sinto muito, Sr. McMurphy, mas vai encontrar escrito no regulamento se quiser que eu...

— Então é assim que vocês controlam essa merda de democracia... diabo do inferno!

— O senhor parece tão perturbado, Sr. McMurphy. Ele parece perturbado, doutor? Quero que tome nota disso.

— Não me venha com essa conversa, dona. Quando um cara está sendo enrabado, ele tem o direito de berrar. E eu fui muito bem enrabado.

— Talvez, doutor, em vista do estado do paciente, devêssemos dar por encerrada esta sessão mais cedo, hoje...

— Espere! Espere um minuto, deixe-me falar com alguns desses velhos.

— A votação está encerrada, Sr. McMurphy.

— Deixe-me falar com eles.

Ele atravessa a enfermaria, vindo em nossa direção. Fica cada vez maior, e seu rosto está ardendo, vermelho. Estende a mão para dentro da neblina e tenta arrastar Ruckly até a superfície, porque Ruckly é o mais jovem.

— Você, que é que acha, companheiro? Quer assistir às finais do campeonato? Beisebol? Jogos de beisebol. É só levantar aquela mão ali...

— Fffffffoda a mulher.

— Certo, esqueça. Você, companheiro, o que você acha? Qual era mesmo seu nome... Ellis? Que tal assistir a um jogo de bola pela tevê? É só levantar a mão...

As mãos de Ellis estão pregadas na parede, não podem ser contadas como voto.

— Eu disse que a votação está encerrada, McMurphy. O senhor está apenas fazendo uma cena.

Ele não presta atenção a ela. Vai descendo pela fileira de Crônicos.

— Vam'bora, vam'bora, só um voto de um de vocês, é só levantar a mão. Mostrem a ela que vocês ainda podem fazer isso.

— Estou cansado — diz Pete e sacode a cabeça.

— A noite é... o oceano Pacífico. — O Coronel está lendo a mão, não pode ser importunado com votação.

— *Um* de vocês, caras, que grite! É aqui que cada um de vocês chega ao final, será que não veem isso? Nós temos de fazer isso... ou estaremos *derrotados!* Será que nenhum de vocês, seus *babacas*, percebe do que estou falando para nos dar uma ajuda? Você, Gabriel? George? Não? Você, Chefe, que tal você?

Ele está de pé em cima de mim na neblina. Por que ele não me deixa em paz?

— Chefe, você é nossa última aposta.

A Chefona está dobrando os papéis; as outras enfermeiras estão de pé em volta dela. Afinal, ela se levanta.

— Então a sessão está suspensa — eu a ouço dizer. — E gostaria de ver os membros da equipe lá na Sala dos Funcionários dentro de uma hora. Assim, se não há mais na...

É tarde demais para parar agora. McMurphy fez alguma coisa naquele primeiro dia, pôs alguma espécie de feitiço com a sua mão, de modo que a coisa não funciona da maneira como eu comando. Não há nenhum sentido nisso, qualquer idiota pode ver isso; eu não o faria sozinho. Só pela maneira como a enfermeira está me olhando fixo, na boca sem palavras posso ver que estou arranjando problemas, mas não consigo parar. McMurphy tem fios ocultos que controlam, levantando lentamente, apenas para me tirar da neblina e me levar para campo aberto, onde sou uma presa fácil. Ele o está fazendo, fios...

Não. Não é essa a verdade. Eu levantei a mão sozinho.

McMurphy salta e me põe de pé à força, batendo nas minhas costas.

— Vinte e um! O voto do Chefe completa vinte e um! E, por Deus, se isso não é uma maioria, comerei meu gorro!

— *Yippee* — grita Cheswick. Os outros Agudos estão vindo, aproximando-se de mim.

— A sessão estava encerrada — diz ela. Seu sorriso ainda está lá, mas seu cangote, quando ela sai da enfermaria e entra na Sala das Enfermeiras, está vermelho e inchando, como se ela fosse explodir a qualquer minuto.

Mas a enfermeira não explode, não imediatamente, não até cerca de uma hora depois. Por trás do vidro, o seu sorriso está contorcido e estranho, como nunca o vimos antes. Ela apenas fica sentada. Posso ver seus ombros se erguerem e descerem quando a mulher respira.

McMurphy olha para cima, para o relógio, e diz que está na hora do jogo. Ele está ali, perto do bebedouro com alguns dos outros Agudos, agachado sobre os joelhos, limpando o rodapé. Estou varrendo o armário de vassouras pela décima vez hoje. Scanlon e Harding estão com a enceradeira, subindo e descendo pelo corredor, dando brilho com cera nova, desenhando oitos brilhantes. McMurphy volta a dizer que acha que deve estar na hora do jogo e se levanta. Deixa o esfregão de limpeza onde está. Mais ninguém para de trabalhar. McMurphy vai andando e passa pela janela, atrás da qual ela se encontra, a olhar fixa e furiosamente para ele, e sorri para ela como se soubesse que agora ele a derrotou. Quando inclina a cabeça para trás, dá-lhe uma piscadela, ela tem aquele pequeno sobressalto de cabeça.

Todo mundo continua entregue ao que está fazendo, mas todos observam pelo canto dos olhos enquanto ele arrasta a poltrona até a frente da tevê, liga o aparelho e se senta. Uma imagem surge na tela, de um papagaio, lá no campo de beisebol, que canta um anúncio de lâmina de barbear. McMurphy levanta-se e aumenta o volume para anular o som da música do alto-falante no teto e arrasta outra cadeira para a sua frente e se senta, cruza os pés sobre a cadeira e acende um cigarro. Coça a barriga e se espreguiça.

— Puxa vida! Cara, tudo que eu preciso agora é de uma lata de cerveja e de uma boa garota.

Podemos ver o rosto da enfermeira ir-se enrubescendo e sua boca contraindo-se enquanto olha fixamente para ele. A mulher olha em volta por um segundo e percebe que todo mundo está observando o que ela vai fazer — até os auxiliares e as enfermeiras lhe lançam olhares disfarçados, e os residentes começam a aparecer para a reunião de funcionários. Todos a observam. Sua boca se cerra. Ela torna a olhar para McMurphy e espera até que acabem os anúncios cantados das lâminas de barbear; aí, levanta-se e vai até a porta de aço onde estão os controles, mexe num interruptor e a imagem da tevê torna a ficar cinza. Não há mais nada na tela além de um olhinho de luz focalizado direto sobre McMurphy, sentado ali.

Aquele olho não o incomoda nem um pouco. Para dizer a verdade, ele nem deixa perceber que a imagem foi desligada; põe o cigarro entre os dentes e empurra o gorro para a frente, até que tem de se reclinar para ver sob a aba.

E fica sentado daquele jeito, as mãos cruzadas atrás da cabeça, um cigarro soltando fumaça sob a aba do gorro — continua olhando para a tela da tevê.

A enfermeira suporta isso o quanto pode. De repente, vai até a porta da Sala das Enfermeiras e grita para ele que seria melhor que ajudasse os homens com a limpeza. Ele a ignora.

— Eu disse, Sr. McMurphy, que o senhor deveria estar trabalhando neste momento. — A voz dela tem um guinchado tenso como o de uma serra elétrica ao cortar um pinheiro. — Sr. McMurphy, eu o estou *avisando*!

Todo mundo parou o que estava fazendo. Ela olha em volta, dá um passo para fora da Sala das Enfermeiras, na direção de McMurphy.

— O senhor está internado, sabe disso. O senhor está... sob minha jurisdição... do hospital. — Ela está erguendo o punho, todas aquelas unhas de um tom vermelho-alaranjado ardendo em sua palma. — Sob jurisdição e *controle*...

Harding desliga a enceradeira e a deixa no corredor, puxa uma cadeira para junto de McMurphy, senta e também acende um cigarro.

— Sr. Harding! Volte já para seus deveres programados!

Penso em como a voz dela soa como se batesse num prego, e isso me parece tão engraçado que quase rio.

— Sr. Har-ding!

Então Cheswick vai e apanha uma cadeira e depois é a vez de Billy Bibbit, em seguida Scanlon e então Fredrickson e Sefelt e finalmente todos nós largamos nossos esfregões e vassouras e flanelas, e todos vamos apanhar cadeiras.

— Vocês, *homens*... Parem com isso! Parem!

E estamos todos sentados ali enfileirados diante do aparelho de tevê desligado, olhando para a tela cinzenta, como se pudéssemos ver o jogo de beisebol claro como o dia, e ela esbraveja e grita atrás de nós.

Se alguém entrasse e olhasse, homens olhando para uma tevê desligada, com uma mulher de cinquenta anos berrando e guinchando às suas costas, falando sobre disciplina, ordem e fazendo recriminações, pensaria que o bando inteiro era de doidos varridos.

Parte II

Bem pelo canto do olho posso ver aquele rosto branco-esmaltado na Sala das Enfermeiras, oscilando sobre a mesa. Eu o vejo a se empenar e fluir, enquanto tenta retomar sua forma. Os outros também estão observando, embora tentem agir como se não estivessem. Estão tentando agir como se ainda estivessem com os olhos presos unicamente naquela televisão desligada na nossa frente, mas qualquer um nota que estão lançando olhares de soslaio para a Chefona, ali atrás de seu vidro. Pela primeira vez, ela está do outro lado do vidro, experimentando a sensação de como é ser observada quando o que você quer mais do que tudo é poder puxar uma cortina entre seu rosto e todos os olhos dos quais você não pode fugir.

Os internos, os auxiliares, as enfermeiras, eles também a observam, esperando que ela vá pelo corredor quando chegar a hora da reunião dos funcionários que ela mesma convocou; esperando para ver como vai agir, agora que se sabe que é possível fazê-la perder o controle. Ela sabe que a estão observando, mas não se move. Nem mesmo quando eles começam a se dirigir para a Sala dos Funcionários sem ela. Percebo que toda a maquinaria dentro da parede está parada, como se estivesse esperando que ela se movesse.

Não há mais neblina em lugar algum.

De repente, lembro-me de que eu deveria limpar a Sala dos Funcionários. Eu sempre limpo a Sala dos Funcionários durante essas reuniões, tenho feito isso há anos. Mas agora estou com medo demais para sair de minha cadeira. Sempre me deixaram limpar a sala porque pensavam que eu não podia ouvir, mas, agora que eles me viram levantar a mão quando McMurphy me disse para fazê-lo, será que não saberão que posso ouvir? Será que não descobrirão que estive ouvindo durante todos esses anos, ouvindo segredos que só eram para ser ouvidos por eles? O que eles farão comigo naquela sala se souberem disso?

Entretanto, eles ainda esperam que eu esteja lá. Se não estiver, saberão com certeza que posso ouvir, estarão muito adiante de mim, pensando: "Você vê, ele não está aqui limpando, isso não o prova?" É evidente o que deve ser feito...

Estou apenas recebendo a força total dos perigos aos quais nos expusemos quando deixamos que McMurphy nos atraísse para fora da neblina.

Há um auxiliar encostado na parede perto da porta, os braços cruzados, a língua cor-de-rosa a dardejar de um lado para o outro sobre os lábios, observando-nos ali sentados diante do aparelho de tevê. Seus olhos também dardejam de um lado para o outro, como a língua, e se detêm em mim, e vejo suas pálpebras de couro se levantarem levemente. Ele me observa durante muito tempo, e sei que está curioso a respeito da maneira como agi na sessão. Então ele se solta da parede com uma guinada brusca, rompendo o contato, vai até o armário de vassouras e traz um balde de água com sabão e uma esponja, levanta meu braço e pendura nele a alça do balde, como se estivesse pendurando uma chaleira numa lareira.

— Vam'bora, Chefe — diz ele. — Levanta e vá cumprir seus deveres.

Eu não me movo. O balde balança em meu braço. Não dou um sinal sequer de ter ouvido. Ele está tentando me apanhar. Torna a me pedir que eu me levante e, quando não me movo, revira os olhos para o teto e suspira, estende os braços, pega minha gola e puxa um pouco, e eu me levanto. Enfia a esponja em meu bolso e aponta para a parede onde fica a Sala dos Funcionários, e eu vou.

E enquanto estou andando pelo corredor com o balde, *zuum*, a Chefona passa por mim com toda a sua antiga velocidade, calma e força, e entra pela porta. Aquilo me deixa curioso.

Do lado de fora, no corredor, sozinho, reparo como tudo está claro — não há neblina em lugar algum. Faz um pouco de frio no lugar por onde a enfermeira acabou de passar, e os tubos brancos no teto circulam uma luz congelada como bastões de gelo brilhantes, como serpentinas de refrigeradores armadas para brilharem. Os bastões se estendem até a porta da Sala dos Funcionários, na qual a enfermeira acabou de entrar, na extremidade do corredor — uma porta pesada de aço, como a da Sala de Choque, no Setor 1, exceto que nessa há números impressos, além de um pequeno olho mágico de vidro, na altura da cabeça, para permitir que vejam quem está batendo. Quando me aproximo, noto que há luz a escoar-se para fora, através daquele olho mágico, luz verde, amarga como bílis. A reunião está prestes a se iniciar, é por isso que há aquele escapamento verde; ele estará cobrindo todas as paredes e janelas quando a reunião estiver lá pela metade, para que eu o limpe com a esponja e esprema no balde, usando a água mais tarde para lavar os encanamentos do banheiro.

Limpar a Sala dos Funcionários é sempre ruim. As coisas que eu já tive de limpar durante essas reuniões, ninguém acreditaria; coisas horríveis, venenos manufaturados diretamente de poros de pele, e ácidos no ar, bastante fortes para derreter um homem. Eu já vi isso.

Estive em algumas reuniões em que as pernas da mesa se esticavam e se contorciam, e as cadeiras se embolavam e as paredes se roçavam umas contra as outras, até que se podia torcer o suor para fora da sala. Estive em reuniões em que ficavam falando de um paciente durante tanto tempo que ele se materializava em carne e osso, nu, na mesa de café diante deles, vulnerável a qualquer ideia perversa que eles tivessem; eles o deixariam todo imundo numa sujeira terrível antes que tivessem terminado.

É por isso que eles me mantêm nessas reuniões, porque pode ser um negócio tão imundo que alguém tem de limpar, e, uma vez que a Sala dos Funcionários só fica aberta durante as reuniões, tem de ser alguém que eles pensam que não será capaz de contar a todo mundo o que está acontecendo. Sou eu. Venho fazendo isso há tanto tempo, passando a esponja, tirando a poeira e limpando esta sala e a outra antiga de madeira, no prédio velho, que eles, normalmente, nem notam minha presença; ando de um lado para outro cumprindo minhas tarefas, e eles veem através de mim, como se eu não estivesse lá — as únicas coisas de que sentiriam falta, se eu não aparecesse, seriam da esponja e do balde de água a flutuar no espaço.

Mas, dessa vez, quando bato e a Chefona espia pelo olho mágico, ela olha bem para mim e leva mais tempo do que de hábito para destrancar a porta para que eu entre. O rosto dela voltou à forma usual, mais forte do que nunca, me parece. Todos os outros continuam pondo açúcar no café e apanhando cigarros, como costumam fazer antes de todas as reuniões, mas há certa tensão no ar. No começo, penso que é por minha causa. Depois, reparo que a Chefona ainda nem se sentou, ainda nem se deu ao trabalho de buscar uma xícara de café.

Ela me deixa entrar e torna a me apunhalar com os olhos quando passo por ela.

Fecha a porta depois que entro e a tranca. Então, vira-se e olha fixa e furiosamente para mim por mais algum tempo. Sei que está desconfiada. Pensei que ela pudesse estar perturbada demais pela maneira como McMurphy a desafiou para prestar qualquer atenção em mim, mas não parece nada abalada. Ela está com a cabeça fria e agora se pergunta como *foi* que o Sr. Bromden ouviu aquele Agudo McMurphy pedindo-lhe que levantasse a mão naquela votação. Como foi que ele soube largar o esfregão e ir sentar-se com os Agudos diante daquele aparelho de tevê? Nenhum dos outros Crônicos fez aquilo. Ela se está perguntando se não estaria na hora de fazer uma verificação no nosso Sr. Bromden.

Dou as costas para ela e me afundo no canto com minha esponja. Levanto a esponja acima da cabeça de modo que todo mundo na sala possa ver como está coberto de lama verde e como estou trabalhando duro; então me inclino e esfrego com mais força do que nunca. Mas, por mais duro que eu trabalhe e por mais que me esforce para agir como se não me desse conta de que ela está ali atrás, ainda posso senti-la de pé na porta perfurando meu crânio até que dentro de um minuto ela conseguirá penetrar nele. Estou quase a ponto de desistir e gritar e contar tudo a eles, se ela não tirar aqueles olhos de cima de mim.

Então ela se dá conta de que também está sendo observada — por todos. Da mesma maneira como está curiosa a meu respeito, eles estão curiosos a respeito dela, e o que está planejando fazer a respeito daquele ruivo lá na enfermaria. Estão observando para ver o que dirá sobre ele e não se importam nem um pouco com um índio idiota qualquer, de quatro, no canto. Estão esperando por ela; assim, ela para de olhar para mim, vai pegar uma xícara de café e se senta, mexe o açúcar com tanto cuidado que a colher nunca toca a borda da xícara.

É o médico quem toma a iniciativa:

— Bem, minha gente, que tal começarmos?

Ele sorri para os residentes que estão bebericando o café. Está tentando não olhar para a Chefona. Ela está sentada ali tão calada que o faz ficar nervoso e confuso. Tira os óculos, em seguida os põe de novo para olhar para o relógio, no qual começa a dar corda enquanto fala.

— Já se passaram 15 minutos. Já passou da hora de começarmos. A Srta. Ratched, como a maioria de vocês sabe, convocou esta reunião. Ela me telefonou antes da sessão da Comunidade Terapêutica e disse que em sua opinião McMurphy viria sem dúvida a constituir um distúrbio na ala. Incrivelmente intuitiva, levando em consideração o que aconteceu há alguns minutos, não acham?

Ele para de dar corda no relógio porque já chegou ao limite e mais uma volta iria fazê-lo voar em pedaços por toda parte. Fica sentado ali, sorrindo para o relógio, tamborilando as costas da mão com os dedinhos rosados, esperando. Geralmente, mais ou menos a essa altura da reunião, ela assume o comando, mas agora nada diz.

— Depois de hoje — continua o médico —, ninguém pode dizer que esse homem com quem estamos lidando é um homem comum. Não, certamente que não. Que ele *é* um elemento perturbador, isso é óbvio. Assim... ah... conforme vejo, nosso objetivo nesta discussão é decidir que atitude tomar com relação a ele. Creio que a enfermeira convocou esta reunião, corrija-me se estiver enganado, Srta. Ratched, para falar a respeito da situação e unificar a opinião de todos nós sobre o que deverá ser feito com McMurphy, não é?

Ele lhe lança um olhar suplicante, mas ela ainda nada diz. Ergue o rosto para o teto, procurando sujeiras, muito provavelmente, e não parece ter ouvido uma só palavra do que ele esteve dizendo.

O médico vira-se para a fileira de residentes do outro lado da sala: todos eles têm a mesma perna cruzada e a xícara de café sobre o mesmo joelho.

— Vocês, rapazes — diz ele. — Compreendo que ainda não tiveram tempo adequado para chegar a um diagnóstico acurado do paciente, mas vocês *tiveram* uma oportunidade de observá-lo em ação. O que *vocês* acham?

A pergunta faz com que levantem a cabeça de estalo. Com muita esperteza, ele também os colocou na raia. Todos eles olham para a Chefona. De alguma forma, ela recuperou todo o seu poder anterior em uns poucos minutos. Apenas permanecendo sentada ali, sorrindo para o teto e sem nada dizer, ela recuperou o controle e fez com que todos percebessem que ela é a força ali dentro que tem de ser respeitada. Se esses rapazes não jogarem bem direitinho, serão capazes de acabar o treinamento lá em Portland, no hospital de alcoólatras. Eles começam a se sentir inquietos, como o médico.

— Ele é realmente uma influência perturbadora. — O primeiro rapaz opta pelo comentário mais seguro.

Todos eles tomam um gole de café e pensam sobre aquilo. Então o seguinte diz:

— E poderia constituir um perigo verdadeiro.

— É verdade, é verdade — diz o médico.

O rapaz pensa que ele talvez tenha encontrado a chave e continua:

— Um perigo considerável, de fato — diz ele e chega para a frente na cadeira. — Tenham em mente que esse homem praticou ações violentas com o único objetivo de sair da colônia penal e vir para o ambiente comparativamente luxuoso deste hospital.

— *Planejou* ações violentas — diz o primeiro rapaz.

E o terceiro rapaz resmunga:

— É claro, a própria natureza do plano dele poderia indicar que ele é simplesmente um presidiário perspicaz e que não está, de maneira alguma, mentalmente doente.

Ele olha em volta para ver como ela recebe seu comentário e constata que ainda não se moveu, nem deu qualquer sinal. Mas os outros permanecem sentados ali, olhando fixamente para ele com desagrado, como se tivesse falado algo terrivelmente vulgar. Ele percebe como saiu dos limites e tenta fingir que foi uma brincadeira. Ri e acrescenta:

— Sabem, como "Aquele que marcha fora do compasso ouve um outro tambor".

Mas é tarde demais. O primeiro residente cai em cima dele depois de ter largado a xícara de café e metido a mão no bolso para tirar um cachimbo grande como um punho.

— Francamente, Alvin — diz ele ao terceiro rapaz. — Estou desapontado com você. Ainda que não tivesse lido o histórico dele, tudo o que se precisaria fazer seria prestar atenção ao seu comportamento na enfermaria para se perceber como esta sugestão é absurda. Esse homem não é apenas muito, muito doente, creio que é sem dúvida um Agressivo Potencial. Acho que era disso que a Srta. Ratched estava desconfiando quando convocou esta reunião. Não reconhece o arquétipo do psicopata? Nunca ouvi falar de um caso tão evidente. Esse homem é um Napoleão, um Gêngis Khan, um Átila.

Um outro se reúne a eles. Ele lembra os comentários da enfermeira a respeito dos Perturbados.

— Robert está certo, Alvin. Não viu como o homem agiu lá fora, hoje? Quando uma de suas tramas fracassou, ele se levantou rápido da cadeira, a um passo da violência. Diga-nos, Dr. Spivey, o que o dossiê dele diz a respeito de violência?

— Acusa um acentuado desrespeito por disciplina e autoridade — afirma o médico.

— Certo. A história dele relata, Alvin, que repetidamente, em diversas ocasiões, ele demonstrou hostilidade contra os representantes da autoridade... na escola, no Exército, na *cadeia!* E creio que sua atitude depois daquele furor da votação, hoje, é uma das indicações mais conclusivas que podemos ter quanto ao que esperar no futuro. — Ele para e franze o rosto para o cachimbo, torna a enfiá-lo na boca e acende um fósforo, suga a chama para a boca com um som alto e espocado. Quando o cachimbo está aceso, lança um olhar de esguelha, através da nuvem amarela de fumaça, para a Chefona; deve interpretar o silêncio dela como uma aprovação, porque continua com mais entusiasmo e certeza do que antes.

— Pare por um minuto e imagine, Alvin — diz ele, as palavras algodoadas de fumaça. — Imagine o que acontecerá com um de nós quando estivermos sozinhos na Terapia Individual com o Sr. McMurphy. Imagine que está chegando a um ponto da pesquisa particularmente doloroso e ele decide simplesmente que já aguentou tudo o que seria suportável da sua... como é que ele diria? — da sua "porcaria de xeretice idiota de garoto"! Você lhe diz que não deve ficar hostil e ele diz "pro inferno com isso", e diz a ele que se acalme, com uma voz autoritária, é claro, e lá vem ele, com todos os seus cento e tantos quilos de irlandês ruivo psicopata, direto, por cima da mesa de entrevista, sobre você. Será que algum de nós está preparado para lidar com o Sr. McMurphy quando surgir um momento desses?

Ele repõe o cachimbo no canto da boca, abre as mãos sobre os joelhos e espera. Todo mundo está pensando nos braços vermelhos e fortes de McMurphy, nas mãos marcadas de cicatrizes e em como seu pescoço emerge da camiseta como uma cunha enferrujada. O residente chamado Alvin empalideceu diante da ideia, como se aquela fumaça amarela de cachimbo que seu companheiro estava soprando sobre ele lhe tivesse manchado o rosto.

— Então acreditam que seria aconselhável — pergunta o médico — transferi-lo lá para cima, para a Enfermaria dos Perturbados?

— Creio que seria pelo menos mais seguro — responde o do cachimbo, fechando os olhos.

— Creio que terei de retirar minha sugestão e concordar com Robert — diz-lhes Alvin. — Quanto mais não seja para minha própria proteção.

Todos eles riem. Estão todos descontraídos agora, certos de que chegaram ao plano que ela estava querendo. Todos tomam um gole de café para comemorar, exceto o do cachimbo. Ele está às voltas com o ato de acendê-lo, pois se apaga a todo momento. Queima uma porção de fósforos e suga e solta fumaça e estala os lábios. Finalmente, ele o acende da maneira que lhe parece certa e diz, com um pouco de orgulho:

— Sim, Enfermaria dos Perturbados para o velho ruivo McMurphy, eu creio. Sabem o que acho, depois de tê-lo observado esses dias?

— Reação esquizoide? — pergunta Alvin.

Cachimbo sacode a cabeça.

— Homossexual latente com formação reativa? — sugere o terceiro.

O rapaz do cachimbo torna a sacudir a cabeça e fecha os olhos.

— Não — diz ele e sorri para todos. — *Edipiano negativo*.

Todos se congratulam com ele.

— Sim, creio que há muitos indícios indicando isso — afirma ele. — Mas, qualquer que seja o diagnóstico definitivo, temos de manter algo em mente: não estamos lidando com um homem comum.

— O senhor... está muito enganado, Sr. Gideon.

É a Chefona.

Todos se viram para ela num salto — eu também, mas me controlo e disfarço o gesto como se estivesse tentando limpar uma sujeira que tivesse acabado de descobrir na parede acima da minha cabeça. Agora, com certeza todos estão completamente confusos. Eles haviam imaginado que estavam propondo exatamente o que ela queria, exatamente o que ela mesma estava planejando propor na reunião. Eu também pensei. Já a vi mandar homens da metade do tamanho de McMurphy lá para cima, para a Enfermaria dos Perturbados, pela única razão de que poderiam cuspir em alguém; agora ela está a favor deste homem que é um touro, que deu marradas nela e em todos os outros da equipe, um cara que ela quase afirmou que deveria mudar de enfermaria, naquela tarde, e ela diz que não.

— Não. Eu não concordo. Absolutamente não. — Sorri para todos eles. — Não concordo que ele deva ser mandado para a Enfermaria dos Perturbados, isso seria simplesmente uma solução fácil de transferir nosso problema para outra ala. E não concordo que ele seja uma espécie qualquer de ser extraordinário... uma espécie de "superpsicopata".

Ela espera, mas ninguém está disposto a discordar. Pela primeira vez, toma um gole do café; a xícara se afasta de sua boca manchada com aquela cor vermelho-laranja. Olho fixamente para a borda da xícara. Aquela cor na borda da xícara tem de ser de calor, o toque de seus lábios fez a beira da xícara ficar em brasa.

— Admitirei que minha primeira impressão, quando comecei a considerar o Sr. McMurphy como a força perturbadora que é, foi de que ele deveria definitivamente ser transferido para a Enfermaria dos Perturbados. Mas agora creio que seja tarde demais. Sua transferência desfaria o dano que ele já causou à nossa enfermaria? Não creio que, se ele fosse mandado para os Perturbados agora, seria exatamente o que os pacientes esperariam. Ele seria um mártir para eles. Nunca teriam a oportunidade de ver que esse homem não é um... como o senhor o define, Sr. Gideon?... "uma pessoa extraordinária".

Ela toma mais um gole e coloca a xícara na mesa; a pancada soa como uma martelada; todos os três residentes se empinam nas cadeiras.

— Não — continua ela, ele não é extraordinário. É simplesmente um homem e nada mais, e está sujeito a todos os medos, e a toda a covardia, e a toda a timidez às quais qualquer outro homem está sujeito. Se dermos mais alguns dias, tenho a forte impressão de que demonstrará isso, tanto para nós como para os demais pacientes. Se o mantivermos conosco, tenho certeza de que sua impudência cederá, sua rebelião pessoal se transformará em nada, e — ela sorri, sabendo de alguma coisa que ninguém mais sabe — nosso herói ruivo se reduzirá a algo que todos os pacientes reconhecerão e pela qual perderão o respeito: um fanfarrão e um valentão, do tipo que é capaz de subir numa caixa de sabão e gritar para que os outros o sigam, da maneira como vimos o Sr. Cheswick fazer, e então recuar no momento em que surgir qualquer perigo verdadeiro para ele particularmente.

— O paciente McMurphy — o rapaz do cachimbo sente que deve tentar defender sua posição e salvar um pouco da aparência — não me parece ser um covarde.

Fico achando que ela vai ficar zangada; mas se limita a lançar aquele olhar "Vamos esperar para ver" e diz:

— Eu não disse que ele era exatamente um covarde, Sr. Gideon; oh, não. Ele apenas gosta muito de alguém. Como psicopata, ele gosta demais do Sr. Randle Patrick McMurphy para sujeitá-lo a qualquer risco desnecessário. — Ela dirige ao rapaz um sorriso que lhe apaga definitivamente o cachimbo. — Se apenas esperarmos um pouco, nosso herói... como é que vocês universitários dizem?... vai correr da raia? É isso?

— Mas isso pode levar semanas — retruca o rapaz.

— Nós temos semanas — diz ela. Levanta-se, parecendo mais satisfeita consigo mesma do que já a vi desde que McMurphy chegou para perturbá-la, há uma semana. — Nós temos semanas, ou meses ou até anos, se necessário. Tenha em mente que o Sr. McMurphy está internado. A duração do tempo que ele passará aqui neste hospital cabe inteiramente a nós decidir. Agora, se não há mais nada...

O modo como a Chefona agiu, tão cheia de confiança, naquela reunião, preocupou-me durante algum tempo, mas não fez qualquer diferença para McMurphy. Durante todo o fim de semana, e na semana seguinte, ele foi bem duro com ela e com os negros, como sempre, e os pacientes estavam adorando aquilo. Ele ganhara a aposta. Fizera a enfermeira perder a cabeça, como disse, e havia recebido o prêmio, mas aquilo não o fez deixar de seguir em frente e agir como sempre agira, gritando pelo corredor de um lado para outro, ridicularizando os auxiliares, frustrando toda a equipe, indo tão longe a ponto de se aproximar da Chefona, uma vez, no corredor, e lhe perguntar se ela não se importaria de dizer qual era a medida real, centímetro por centímetro, de seus grandes peitos, que ela fazia o possível para esconder, mas nunca conseguia. Ela continuou andando em frente, ignorando-o do mesmo modo como preferira ignorar como a natureza a havia marcado com aqueles atributos exagerados de feminilidade, como se ela estivesse acima dele e do sexo e de tudo aquilo que é fraco e próprio da carne.

Quando ela afixou a distribuição de tarefas no quadro de avisos, e ele leu que ela lhe destinara a limpeza das latrinas, foi até o escritório dela, bateu na janela e lhe agradeceu pessoalmente pela honra, dizendo-lhe que pensaria nela toda vez que limpasse um urinol. Ela lhe respondeu que não era necessário; que apenas fizesse seu trabalho e aquilo seria o suficiente, obrigada.

O máximo que ele fazia era passar uma escova pelos vasos uma ou duas vezes, entoando alguma canção o mais alto que podia no ritmo em que passava a escova; então derramava um pouco de detergente ali dentro e pronto, estava acabado.

— Está bastante limpo — dizia ao negro que viesse atrás dele para espionar a maneira apressada que executava o trabalho. — Talvez não esteja limpo o suficiente para *algumas* pessoas, mas eu pretendo mijar dentro deles, e não comer neles.

E, quando a Chefona cedeu às reclamações do auxiliar frustrado e veio examinar pessoalmente o trabalho de limpeza de McMurphy, ela trouxe o espelhinho de um estojo e o colocou sob a borda dos vasos. Foi andando, sacudindo a cabeça e dizendo:

— Ora, isto é uma lástima... uma lástima — para cada vaso que examinava.

McMurphy ia caminhando bem ao lado dela, piscando o olho e dizendo à guisa de resposta:

— Não, isto é uma latrina de banheiro... *latrina* de banheiro.

Mas ela não se descontrolou, nem mesmo deu essa impressão. Não o deixaria em paz com as latrinas, usando aquela mesma terrível pressão lenta e paciente que usava com todo mundo, enquanto ele ficava de pé, ali na frente dela, parecendo um menino ao ser repreendido, baixando a cabeça e colocando a ponta de uma bota sobre a outra, dizendo: — Eu *tento* e *tento*, dona, mas creio que nunca conseguirei fazer pontos como o primeiro dos merdeiros.

Uma vez ele escreveu uma coisa num pedaço de papel, numa escrita estranha que parecia um alfabeto estrangeiro, e o prendeu com um pedaço de chiclete sob uma daquelas bordas do vaso; quando ela foi até aquela latrina com o espelho, teve um pequeno sobressalto diante do que leu refletido e deixou o espelho cair dentro da latrina. Mas não perdeu o controle. Aquela cara e aquele sorriso de boneca haviam sido forjados na confiança. Ergueu-se e lançou-lhe um olhar que seria capaz de descascar uma pintura. Disse-lhe que seu trabalho era tornar o banheiro *mais limpo*, não mais sujo.

Na realidade, não havia muita limpeza, de espécie alguma, sendo feita na ala. Tão logo chegava a hora da tarde marcada para faxina, também era hora dos jogos de beisebol na televisão, e todo mundo ia e enfileirava as cadeiras diante do aparelho e não saía de lá até a hora do jantar. Não fazia qualquer diferença que a eletricidade estivesse desligada na Sala das Enfermeiras e que não pudéssemos ver nada além daquela tela cinzenta, vazia, porque McMurphy nos divertia durante horas, sentava e falava, contava todo tipo de histórias, como, por exemplo, como ele havia ganhado 1.000 dólares em um mês dirigindo um caminhão para uma turma de trapaceiros e depois perdido cada centavo para um canadense num torneio de atirar machado; ou como ele e um companheiro haviam convencido um sujeito, com uma boa conversa, a montar um touro brama num rodeio em Albany com uma venda nos olhos: "Não o touro, eu quero dizer, o cara é quem usava a venda." Eles disseram ao cara que a venda o impediria de ficar tonto quando o touro começasse a corcovear; então, quando amarraram uma faixa nos olhos dele de forma que nada pudesse ver, colocaram-no no dorso do touro, montado de costas. McMurphy contou essa história umas duas vezes, e batia na coxa com o gorro e ria todas as vezes que se lembrava. "De olhos vendados e montado ao contrário... E eu sou um filho da puta se ele não se aguentou o tempo todo e ganhou o prêmio. E eu fiquei em segundo lugar; se ele tivesse sido derrubado, eu teria ganhado o prêmio e ficado em primeiro lugar. Juro que, da próxima vez que eu der um golpe desses, vou é vendar os olhos do maldito do touro."

Batia com o pé no chão e atirava a cabeça para trás, rindo, rindo, enfiando o polegar nas costelas de quem quer que estivesse sentado perto dele, tentando fazer o outro rir também.

Houve ocasiões naquela semana em que eu ouvia aquela risada alta e o observava a coçar a barriga, espreguiçar-se e bocejar, inclinando-se para trás para piscar o olho para a pessoa com quem estivesse brincando, tudo aquilo com tanta naturalidade como a respiração, e eu até parava de me preocupar com a Chefona e com a Liga que a apoiava. Pensava que ele era suficientemente forte para ser ele mesmo, que nunca recuaria, como ela esperava que o fizesse. Eu pensava que talvez ele realmente fosse alguém extraordinário. Ele é o que é, é isso. Talvez isso o torne bastante forte, o fato de ser autêntico. A Liga não pôde apanhá-lo durante todos esses anos; o que faz a enfermeira pensar que ela será capaz de mudá-lo numas poucas semanas? Ele não vai deixar que o pervertam ou manipulem.

E mais tarde, escondendo-me dos auxiliares no banheiro, eu olhava para mim mesmo no espelho e me perguntava maravilhado como era possível que alguém pudesse conseguir fazer uma coisa tão enorme como ser o que ele era. Lá estava meu rosto no espelho, moreno e duro, as maçãs do rosto grandes e altas, como se as bochechas sob elas tivessem sido arrancadas a machadadas, os olhos negros e duros, de expressão maligna, iguaizinhos aos de papai ou aos olhos de todos esses índios de aparência dura e má que a gente vê na televisão, e eu pensava, esse não sou eu, esse não é meu rosto. Não era eu nem quando eu tentava ser aquele rosto. Eu não era nem eu realmente, naquela época; estava apenas sendo do jeito que eu aparentava ser, do jeito que as pessoas queriam. Não me parece que eu jamais tenha sido eu. Como é que McMurphy consegue ser ele mesmo?

Eu o estava olhando de maneira diferente de quando ele chegou; estava vendo mais nele do que apenas mãos grandes e costeletas ruivas e um sorriso de nariz quebrado. Eu o via fazer atividades que não combinavam com seu rosto ou com suas mãos, como pintar na Terapia Ocupacional com tinta de verdade, num papel em branco sem traços ou números para lhe dizer onde pintar, ou como escrever cartas para alguém com uma bela caligrafia, toda floreada. Como podia um homem com a cara dele pintar quadros ou escrever cartas para pessoas, ou ficar aborrecido e preocupado, como o vi ficar certa vez, quando recebeu uma resposta? Esse tipo de atitude era o que se esperava de Billy Bibbit ou de Harding. Harding tinha mãos que aparentemente deveriam ter feito quadros, embora elas nunca os tenham feito. Harding prendia as mãos e as forçava a serrar tábuas para casas de cachorros. McMurphy não era assim. Ele não deixou que sua aparência dirigisse sua vida de um modo ou de outro, da mesma forma como não deixaria a Liga triturá-lo para encaixá-lo onde queriam que ele se encaixasse.

Eu estava vendo uma porção de coisas de maneira diferente. Imaginei que a máquina de neblina tivesse quebrado dentro das paredes quando eles a ligaram com força demais para aquela sessão na sexta-feira, de modo que agora não podiam fazer circular a neblina e o gás e distorcer a aparência de tudo. Pela primeira vez em anos, eu via as pessoas sem aquele contorno preto que elas costumavam ter, e uma noite até consegui ver do lado de fora das janelas.

Como já expliquei, em quase todas as noites, antes de me levarem para a cama, eles me davam aquele comprimido que me fazia dormir e me mantinha inconsciente. Ou, se alguma coisa saía errada com a dose e eu acordava, sentia meus olhos sem vida, e o dormitório cheio de fumaça, os fios nas paredes carregados ao limite máximo, contorcendo-se e soltando fagulhas de morte e de ódio no ar — tudo demais para que eu suportasse, de modo que eu enfiava a cabeça debaixo do travesseiro e tentava dormir de novo. Toda vez que eu dava uma olhadela para fora, havia um cheiro de queimado no ar e um chiado como o de um pedaço de carne numa grelha quente.

Mas nessa noite, umas poucas noites depois da grande sessão, acordei e vi que o dormitório estava limpo e em silêncio; exceto pela respiração suave dos homens e do negócio a chocalhar solto sob as costelas frágeis dos dois velhos Vegetais. Um silêncio de morte. Uma janela estava aberta, e o ar no dormitório estava puro, e havia um gosto nele que fez com que eu me sentisse tonto e inebriado. Deu-me aquele impulso repentino de me levantar da cama e fazer algo.

Saí de debaixo dos lençóis e fui andando descalço pelos ladrilhos frios entre as camas. Senti os ladrilhos sob os pés e me perguntei quantas vezes, quantos milhares de vezes eu havia passado o esfregão por esse mesmo chão de ladrilhos sem nunca tê-lo realmente sentido. Aquelas limpezas me pareciam um sonho, como se eu não pudesse realmente acreditar que todos aqueles anos de trabalho tinham acontecido realmente. Só aqueles ladrilhos frios sob meus pés eram reais naquele momento.

Andei no meio dos homens amontoados em longas fileiras brancas como montes de neve, tomando cuidado para não esbarrar em ninguém, até que cheguei à parede com as janelas.

Fui andando pelas janelas até uma em que a cortina oscilava suavemente para dentro e para fora com a brisa e encostei a testa na grade. O arame estava frio e penetrante, e rolei a cabeça contra ele de um lado para outro a fim de senti-lo no rosto. E senti o cheiro da brisa. É o outono chegando, pensei, posso sentir aquele cheiro agridoce dos silos, batendo no ar como um sino — cheiro causado por alguém que queimou folhas de carvalho, deixando-as arder durante a noite, por estarem muito verdes.

É o outono chegando, continuava pensando, o outono chegando; como se aquilo fosse a coisa mais estranha que jamais tivesse acontecido. Outono. Lá fora bem perto, lá estava a primavera havia pouco tempo, então era verão e agora é outono — esta realmente é uma ideia curiosa.

Percebi que ainda estava com os olhos fechados. Eu os havia fechado quando encostei o rosto na tela, como se estivesse com medo de olhar para fora. Agora eu tinha de abri-los. Olhei para fora pela janela e vi pela primeira vez como o hospital ficava afastado, no campo. A lua brilhava baixa no céu sobre a pastagem que se estendia cheia de marcas e de arranhaduras, no ponto em que se libertava do emaranhado de carvalhos e de urzes no horizonte. As estrelas no alto estavam pálidas; mostravam-se mais brilhantes e mais fortes à medida que se iam afastando do círculo de luz dominado pela lua gigantesca. Fizeram com que eu me lembrasse de como havia notado exatamente a mesma coisa quando saí para caçar com papai e os tios e me deitei enrolado nos cobertores que vovó havia tecido, um pouco afastado do lugar em que os homens estavam reunidos em volta da fogueira, enquanto bebiam uma jarra de aguardente de cacto, num círculo silencioso. Fiquei observando aquela grande pradaria do Oregon, a lua acima de mim empalidecendo todas as estrelas. Fiquei acordado, observando se alguma vez a lua ficaria menos brilhante ou as estrelas mais luminosas, até que o orvalho começou a cair em meu rosto e tive de cobrir a cabeça com um cobertor.

Algo se moveu no chão, embaixo da minha janela, lançando uma longa sombra parecida com uma aranha pela grama, enquanto corria para fora de minha visão atrás de uma cerca. Quando voltou correndo, vi que era um cachorro, um vira-lata novo e magro, certamente fugido de casa para descobrir o que acontecia depois que escurecia. Farejava buracos de esquilos, não com o intuito de cavar e ir atrás de um, mas apenas, quem sabe, para ter uma ideia do que eles faziam àquela hora da noite. Passava o focinho por um buraco, empinava-o alto no ar, sacudindo o rabo, saía correndo atrás de outro. A lua cintilava em torno dele na grama molhada; e, quando corria, deixava rastros como manchas de tinta escura respingada na superfície brilhante do gramado. Correndo de um buraco para o seguinte, ficou tão entusiasmado com o que estava descobrindo — a lua lá em cima, a noite, a brisa plena de cheiros tão selvagens que fazem um cachorro jovem ficar bêbado — que teve de se deitar de costas e rolar. Ele se torceu e se remexeu como um peixe, as costas arqueadas e a barriga empinada, e quando se levantou e se sacudiu um borrifo saiu do seu pelo sob o luar, como escamas de prata.

Farejou mais uma vez todos os buracos, rapidamente, um depois do outro, para guardar bem os cheiros. Então, de repente, ficou imóvel, paralisado, com uma pata levantada e a cabeça inclinada, na escuta. Eu também fiquei ouvindo, mas não consegui escutar nada, a não ser o bater da cortina na janela. Fiquei na expectativa durante muito tempo. Então, de muito longe, ouvi um grasnado agudo, gargalhante, indistinto, mas cada vez mais perto. Gansos canadenses emigrando para o sul, para o inverno. Eu me lembrei de todas as caçadas e de todo o rastejar sobre a barriga que já havia feito, tentando matar um ganso, sem nunca ter conseguido.

Tentei olhar na mesma direção que o cachorro para ver se conseguia descobrir o bando, mas estava escuro demais. O grasnar foi chegando cada vez mais perto, até que parecia que eles estavam voando dentro do dormitório, bem em cima da minha cabeça. Então atravessaram o luar — um colar negro ondulante, armado como um V, na frente o ganso líder. Por um instante, o líder ficou bem no centro do círculo, maior do que os outros, uma cruz negra se abrindo e fechando. Depois, ele tirou seu V do ponto em que ficava à vista e foi novamente para dentro do céu.

Eu os ouvi irem embora — afastando-se, até que tudo que podia ouvir era a lembrança do som. O cachorro ainda pôde ouvi-los por muito tempo depois de mim: ainda se mantinha de pé com a pata levantada; não havia se movido nem latido enquanto eles passavam. Quando ele também não pôde mais ouvi-los, começou a correr na direção em que haviam voado, na direção da estrada, trotando num passo regular e solene, como se tivesse um encontro. Prendi a respiração e consegui ouvir o bater de suas patas na grama enquanto ele ia trotando; então, ouvi um carro fazer uma curva a toda velocidade. Os faróis surgindo gradualmente sobre a ladeira e iluminando a estrada adiante. Observei o cachorro e o carro, que se dirigiam para o mesmo ponto no asfalto.

O cachorro estava quase atingindo a cerca de arame, na extremidade do terreno, quando senti alguém atrás de mim. Duas pessoas. Não me virei, mas sabia que eram o auxiliar chamado Geever e a enfermeira com a marca de nascença e o crucifixo. Senti o começo de um zumbido de medo em minha cabeça. O negro segurou meu braço e me puxou, fazendo com que me virasse.

— Está frio aí na janela, Sr. Bromden — disse-me a enfermeira. — Não acha que é melhor voltar para sua cama gostosa?

— Ele não escuta — disse-lhe o auxiliar. — Eu o levo. Ele está sempre desamarrando o lençol e rodando por aí.

E eu me movo e ela dá um passo para trás e diz:

— Sim, por favor, leve-o.

Está mexendo na corrente que traz em volta do pescoço. Em casa, ela se tranca no banheiro, onde ninguém a vê, tira a roupa e esfrega aquele crucifixo por toda aquela mancha que desce do canto de sua boca, numa linha fina, pelos ombros e seios. Ela esfrega, esfrega e implora a Maria que faça um milagre, mas a mancha ali permanece. Ela olha no espelho e vê que está mais escura do que nunca. Finalmente, pega uma escova de arame, usada para raspar tinta de barcos, e esfrega a mancha até que desapareça, põe uma camisola sobre a pele esfolada e gotejante e vai para a cama.

Mas ela está cansada demais daquilo. Enquanto dorme, ele sobe pela sua garganta, escorre por aquele canto da boca como um cuspe vermelho e lhe desce pelo pescoço sobre o corpo. De manhã, ela vê como está manchada de novo e de algum modo imagina que realmente aquilo não vem de dentro dela — como poderia? Uma boa moça católica como ela? — e conclui que é porque trabalha durante a noite numa enfermaria cheia de gente como eu. É tudo nossa culpa, e ela vai vingar-se de nós por causa disso, nem que seja a última coisa que faça. Gostaria que McMurphy acordasse e me ajudasse.

— Amarre-o na cama, Sr. Geever. Vou preparar uma medicação.

Nas Sessões de Grupo estavam surgindo rompantes de humor que haviam ficado reprimidos durante tanto tempo que se reclamava de coisas que já tinham sido até modificadas. Agora que McMurphy estava ali para apoiá-los, todos começavam a reclamar de tudo que já havia acontecido na ala e de que eles não gostaram.

— Por que os dormitórios têm de ficar trancados durante os fins de semana? — perguntava Cheswick, ou alguma outra pessoa. — Será que um cara não pode nem ter os fins de semana para si mesmo?

— Sim, Srta. Ratched — diria McMurphy. — Por quê?

— Se os dormitórios forem deixados abertos, nós já aprendemos por experiências anteriores, vocês todos voltariam para a cama depois do café.

— E isso é um pecado mortal? Quero dizer, gente *normal* costuma dormir até tarde nos fins de semana.

— Vocês estão aqui neste hospital — dizia ela como se estivesse repetindo aquilo pela centésima vez — por causa da incapacidade comprovada de se ajustarem à sociedade. O médico e eu acreditamos que cada minuto passado na companhia de outras pessoas, com algumas exceções, é terapêutico, enquanto cada minuto passado remoendo as coisas, sozinhos, apenas aumenta o isolamento de vocês.

— É por essa razão que tem de haver pelo menos oito de nós reunidos antes que possamos ser levados para fora da ala para a Terapia Ocupacional ou para a Psicoterapia ou para qualquer outra das terapias?

— Exatamente.

— Quer dizer que é doença querer estar sozinho?

— Eu não disse que...

— Quer dizer que, se eu for ao banheiro para me aliviar, devo levar junto pelo menos uns sete companheiros, para me impedirem de ficar remoendo os pensamentos sentado no vaso?

Antes que a enfermeira pudesse responder àquilo, Cheswick se levantou de um salto e gritou para ela:

— Sim, é isso o que quer dizer?

E os outros Agudos, sentados ali em volta, participando da sessão, começaram a perguntar:

— Sim, sim, é isso o que quer dizer?

A enfermeira esperava até que todos eles se acalmassem e a sessão ficasse novamente tranquila. Então, dizia com calma:

— Se vocês puderem acalmar-se o bastante de forma a se comportar como um grupo de adultos numa discussão, em vez de crianças num playground, perguntaremos ao médico se ele acha que seria benéfico pensarmos numa mudança na rotina. Doutor?

Todo mundo sabia o tipo de resposta que o médico daria, e, antes mesmo que ele tivesse uma oportunidade, Cheswick disparava outra reclamação:

— Então como é que ficam nossos cigarros, Srta. Ratched?

— Sim, como é que ficam? — ecoavam os Agudos.

McMurphy virou-se para o médico e fez a pergunta diretamente a *ele*, dessa vez antes que a enfermeira tivesse a oportunidade de responder.

— Sim, doutor, como é que ficam nossos cigarros? Como é que ela tem o direito de ficar com nossos cigarros? Nossos cigarros empilhados na mesa dela como se fosse a dona deles, dando-nos um maço de vez em quando, quando tem vontade. Não gosto muito da ideia de comprar um pacote de cigarros e de ter alguém me dizendo quando é que posso fumá-los.

O médico virou a cabeça de modo a poder olhar para a enfermeira através dos óculos. Ele não sabia que ela havia se apossado dos cigarros extras para acabar com o jogo.

— O que há a respeito de cigarros, Srta. Ratched? Não creio que tenha tomado conhecimento...

— Doutor, eu acho que três, quatro e às vezes cinco maços de cigarros por dia é quantidade demais para um homem fumar. Foi isso que pareceu estar acontecendo na semana passada, depois da chegada do Sr. McMurphy, e foi por isso que achei que talvez fosse melhor apreender os pacotes que os homens compram na cantina e distribuir apenas um maço por dia para cada um.

McMurphy inclinou-se para a frente e cochichou alto para Cheswick:

— Vai ouvir dizer que a próxima decisão dela será a respeito das idas à latrina; não apenas um cara tem de levar sete companheiros para o banheiro junto com ele, mas também está limitado a duas idas por dia, que vão acontecer quando ela der permissão.

E tornou a se recostar na cadeira e riu tanto que ninguém mais pôde dizer nada durante quase um minuto.

McMurphy estava se divertindo um bocado com o tumulto todo que estava criando, e acho que fiquei um pouco surpreso porque ele não estava sendo alvo, também, de muita pressão dos funcionários, especialmente surpreso com o fato de que a Chefona não tivesse mais nada a lhe dizer senão o que lhe dizia.

— Eu pensei que aquela velha escrota fosse mais dura na queda do que está sendo — disse ele a Harding depois de uma sessão. — Talvez tudo de que ela precisasse para endireitá-la fosse uma boa derrubada. O negócio é que... — ele franziu o rosto — ...ela age como se ainda estivesse com todas as cartas escondidas naquela manga branca.

Ele continuou divertindo-se com aquilo, até mais ou menos quarta-feira na semana seguinte. Então descobriu por que a Chefona estava tão segura de seu jogo. Quarta-feira é o dia em que eles carregam todo mundo que não tem nenhum tipo de doença para a piscina, quer a gente queira, quer não. Quando a neblina estava ligada na enfermaria, eu costumava esconder-me nela para não ir. A piscina sempre me assustou; eu sempre tive medo de que fosse entrar e perder o pé e me afogar, ser sugado pelo encanamento abaixo e lançado no mar. Eu costumava ser um bocado corajoso na água quando menino, em Columbia; andava pela beirada em volta da cachoeira, com todos os outros homens, com dificuldade, com a água rugindo numa torrente verde e branca à minha volta, e a névoa fazendo arco-íris, sem nem ao menos ter sapatos de tachas como os outros homens. Mas, quando vi papai começar a ficar com medo das coisas, também senti medo, fiquei de tal maneira que não podia suportar nem um laguinho raso.

Nós saímos do ginásio e a piscina estava ondulante, cheia de homens nus; a algazarra e a gritaria ecoavam no teto alto, como sempre acontece em piscinas cobertas. Os auxiliares nos levaram lá para dentro. A água estava morna, agradável, mas eu não queria afastar-me da borda (os negros andam pela borda com longos bastões de bambu para afastar da beirada quem tenta agarrar-se nela). Assim, fiquei perto de McMurphy, porque eu sabia que eles não tentariam fazê-lo ir para o fundo se ele não quisesse.

Ele conversava com o salva-vidas, eu fiquei de pé a pouca distância, McMurphy devia estar num buraco porque tinha de agitar as pernas para flutuar, enquanto eu apoiava os pés no fundo. O salva-vidas estava de pé na borda da piscina; tinha um apito e vestia uma camiseta com o número de sua enfermaria impresso. Ele e McMurphy trocavam ideias a respeito da diferença entre o hospital e a cadeia; e McMurphy comentava como o hospital era muito melhor. O salva-vidas não tinha certeza. Eu o ouvi dizer a McMurphy que, para começar, ser internado não é como ser sentenciado.

— Você é condenado e sentenciado à prisão, e você tem uma data à sua frente, quando *sabe* que vai ser solto — disse ele.

McMurphy parou de espadanar na água como vinha fazendo. Nadou devagar até a borda da piscina e se segurou ali, olhando para o salva-vidas.

— E se você for internado? — perguntou depois de uma pausa.

O salva-vidas levantou os ombros num movimento e deu um puxão no apito pendurado no pescoço. Era um antigo jogador profissional de futebol, com marcas na testa, e sempre que saía de sua enfermaria um emissor se ligava atrás de seus olhos, e seus lábios começavam a cuspir números e ele caía de quatro na posição de um jogador pronto para um ataque e saltava em cima de uma enfermeira qualquer que passasse, metia o ombro no traseiro dela, bem a tempo de deixar o médico passar correndo pelo espaço atrás dele. Era por isso que ele estava lá em cima na Enfermaria dos Perturbados; sempre que não estava trabalhando como salva-vidas, era capaz de fazer algo assim.

Ele voltou a encolher os ombros para a pergunta de McMurphy, olhou em seguida para trás e para a frente, para ver se algum auxiliar estava por perto, e se ajoelhou perto da borda da piscina. Estendeu o braço para que McMurphy olhasse.

— Está vendo este gesso?

McMurphy olhou para o braço grande do outro.

— Você não tem gesso algum nesse braço, companheiro.

O salva-vidas sorriu.

— Bem, esse gesso está aí porque eu tive uma fratura feia no último jogo contra os Castanhos. Não posso voltar ao campo até que a fratura se consolide e eu tire o gesso. A enfermeira diz que está curando meu braço em segredo. É, cara, ela diz que, se eu tomar cuidado com este braço, não forçá-lo, ela vai tirar o gesso e vou poder voltar a jogar bola com o time.

Ele apoiou os punhos fechados no ladrilho molhado, colocou-se numa posição de jogo para testar o braço. McMurphy o observou por um minuto e então perguntou-lhe havia quanto tempo ele esperava que o braço ficasse bom para que pudesse sair do hospital. O salva-vidas levantou-se devagar e esfregou o braço. Agiu como se estivesse magoado por McMurphy ter perguntado aquilo, como se tivesse sido acusado de ser fraco e ficar lambendo as feridas.

— Estou internado — disse ele. — Já teria saído daqui antes, se fosse por mim. Talvez não pudesse jogar no primeiro time, com este braço ruim, mas poderia ficar dobrando toalhas, não poderia? Poderia fazer *alguma atividade*. Aquela enfermeira da minha ala fica dizendo para o médico que não estou pronto. Nem mesmo para dobrar toalhas na porcaria daquele vestiário. Não estou pronto.

Virou-se e foi caminhando até a cadeira como um gorila drogado e olhou para baixo, para nós, o lábio inferior estendido para fora.

— Fui apanhado por embriaguez e desordem, e estou aqui há oito anos e oito meses — disse ele.

McMurphy afastou-se da borda da piscina e foi flutuando, agitando as pernas, e ficou pensando a respeito daquilo: ele havia sido condenado a uma pena de seis meses na colônia penal, com dois meses já cumpridos, faltando cumprir mais quatro — e quatro meses era o máximo que queria ficar trancado em qualquer lugar. Já estava havia quase um mês naquele hospício e bem que podia ser muito melhor do que uma colônia penal, com boas camas e suco de laranja no café da manhã, mas não era tão melhor a ponto de fazer com que quisesse passar dois anos ali.

Nadou até os degraus na extremidade rasa da piscina e sentou-se ali durante o restante do tempo, puxando aquele pequeno tufo de pelos vermelhos no pescoço e franzindo o cenho. Observando-o sentado ali, concentrado em si mesmo, lembrei-me do que a Chefona dissera durante a reunião e comecei a sentir medo.

Quando soou o apito para que saíssemos da piscina e todos nós fomos em fila para o vestiário, encontramos o pessoal de outra enfermaria, que vinha para seu período de piscina, e na bacia de lavar os pés no chuveiro, por onde se tinha de passar, estava o tal cara da outra enfermaria. Ele tinha a cabeça grande e esponjosa e quadris e pernas estufados — como se alguém tivesse agarrado um balão de gás cheio de água e apertado no meio — e estava deitado de lado na bacia de lavar pés; fazia ruídos como uma foca sonolenta. Cheswick e Harding o ajudaram a ficar de pé, mas ele voltou a se deitar na bacia.

A cabeça balançava no desinfetante. McMurphy os observou levantarem-no de novo.

— Que diabo ele tem? — perguntou.

— Hidrocefalia — disse-lhe Harding. — Uma espécie qualquer de distúrbio linfático, acho. A cabeça se enche de líquido. Dê uma mãozinha aqui para levantá-lo.

Eles soltaram o garoto, e ele voltou a se deitar na bacia de lavar pés; a expressão de seu rosto era paciente, indefesa e obstinada; a boca se inflou e soprou bolhas na água leitosa. Harding repetiu seu pedido a McMurphy, para que lhes desse uma ajuda, e ele e Cheswick se inclinaram para o garoto. McMurphy os afastou, passou por eles, saltou por cima do cara e entrou no chuveiro.

— Deixem que ele fique aí — disse, enquanto se lavava no chuveiro. — Vai ver ele não gosta de água funda.

Eu podia prever o que estava por vir. No dia seguinte, ele surpreendeu todo mundo: acordou cedo e limpou o banheiro até que brilhasse, e em seguida foi trabalhar no assoalho do corredor quando os auxiliares lhe pediram para ir. Surpreendeu todo mundo, menos a Chefona: ela agiu como se aquilo não fosse de modo algum surpreendente.

E naquela tarde, na sessão, quando Cheswick disse que todo mundo havia concordado em que devia haver uma solução definitiva qualquer sobre o caso dos cigarros, dizendo "Não sou nenhuma criança para que me controlem os cigarros como doces! Queremos que seja tomada alguma atitude a respeito disso, não está certo, Mack?" e, esperando que McMurphy o apoiasse, tudo que obteve foi silêncio.

Olhou para o canto de McMurphy. Todo mundo olhou. McMurphy estava lá, examinando o baralho de cartas que deslizava, sumindo e aparecendo em suas mãos. Ele nem ergueu o olhar. Fez-se um terrível silêncio; só se ouvia o bater das cartas engorduradas e a respiração pesada de Cheswick.

— Quero que se *faça* algo! — Cheswick gritou de novo, de repente. — Não sou nenhuma criancinha! — Ele bateu com o pé e olhou em volta de si como se estivesse perdido e fosse começar a chorar a qualquer minuto. Cerrou os punhos e os apertou contra o tórax gordo e arredondado. Os punhos formavam pequenas bolhas rosadas contra o verde do pijama e estavam cerrados com tanta força que ele tremia.

Ele nunca havia parecido grande; era baixo e gordo demais, e tinha uma área careca na parte de trás da cabeça que ficava à mostra como um dólar cor-de-rosa, e, de pé ali, sozinho, no meio da enfermaria, daquele jeito, ele parecia minúsculo. Olhou para McMurphy, de quem não recebeu sequer um olhar de volta, e se virou para a fileira de Agudos, em busca de ajuda. Cada vez que um homem desviava o olhar e se recusava a responder, o pânico aumentava em seu rosto. Seu olhar finalmente se deteve na Chefona. Ele bateu o pé mais uma vez.

— Quero que se *faça* alguma coisa! Estão me ouvindo? Quero que se faça *alguma coisa! Alguma coisa!* Alguma...

Os dois auxiliares maiores agarraram-lhe os braços por trás, e o menor lançou uma correia em volta dele. Ele desabou como se tivesse levado um tiro, e os dois grandes o arrastaram lá para cima, para a Enfermaria dos Perturbados; podiam-se ouvir as batidas surdas do corpo dele subindo os degraus. Quando eles voltaram e se sentaram, a Chefona virou-se para a fileira de Agudos do outro lado da sala e olhou para eles. Nada havia sido dito desde que Cheswick saíra.

— Há mais alguma dúvida — disse ela — quanto ao racionamento de cigarros?

Olhando para a fileira de rostos sem vida, pendurados na parede do outro lado da sala, meus olhos finalmente encontraram McMurphy em sua cadeira no canto, concentrando-se em aprimorar o corte de baralho com uma só mão... e os tubos brancos no teto começam a bombear aquela luz refrigerada... posso sentir os raios vindo até o interior do meu estômago.

Depois que McMurphy deixou de nos defender, alguns dos Agudos discutem e dizem que ele ainda está passando a Chefona para trás, que ele foi avisado de que ela estava prestes a mandá-lo para a Enfermaria dos Perturbados e decidiu afrouxar um pouco o laço, não lhe dando motivos. Outros concluem que ele a está deixando descontrair e que vai aprontar alguma novidade para ela, algo ainda mais violento e mais maléfico. A gente pode ouvi-los discutindo em grupos, tentando adivinhar.

Mas eu, eu *sei* por quê. Eu o ouvi falar com o salva-vidas. Finalmente, ele está ficando esperto, isso é tudo. Da maneira como papai fez quando acabou percebendo que não podia derrotar aquele grupo da cidade que queria que o governo construísse a represa por causa do dinheiro e do trabalho que traria e porque os livraria do nosso vilarejo: deixar que aquela tribo de índios pescadores tirasse o fedor deles dali e pegasse os 200 mil dólares que o governo lhes estava pagando e que fossem para outro lugar qualquer com o dinheiro. Papai foi inteligente ao assinar os papéis, pois não havia nada a ganhar fazendo oposição. O governo conseguiria isso de qualquer maneira, mais cedo ou mais tarde. Pelo menos assim a tribo receberia um bom pagamento. Foi a atitude mais inteligente, não por nenhuma daquelas outras razões que os Agudos estavam inventando. Ele não disse, mas eu sabia e repeti a mim mesmo que era a atitude mais inteligente a tomar. Repeti aquilo para mim mesmo uma porção de vezes: é seguro. É como se esconder. É o mais inteligente a fazer, ninguém podia dizer o contrário. Eu sei o que ele está fazendo.

Então, certa manhã, todos os Agudos também descobrem, sabem qual é o verdadeiro motivo de seu recuo e que as razões que eles haviam imaginado eram apenas mentiras para enganarem a si próprios. Ele nunca disse algo sobre a conversa que teve com o salva-vidas, mas eles sabem. Imagino que a enfermeira tenha anunciado isso durante a noite, através de todas as pequenas linhas no chão do dormitório, porque eles souberam todos de uma vez. Posso ver pela maneira como olham para McMurphy naquela manhã, quando entra na enfermaria. Não como se estivessem zangados com ele, ou mesmo desapontados, porque eles podem compreender, da mesma forma que eu, que a única maneira que ele tem para conseguir que a Chefona suspenda sua internação é agindo como ela quer. Mas, ainda assim, todos olham para ele como se desejassem que as coisas não fossem daquele jeito.

Até Cheswick pôde entender isso e não guardou rancor contra McMurphy por não ter ido em frente e criado caso por causa dos cigarros. Ele voltou da Enfermaria dos Perturbados no mesmo dia em que a enfermeira transmitiu a informação pelas camas. Ele disse a McMurphy, ele mesmo, que compreendia sua atitude e que certamente era o comportamento mais sensato, levando tudo em consideração, e que, se ele tivesse pensado no fato de que Mack fora internado judicialmente, nunca o teria posto em dificuldades como fizera no outro dia. Disse isso a McMurphy enquanto todos nós estávamos sendo levados para a piscina. Mas, assim que chegamos lá, ele acrescentou que, realmente, apesar de tudo, desejava que *algo* pudesse ter sido feito, e mergulhou na água. E, de alguma forma, prendeu os dedos na grade que cobre o buraco de escoamento no fundo da piscina, e nem o grande salva-vidas nem McMurphy, nem os dois negros conseguiram soltá-lo. Quando providenciaram uma chave de fenda e soltaram a grade e trouxeram Cheswick para cima, com a grade ainda presa nos dedos gordos, azulados, ele já estava morto.

Lá na frente, adiante de mim na fila do almoço, vejo uma bandeja saltar no ar, uma nuvem de plástico verde chovendo leite, ervilhas e sopa de legumes. Sefelt está saindo agitadamente da fila, saltando num pé só, os braços erguidos no ar, cai para trás num arco rígido, e o branco de seus olhos surge a meu lado, de cabeça para baixo. A cabeça dele bate no ladrilho com um ruído como o de rochas sob a água, e ele continua arqueado, como uma ponte, a contorcer-se, tremendo. Fredrickson e Scanlon saltam para ajudá-lo, mas o auxiliar grande os empurra para trás e arranca uma vareta achatada do bolso de trás, enrola uma fita na vareta, que fica coberta por uma mancha marrom. Ele abre a boca de Sefelt e enfia a vareta entre seus dentes, e ouço a vareta se partir com a mordida de Sefelt. Posso sentir o gosto das lascas. As convulsões de Sefelt diminuem, vão ficando mais fortes, aumentam mais ainda, provocam grandes saltos que o erguem numa ponte, para cair em seguida. Levanta e cai, cada vez mais devagar, até que a Chefona entra e fica de pé junto a ele, e ele desaba frouxamente por todo o chão numa poça acinzentada.

Ela une as mãos diante de si, só faltava estar segurando uma vela, olha para o que resta dele a se esvair pelas aberturas das calças e da camisa.

— Sr. Sefelt? — diz para o auxiliar.

— Isso mesmo... *uhn*. — O negro está fazendo força para arrancar de volta a vareta. — Sr. See-felt.

— E o Sr. Sefelt tem me garantido que *não precisa mais de nenhuma medicação*. — Ela sacode a cabeça, recua um passo, saindo do caminho dele com seus impecáveis sapatos brancos. Levanta a cabeça e olha em volta para o círculo que se formou de Agudos que se aproximaram para ver. Torna a sacudir a cabeça e repete: — *...não precisa mais de nenhuma medicação*.

O rosto dela está sorridente, compassivo, paciente e triste, tudo de uma vez — uma expressão treinada.

McMurphy nunca tinha visto algo assim.

— O que há de errado com ele? — pergunta.

Ela continua olhando para a poça, sem se virar para McMurphy.

— O Sr. Sefelt é epilético, Sr. McMurphy. Isso significa que ele pode estar sujeito a ataques, como este, a qualquer momento, se não seguir a orientação médica. Ele acha que sabe muito. Nós o havíamos avisado de que isso aconteceria quando ele não quis tomar os remédios. Entretanto, ele insistiu em agir estupidamente.

Fredrickson sai da fila com as sobrancelhas eriçadas. Ele é um cara forte, pálido, de cabelos louros, sobrancelhas grossas e maxilar grande, e de vez em quando age com rudeza como Cheswick costumava fazer — grita, esbraveja e xinga uma das enfermeiras, diz que vai *embora* dessa porcaria desse lugar! Eles sempre o deixam berrar e sacudir o punho até que se acalme. Então, perguntam-lhe: "Já *acabou*, Sr. Fredrickson, então vamos começar a datilografar o relatório." E começam a apostar na

Sala das Enfermeiras quanto tempo vai levar até que ele esteja batendo no vidro com uma expressão culpada, pedindo desculpas e que tal *esquecer* aquilo que ele disse de cabeça quente e esconder esses velhos formulários por um dia ou dois?

Ele se aproxima da enfermeira brandindo o punho contra ela.

— Ah, é assim? É assim, hein? Vai crucificar o Seef como se ele estivesse fazendo isso para *ofendê-la*?

Ela põe a mão confortadora no braço dele, e o punho se abre.

— Está tudo certo, Bruce. Seu amigo vai ficar bom. Ao que parece, ele não tem tomado o Dilantin. Eu simplesmente não sei o que ele tem feito com os comprimidos.

Ela sabe tão bem quanto todo mundo: Sefelt fica com os comprimidos na boca e depois os dá a Fredrickson. Sefelt não gosta de tomá-los por causa do que ele chama de "efeitos colaterais nocivos", e Fredrickson gosta de uma dose dupla porque tem pavor mortal de ter um ataque. A enfermeira sabe disso, pode-se perceber pela sua voz, mas, olhando para ela ali, tão simpática e gentil, pode-se pensar que ignora qualquer combinação entre Fredrickson e Sefelt.

— Siimm — diz Fredrickson, mas ele não consegue reativar seu ataque. — Sim, bem, não precisa agir como se fosse simplesmente o caso de tomar o negócio ou não. A senhora sabe como Seef se preocupa com a aparência pessoal e como as mulheres vão pensar que ele é feio, e tudo isso, e sabe que ele acha que o Dilantin...

— Eu sei — diz ela e toca novamente o braço dele. — Ele também culpa a droga pela queda de cabelo. Pobre velho diabo.

— Ele não é tão velho assim!

— Eu sei, Bruce. Por que fica tão *aborrecido*? Eu nunca compreendi o que há entre você e seu companheiro que o faz ficar tão na *defensiva*!

— Ora bolas! — diz ele e enfia as mãos nos bolsos.

A enfermeira se abaixa e limpa um lugarzinho no chão. Ajoelha-se nele e começa a dar alguma forma novamente a Sefelt. Diz ao auxiliar para ficar com o coitado do sujeito que ela vai mandar uma cama gurney para ele; para depois levá-lo para o dormitório e deixá-lo dormir o restante do dia. Quando ela se levanta, dá uma palmadinha no braço de Fredrickson, e ele resmunga:

— É, eu também tenho de tomar Dilantin, sabe. É por isso que sei o que Seef tem de enfrentar. Quero dizer, é por isso que eu... ora bolas...

— Eu compreendo, Bruce, o que vocês dois devem ter de passar, mas você não acha que qualquer coisa é melhor do que isso?

Fredrickson olha para onde ela aponta. Sefelt está voltando mais ou menos ao normal, inchando e encolhendo numa respiração ofegante e úmida. Há um galo no lado de sua cabeça que bateu no chão, e uma espuma vermelha em volta da vareta, no ponto em que ela entrou em sua boca, e os olhos estão começando a voltar ao normal. As mãos dele continuam estendidas para os lados, com a palma virada para cima, abrindo-se e fechando-se convulsivamente do mesmo jeito que vi os homens terem convulsões no Tratamento de Choque, amarrados na mesa em forma de cruz, a fumaça da corrente subindo das mãos. Sefelt e Fredrickson nunca foram submetidos a Tratamento de Choque. Eles foram feitos para gerar sua própria voltagem, armazená-la na coluna vertebral, e que pode ser ligada por controle remoto do painel de aço da Sala das Enfermeiras, se saírem da linha — podem estar bem no meio de uma piada suja e se contraem como se o choque os atingisse num ponto das costas. Poupa o trabalho de ter de levá-los para aquela sala.

A enfermeira dá uma sacudidela no braço de Fred, como se ele tivesse pegado no sono, e repete:

— Mesmo levando-se em consideração os efeitos nocivos do remédio, não acha que é melhor do que *isso*?

Enquanto olha fixamente para o chão, as sobrancelhas de Fredrickson se levantam como se estivesse vendo pela primeira vez *como* ele fica pelo menos uma vez por mês. A enfermeira sorri, bate de leve no braço dele e dirige-se até a porta, lança um olhar zangado para os Agudos, a fim de envergonhá-los por terem se juntado para olhar uma cena daquelas. Quando ela se retira, Fredrickson estremece e tenta sorrir.

— Não sei *por que* fui ficar zangado com a velhota... quero dizer, ela nada fez que me desse razão para explodir daquele jeito, fez?

Não é como se ele quisesse uma resposta; é mais uma espécie de conscientização de que ele não consegue descobrir uma razão. Ele volta a estremecer e começa a esgueirar-se, afastando-se do grupo. McMurphy caminha até ele e pergunta, em voz baixa, o que *é* que eles tomam.

— Dilantin, McMurphy, um anticonvulsivo, se interessa saber.

— E não funciona, ou coisa assim?

— Sim, acho que funciona direito... se você tomar.

— Então qual é o problema de tomar ou não tomar?

— Olhe, se é que lhe interessa! Aqui está a porcaria do problema sobre tomá-lo ou não. — Fredrickson levanta a mão e agarra o lábio inferior com o polegar e o indicador, puxa para baixo para mostrar as gengivas feridas, vermelhas e brancas em volta dos dentes compridos e brilhantes. — As gengivas — diz ele, segurando o lábio. — Dilantin apodrece suas gengivas. E num acesso você range os dentes. E você...

Há um ruído no chão. Eles olham para onde Sefelt está gemendo e arquejando no exato momento em que o auxiliar lhe arranca dois dentes junto com a vareta.

Scanlon pega a bandeja e se afasta do grupo dizendo:

— Um inferno de vida. Fodido se fizer e fodido se não fizer. Bota um homem num diabo dum beco sem saída.

McMurphy diz:

— Sim, compreendo o que você quer dizer. — Olha para baixo, para o rosto de Sefelt, que se vai recompondo, e o rosto dele começa a tomar aquela mesma expressão cansada e confusa do rosto do chão.

O que quer que tenha pifado na engrenagem, acabaram de consertar. O funcionamento calculado e limpo está voltando: 6h30, fora da cama; 7 horas, no refeitório; 8 horas, vêm os quebra-cabeças para os Crônicos e as cartas para os Agudos... na Sala das Enfermeiras posso ver as mãos brancas da Chefona flutuarem sobre os controles.

À s vezes eles me levam com os Agudos, às vezes não. Quando eles me levam junto com eles até a biblioteca, eu caminho até a seção de livros técnicos, fico ali olhando para os títulos dos livros sobre eletrônica, livros que reconheço daquele ano que passei na universidade; lembro-me de que, por dentro, os livros estão cheios de desenhos esquemáticos, equações e teorias — coisas difíceis, exatas e seguras.

Tenho vontade de folhear um dos livros, mas sinto medo. Estou com medo de fazer qualquer coisa. Sinto-me como se estivesse flutuando no ar amarelo, empoeirado da biblioteca, a meio caminho do fundo, a meio caminho do topo. As fileiras de livros oscilam acima de mim, ziguezagueando loucamente, correndo em todos os ângulos diferentes, de um para outro. Uma prateleira de livros se inclina um pouco à esquerda, outra para a direita. Algumas delas estão se inclinando sobre mim, e não sei como os livros não caem. Vão subindo, subindo, até que se perdem de vista, as estantes de livros em risco de desmoronar, presas com ripas e pedaços de madeira, levantadas por bastões, encostadas em escadas, por todos os lados em volta de mim. Se eu tirasse um livro, Deus sabe que coisa terrível poderia acontecer.

Ouço alguém chegar, e é um dos auxiliares de nossa ala, e a esposa de Harding está com ele. Estão conversando e rindo quando entram na biblioteca.

— Olha aqui, Dale — grita o negro para Harding, que está lendo um livro. — Olhe só quem veio visitar você. Eu disse a ela que não era hora de visita, mas você sabe como ela fala macio e acabou me convencendo a trazê-la até aqui, de qualquer maneira. — Ele a deixa de pé diante de Harding e sai, acrescentando misteriosamente: — Agora, não vá esquecer, viu?

Ela atira um beijo para o auxiliar, vira-se para Harding, num movimento de quadris para a frente.

— Alô, Dale.

— Querida — diz ele, mas não faz qualquer movimento para dar os dois passos que o separam dela. Ele olha em volta, para todo mundo que está observando.

Ela é tão alta quanto ele. Usa sapatos de salto alto e carrega uma bolsa, não pela alça, mas como se fosse um livro. As unhas dela são vermelhas como gotas de sangue, contra o preto brilhante da bolsa de verniz.

— Ei, Mack — grita Harding para McMurphy, que está sentado do outro lado da sala, lendo uma revista de histórias em quadrinhos. — Se você puder privar-se de suas pesquisas literárias por um momento, apresento você à minha cara-metade. Eu poderia ser vulgar e dizer "À minha melhor metade", mas creio que esta expressão indica uma espécie de divisão basicamente igual, não acha?

Ele tenta rir, e seus dois dedos finos de marfim se enfiam no bolso da camisa para pegar os cigarros, remexem desajeitadamente, tirando o último maço. O cigarro treme quando ele o coloca entre os lábios. Ele e a esposa ainda não deram um passo na direção do outro.

McMurphy se levanta da cadeira e tira o gorro enquanto se aproxima. A esposa de Harding olha para ele e sorri, levantando uma das sobrancelhas.

— Boa tarde, Sra. Harding — diz McMurphy.

Ela lhe dirige um sorriso mais largo ainda e diz:

— Detesto Sra. Harding, Mack; por que não me chama de Vera?

Os três se sentam no sofá onde Harding estava, e ele conta à esposa histórias sobre McMurphy, sobre o que este fez para levar a melhor sobre a Chefona. Ela sorri e diz que aquilo não a surpreende nem um pouco. Enquanto Harding está contando, ele se entusiasma e se esquece das mãos, e elas fazem uma trama no ar diante dele, num quadro suficientemente claro para que se possa vê-las *dançando* a história no ritmo de sua voz como duas lindas bailarinas de branco. As mãos dele podem ser qualquer coisa. Mas, tão logo a história acaba, ele percebe que McMurphy e a esposa estão observando as mãos, e ele as aprisiona entre os joelhos. Ele ri daquilo e a esposa lhe diz:

— Dale, quando você vai aprender a rir em vez de soltar esse guincho de rato?

Foi como McMurphy descreveu o riso de Harding naquele primeiro dia, mas de alguma forma é diferente; enquanto o fato de McMurphy ter dito isso acalmou Harding, o fato de ela dizer as mesmas palavras o deixou mais nervoso do que nunca.

Ela pede um cigarro, e Harding torna a enfiar os dedos no bolso e o sente vazio.

— Estão sendo racionados — diz ele, dobrando os ombros magros para a frente, como se estivesse tentando esconder o cigarro fumado pela metade que está segurando. — Um maço por dia. Isso não parece deixar qualquer margem de cavalheirismo para um homem, Vera, minha querida.

— Oh, Dale, você nunca tem o suficiente, não é?

Os olhos dele assumem aquela expressão maliciosa, caprichosa e febril enquanto olha para ela e sorri.

— Estamos falando simbolicamente, ou ainda estamos lidando com os cigarros concretos de aqui e agora? Não importa; você sabe a resposta à pergunta, qualquer que seja o sentido que lhe tenha desejado dar.

— Não quis dar nenhum sentido, exceto exatamente o que disse, Dale...

— E você não quis dar *nenhum* sentido, doçura; o fato de você ter dito "Não quis" e "nenhum" constitui uma dupla negativa. McMurphy, o inglês de Vera rivaliza com o seu em termos de ignorância gramatical. Olhe, querida, compreenda que entre "não" e "nenhum" há...

— Está bem! Chega! Eu quis dizer nos dois sentidos. Eu quis dizer de qualquer maneira que você queira compreender. Eu quis dizer que você nunca tem o suficiente de nada, ponto final!

— O suficiente de *nada*, minha criança brilhante.

Ela olha com raiva para Harding, por um segundo, então se vira para McMurphy, que está sentado a seu lado.

— Você, Mack, que tal você? Será que pode lidar com uma coisinha simples como oferecer um cigarro a uma garota?

O maço dele já está no colo. Ele olha para o maço como se desejasse que não estivesse ali. Então, diz:

— Claro, sempre tenho cigarros. A razão é que sou um malandro. Eu filo sempre que surge uma oportunidade, é por isso que meu maço dura mais que o de Harding. Ele só fuma os dele. Assim, pode ver como é mais provável que ele fique sem cigarros do que...

— Você não precisa desculpar-se por meus defeitos, amigo. Isso não combina com seu caráter e não favorece o meu.

— Não mesmo — diz a moça. — Tudo que você tem de fazer é acender meu cigarro.

E ela se inclina tanto para a frente, em direção ao fósforo, que até do outro lado da sala posso ver por dentro do decote da blusa.

Ela fala mais um pouco sobre alguns amigos de Harding, os quais ela desejaria que deixassem de aparecer em casa procurando por ele.

— Você conhece o tipo, não é, Mack? — diz ela. — Rapazes barulhentos, de lindos cabelos compridos, bem penteados, e de punhos frouxos que sacodem com graça. — Harding pergunta-lhe se era só a ele que os rapazes pretendiam ver, e ela responde que qualquer homem que apareça para vê-la sacode mais do que seus malditos punhos frouxos.

Ela se levanta de repente e diz que está na hora de ir. Segura a mão de McMurphy e lhe diz que espera vê-lo novamente, em outra ocasião, e sai da biblioteca. McMurphy não pode dizer uma palavra sequer. Ao som dos saltos altos dela, a cabeça de todo mundo se levanta, e eles a observam pelo corredor, até que ela se vira, saindo do campo de visão.

— O que você acha? — pergunta Harding.

McMurphy tem um sobressalto.

— Ela tem um belo par de tetas — é tudo em que ele pode pensar. — Grandes como os da velha dama Ratched.

— Não quis dizer fisicamente, amigo, quis dizer o que é que você...

— Que diabo, Harding! — berra McMurphy, de repente. — Eu não sei o que pensar! O que você quer que eu seja? Conselheiro matrimonial? Tudo que sei é isto: para começar, ninguém é grande mesmo, e me parece que todo mundo passa a vida inteira arrebentando as outras pessoas. Eu sei o que você quer que eu pense; você quer que eu sinta pena de você, que pense que ela é realmente uma cadela. Bem, você não a fez se sentir como uma rainha, tampouco. Você que se foda com seu "O que você acha?". Tenho meus próprios problemas para me preocupar com os seus. Pare com isso! — Ele lança um olhar furioso pela biblioteca, para os outros pacientes. — Todos vocês! Parem de me *aporrinhar*, merda!

Enfia o gorro na cabeça e volta para a sua revista de histórias em quadrinhos, do outro lado da sala. Todos os Agudos se entreolham boquiabertos. Por que ele está berrando com eles? Ninguém o esteve aporrinhando. Ninguém lhe pediu nada desde que descobriram que ele estava tentando comportar-se para impedir que seu período de internamento fosse aumentado. Agora, estão surpreendidos com o modo como ele acabou de explodir com Harding e não conseguem entender a maneira como ele apanha a revista de cima da cadeira, senta-se e a segura no alto, bem perto do rosto — ou para impedir as pessoas de olharem para ele ou para não ter de ficar olhando para as pessoas.

Naquela noite, durante o jantar, ele pede desculpas a Harding e diz que não sabe o que o fez ficar tão furioso na biblioteca. Harding diz que talvez tenha sido sua esposa; que ela frequentemente enerva as pessoas. McMurphy, ainda sentado, olhando fixamente para o café, diz:

— Não sei, cara. Eu só a conheci hoje de tarde. Assim, não pode ser ela que me tem provocado sonhos ruins nesta maldita semana que passou.

— Ora, *Si-nhô* McMurphy! — exclama Harding, tentando falar como o rapazinho residente que assiste às sessões. — O senhor simplesmente tem de nos contar seus sonhos. Ah, espere até que eu pegue meu lápis e um bloco. — Harding está tentando ser engraçado para aliviar a tensão provocada pelo pedido de desculpas. Ele pega um guardanapo e uma colher e faz de conta que vai tomar notas. — Agora diga o que exatamente viu nesses... ah... sonhos?

McMurphy continua sério.

— Não sei, cara. Nada além de rostos, acho... apenas rostos.

Na manhã seguinte, Martini está atrás do painel de controle na Sala da Banheira, brincando como se fosse um piloto de jato. O jogo de pôquer é interrompido para que os homens riam de sua encenação.

— *EeeeeeaaahHOOoomeerr*. Controle de terra para o ar, controle de terra para o ar: objeto à vista do quatro - zero - dezesseis - mil, parece ser um míssil inimigo. Prosseguir imediatamente! *EeeahhOOmmmm*.

Gira um botão, empurra uma alavanca para a frente e se recosta no assento da aeronave. Ele aciona uma manivela até "Força Total", no lado do painel, mas não sai uma gota sequer de água dos bocais espalhados em todo o quadrado de ladrilhos à sua frente. Não usam mais hidroterapia. Ninguém ligou a água. O equipamento cromado, novo em folha, e o painel de aço nunca foram usados. Exceto pelos cromados, o painel e o chuveiro são iguais aos equipamentos de hidroterapia que eles usavam no antigo hospital, há quinze anos: bocais capazes de alcançar partes do corpo de qualquer ângulo, um técnico com um avental de borracha de pé do outro lado da sala, manipulando os controles do painel, dizendo quais os bocais a lançarem o jato, para onde, com que força, a que temperatura — o chuveiro aberto ora suavemente e tranquilizador, ora forte, penetrante como uma agulha, você pendurado ali, entre os bocais, por tiras de lona, encharcado, frouxo e enrugado, enquanto o técnico se divertia com o brinquedo.

— EeeaaoooOOmmm... Ar para o controle de terra, ar para o controle de terra! Míssil avistado; vindo para o meu raio de visão agora...

Martini se abaixa, fecha um dos olhos e faz pontaria através do anel de bocais.

— Na mira! Pronto... Apontar... Fo...

As mãos dele saltam para trás, soltando-se do painel, e ele fica de pé, bem ereto, os cabelos esvoaçando e os olhos arregalados para o chuveiro, tão transtornado e assustado que todos os jogadores de cartas se viram nas cadeiras para ver também o que ele viu — mas nada veem ali, exceto as fivelas de metal penduradas entre os bocais nas tiras duras de lona bem nova.

Martini vira-se e olha direto para McMurphy. Para mais ninguém.

— Você não os viu? Não viu?

— Vi quem, Mart? Não vejo nada.

— Naquelas tiras? Não viu?

McMurphy olha para o chuveiro.

— Não. Não vejo nada.

— Espere um minuto. Eles precisam que você os veja — diz Martini.

— Dane-se, Martini, já disse que não posso vê-los! Compreende? Não vejo diabo de coisa alguma!

— Ah — diz Martini. Ele balança a cabeça concordando e dá as costas para o chuveiro. — Bem, eu também não os vi. Tava só brincando com você.

McMurphy corta o baralho e o embaralha com um movimento brusco.

— Bem... eu não gosto desse tipo de brincadeira, Mart. — Ele corta para embaralhar de novo, e as cartas voam para todos os lados, como se o baralho tivesse explodido entre suas mãos trêmulas.

Eu me lembro de que foi novamente numa sexta-feira, três semanas depois que fizemos a votação sobre a televisão, e todo mundo que podia andar foi levado para o Prédio 1, para, conforme eles nos disseram, uma abreugrafia para tuberculose, mas eu sei que foi para verificar se o equipamento de todo mundo estava funcionando bem.

 Ficamos sentados num banco, numa longa fileira, num corredor que leva a uma porta que tem uma placa onde se lê RAIOS X. Perto dessa sala, há uma porta onde está escrito OTORRINO. Ali eles examinam nossa garganta no inverno. Do outro lado do corredor, há outro banco, e ele leva àquela porta de metal. Com a fileira de rebites. E nada escrito nela. Dois homens estão cochilando no banco, entre dois auxiliares, enquanto outra vítima lá dentro está recebendo tratamento, e posso ouvi-la gritar. A porta se abre para dentro com o som de uma rajada de vento, e posso ver os tubos cintilantes na sala. Eles vêm empurrando a vítima para fora, e eu me agarro ao banco em que estou sentado para não ser sugado por aquela porta. Um negro e um branco arrastam um dos homens do banco e o colocam de pé, ele oscila e cambaleia sob o efeito das drogas que tomou. Geralmente nos dão comprimidos vermelhos antes do Choque. Eles o empurram porta adentro, e os técnicos o seguram pelos braços. Por um segundo, vejo que ele percebe para onde o levaram e enrijece os calcanhares contra o cimento do chão, tentando impedir que o empurrem para a mesa. Então a porta é fechada, *paft*, com o metal batendo no acolchoado, e não o vejo mais.

— Homem, o que eles estão fazendo lá dentro? — pergunta McMurphy a Harding.

— Lá? Ora, é isso mesmo, não é? Você ainda não teve o prazer. Pena. É uma experiência que nenhum ser humano devia deixar de conhecer. — Harding cruza os dedos na nuca e se recosta para olhar para a porta. — Aquilo é a Sala de Choque, de que eu lhe falei há algum tempo, amigo, a TE, Terapia de Eletrochoque. Aquelas almas afortunadas lá dentro estão recebendo uma viagem à Lua de graça. Não, pensando bem, não é completamente gratuita. Você paga pelo serviço com células cerebrais em vez de dinheiro, e todo mundo tem simplesmente bilhões de células cerebrais disponíveis. Você não sentirá falta de algumas delas. — Ele franze o cenho para o homem sozinho, sentado no banco. — Clientela não muito grande, hoje, ao que parece, nada como as multidões do ano passado. Mas, enfim, *c'est la vie*, as modas vêm e vão. E creio que estamos testemunhando o crepúsculo da TE. Nossa querida Chefona é uma das poucas com coragem para defender uma grande e antiga tradição faulkneriana no tratamento dos refugos da sanidade: Cremação de Cérebro.

A porta é aberta. Uma maca sai zumbindo, sem ninguém para empurrá-la, faz a curva em duas rodas e desaparece, soltando fumaça, pelo corredor acima. McMurphy observa levarem o último para dentro e fecharem a porta.

— O que eles fazem é — McMurphy ouve um momento — levar um cara qualquer lá para dentro e ligar a *eletricidade* através do cérebro dele?

— Esta é uma forma concisa de descrever a situação.

— Mas com que finalidade, diabo?

— Ora, para o bem do paciente, é claro. Tudo que é feito aqui é para o bem do paciente. Você às vezes pode ter a impressão, por ter vivido apenas em nossa ala, de que o hospital é um vasto mecanismo eficiente que funcionaria muito bem se o paciente não fosse obrigado a viver nele, mas isso não é verdade. A TE não é usada sempre como medida punitiva, como nossa enfermeira usa, tampouco é puro sadismo por parte dos funcionários. Uma quantidade considerável de supostos irrecuperáveis foi trazida de volta ao contato com choques, exatamente como uma quantidade de outros foi ajudada com lobotomia. O tratamento de choque apresenta algumas vantagens; é barato, rápido e inteiramente indolor. Ele simplesmente induz um acesso.

— Que vida! — geme Sefelt. — Dão comprimidos a alguns de nós para acabar com um acesso, dão choque no restante para começar outro.

Harding inclina-se para a frente para explicar a McMurphy.

— Foi assim que começou: dois psiquiatras estavam visitando um matadouro, Deus sabe por que razão perversa, e observaram o gado ser morto por uma pancada, entre os olhos, dada com uma marreta. Notaram que nem todos morriam. Alguns caíam no chão num estado que se assemelhava muito a uma convulsão epilética. "*Ah, azim*", diz o primeiro médico. "*Izo* é exatamente o que precisamos para os *nozos* pacientes: o *azesso* induzido." O colega concordou, é claro. Sabia-se que homens saindo de uma convulsão epilética normalmente tendiam a ficar mais calmos e mais tranquilos durante algum tempo, e que os casos violentos, completamente fora de contato com a realidade, eram capazes de ter conversas racionais depois de uma convulsão. Não, ninguém sabia por quê; e ainda não sabem. Mas era óbvio que, se um acesso pudesse ser induzido em não epiléticos, poderiam advir grandes benefícios. E ali, diante deles, estava um homem induzindo acessos regularmente e com notável serenidade.

Scanlon diz que pensava que o cara usava um martelo em vez de uma bomba, mas Harding nem toma conhecimento do que ele diz e continua com a explicação:

— Uma marreta *era* o que o açougueiro usava. E foi com relação a isso que o colega tinha certas reservas. Afinal, um homem não era uma vaca. Além disso, a marreta poderia errar o alvo e quebrar um nariz. Até arrancar uma porção de dentes. Então como eles arcariam com o alto custo do tratamento dentário? Se iriam bater na cabeça de um homem, precisariam usar algum incremento mais seguro e mais preciso do que uma marreta; finalmente, decidiram pela eletricidade.

— Jesus, não pensaram que poderiam causar algum dano? O público não fez um escarcéu por causa disso?

— Não creio que você tenha compreendido bem o público, meu amigo; neste país, quando algo não funciona, a maneira mais rápida de consertá-lo é sempre a melhor.

McMurphy sacode a cabeça.

— Que horror! Eletricidade na cabeça. Cara, isso é como eletrocutar um sujeito por homicídio.

— As razões de ambas as atividades estão muito mais estreitamente relacionadas do que você imagina; ambas visam à cura.

— E você diz que não *dói*?

— Eu garanto por experiência própria. É completamente indolor. Um choque e você fica inconsciente imediatamente. Não há gás, nem injeção, nem marreta. Absolutamente indolor. O negócio é que ninguém quer levar outro. Você... muda. Você esquece coisas. É como se — ele aperta as mãos contra as têmporas, fechando os olhos — o choque desencadeasse um carrossel de imagens loucas, emoções e lembranças. Como esses jogos que você já viu nos parques de diversões: o vendedor recebe sua aposta e aperta um botão. *Chang!* Com luz, som e números girando, girando num torvelinho, e talvez você ganhe com o que vier a receber, e talvez perca e tenha de jogar outra vez. Pague ao homem para mais uma rodada, filho, pague ao homem.

— Calma, Harding.

A porta se abre e a cama gurney torna a surgir com o cara sob o lençol, e os técnicos saem para tomar café. McMurphy passa a mão pelos cabelos.

— Acho que não sou capaz de compreender todo esse negócio que está acontecendo bem na minha cabeça.

— Que é? Esse tratamento de choque?

— Sim. Não, não apenas isso. Tudo isso... — Ele move a mão num círculo. — Tudo que está acontecendo.

A mão de Harding toca o joelho de McMurphy.

— Deixe sua mente perturbada à vontade, amigo. Segundo todas as probabilidades, você não precisa se preocupar com a TE. Está quase fora de moda e só é usada em casos extremos, que nenhuma outra intervenção parece atingir, como a lobotomia.

— E essa lobotomia? Implica cortar fora um pedaço do cérebro?

— Você está certo mais uma vez. Está tornando-se muito sofisticado no uso do jargão. Sim, cortar o cérebro. Castração do lobo frontal. Creio que, uma vez que ela não pode cortar abaixo do cinto, corta acima dos olhos.

— Quer dizer a Ratched?

— Sim, senhor.

— Não pensei que a enfermeira tivesse opinião atuante nesse tipo de assunto.

— Pois ela tem, sim.

McMurphy dá a entender que ficaria satisfeito de parar com o assunto sobre choque e lobotomia e volta a falar da Chefona. Pergunta a Harding o que ele imagina que esteja errado com ela. Harding, Scanlon e alguns dos outros têm todo tipo de ideias. Conversam durante algum tempo sobre se ela é a raiz de todos os problemas aqui ou não, e Harding diz que ela é a causadora da maioria deles. A maioria dos outros também pensa assim, mas McMurphy não tem mais tanta certeza. Ele diz que pensou assim há algum tempo, mas que agora não sabe. Diz que não acha que tirá-la do caminho faria realmente muita diferença; diz que há algo maior por trás de toda aquela confusão e continua para tentar dizer o que é. Finalmente, desiste, quando não consegue encontrar uma explicação.

McMurphy não sabe, mas ele descobriu o que eu percebi há muito tempo, que não é apenas a Chefona sozinha, mas é a Liga inteira, a Liga de proporções nacionais, a força realmente grande, e que a enfermeira é apenas um de seus oficiais de alta patente.

Os outros não concordam com McMurphy. Dizem que *sabem* qual é o problema e começam a discutir sobre o assunto. Discutem até que McMurphy os interrompe:

— Que diabo, prestem só atenção ao que vocês estão dizendo. Só ouço reclamações e reclamações. A respeito da enfermeira, ou do pessoal ou do hospital. Scanlon quer bombardear o negócio inteiro. Sefelt põe a culpa nas drogas. Fredrickson culpa seus problemas de família. Bem, vocês só estão transferindo o problema.

Ele diz que a Chefona é apenas uma velha amarga e sem coração, e que todo aquele negócio de tentar fazê-lo defrontar-se com ela é um monte de merda — que não faria bem a ninguém, especialmente a ele. O fato de se livrarem dela não significa que se livrariam do verdadeiro e profundo distúrbio emocional que está causando as reclamações.

— Você acha que não? — diz Harding. — Então, uma vez que de repente você está tão lúcido a respeito do problema da saúde mental, qual é esse problema? O que é esse distúrbio emocional profundo, como você definiu tão inteligentemente?

— Vou dizer-lhe algo, cara, eu não sei. Nunca vi a cara dele. — Ele fica quieto um minuto, ouvindo o zumbido da sala de raios X; então diz: — Mas, se fosse só o que vocês dizem, se fosse, digamos, apenas essa velha enfermeira com seus problemas sexuais, então a solução de todos os problemas de vocês seria apenas jogá-la no chão e resolver os problemas dela, não seria?

Scanlon bate palmas.

— Que diabo! É isso aí. Você está designado para fazer isso, Mack. Você é o garanhão certo para executar a tarefa.

— Eu não. Não, senhor. Você escolheu o cara errado.

— Por que não? Pensei que você fosse um supergaranhão com todas aquelas trepadas.

— Scanlon, companheiro, planejo ficar tão longe daquela velha escrota quanto puder.

— Tenho notado isso — diz Harding, sorrindo. — O que aconteceu entre vocês dois? Você a controlou durante certo período, depois desistiu. Uma compaixão repentina por nosso anjo de misericórdia?

— Não; fiz certas descobertas, é por isso. Fiz umas perguntas por aí em alguns lugares. Descobri por que vocês todos vivem lambendo o rabo dela e fazem reverências e bajulam e deixam que ela pise em cima de vocês. Descobri para que vocês estavam me usando.

— Ah, é? Isso é interessante.

— Você disse certo, é interessante. É interessante o fato de vocês, malandros, não terem me avisado do risco que eu estava correndo, torcendo o rabo dela daquele jeito. Só porque não gosto dela, isso não quer dizer que vou aporrinhá-la até aumentar minha sentença por mais um ano ou algo assim. Às vezes, a gente tem de engolir o orgulho e ficar de olho aberto para a velha Número 1.

— Ora, amigos, não acham que há alguma verdade nessa conversa de que nosso McMurphy se submeteu à política apenas para aumentar as possibilidades de ser libertado antes, acham?

— Você sabe do que estou falando, Harding. Por que não me disse que ela podia me manter internado aqui até que houvesse por bem me libertar?

— Ora, eu tinha *esquecido* que você havia sido internado. — O rosto de Harding se dobra ao meio sobre seu sorriso. — Sim. Você está ficando esperto. Igualzinho a nós.

— Diabo, pode mesmo apostar que estou ficando esperto. Por que haveria de ser eu a ficar brigando nessas sessões por causa dessas queixinhas insignificantes a respeito de manter a porta do dormitório aberta ou sobre os cigarros na Sala das Enfermeiras? Eu não conseguia entender, no início, por que vocês estavam vindo para mim como se eu fosse uma espécie de salvador. Então, por acaso, descobri que as enfermeiras têm a palavra definitiva quanto a quem é libertado e quem não é. E tratei de ficar esperto muito depressinha. Eu disse: "Ora, esses sacanas traiçoeiros *me passaram para trás*, me levaram na conversa para que eu comprasse a briga deles. Essa é muito boa, R.P. McMurphy, seu trouxa!" — Ele inclina a cabeça para trás e arreganha os dentes para nós, sentados em fila ali no banco. — Bem, não quero dizer que seja nada pessoal, vocês compreendem, companheiros, mas acabem com essa manha. Quero dar o fora daqui tanto quanto qualquer um de vocês. Tenho tanto a perder aporrinhando aquela velha escrota quanto *vocês*.

Ele ri, pisca o olho e cutuca Harding nas costelas com um polegar, como se tivesse acabado com a discussão, mas sem rancores. É quando Harding lhe diz:

— Não. Você tem mais a perder do que eu, amigo.

Harding está sorrindo de novo, olhando com aquele olhar escorregadio, de égua nervosa, com um movimento de inclinação e recuo da cabeça. Martini sai da tela de raios X, abotoando a camisa e resmungando "Não acreditaria se não tivesse visto", e Billy Bibbit vai para trás do vidro preto para tomar o lugar de Martini.

— Você tem mais a perder do que eu — repete Harding. — Sou paciente voluntário. Não estou internado.

McMurphy não diz uma palavra sequer. Ele tem aquela mesma expressão perplexa no rosto, como se alguma coisa não estivesse certa, alguma coisa que não soubesse definir ao certo. Continua sentado ali, simplesmente, olhando para Harding. O sorriso assustado de Harding desaparece e ele começa a se remexer, porque McMurphy está olhando para ele de um jeito estranho. Ele engole em seco e diz:

— Para falar a verdade, só há poucos homens em nossa enfermaria que *foram* internados. Só Scanlon e, bem, acho, alguns dos Crônicos. E você. Não há muitos casos de internação judicial em todo o hospital. Não, não muitos mesmo.

Então ele para, a voz sumindo sob o olhar de McMurphy. Depois de um momento de silêncio, McMurphy pergunta em tom suave:

— Você está me sacaneando?

Harding sacode a cabeça. Ele parece assustado. McMurphy se levanta no corredor e afirma:

— Vocês todos estão me *sacaneando!*

Ninguém fala. McMurphy anda para cima e para baixo diante daquele banco, passando a mão pelos cabelos espessos. Anda até lá embaixo, no fim da fila, volta até lá na frente, até a máquina de raios X. Ela sibila e cospe para ele.

— Você, Billy... você *tem* de ter sido internado, por Deus!

Billy está de costas para nós, o queixo erguido sobre a tela negra, na ponta dos pés.

— Não — diz ele, da máquina.

— Então *por quê? Por quê?* Você é apenas um rapaz! Você deveria estar rodando por aí num conversível, paquerando garotas. Tudo isso — ele envolve tudo à sua volta com um gesto —, por que você suporta tudo isso?

Billy nada diz, e McMurphy se vira para os outros.

— Digam-me por quê. Vocês reclamam, vocês resmungam durante *semanas*. Afinal, não conseguem suportar a enfermeira, ou nada do que lhe diz respeito, e durante esse tempo todo vocês não estão internados. Eu posso compreender uma situação dessas com um desses velhos, eles são *loucos*. Mas, vocês, vocês não são exatamente o homem comum das ruas, mas não são *loucos*.

Eles não discutem. Ele se aproxima de Sefelt.

— Sefelt, e você? Nada há de errado com você, exceto que tem ataques. Que diabo, um tio meu tinha acessos de raiva dez vezes piores que os seus e tinha visões do Diabo em pele e ossos, mas ele não se trancou num hospício. Você poderia se virar lá fora, se tivesse coragem...

— Claro! — É Billy, que se virou da tela, o rosto coberto de lágrimas. — Claro! — grita ele de novo. — Se tivéssemos co--coragem. Eu poderia ir lá para fora hoje, se tivesse coragem. Minha ma-ma-mãe é uma ótima amiga da S-Srta. Ratched, eu poderia conseguir que assinassem minha alta hoje de tarde, se tivesse coragem!

Ele arranca a camisa violentamente do banco e tenta vesti--la, mas está tremendo demais. Afinal, ele a afasta de si e vira-se para McMurphy.

— Você acha que eu que-que-quero ficar aqui? Você acha que eu não queria um con-conversível e uma nah-nah-namorada? Mas alguma vez as pessoas já ri-ri-riram de você? Não, porque você é tão g-g-grande e *duro*! Bem eu não sou grande e duro. Nem Harding. Nem o Fredrickson. Nem o Suh-Sefelt. Oh-oh, você-você fa-fala como se ficássemos aqui porque gostássemos disso! Oh, não, n-não adianta...

Ele começa a chorar e, gaguejando demais para dizer qualquer outra palavra, limpa os olhos com as costas das mãos. Uma das cascas de ferida se solta e, quanto mais ele esfrega os olhos, mais sangue espalha neles e pelo rosto todo. Então começa a correr cegamente, batendo-se nas paredes do corredor de um lado para o outro, com o rosto transformado numa mancha de sangue, um auxiliar bem atrás dele.

McMurphy volta-se para os outros e abre a boca para fazer outra pergunta qualquer, mas fecha-a quando vê como eles estão olhando para ele. Fica parado ali um minuto, com aquela fileira de olhos a encará-lo, como uma fila de rebites.

— Que merda — exclama ele afinal, mas com um tom assim, meio fraco, e torna a botar o gorro e o puxa com força, voltando em seguida para seu lugar no banco.

Os dois técnicos voltam do café e tornam a entrar na sala em frente, no corredor; quando a porta se abre com um ruído de vento, pode-se sentir um cheiro ácido no ar, como quando elas recarregam uma bateria. McMurphy continuava sentado ali, olhando para aquela porta.

— Acho que não sou capaz de entender isso direito...

No caminho de volta para a enfermaria, McMurphy deixou-se ficar para trás no fim do grupo, com as mãos nos bolsos do pijama e o gorro bem enfiado na cabeça, meditando, com o cigarro apagado. Todo mundo se mantinha bem quieto. Haviam acalmado Billy, e ele seguia na frente do grupo, com um auxiliar negro de um lado e o branco da Sala de Choque do outro.

Eu fui diminuindo os passos até que fiquei ao lado de McMurphy. Queria dizer-lhe que não se preocupasse, que nada podia ser feito, pois eu notava que ele tinha na cabeça alguma ideia que o incomodava, assim como um cachorro que se preocupa com um buraco sem saber o que há dentro dele, uma voz dizendo: "Cachorro, este buraco não é da sua conta — é grande e escuro demais, e há um rastro no lugar que lembra um urso, ou algo até pior." E outra voz vindo, como um murmúrio penetrante, longínquo, do atavismo de sua raça, não uma voz esperta, nada de esperto ou dissimulado nela, dizendo: "*Procure-o*, cachorro, *procure-o!*"

Eu queria dizer a ele que não se preocupasse com aquilo, e realmente estava prestes a me expor, quando ele levantou a cabeça, empurrou o gorro para trás e correu para onde o auxiliar menor ia andando, deu-lhe um tapinha no ombro e lhe perguntou:

— Cara, que tal darmos uma passada ali na cantina um segundo para eu apanhar um ou dois pacotes de cigarros?

Tive de me apressar para alcançá-los, e a corrida fez meu coração bater num tom alto e excitado. Mesmo na cantina, eu ainda ouvia aquele som que meu coração havia batido, ecoando na cabeça, embora ele já tivesse voltado ao ritmo normal. O som me fez lembrar de como eu costumava me sentir de pé, na noite fria de sexta-feira de outono, lá fora no campo de futebol, esperando que a bola fosse chutada e o jogo começasse. O ecoar ia aumentando, aumentando, até que eu achava que não conseguiria mais ficar parado. Então, o chute vinha, o eco desaparecia e o jogo continuava. Senti aquele mesmo ecoar de sexta-feira à noite, naquele momento, e senti a mesma impaciência selvagem batendo num ritmo acelerado. E eu também estava vendo tudo penetrante e aguçadamente, da maneira como eu via antes de um jogo e como vi, ao olhar pela janela do dormitório, há algum tempo: tudo estava bem delineado, claro e sólido. Já havia me esquecido de como podia ser. Fileiras de pastas de dentes e cordões de sapatos, fileiras de óculos escuros e de canetas esferográficas com garantia de escrever a vida inteira debaixo d'água, tudo guardado contra larápios por uma corporação de ursos de olhos grandes, sentados no alto, numa prateleira sobre o balcão.

McMurphy foi andando para o balcão ao lado num passo ritmado e enfiou os polegares nos bolsos. Pediu à vendedora dois pacotes de Marlboro.

— Talvez três — disse, sorrindo para ela. — Estou planejando fumar um bocado.

O ecoar não parou até a sessão daquela tarde. Eu estava ouvindo sem prestar muita atenção, enquanto eles trabalhavam em cima de Sefelt, para fazer com que ele enfrentasse a realidade de seus problemas, de modo que pudesse se ajustar ("É o Dilantin! — grita ele afinal. — Ora, Sr. Sefelt, se quer ser ajudado, deve ser honesto — diz ela. — Mas *tem* que ser o Dilantin que faz isso; ele não faz minhas *gengivas* ficarem moles? — Ela sorri. — Sim, você tem quarenta e cinco anos..."), quando por acaso olhei para McMurphy no seu canto. Não brincava com o baralho nem cochilava em cima de uma revista como vinha fazendo durante todas as sessões nas últimas duas semanas. E não se afundara na cadeira. Estava sentado, com uma expressão excitada no rosto, enquanto olhava de um lado para outro, de Sefelt para a Chefona. Enquanto eu olhava, o eco ia ficando mais alto. Seus olhos eram fendas azuis sob aquelas sobrancelhas claras e dardejavam de um lado para o outro, do mesmo modo como ele observava as cartas numa mesa de pôquer. Eu tinha certeza de que a qualquer minuto ele iria tentar alguma maluquice que o faria com toda a certeza subir para a Enfermaria dos Perturbados. Já vira a mesma expressão antes no rosto de outros, antes de eles se atirarem em cima de um auxiliar. Agarrei-me ao braço de minha cadeira e esperei, com medo de que acontecesse, e comecei a me dar conta de que estava com uma ponta de medo de que *não* acontecesse.

Ele continuou quieto, observando, até que acabassem com o problema de Sefelt; então, virou-se na cadeira na direção de Fredrickson, que, tentando de algum jeito vingar-se deles por causa de como haviam massacrado o amigo, reclamou em voz alta durante alguns minutos sobre os cigarros serem mantidos na Sala das Enfermeiras. Fredrickson disse tudo o que tinha a dizer e finalmente corou, pediu desculpas, como sempre, e voltou a se sentar. McMurphy ainda não tomara qualquer atitude. Relaxei a mão que estivera presa ao braço da cadeira e cheguei a pensar que havia me enganado.

Só restavam mais uns dois minutos de sessão. A Chefona dobrou seus papéis e os colocou na cesta, que em seguida tirou do colo para o chão. Deixou, então, seus olhos se dirigirem para McMurphy, só por um segundo, como se quisesse verificar se ele se mantinha acordado e ouvindo. Cruzou as mãos no colo, olhou para os dedos e suspirou sacudindo a cabeça.

— Rapazes, pensei muito no que vou dizer. Já falei a respeito disso com o médico e com o restante da equipe e, por mais que lamentássemos, todos nós chegamos à conclusão de que deve haver alguma espécie de punição a ser aplicada ante o comportamento intolerável com relação aos trabalhos de limpeza, há três semanas. — Levantou a mão e olhou em volta. — Esperamos todo esse tempo para dizer alguma coisa, na esperança de que vocês mesmos tomassem a iniciativa de se desculpar pela maneira rebelde que agiram. Mas nenhum de vocês demonstrou o menor sinal de arrependimento.

A mão dela subiu de novo para deter quaisquer interrupções que pudessem surgir — o movimento de um leitor de cartas de tarô dentro de uma máquina de arcade.

— Por favor, compreendam. Não impomos a vocês certas regras e restrições sem antes pensar muito sobre seu valor terapêutico. Muitos de vocês estão aqui porque não conseguiram ajustar-se às regras da sociedade no mundo exterior, porque se recusaram a enfrentá-las, porque tentaram contorná-las ou evitá-las. Em alguma ocasião, talvez na infância, pode ter sido permitido a vocês saírem impunemente do descumprimento das regras da sociedade. Quando violaram uma regra, sabiam disso. Queriam ser punidos, *precisavam* disso, mas a punição não veio. Essa benevolência idiota de seus pais pode ter sido o germe que cresceu, transformando-se na doença atual. Eu lhes digo isso esperando que venham a compreender que é *inteiramente para o bem de vocês* que tornamos obrigatório o cumprimento da disciplina e da ordem.

Com um movimento circular de cabeça, percorreu toda a sala. O pesar pela tarefa que tem de cumprir naquele momento está estampado em seu rosto. O silêncio seria completo se não fosse aquele ecoar febril e delirante em minha cabeça.

— É difícil impor disciplina neste ambiente — continuou. — Devem ser capazes de ver isso. O que podemos fazer com vocês? Não podem ser presos. Não podem ser postos a pão e água. Devem perceber que temos um problema; o que *podemos* fazer?

Ruckly teve uma ideia do que eles poderiam fazer, mas ela não prestou atenção àquilo. O rosto se moveu com um ruído como o de um relógio, até que as feições assumiram outra expressão. Finalmente, ela respondeu à própria pergunta:

— Temos de tirar-lhes um privilégio. E, depois de um exame cuidadoso das circunstâncias desta rebelião, decidimos que haveria certa justiça em tirar o privilégio da Sala da Banheira que vocês vêm usando para jogar cartas durante o dia. Isso parece injusto?

A cabeça dela não se moveu. Ela não olhou. Mas, um a um, todos os outros olharam para ele, sentado no seu canto. Até os velhos Crônicos, querendo saber por que todo mundo havia se virado para olhar na mesma direção, esticaram os pescoços encarquilhados como pássaros e olharam para McMurphy — rostos voltados para ele, cheios de uma esperança visível e assustadora.

Aquela única nota frágil que ressoava em minha cabeça era como pneus cantando no asfalto.

Ele estava sentado bem ereto na cadeira, seu grande dedo vermelho coçava preguiçosamente as marcas dos pontos no nariz. Sorriu para todo mundo que olhava para ele, pegou o gorro pela aba e o levantou polidamente. Em seguida, voltou a olhar para a enfermeira.

— Assim, se não há nenhuma discussão quanto a esta decisão, acho que a hora já está quase acabada...

Ela tornou a fazer uma pausa, lançou um olhar para ele. Ele encolheu os ombros, suspirando alto, bateu as duas mãos nos joelhos e se levantou da cadeira. Espreguiçou-se, bocejou, tornou a coçar o nariz e começou a andar, atravessando a enfermaria, para onde ela estava sentada, junto da Sala das Enfermeiras. Levantava as calças com os polegares enquanto ia andando. Eu podia ver que era tarde demais para impedi--lo de realizar qualquer ideia idiota que ele tivesse na cabeça, e apenas fiquei observando, como todo mundo. Ele andava a passos largos, largos demais, e estava com os polegares enfiados nos bolsos de novo. As chapas de ferro nos saltos das botas arrancavam fagulhas do chão de ladrilho. Era de novo o madeireiro, o jogador gabola, o grande irlandês ruivo, valentão, o vaqueiro saído do aparelho de tevê, andando pelo meio da rua para enfrentar um duelo.

Os olhos da Chefona se esbugalharam à medida que ele foi se aproximando. Ela não esperava que ele fosse tomar alguma atitude. Aquela deveria ser sua vitória definitiva sobre ele, deveria estabelecer seu domínio de uma vez por todas. Mas lá vem ele e é grande como uma casa!

Ela começou a contrair a boca e a procurar por seus auxiliares, morta de medo, mas ele parou antes de chegar até ela. Parou diante da janela dela e disse, em seu linguajar mais lento e profundo, como ele achava que bem poderia tirar uns tragos de um dos cigarros que havia comprado naquela manhã e aí... meteu a mão pelo vidro adentro.

O vidro partiu-se como água, caindo em pedaços, e a enfermeira apertou as mãos contra os ouvidos. Ele apanhou um dos pacotes de cigarro, que trazia seu nome marcado, e tirou um maço, pondo o restante de volta no lugar. Em seguida, virou-se para a Chefona, sentada ali como uma estátua de giz, e começou a limpar os cacos de vidro da touca e dos ombros dela com muita ternura.

— Eu realmente *sinto* muito, dona — disse ele. — Que estúpido que eu sou! Aquela vidraça estava tão limpa e transparente que me esqueci *completamente* que estava ali.

Aquilo levou apenas alguns segundos. Ele, virando-se, deixou-a sentada ali, com o rosto completamente contraído, e voltou a atravessar a enfermaria em direção à sua cadeira. Acendeu um cigarro.

O ressoar em minha cabeça havia parado.

Parte III

Depois daquilo, tudo seguiu à maneira de McMurphy durante um longo período. A enfermeira estava esperando a vez dela, até que lhe ocorresse outra ideia que a recolocaria no topo. Ela sabia que havia perdido uma grande rodada e que estava perdendo outra, mas não estava com pressa. Para começar, não pretendia recomendar a liberação; a briga podia continuar enquanto ela quisesse, até que ele cometesse um erro ou até que simplesmente amolecesse, ou até que ela pudesse inventar alguma tática nova que a recolocasse no topo, diante dos olhos de todo mundo.

Muita coisa aconteceu antes que ela aparecesse com a nova tática. Depois que McMurphy assumiu o que se pode chamar de breve período de licença e anunciou que voltara à briga ao quebrar a janela particular dela, ele tornou a vida na enfermaria bastante interessante. Participava de todas as sessões, todas as discussões — falando arrastado, piscando, brincando com a graça de que era capaz para arrancar uma risada, por mais fraca que fosse, de algum Agudo que tinha medo de rir desde os doze anos. Reuniu um grupo suficientemente grande para formar um time de basquete e de alguma forma convenceu o médico a deixá-lo trazer uma bola do ginásio para que o time se habituasse a manejá-la. A enfermeira foi contra, disse que dali a pouco eles estariam jogando futebol na enfermaria e jogos de polo para cima e para baixo no corredor, mas o médico, pela primeira vez, manteve-se firme e disse que os deixasse em paz.

— Um número considerável dos jogadores, Srta. Ratched, vem mostrando nítido progresso desde que o time de basquete foi organizado; acho que isso é suficiente para comprovar o valor terapêutico.

Ela olhou para o médico durante algum tempo com perplexidade. Então, ele também estava fazendo um pouquinho de ginástica... A enfermeira prestou atenção ao tom da voz dele, para mais tarde, quando a hora dela chegasse de novo, e apenas assentiu, indo sentar-se na Sala das Enfermeiras, junto aos controles de seu equipamento. Os serventes haviam posto um papelão na esquadria acima da mesa até que pudessem colocar outra vidraça. Ela ficava sentada, atrás do papelão, durante todo o dia, como se aquilo nem estivesse ali, como se ainda pudesse ver perfeitamente a enfermaria. Atrás daquele quadrado de papelão ela parecia um quadro virado para a parede.

Ela esperou, sem comentários, enquanto McMurphy continuava a correr de manhã pelos corredores, com seus calções de baleias brancas, ou atirava moedas nos dormitórios, ou corria para cima e para baixo no corredor tocando um apito niquelado, ensinando aos Agudos a partida rápida da porta da enfermaria até a Sala de Isolamento, na outra extremidade, a bola martelando no corredor como tiros de canhão e McMurphy berrando como um sargento: "Raça, seus mariquinhas, *raça!*"

Quando um dos dois falava com o outro, era sempre com a maior polidez possível. Ele pediu à enfermeira com toda a educação se podia usar a caneta dela para escrever um pedido de Saída Desacompanhada do hospital. Escreveu bem ali na frente da enfermeira, na mesa dela, e lhe entregou o pedido e a caneta ao mesmo tempo, com um gentil "Obrigado". Ela olhou para McMurphy e disse, com toda a polidez de que era capaz: "Vou discutir o assunto com a equipe", o que levou, talvez, uns três minutos, e voltou para dizer a ele que realmente sentia muito, mas uma saída não era considerada terapêutica naquela ocasião. Ele tornou a agradecer e, saindo da Sala das Enfermeiras, soprava o apito suficientemente alto para quebrar janelas a quilômetros de distância.

— Treinem, seus mariquinhas, apanhem aquela bola e vamos tratar de suar a camisa.

Ele já estava no hospital havia um mês, tempo suficiente para assinar o quadro de avisos do corredor, requisitando uma audiência na Sessão de Grupo sobre uma Licença de Saída com Acompanhante. Foi até o quadro de avisos com a caneta da enfermeira e escreveu sob PARA SER ACOMPANHADO POR: "Uma garota de Portland que eu conheço, chamada Candy Starr." — e estragou a pena da caneta ao colocar o ponto. O pedido de saída foi apresentado na Sessão de Grupo alguns dias depois, no mesmo dia em que os operários puseram um vidro novo na janela em frente à mesa da Chefona. Depois que seu pedido foi recusado com base no fato de que aquela Srta. Starr não parecia ser uma pessoa das mais responsáveis para que um paciente pudesse sair com ela, ele encolheu os ombros e disse que achava que era por causa do jeito que ela rebolava. Levantou-se e foi andando até a Sala das Enfermeiras, para a janela que ainda tinha o rótulo da vidraçaria no canto inferior, e novamente enfiou o punho através dela. Explicou à enfermeira, enquanto o sangue lhe escorria dos dedos, que pensara que haviam tirado o papelão e que a esquadria estava vazia.

— Quando foi que eles enfiaram esse maldito vidro aí? Porra, essa coisa é um *perigo*!

A enfermeira fez um curativo na mão dele enquanto Scanlon e Harding buscavam o papelão no meio do lixo e tornavam a prendê-lo na esquadria, usando fita adesiva do mesmo rolo com que a enfermeira fazia o curativo no pulso e nos dedos de McMurphy. Ele estava sentado num banco, fazia caretas horríveis enquanto seus cortes eram tratados, piscando ao mesmo tempo para Scanlon e Harding por sobre a cabeça da enfermeira. A expressão do rosto dela era calma e vazia, mas a tensão começava a aparecer em outras atitudes. Na maneira como apertava o adesivo o mais que podia, mostrando que sua paciência já não era mais o que costumava ser.

Começamos a ir ao ginásio e assistir ao nosso time de basquete — Harding, Billy Bibbit, Scanlon, Fredrickson, Martini e McMurphy, sempre que sua mão parava de sangrar por tempo suficiente para que ele entrasse no jogo — jogar contra o time dos auxiliares. Nossos dois negros maiores jogavam pelos auxiliares. Eram os melhores jogadores no campo, correndo juntos para cima e para baixo como um par de sombras de calções vermelhos, fazendo uma cesta atrás da outra, com precisão automática. Nosso time era muito baixo, lento demais, e Martini ficava fazendo passes para homens que ninguém via a não ser ele. Os auxiliares nos venceram por vinte pontos. Mas aconteceu um fato que fez com que a maioria de nós saísse com a sensação de que, de alguma forma, tinha havido uma espécie de vitória: numa disputa pela bola, nosso auxiliar grande, Washington, levou uma porrada com o cotovelo de alguém, e seu time teve de segurá-lo enquanto ele se esforçava para partir para cima de McMurphy, que, sentado na bola, não prestava a menor das atenções ao negro enfurecido, o sangue a escorrer-lhe vermelho do narigão pelo peito abaixo, como tinta derramada num quadro-negro, e berrando para os que o seguravam: — Ele tá pedindo! O filho da puta *tá pedindo* porrada!

McMurphy escreveu mais bilhetes para serem encontrados pela enfermeira na latrina. Escreveu histórias incríveis a respeito de si mesmo no livro diário e as assinou como Anon. Às vezes, ele dormia até as 8 horas. Ela o repreendia sem o menor vigor, e ele ficava ali e ouvia até que ela acabasse; então, destruía todo o efeito perguntando algo como qual o tipo de sutiã que ela usava.

Os outros Agudos estavam começando a seguir-lhe o exemplo. Harding começou a flertar com todas as estudantes de enfermagem, e Billy Bibbit desistiu por completo de escrever o que costumava chamar de suas "observações" no livro diário. Quando a vidraça da janela tornou a ser recolocada, com um grande X riscado com cal, para garantir que McMurphy não tivesse desculpa para não saber que estava lá, Scanlon acabou com ela, acidentalmente, atirando nossa bola de basquete através do vidro, antes mesmo que a cal tivesse secado. A bola estourou e Martini a apanhou do chão como se fosse um passarinho morto, levando-a até a enfermeira, na sala, onde ela olhava para o novo monte de cacos de vidro espalhados sobre a mesa. Pediu se ela não podia, por favor, consertá-la com fita adesiva, fazê-la ficar boa de novo. Sem dizer uma palavra sequer, a enfermeira a arrancou das mãos dele e a atirou no lixo.

Assim, com a temporada de basquete obviamente terminada, Murphy decidiu que pescar seria uma boa. Requisitou outro passe de saída, depois de dizer ao médico que tinha uns amigos na baía Siuslaw, em Florence, que gostariam de levar oito ou nove pacientes para uma pescaria em alto-mar, se a equipe do hospital estivesse de acordo. Ele escreveu na lista de pedidos que, dessa vez, seria acompanhado por "duas doces tias velhinhas que vinham de um lugarzinho nos arredores da Cidade de Oregon". Na sessão, sua licença de saída foi concedida para o fim de semana seguinte. Quando a enfermeira terminou de anotar oficialmente a licença dele no livro, ela retirou do cesto de vime junto a seus pés um recorte de jornal daquela manhã e leu em voz alta que, embora as pescarias ao largo da costa do Oregon estivessem tendo um ano excelente, os salmões vinham aparecendo bem tarde na temporada e o mar estava forte e perigoso. Ela sugeriu que os homens pensassem um pouco naquilo.

— Boa ideia — disse McMurphy. Fechou os olhos e respirou fundo através dos dentes. — Sim, senhor! O cheiro salgado do mar ondulante, a batida da proa contra as ondas... o desafio aos elementos, quando os homens são homens e os barcos são barcos. Srta. Ratched, a senhora me convenceu. Vou telefonar e alugar o barco hoje à noite mesmo. A senhora também quer ir?

Em vez de responder, ela foi até o quadro de avisos e prendeu ali o recorte de jornal.

No dia seguinte, ele começou a fazer a inscrição dos que queriam ir e que tinham 10 dólares para o aluguel do barco. A enfermeira começou a trazer, repetidamente, recortes de jornais sobre barcos afundados e tempestades repentinas na costa. McMurphy pôs-se a zombar dela e de seus recortes de jornais, dizendo que suas duas tias haviam passado a maior parte da vida saltando por sobre as ondas de um porto a outro, com este ou aquele marinheiro, e ambas garantiam que a viagem era tão tranquila como uma torta, segura como um pudim, sem nada com que se preocupar. Mas a enfermeira conhecia bem seus pacientes. Os recortes os assustaram mais do que McMurphy imaginara. Ele calculara que haveria uma corrida para a inscrição, mas teve de conversar e persuadir com adulações para conseguir uns poucos. Na véspera da viagem, ele ainda precisava de mais dois sujeitos para cobrir o aluguel do barco.

Eu não tinha o dinheiro, mas fiquei com aquela ideia na cabeça de que queria assinar a lista. E, quanto mais ele falava sobre pescaria de Salmão-rei, o salmão chinook, mais eu queria ir. Sabia que era uma idiotice querer aquilo; se eu assinasse, seria o mesmo que sair e dizer a todo mundo que eu não era surdo. Se eu ouvira toda aquela conversa sobre barcos e pescaria, isso mostrava que estivera ouvindo tudo mais que fora dito em confiança na minha presença durante os últimos dez anos. E, se a Chefona descobrisse que eu havia ouvido todas as tramas e traições que tinham planejado quando ela achava que não existia ninguém ouvindo, ela me caçaria com uma serra elétrica e trataria de mim até *ter certeza* de que eu estivesse realmente surdo e mudo. Por mais que quisesse ir, pensar naquilo ainda me fazia sorrir um pouco: eu tinha de continuar fingindo que era surdo, se quisesse continuar a ouvir.

Fiquei deitado na cama na noite da véspera da viagem de pescaria e pensei sobre aquilo, sobre a minha surdez, sobre os anos em que não deixei que percebessem que eu ouvia o que era dito, e me perguntei se jamais eu seria capaz de me comportar de alguma outra maneira de novo. Mas me lembrei de algo: não fui eu que comecei a fingir que era surdo; foram as pessoas que primeiro começaram a agir como se eu fosse estúpido demais para ouvir, ver ou dizer o que quer que fosse.

E aquilo não havia começado apenas desde que eu viera para o hospital; as pessoas começaram a agir como se eu não pudesse falar ou ouvir muito tempo antes. No Exército, qualquer um com mais galões agia assim comigo. Era desse jeito que eles imaginavam que a gente devia agir com uma pessoa com minha aparência. E mesmo bem antes, no colégio, posso lembrar-me de gente que dizia que não achava que eu estivesse ouvindo e, assim, eles pararam também de ouvir o que eu dizia. Deitado ali na cama, tentei lembrar-me de quando percebi isso pela primeira vez. Acho que foi certa vez quando ainda morávamos na aldeia, em Columbia. Era verão...

...e tenho cerca de dez anos e estou do lado de fora, na frente da barraca, espalhando sal no salmão, quando vejo um carro fazer a curva na rodovia e vir sacolejando pelos sulcos, através dos pés das salvas, levantando uma nuvem de poeira vermelha tão sólida como uma fileira de vagões fechados.

Observo o carro vir subindo o morro e parar um pouco abaixo de nosso quintal. A poeira continua vindo, batendo na traseira do carro e espalhando-se em todas as direções, para finalmente assentar-se nas folhas secas e nas ervas, cobrindo-as e fazendo-as parecer pedaços de destroços vermelhos, esfumaçados. O carro fica parado ali enquanto a poeira se assenta. Eu sei que não são turistas com máquinas fotográficas, porque eles nunca vêm de carro até tão perto da aldeia. Se querem comprar peixe, compram lá na estrada; eles não vêm até a aldeia porque provavelmente pensam que ainda escalpelamos as pessoas e as queimamos num poste. Não sabem que alguns do nosso povo são advogados em Portland, provavelmente não acreditariam se eu lhes dissesse. Na realidade, um de meus tios tornou-se um advogado de verdade e papai diz que ele o fez exclusivamente para provar que podia fazê-lo, uma vez que ele preferia pescar salmões na cachoeira a qualquer outra coisa. Papai diz que, se não tomarmos cuidado com as pessoas, elas nos forçam de um jeito ou de outro a fazer o que elas querem, ou a ser teimoso como uma mula e a fazer o contrário, só por pura raiva.

As portas do carro se abrem de repente e três pessoas saem. Vêm subindo o declive em direção à nossa aldeia e vejo que as duas primeiras são homens de terno azul, e que a pessoa que saiu do banco traseiro do carro é uma mulher velha, de cabelos brancos, com uma roupa tão engomada e pesada que parece uma armadura. Estão arquejando e suando quando saem do meio das selvas e entram em nosso quintal descampado.

O primeiro homem para e examina a aldeia. Ele é baixo, gordo e usa um chapéu branco de caubói. Sacode a cabeça para nosso esquálido amontoado de cavaletes de peixes, carros de segunda mão, galinheiros, motocicletas e cachorros.

— Alguma vez em sua vida viu coisa parecida? Já viu? Santo Deus, *alguma vez* já viu?

Ele tira o chapéu e bate de leve com um lenço na cabeça, que parece uma bola de borracha vermelha, com cuidado, como se tivesse medo de desarrumar um dos dois — o lenço ou o chumaço úmido de cabelo pegajoso.

— Pode imaginar gente querendo viver dessa maneira? Diga-me, John, pode imaginar? — ele fala alto por não estar habituado ao rugido da cachoeira.

John está do lado dele, tem um bigode espesso, grisalho, levantado sob o nariz para manter longe o cheiro do salmão com que estou trabalhando. Está todo suado no pescoço e no rosto, e as costas do terno azul estão também manchadas de suor. Toma apontamentos num livro e fica movimentando-se em círculos, olhando para nossa cabana, nosso pequeno jardim, para os vestidos vermelho, verde e amarelo que mamãe usa nos sábados à noite, que estão secando lá atrás, pendurados num cordão — continua virando até que se volta em minha direção e me olha como quem me vê pela primeira vez, e eu não estou nem a dois metros de distância dele. Inclina-se na minha direção, olha e torna a levantar o bigode até o nariz, como se eu é que estivesse fedendo, e não o peixe.

— Onde você acha que os pais dele estão? — pergunta John. — Dentro da casa? Ou lá na cachoeira? Nós bem que poderíamos discutir o assunto com o homem enquanto estamos aqui.

— Eu não vou entrar naquele barraco — diz o gordo.

— Aquele barraco — diz John através do bigode — é onde o Chefe mora, Brickenridge, o homem com quem viemos aqui para conversar, o nobre líder deste povo.

— Conversar? Eu não, não é meu trabalho. Eles me pagam para avaliar, não para confraternizar.

Isso arranca uma risada de John.

— Sim, isso é verdade. Mas alguém devia informá-los dos planos do governo.

— Se eles já não sabem, logo acabarão sabendo.

— Seria muito simples entrar e falar com ele.

— Dentro daquele barraco miserável? Ora, aposto quanto você quiser como o lugar está cheio de aranhas. Dizem que essas cabanas de taipa sempre abrigam uma população considerável delas nas paredes de barro, entre os buracos. E é *quente*, Deus misericordioso, que eu vou te contar. Aposto como aí dentro é um forno dos bons. Olhe, veja como o pequeno Hiawatha está tostadinho. Ah! Tostado? Quase torrado, melhor dizendo.

Ele ri e coça a cabeça, mas, quando a mulher olha para ele, para de rir. Pigarreia e cospe na poeira. Em seguida, vai andando e se senta no balanço que papai fez para mim, no zimbro. Fica sentado ali balançando-se um pouco e se abanando.

O que ele disse faz com que eu fique cada vez mais zangado à medida que penso no assunto. Ele e John continuam falando sobre nossa casa, a aldeia e a propriedade e quanto valem. Tenho a impressão de que estão falando a respeito disso na minha frente porque não sabem que falo inglês. Provavelmente são de algum lugar no Leste, onde as pessoas nada sabem a respeito dos índios, exceto o que veem no cinema. Penso em como vão ficar envergonhados quando descobrirem que sei o que estão dizendo.

Eu os deixo dizer mais uma frase ou duas sobre o calor e a casa; então, levanto-me e digo ao homem gordo, no meu melhor inglês, saído dos livros escolares de gramática, que nossa casa de taipa provavelmente estará muito mais fresca do que qualquer das casas da cidade, *muito* mais fresca!

— Eu sei com *toda certeza* que é mais fresca que a escola que eu frequento e até mais fresca que aquele cinema em The Dalles que faz propaganda naqueles cartazes com letras desenhadas como pingentes de gelo que é "fresco aqui dentro"!

E estou pronto para lhes dizer como, se eles quiserem entrar, irei chamar papai nos andaimes da cachoeira, quando vejo que não parece de maneira alguma que me ouviram. Não estão nem olhando para mim. O gordo continua balançando-se para trás e para a frente, olhando para além da ponta de lava, para onde os homens estão sobre os andaimes na cachoeira, apenas vultos de camisas xadrez na neblina, a essa distância. Volta e meia, a gente pode ver alguém lançar um braço e dar um passo para a frente como um espadachim, depois erguer sua lança com a ponta em forma de forquilha, para que alguém no andaime de cima tire o salmão que se contorce. O homem gordo observa os homens de pé em seus lugares através do véu de água, pisca os olhos e resmunga cada vez que um deles golpeia um salmão.

Os outros dois, John e a mulher, estão apenas de pé ali. Nenhum dos três age como se tivesse ouvido algo do que eu disse; de fato, todos olham para longe de mim como se preferissem que eu não estivesse ali.

E tudo para e fica assim por um minuto.

Tenho a mais estranha das sensações, como se o sol tivesse ficado mais forte que antes em cima dos três. Todo o restante continua com o aspecto habitual — as galinhas ciscam no capim, os gafanhotos saltam de arbusto em arbusto, as moscas são afastadas em nuvens negras em volta dos cavaletes de peixe pelas crianças pequenas, tudo igualzinho a qualquer outro dia de verão. Exceto o sol, sobre aqueles três estranhos, que de repente está muitíssimo mais forte e brilhante do que normalmente, e posso ver os... sulcos onde eles são encaixados. E quase posso ver o aparato dentro deles pegar as palavras que acabei de dizer e tentar encaixar as palavras aqui e ali, nesse lugar e naquele, e, quando eles veem que as palavras não têm nenhum lugar pronto para se encaixar, a maquinaria se livra das palavras como se elas nem ao menos tivessem sido ditas.

Os três estão absolutamente imóveis enquanto isso acontece. Até o balanço parou, pregado numa determinada inclinação pelo sol, com o homem gordo petrificado como uma boneca de borracha. Então a galinha-d'angola de papai acorda nos galhos do zimbro e vê que temos estranhos nas proximidades. Dá o alarme, como se fosse um cachorro, e o encanto se quebra.

O homem gordo grita, pula do balanço e se afasta em meio à poeira, segurando o chapéu no alto, na frente do sol, de forma que possa ver o que está ali em cima do zimbro, fazendo tamanha algazarra. Quando vê que é apenas uma galinha pintada, cospe no chão e põe o chapéu.

— Eu, sinceramente, *sinto* — diz ele — que qualquer oferta que façamos a esta... metrópole será mais do que suficiente.

— Pode ser. Ainda acho que devíamos fazer algum esforço para falar com o Chefe.

A velha o interrompe, dando um passo adiante de maneira decidida.

— Não. — É a primeira palavra que ela disse até então. — Não — repete, de um jeito que me lembra a Chefona. Ela levanta as sobrancelhas e examina o lugar todo. Seus olhos saltam como números numa caixa registradora; olha para os vestidos de mamãe, pendurados cuidadosamente na corda, e balança a cabeça.

— Não. Não falaremos com o Chefe hoje — diz ela. — Ainda não. Eu acho... que pela primeira vez concordo com Brickenridge. Só que por uma razão diferente. Lembram-se do dossiê que temos, que mostra que a esposa não é uma índia, mas uma mulher branca? Branca. Uma mulher da cidade. O nome dela é Bromden. Ele passou a usar o nome dela, e não ela o dele. Ah, sim, acho que, se apenas formos embora agora, e voltarmos para a cidade, e, é claro, espalharmos a história entre o pessoal da cidade sobre os planos do governo, de maneira que compreendam as vantagens de ter uma represa hidrelétrica e um lago, em vez de um amontoado de cabanas ao lado de uma cachoeira, e *então* datilografarmos uma proposta... e a enviarmos para a mulher, por engano, percebem?, creio que nosso trabalho será muito mais fácil. — Ela olha para longe, para os homens sobre andaimes antigos, frágeis, ziguezagueantes, que vêm crescendo e se ramificando entre as rochas das cachoeiras há centenas de anos. — Ao contrário, se nos encontrarmos agora com o marido e fizermos alguma oferta inesperada, poderemos nos defrontar com uma quantidade *desconhecida* de teimosia navaho e amor pelo... creio que temos de chamar isso de lar.

Começo a lhes dizer que ele *não* é um navaho, mas, penso, de que adianta se não me ouvem? Não importa a eles qual seja a tribo.

A mulher sorri, balança a cabeça para cada um e seus olhos os unem. E ela começa a andar num passo duro para o carro, falando numa voz despreocupada e jovem:

— Como meu professor de sociologia costumava enfatizar, "há, geralmente, em toda situação, uma pessoa *cujo poder* nunca deve ser subestimado".

E eles voltam para o carro e vão embora, e eu fico ali me perguntando se em *algum* momento eles me viram.

Eu fiquei, assim, meio espantado por ter me lembrado daquilo. Era a primeira vez, no que me pareciam séculos, que eu conseguia ter as lembranças da minha infância. Descobrir que eu ainda podia fazê-lo me fascinou. Fiquei deitado na cama, acordado, lembrando-me de outros acontecimentos, e mais ou menos naquele momento, enquanto eu estava assim numa espécie de sonho, ouvi um ruído debaixo da minha cama como de um rato. Debrucei-me sobre a beirada da cama e vi o brilho de metal a arrancar os pedaços de chicletes que eu conhecia de cor. O auxiliar chamado Geever havia descoberto onde eu vinha escondendo meus chicletes; estava arrancando os pedaços e pondo num saco com o auxílio de uma tesoura comprida e lisa, aberta como mandíbulas.

Saltei para trás, de volta para as cobertas antes que ele me visse olhando. Meu coração estava latejando nos meus ouvidos, por medo de que ele tivesse me visto. Eu queria dizer a ele que fosse embora, que tratasse de sua vida e que deixasse meus chicletes em paz, mas não podia nem deixar que percebesse que eu o tinha ouvido. Fiquei imóvel, para ver se ele havia me visto debruçado para espiá-lo debaixo da cama, mas ele não deu sinal algum — tudo que ouvi foi o zzzzt-zzzzt da tesoura e os pedaços caindo no saco. Lembrou o granizo e a maneira como costumava matraquear no nosso teto de papelão alcatroado. Ele estalou a língua e riu para si mesmo.

— Hum-ummm. Eu só queria saber quantas vezes esse mudo mastigou esse negócio. *Duro* desse jeito.

McMurphy ouviu o auxiliar resmungando consigo mesmo, acordou e se virou, erguendo-se num cotovelo para olhar o que ele estava tramando àquela hora, de joelhos, debaixo da minha cama. Ele observou o negro por um minuto, esfregando os olhos para se assegurar do que estava vendo, do mesmo jeito que a gente vê criança pequena esfregar os olhos. Em seguida, ele se sentou.

— Quero ser o filho de uma cadela se ele não está aqui às 23h30 peidando por aí no escuro, com uma tesoura e um saco de papel. — O auxiliar deu um salto e virou a lanterna para os olhos de McMurphy. — Agora diga-me, Sam, que diabo é que você está catando aí escondido no escuro?

— Vá dormir de novo, McMurphy. Não é da conta de ninguém.

McMurphy deixou os lábios se abrirem num sorriso lento, mas não desviou o olhar da luz. O auxiliar ficou inquieto depois de meio minuto mantendo aquele foco de luz sobre McMurphy, ali sentado, sobre a cicatriz lustrosa, aqueles dentes e aquela pantera tatuada no ombro dele, e desviou a luz. Voltou a se inclinar para continuar o que estava fazendo, grunhindo e arquejando como se fosse um incrível esforço arrancar chiclete seco.

— Uma das obrigações de um ajudante noturno — explicou ele entre grunhidos, tentando ser simpático — é manter limpo o recinto das camas.

— No meio da noite?

— McMurphy, temos um papel fixado no quadro chamado *Descrição de Trabalho*, que diz que a limpeza é um trabalho de *24 horas*!

— Você poderia ter feito a tarefa de suas 24 horas antes que viéssemos para a cama, não acha? Em vez de ficar sentado, assistindo à tevê, até as 22h30. A velha dama Ratched sabe que vocês assistem à tevê durante a maior parte do turno? O que você acha que ela faria se descobrisse isso?

O auxiliar levantou-se e se sentou na beirada da minha cama. Bateu a lanterna nos dentes, rindo sem parar. A luz clareou seu rosto como se fosse um porrete iluminado.

— Bem, deixe que eu lhe conte sobre este chiclete — disse ele, e se inclinou mais para perto de McMurphy, como um velho camarada. — Sabe, há anos eu me pergunto onde o Chefe Bromden arranja o chiclete dele, sabe?, não tendo nenhum dinheiro pra gastar na cantina, nunca tendo ninguém que lhe desse um tostão, que eu visse, nunca pedindo à mulher da Cruz Vermelha... assim, fiquei *vigiando* e *esperei*. E olhe aqui. — Ele tornou a ficar de joelhos, levantou a ponta do meu lençol e apontou a luz para debaixo da cama. — O que você acha disso? Aposto que esses pedaços de chicletes aqui debaixo já foram usados mais de *mil* vezes!

Aquilo divertiu McMurphy. Ele começou a rir. O auxiliar levantou o saco e sacudiu. Eles riram mais um pouco. O auxiliar deu boa-noite a McMurphy e, dobrando a boca do saco como se fosse seu almoço, saiu para algum lugar, a fim de escondê-lo para mais tarde.

— Chefe? — murmurou McMurphy. — Quero que me conte. — E começou a cantar uma musiquinha, uma canção caipira, que havia sido popular há muito tempo: "Ah, o chiclete de menta perde o gosto se passar a noite na cabeceira da cama?"

No começo, fui ficando realmente furioso. Pensei que ele estivesse se divertindo à minha custa, como as outras pessoas faziam.

"Quando você mastiga de manhã", cantarolou num sussurro, "está muito duro de morder?"

Mas, quanto mais eu pensava naquilo, mais engraçado me parecia. Tentei parar, mas podia sentir que estava a ponto de rir — não da cantoria de McMurphy, mas de mim mesmo.

"Esta dúvida vive me aporrinhando, será que ninguém pode me dizer a resposta, o chiclete de menta perde o gosto se passar a noite na cabeceira da caaa-maaa?"

Ele sustentou aquela última nota e a fez descer em cima de mim como uma pena, provocando cócegas. Não pude deixar de começar a rir, abafado, e isso me fez ficar com medo de cair na risada e de não conseguir parar. Mas bem nesse instante McMurphy pulou da cama e começou a remexer na mesinha de cabeceira, e eu me calei. Cerrei os dentes, perguntando-me o que fazer agora. Já fazia muito tempo que eu não permitia alguém ouvir de mim algo mais que um grunhido ou um urro. Eu o ouvi fechar a mesinha de cabeceira, e aquilo ecoou como uma porta de caldeira. Eu o ouvi dizer:

— Tome — e algo caiu em cima da minha cama. Pequeno. Do tamanho de um lagarto ou uma cobra... — Sabor de frutas é o melhor que posso arranjar para você no momento, Chefe. Ganhei a caixa do Scanlon acertando moedinhas — disse e voltou para a cama.

E, antes que eu percebesse o que estava fazendo, ouvi-me a dizer-lhe: "Obrigado."

Ele nada comentou. Estava apoiado no cotovelo, me vendo observar o auxiliar, esperando que eu falasse mais. Apanhei a caixa de chicletes, fiquei com ela na mão e repeti: "Obrigado."

Não soou assim com muita clareza porque minha garganta estava enferrujada e minha língua rangia. Ele me disse que eu parecia meio fora de forma e riu daquilo. Tentei rir com ele, mas saiu um som parecido com um grasnado, como um frango tentando cantar. Parecia mais choro que riso.

Ele me disse que não me apressasse, que ele tinha até as 6h30 da manhã para me ouvir se eu quisesse praticar. Disse que um homem que havia ficado calado tanto tempo como eu provavelmente teria muito o que falar, e tornou a deitar-se no travesseiro. Pensei por um minuto em algo para lhe dizer, mas a única ideia que me veio à mente era o tipo da coisa que um homem não pode dizer a outro, porque soa mal quando posta em palavras. Quando ele viu que eu nada conseguia falar, cruzou as mãos atrás da cabeça e começou, ele mesmo:

— Sabe, Chefe, eu estava acabando de me lembrar de uma ocasião lá no vale Willamette... Eu estava colhendo ervilhas nos arredores de Eugene, considerando-me um cara de sorte por ter conseguido o emprego. Foi no princípio da década de 1930 e não era muito fácil um garoto conseguir emprego. Ganhei o meu provando ao chefe do negócio das ervilhas que podia colher tão rápido e direito quanto qualquer um dos adultos. De qualquer maneira, eu era o único garoto. Ninguém perto de mim a não ser gente grande. E, depois que tentei falar com eles uma ou duas vezes, vi que não estavam dispostos a me ouvir, um gurizinho ruivo e magricela. Assim, fiquei calado. Fiquei tão irritado com o fato de não quererem me escutar que aguentei calado as quatro semanas inteiras que passei naquele campo, trabalhando bem ali do lado deles, ouvindo-os tagarelar sobre esse tio ou aquele primo. Ou, se alguém não aparecia para trabalhar, faziam fofoca sobre aquela pessoa. Quatro semanas e não dei um único pio. Até que pensei, por Deus, eles esqueceram que eu *podia* falar, os miseráveis dos caipiras. Esperei minha vez. Então, no último dia, soltei o verbo e fui dizendo a eles que bando de peidos mesquinhos eles eram. Contei a cada um como seu companheiro o havia retalhado quando ele estivera ausente. Puxa vida, eles ouviram mesmo! Afinal, acabaram começando a discutir uns com os outros e criaram tamanha cagada que eu perdi minha gratificação de quatro por cento em cada quilo, que ia receber por nunca ter faltado, porque eu já tinha má reputação pela cidade e o chefe disse que a confusão provavelmente era por minha culpa, mesmo que ele não pudesse provar. Então eu o xinguei também. Ter ficado calado durante aquele tempo provavelmente me custou uns 20 dólares ou quantia próxima. Mas valeu a pena.

Ele riu um pouco para si mesmo, lembrando. Em seguida, virou a cabeça no travesseiro e olhou para mim.

— O que eu estava querendo saber, Chefe, é se está esperando sua oportunidade até o dia em que decidir ir à forra com eles.

— Não — respondi. — Eu não poderia.

— Não poderia dizer uns desaforos a eles? É mais fácil do que você pensa.

— Você é... muito maior, mais duro do que eu — murmurei.

— Como é que é? Não entendi, Chefe.

Engoli alguma saliva.

— Você é maior e mais duro do que eu. Você pode fazer isso.

— Eu? Está brincando? Puxa vida, olhe só pra você: você é uma cabeça mais alto do que qualquer homem daqui. Não há nenhum homem aqui que você não possa fazer de gato e sapato, verdade!

— Não. Eu sou pequeno demais. Eu costumava ser grande, mas não, não sou mais. Você tem duas vezes meu tamanho.

— Puxa, cara, você é louco, não é? A primeira coisa que eu vi quando entrei neste lugar foi você sentado naquela cadeira, grande como uma maldita montanha. Vou dizer-lhe, já morei por todo lado, Klamath, Texas, Oklahoma, e em tudo quanto foi canto lá em Gallup, e, juro, você é o maior índio que eu já vi.

— Sou de Columbia Gorge — eu disse, e ele esperou que eu continuasse. — Meu pai era chefe de verdade, e o nome dele era Tee Ah Millatoona, que significa "O Pinheiro Mais Alto na Montanha", e nós não morávamos numa montanha. Ele era grande de verdade quando eu era garoto. Minha mãe ficou duas vezes maior do que ele.

— Você deve ter tido uma velha grande mesmo. Qual era a altura dela?

— Oh... grande, grande.

— Quero dizer em metro e centímetros?

— Metro e centímetros? Um cara na feira a olhou e disse que ela media perto de 1,80 metro e pesava 70 quilos, mas isso foi só porque ele apenas a *viu*. Ela foi ficando cada vez maior.

— Ah, é? Quanto mais?

— Maior do que papai e eu juntos.

— Um dia simplesmente começou a crescer, hum? Bem, essa para mim é novidade: nunca ouvi falar de uma índia que fizesse algo assim.

— Ela não era índia. Era uma mulher da cidade de The Dalles.

— E o nome dela qual era? Bromden? Sim, entendi, espere um minuto. — Ele pensa durante algum tempo e diz: — E, quando uma mulher da cidade se casa com um índio, isso equivale a casar-se com alguém inferior a ela, não é? Sim, acho que entendo.

— Não. Não foi só ela que o fez ficar pequeno. Todo mundo dava em cima dele porque ele era grande, e não cedia, e fazia o que lhe agradava. Todo mundo ficava em cima dele, do mesmo jeito que eles estão em cima de você.

— Eles quem, Chefe? — perguntou numa voz suave, séria de repente.

— A Liga. Ficou em cima dele por anos. Ele era bastante grande para lutar contra ela durante algum tempo. Queria que vivêssemos em casas vigiadas. Queria tomar a cachoeira. Invadiu até a tribo e começou a trabalhar em cima dele. Na cidade, eles o surravam nos becos e uma vez cortaram o cabelo dele bem curto. Oh, a Liga é grande... grande. Ele lutou contra ela durante muito tempo, até que minha mãe o fez ficar pequeno demais para continuar e ele desistiu.

McMurphy nada disse durante muito tempo. Então, levantou-se apoiando-se no cotovelo e, olhando para mim de novo, perguntou por que o surravam nos becos, e expliquei-lhe que queriam fazê-lo entender o que haviam reservado para ele, dali para pior, se não assinasse os papéis dando tudo ao governo.

— O que eles queriam que ele desse ao governo?

— Tudo. A tribo, a aldeia, a cachoeira...

— Agora eu lembro; você está falando da cachoeira onde os índios costumavam apanhar salmões com lança... há muito tempo. Sim. Mas, pelo que lembro, a tribo recebeu uma enorme quantia em pagamento.

— Isso é o que disseram a ele. Ele perguntou: "O que se pode pagar pelo modo de viver de um homem? O que vocês podem pagar pelo que um homem é?" Eles não compreenderam. Nem mesmo a tribo. Ficaram do lado de fora da nossa porta, todos segurando aqueles cheques, e queriam que ele lhes dissesse o que fazer então. Ficaram pedindo a ele que investisse para eles, ou que lhes dissesse para onde ir, ou comprasse uma fazenda. Mas ele já estava pequeno demais. Bêbado demais, também. A Liga o havia derrotado. Derrota todo mundo. Vai derrotar você também. Eles não admitem alguém, grande como papai, andando por aí, a menos que seja um deles. Você entende?

— É, acho que sim.

— É por isso que não devia ter quebrado aquela janela. Agora, eles veem que você é grande. Por isso eles têm de dobrar você.

— Como dobrar um potro selvagem, hein?

— Não. Não, ouça, eles não dobram você desse jeito; eles ficam em cima de você de maneiras contra as quais você não pode lutar! Eles põem coisas dentro! *Instalam* coisas. Eles começam assim que veem que você vai ser grande e se põem a trabalhar, vão instalando a maquinaria imunda quando você é pequeno, e continuam e continuam até que você fique *consertado*!

— Calma, companheiro...

— E, se você *lutar*, eles o trancam em algum lugar e fazem você parar...

— Calma, calma, Chefe. Fique calado um pouco. Eles ouviram você.

Ele se deitou e ficou quieto. Minha cama estava quente, eu notei. Eu podia ouvir o guinchado das solas de borracha enquanto o auxiliar entrava com a lanterna para ver qual era o barulho. Ficamos quietos até ele ir embora.

— No final, ele apenas bebia — murmurei. Eu não parecia ser capaz de parar de falar, não até que acabasse o que eu pensava ser aquilo tudo. — E da última vez que o vi, ele estava cego de beber no meio dos cedros, e, toda vez que eu o via pôr a garrafa na boca, ele não bebia da garrafa, a garrafa é que bebia dele, até que ele ficou todo encolhido, tão enrugado e amarelo que nem os cachorros o conheciam, e tivemos de carregá-lo para fora dos cedros, na caminhonete, para um lugar em Portland, para morrer. Não estou dizendo que eles matam. Eles não o mataram. Eles fizeram outra coisa.

Eu estava com um sono terrível. Não queria falar mais. Tentei lembrar-me do que eu estivera dizendo, e não me pareceu que fosse o que eu tinha desejado dizer.

— Estive falando loucuras, não é?

— É, Chefe. — Ele se virou na cama. — Esteve falando loucuras.

— Não era o que eu queria dizer. Não consigo dizer tudo. Não faz sentido.

— Eu não disse que não fazia sentido, Chefe. Apenas que eram loucuras.

Ele então ficou em silêncio por tanto tempo que pensei que tivesse dormido. Queria lhe ter desejado boa-noite. Olhei para ele, estava virado de costas para mim. O seu braço não estava debaixo das cobertas, e eu podia apenas distinguir os ases e os oito tatuados ali. É grande, pensei, grande como meus braços costumavam ser quando eu jogava futebol. Eu queria estender a mão e tocar o local das tatuagens, para ter certeza de que ele ainda estava vivo. Ele estava deitado terrivelmente quieto, disse a mim mesmo, eu devia tocar nele para me certificar de que ainda vivia...

Mentira. Eu sei que ele ainda está vivo. Esta não é a razão pela qual quero tocar nele.

Quero tocar nele porque ele é um homem.

Isso também é mentira. Há outros homens por aqui. Eu poderia tocar neles.

Eu quero tocar nele porque sou uma dessas bichas!

Mas isso também é mentira. É um medo a esconder-se atrás de outro. Se eu fosse uma bicha, eu quereria fazer outras coisas com ele. Eu só quero tocar nele porque ele é quem ele é.

Mas, quando eu estava a ponto de estender a mão até aquele braço, ele disse:

— Ei, Chefe! — Virou-se na cama, com um balanço brusco das cobertas, pondo-se de frente para mim: — Ei, Chefe, por que não vem conosco nessa pescaria, amanhã?

Não respondi. Ele insistiu:

— Vamos, que é que diz? Estou esperando que seja uma ocasião daquelas. Sabe essas duas tias minhas que vêm me buscar? Ora, não são tias, cara, não; as duas garotas são dançarinas de rebolado que conheço lá de Portland. Que tal?

Finalmente, respondi-lhe que era um dos Indigentes.

— Você é o *quê*?

— Estou *duro*.

— Ah — disse ele. — Sim, eu não havia pensado nisso.

Tornou a ficar quieto durante tempo, esfregando a cicatriz no nariz com o dedo. O dedo parou. Ele se levantou apoiado no cotovelo e olhou para mim.

— Chefe — disse devagar, olhando para mim de cima a baixo. — Quando você tinha todo o seu tamanho, quando você media, digamos, mais de 2 metros e pesava uns 120 quilos, ou coisa assim... você era forte o bastante para, digamos, levantar algo do tamanho daquele painel de controle na Sala da Banheira?

Pensei a respeito daquele painel. Provavelmente não pesava muito mais do que os tambores de gasolina que eu havia carregado no Exército. Disse a ele que provavelmente teria podido, naquele tempo.

— Se você voltasse a ficar grande assim, ainda poderia levantá-lo?

Disse a ele que achava que sim.

— Para o diabo com o que você acha; quero saber se você pode *prometer* levantar aquilo se eu fizer você ficar grande como era antes. Prometa-me isso e você não somente vai receber meu curso de desenvolvimento físico gratuito como também vai ganhar uma viagem de pescaria de 10 dólares, *grátis*! — Ele passou a língua nos lábios e tornou a deitar-se. — Vai dar-me boas perspectivas, também, aposto.

Ficou deitado ali, rindo para si mesmo, de algum pensamento seu. Quando perguntei-lhe como me faria ficar grande de novo, ele me fez calar levando o dedo aos lábios.

— Cara, não podemos deixar que um segredo desses se espalhe. Eu não disse que lhe diria *como*, disse? Puxa, cara, fazer um homem voltar a ter todo o seu tamanho é um segredo que não se pode partilhar com todo mundo, seria perigoso nas mãos de um inimigo. Você mesmo não saberá o que está acontecendo a maior parte do tempo. Mas lhe dou minha palavra de honra, você segue meu programa de treinamento e verá só o que vai acontecer.

Pôs as pernas para fora da cama e sentou-se na beirada, com as mãos nos joelhos. A luz fraca da Sala das Enfermeiras que vinha por sobre seu ombro apanhou o brilho de seus dentes e um olho cintilante voltado para mim. A voz galhofeira do vendedor espalhou-se suavemente pelo dormitório.

— Lá estará você. É o Grande Chefe Bromden que vem descendo a avenida. Homens, mulheres e crianças se viram nos calcanhares para olhar para ele: "Ora, ora, ora que gigante é este *aqui*, com uma passada de 3 metros e abaixando a cabeça para não bater nos fios telefônicos?" Entra gingando pela cidade, apenas o tempo suficiente para apanhar as virgens; o restante de vocês, gostosas, é melhor nem entrar na fila, a menos que tenham peitos grandes como melões, pernas brancas, bonitas e fortes, suficientemente compridas para se enlaçarem em torno das enormes costas dele, e uma pequena taça macia, quente, gostosa e doce como manteiga com mel...

Ali no escuro ele continuou, inventando sua história de como seria, com todos os homens morrendo de medo e todas as garotas bonitas caídas por mim. Então disse que iria sair naquele exato minuto e inscrever meu nome como um dos participantes da sua equipe de pescaria. Ele se levantou, apanhou a toalha na cabeceira da cama e a enrolou nos quadris, pôs o gorro e chegou para junto da minha cama.

— Puxa vida, cara, vou lhe contar, no duro, você vai ter mulheres lhe dando rasteira e o derrubando no chão.

De repente, sua mão deu um arranco e, com um giro do braço, desamarrou meu lençol, arrancou as cobertas da minha cama e me deixou deitado ali nu.

— Olha aí, Chefe. Uau. Que foi que eu lhe disse? Você já cresceu 15 centímetros.

Rindo, ele foi andando pela fileira de camas abaixo, para o corredor.

Duas prostitutas a caminho, vindas de Portland, para nos levar para uma pescaria em alto-mar num barco! Aquilo tornava difícil ficar na cama até que as luzes do dormitório se acendessem, às 6h30.

Fui o primeiro a me levantar, sair do dormitório e olhar a lista pregada no quadro junto da Sala das Enfermeiras, para verificar se meu nome estava realmente ali. INSCRIÇÕES PARA A PESCARIA EM ALTO-MAR estava escrito em letras grandes no alto da lista. McMurphy havia assinado primeiro, e Billy Bibbit, logo em seguida. O número três era Harding, o número quatro, Fredrickson, e dali para baixo os números iam até o nove, onde ninguém havia assinado ainda. O meu nome era o último escrito, ao lado do número nove. Eu realmente iria sair do hospital com as duas prostitutas, num barco de pesca; eu tinha de ficar repetindo aquilo sem parar, para mim mesmo, para acreditar.

Os três auxiliares postaram-se na minha frente e leram a lista com os dedos cinzentos, acharam meu nome ali e se viraram para rir de mim.

— Ora, quem você acha que inscreveu o Chefe Bromden para essa idiotice? Índios não sabem escrever.

— O que lhe dá a ideia de que índios são capazes de ler?

A goma ainda estava fresca e dura o bastante, àquela hora da manhã, de forma que seus braços farfalhavam nos uniformes brancos, quando eles se moviam, como asas de papel. Fingi que era surdo e que não ouvia que riam de mim, como se eu nem soubesse, mas, quando tiraram uma vassoura e me entregaram para que eu fizesse o trabalho deles ali no corredor, dei as costas e voltei para o dormitório, dizendo a mim mesmo: "Pro inferno com isso." Um cara que vai pescar com duas prostitutas de Portland não tem de engolir aquela porcaria.

Aquilo me assustou um pouco, sair andando e deixá-los daquele jeito, porque antes eu nunca tinha ido contra o que os auxiliares me ordenavam. Olhei para trás e os vi atrás de mim com a vassoura. Provavelmente teriam entrado direto no dormitório e me apanhado, se não fosse por McMurphy; ele estava lá fazendo tamanha confusão, andando no maior estardalhaço de um lado para o outro entre as camas, batendo com uma toalha nos caras inscritos para irem naquela manhã, que os auxiliares chegaram à conclusão de que o dormitório talvez não fosse um território muito seguro para se aventurarem numa incursão apenas para apanhar alguém que varresse um pedacinho de corredor.

McMurphy estava com seu gorro de motociclista puxado para a frente sobre os cabelos ruivos, para ficar parecido com um comandante de barco, e as tatuagens que apareciam sob a manga da camiseta haviam sido feitas em Cingapura. Andava oscilando pelo chão como se fosse o convés de um navio, assoviando nos dedos como um contramestre de barco.

— *Para* o convés, marujos, *para* o convés, ou eu faço vocês todos passarem por baixo da quilha de popa à proa!

Bateu na mesinha de cabeceira junto da cama de Harding com as juntas dos dedos.

— Seis batidas de sino e tudo *está bem*. O barco vai indo firme. Para o convés.

Ele me viu, de pé ali na porta, e veio depressa para bater nas minhas costas como se fossem um tambor.

— Olhem aqui o Grande Chefe; aqui está o exemplo de um bom marinheiro e de um bom pescador: de pé antes de o dia clarear e catando minhocas vermelhas para isca. O restante de vocês, bando miserável de marinheiros de água doce, faria melhor se seguisse o exemplo dele. *Para* o convés. Hoje é o dia! Pra fora da cama e pra dentro do mar!

Os Agudos resmungavam e tentavam agarrá-lo e fazê-lo parar com a toalha, e os Crônicos acordaram para olhar em volta com a cabeça azul pela falta de circulação de sangue, cortada pelos lençóis amarrados, apertados demais no peito, olhando em volta no dormitório, até que finalmente se concentraram em mim com olhares velhos, fracos e lacrimosos, os rostos curiosos e tristonhos. Ficaram deitados ali, observando-me a vestir roupas quentes para a viagem, fazendo-me sentir pouco à vontade e mesmo culpado. Podiam perceber que eu fora destacado como o único Crônico a fazer a viagem. Eles me observaram — homens velhos, soldados em cadeiras de rodas há anos, com sondas descendo-lhes pelas pernas, como vinhas que os enraizassem para o resto da vida exatamente no lugar em que estavam, eles me observavam e sabiam instintivamente que eu iria. E ainda podiam sentir um pouco de ciúme de que não fossem eles. Podiam perceber, embora uma parte tão grande do homem que havia neles tivesse sido extirpada, que os velhos instintos animais haviam assumido o controle (algumas noites, os Crônicos acordam de repente, antes que qualquer outra pessoa saiba que um cara morreu no dormitório, e atiram a cabeça para trás e uivam) e podiam ter inveja porque restava neles o suficiente de homem para ainda lembrar.

McMurphy saiu para olhar a lista, voltou e tentou convencer mais um Agudo a assiná-la, de um lado para o outro, chutando as camas em que os homens ainda estavam deitados com os lençóis puxados sobre a cabeça, dizendo-lhes que maravilha seria estar lá fora com a cara no vento, com o mar agitado, uma âncora levantada bem na hora e uma garrafa de rum.

— Vamos, seus vadios, só preciso de mais um marinheiro para completar a tripulação, preciso da porra de um voluntário...

Mas ele não conseguiu convencer ninguém a aceitar. A Chefona havia assustado o restante deles com suas histórias de como o mar estava agitado ultimamente e de quantos barcos haviam afundado, e não parecia que conseguiríamos aquele último membro da tripulação senão meia hora depois, quando George Sorensen se aproximou de McMurphy na fila do café da manhã, quando esperávamos que o refeitório fosse aberto.

O velho sueco desdentado e nodoso, que os auxiliares negros chamavam de George Esfrega-Esfrega, por causa da sua mania de higiene, veio arrastando os pés pelo corredor, bem inclinado para trás, de forma que seus pés ficassem bem diante de sua cabeça (ele oscila para trás assim, a fim de manter o rosto tão afastado quanto possível do homem com quem estiver falando), parou diante de McMurphy e resmungou alguma coisa com a mão sobre a boca. George era muito tímido. Não era possível ver os olhos dele porque ficavam bem fundos sob as sobrancelhas, e ele dobrava a grande palma da mão sobre a maior parte do restante do rosto. A cabeça dele oscilava como um ninho de corvo no topo de sua coluna, que parecia um mastro. Ele resmungou sob a mão até que McMurphy finalmente estendeu o braço e afastou a mão dele, para que as palavras pudessem sair.

— Ora, George, que você estava dizendo?

— Minhocas vermelhas — disse ele. — Eu acho que elas não vão servir pra nada... para pescar o chiii-noook.

— Ah, é? — disse McMurphy. — Minhocas vermelhas? Eu talvez concorde com você, George, se me disser o que há com essas minhocas vermelhas de que está falando.

— Eu acho que ainda há pouquinho ouvi você dizer que o Sr. Bromden estava lá fora catando minhocas vermelhas pra isca.

— É isso mesmo, cara, eu me lembro.

— Assim, só tô dizendo que você não vai ter nenhuma sorte com essas minhocas: este mês é o que tem os cardumes de chinooks grandes. Você precisa é de arenque. Com certeza. Pesque uns arenques com anzol e use pra isca, *então* você vai dar sorte.

A voz dele subia no final de cada frase — *sor-teee* —, como se ele estivesse fazendo uma pergunta. O queixo grande, tão esfregado naquela manhã que já estava esfolado, balançava para cima e para baixo, para McMurphy, uma ou duas vezes, então ele o fez dar meia-volta e o conduziu até o final do corredor, em direção ao fim da fila. McMurphy o chamou de volta.

— Ei, espere aqui um minuto, George; você fala como quem tem conhecimento sobre esse negócio de pescaria.

George voltou, arrastando os pés, para onde estava McMurphy, inclinando-se tanto para trás que parecia que seus pés haviam saído direto de debaixo dele.

— É claro, cla-rooo. Durante vinte e cinco anos eu trabalhei nas carretilhas de chinooks, desde lá de cima de Half Moon Bay até Puget Sound. Durante vinte e cinco anos eu pesquei... antes de ficar tão sujo. — Ele estendeu as mãos para que víssemos a sujeira nelas. Todo mundo por perto se inclinou e olhou. Eu não vi a sujeira, mas vi mesmo nas palmas brancas as cicatrizes profundas de puxar milhares de quilômetros de linha de pesca para fora do mar. Ele nos deixou olhar um minuto, então fechou as mãos, escondeu-as sob a blusa do pijama, como se pudéssemos sujá-las por olhá-las, e ficou ali sorrindo para McMurphy com as gengivas como carne de porco desbotada na salmoura.

— Eu tinha um bom barco para pesca de anzol, 40 pés apenas, mas fazia 12 nós marítimos e era de teca e carvalho maciço. — Ele se balançou para trás e para a frente, de maneira que fazia com que a gente duvidasse de que o chão estivesse imóvel. — Era um bom barco, como era!

Começou a se virar, mas McMurphy tornou a detê-lo.

— Porra, George, por que não disse logo que era pescador? Estive promovendo essa viagem como se eu fosse o Velho Lobo do Mar, mas, cá entre nós, o único barco em que eu já estive foi o navio de guerra *Missouri* e a única coisa que sei a respeito de peixe é que gosto mais de comê-los que de limpá-los.

— Limpar é *fácil*, alguém ensina você.

— Por Deus, você vai ser nosso comandante; nós vamos ser sua tripulação.

George inclinou-se para trás e sacudiu a cabeça.

— Esses barcos estão muito *sujos* agora... tudo está *muito* sujo.

— Pro inferno com isso. Temos um barco que foi especialmente esterilizado de popa a proa, esfregado e limpo como os dentes de um cão de caça. Você não vai se sujar, George, porque você será o comandante. Você não vai ter nem de pôr isca no anzol; só ser nosso comandante e dar as ordens para nós, os estúpidos marinheiros de água doce... que tal isso lhe parece?

Eu podia ver que George estava tentado pelo jeito que contorcia as mãos sob a blusa, mas ainda assim disse que não podia arriscar-se a ficar sujo. McMurphy fez o melhor que pôde para convencê-lo, mas George ainda sacudia a cabeça quando a chave da Chefona girou na fechadura do refeitório e ela veio pela porta com sua cesta de vime de surpresas, passou em revista a fila com seu sorriso automático e... um bom-dia para cada homem por quem passava. McMurphy percebeu a maneira como George se inclinou para trás e a olhou de cara feia. Depois que ela passou, McMurphy inclinou a cabeça e piscou o olho brilhante para George.

— George, e aquela papagaiada que a enfermeira vem dizendo sobre o mar bravo, e sobre esta viagem poder ser terrivelmente perigosa... que é que você diz?

— Aquele oceano pode ficar ruim mesmo, claro, bravo mesmo.

McMurphy olhou para a enfermeira que ia entrando na Sala das Enfermeiras e então voltou a olhar para George. George começou a torcer as mãos sob a camisa mais do que nunca, olhando em volta para os rostos silenciosos que o observavam.

— Por Deus! — disse de repente. — Você acha que deixei que ela me metesse medo daquele oceano? Você pensa *isso*?

— Ah, acho que não, George. Entretanto, eu estava pensando que, se você não vier conosco, e se *houver* alguma terrível tempestade, é muito provável que todos nós fiquemos perdidos no mar, sabe disso? Eu disse que não sabia nada a respeito de barcos, e vou dizer-lhe mais: sabe essas duas mulheres que vêm conosco? Essas que eu disse ao médico que eram minhas duas tias, duas viúvas de pescador? Bem, a única navegação que elas já fizeram foi em cimento sólido. Não serão mais capazes de ajudar numa dificuldade do que eu. Nós *precisamos* de

você, George — Ele deu uma tragada no cigarro e perguntou:
— Você tem 10 dólares, já que estamos falando nisso?

George sacudiu a cabeça.

— Não, eu imaginava mesmo que não tivesse. Bem, que diabo, eu desisti da ideia de tirar vantagem dessa história há dias. Tome. — Ele tirou um lápis do bolso da jaqueta verde e o limpou na barra da camisa, estendendo o lápis para George. — Você nos chefia que nós deixamos você vir junto por 5.

George tornou a olhar em volta para nós, franzindo o rosto para a proposta. Finalmente, exibiu as gengivas num sorriso desbotado e pegou o lápis.

— Por Deus! — disse ele e saiu com o lápis para assinar no último lugar na lista.

Depois do café, andando pelo corredor, McMurphy parou e escreveu COMANDANTE antes do nome de George.

As duas prostitutas estavam atrasadas. Todo mundo já pensava que não viriam mesmo, quando McMurphy deu um grito da janela e todos nós fomos correndo olhar. Ele disse que eram elas, mas nós só vimos um carro, em vez dos dois com que contávamos, e apenas uma mulher. McMurphy a chamou através da tela quando ela parou no estacionamento e ela veio correndo pela grama em nossa direção.

Era mais jovem e mais bonita do que qualquer um de nós havia imaginado. Todo mundo já tinha descoberto que as garotas eram prostitutas em vez de tias e estava esperando todo tipo de coisa. Alguns dos mais religiosos não estavam muito contentes com aquilo. Mas, ao vê-la correndo com leveza, pelo gramado, com os olhos verdes erguidos para a janela e os cabelos presos numa longa trança na nuca, voando para cima e para baixo a cada passo seu, como fios de cobre ao sol, tudo que qualquer um de nós pôde pensar foi que ela era uma garota, uma mulher que não estava vestida de branco da cabeça aos pés, como se tivesse sido mergulhada em geada, e como ganhava seu dinheiro não fazia a menor diferença.

Ela correu diretamente para a tela atrás da qual se encontrava McMurphy e enfiou os dedos pelo arame e se encostou nela. Estava arquejando por causa da corrida, e a cada inspiração parecia que se inflaria e entraria pela tela. Chorava um pouco.

— McMurphy, oh, seu maldito McMurphy...
— Deixa isso pra lá. Onde está a Sandra?
— Ela foi presa, cara, não conseguiu vir. Mas, você, que droga, você está bem?
— Ela está presa?
— Para dizer a verdade — a garota limpou o nariz e riu —, a Sandy se *casou*. Você se lembra do Artie Gilfillian, de Beaverton? Costumava sempre aparecer nas festas com algum animal estranho, uma cobrinha-coral, ou um ratinho branco, ou um bichinho esquisito qualquer, no bolso. Um verdadeiro maníaco...
— Ai, meu Jesus! — gemeu McMurphy. — Como é que vou conseguir enfiar dez caras num Ford fedorento, Candy, queridinha? Como é que a Sandra e seu cobra-coral de Beaverton imaginam que eu possa dar um jeito *nisso*?

A garota parecia que estava tratando de imaginar uma resposta quando o alto-falante no teto chiou e a Chefona disse a McMurphy que, se ele queria conversar com sua amiga, seria melhor que ela se registrasse convenientemente na portaria principal, em vez de perturbar o hospital inteiro. A garota afastou-se da tela em direção à entrada principal. McMurphy saiu de perto da tela e se afundou numa cadeira no canto, a cabeça inclinada.

— Que *diabo* — gemeu ele.

O auxiliar menor recebeu a moça, deixando-a entrar na ala, e esqueceu-se de trancar a porta em seguida (mais tarde, passou o diabo por causa disso, aposto). A garota veio andando, com seu balanço gracioso, pelo corredor, passou pela Sala das Enfermeiras, onde todas as enfermeiras estavam tentando congelar seu balanço com um olhar gelado coletivo, e entrou na enfermaria, apenas alguns passos adiante do médico. Ele ia em direção à Sala das Enfermeiras com alguns papéis, olhou para ela, para os papéis, novamente para ela e começou a revirar os bolsos com as duas mãos em busca dos óculos.

Ela parou quando chegou no meio da enfermaria e viu que estava rodeada por quarenta homens vestidos de verde que a olhavam fixamente. Fez-se tamanho silêncio que era possível ouvir barrigas roncando e, por toda a extensão da fileira dos Crônicos, os pingos das sondas.

Teve de ficar de pé ali um minuto enquanto olhava em volta, procurando McMurphy, dando tempo assim para que todos a olhassem bem. Havia uma fumaça azul pairando perto do teto acima de sua cabeça; acho que o aparato inteiro se fundiu por toda a ala, tentando ajustar-se à sua entrada, repentina como foi — fez leituras eletrônicas sobre ela e concluiu que não fora construído para lidar com algo como aquilo ali e, simplesmente, fundiu, como máquinas cometendo suicídio.

Ela vestia uma camiseta branca, igual à de McMurphy, só que muito menor, tênis brancos e calças Levi's cortadas acima dos joelhos para maior liberdade de movimentos, e não parecia que aquilo fosse material suficiente, considerando-se o que havia para ser coberto. Ela já devia ter sido vista com muito menos por um número muito maior de homens, mas, naquelas circunstâncias, começou a se remexer meio sem graça, como uma colegial num palco. Ninguém falou enquanto olhava. Martini realmente murmurou que era possível ler a data das moedas nos bolsos das calças dela, de tão justas que estavam, mas ele estava mais perto e podia ver melhor do que qualquer um de nós.

Billy Bibbit foi o primeiro a falar em voz alta, não uma palavra, realmente, só um assovio baixo e doloroso que descrevia como a mulher tinha melhor aparência do que qualquer outra pessoa. Ela riu e lhe agradeceu, e ele corou e ficou tão vermelho que ela corou junto com ele e tornou a rir. Aquilo descontraiu o ambiente e pôs as coisas em movimento. Todos os Agudos estavam vindo até o meio da enfermaria, tentando conversar com ela, todos ao mesmo tempo. O médico puxava o paletó de Harding, perguntando quem *era* aquela. McMurphy levantou-se da cadeira e foi andando pelo meio do alojamento, até onde ela estava, e quando ela o viu atirou os braços em torno de seu pescoço e disse:

— Você, seu maldito McMurphy — e então ficou envergonhada e corou de novo.

Quando ela corava, não parecia ter mais de dezesseis ou dezessete anos, juro que não.

McMurphy a apresentou a todo mundo e ela apertou a mão de todos. Quando chegou a Billy, agradeceu-lhe novamente pelo assovio. A Chefona veio andando depressa, saindo de sua sala, toda sorridente, e perguntou a McMurphy como ele pretendia enfiar os dez de nós em um carro, e ele perguntou se não poderia talvez levar *emprestado* um carro de um dos funcionários e ir dirigindo ele mesmo. A enfermeira citou uma regra que proibia isso, exatamente como todo mundo sabia que ela faria. Disse que, a menos que houvesse outro motorista para assinar um termo de responsabilidade, metade da tripulação teria de ficar.

McMurphy disse-lhe que aquilo lhe custaria 50 dólares para cobrir a diferença; que ele teria de reembolsar os que não fossem.

— Então talvez — disse a enfermeira — a viagem tenha de ser cancelada... e todo o dinheiro devolvido.

— Eu já aluguei o barco; agora o cara está com 70 pratas do meu dinheiro no bolso!

— Setenta dólares? É? Pensei que tivesse dito aos pacientes que precisava juntar 100 dólares mais 10 seus para financiar a viagem, Sr. McMurphy.

— Eu estava contando com a gasolina nos carros, ida e volta.

— Entretanto, isso não chegaria a 30 dólares, chegaria?

Ela lhe dirigiu um sorriso agradável, esperando. Ele lançou as mãos para o ar e olhou para o teto.

— Puxa vida, a senhora não perde uma oportunidade, não é, Srta. Promotora. Claro, eu ficaria com o troco. Não acho que nenhum dos caras veja algum problema nisso. Imaginei levar algum pelo trabalho que tive...

— Mas seus planos não funcionaram — disse ela. Ainda estava sorrindo para ele, cheia de simpatia. — Suas pequenas especulações financeiras não podem *todas* ser bem-sucedidas, Randle, e, na realidade, quando penso nisso agora, você já teve mais do que lhe cabia em termos de vitórias. — Ela ponderou a respeito daquilo, pensando em alguma coisa que eu sabia que tornaríamos a ouvir mais tarde. — Sim. Todos os Agudos já lhe deram uma promissória por algum "negócio" seu, em uma ocasião ou outra. Assim, não acha que pode suportar essa pequena derrota?

Então ela parou. Viu que McMurphy já não a ouvia mais. Ele estava observando o médico. E o médico olhava para a camiseta da loura como se nada mais existisse. O sorriso malandro de McMurphy se abriu no rosto enquanto observava o transe do médico, e ele empurrou o gorro para trás na cabeça e foi andando até ficar ao lado do médico, assustando-o ao pôr-lhe a mão sobre o ombro.

— Por Deus, Dr. Spivey, o senhor alguma vez já viu um salmão chinook morder a isca? É uma das cenas mais selvagens dos sete mares. Ei, Candy, favo de mel, por que você não fala ao doutor aqui a respeito de pesca em alto-mar e coisas assim...

Trabalhando juntos, McMurphy e a garota não levaram mais de dois minutos e o médico estava lá trancando o consultório e voltando pelo corredor, enfiando papéis numa maleta.

— Há um bocado de trabalho com a papelada aqui que eu posso fazer no barco — explicou à enfermeira e seguiu adiante, tão depressa que ela não teve nem oportunidade de responder, e o restante da tripulação o seguiu, mais lentamente, sorrindo para ela de pé ali na porta da Sala das Enfermeiras.

Os Agudos que não iam reuniram-se na porta da enfermaria. Recomendaram-nos que não trouxéssemos a presa deles antes que estivesse limpa, e Ellis arrancou as mãos dos pregos na parede, apertou a mão de Billy Bibbit e lhe disse para ser um pescador de homens.

E Billy, observando as tachas de metal naquela Levi's de mulher piscarem o olho para ele enquanto ela saía da enfermaria, respondeu a Ellis:

— Para o diabo esse negócio de pescador de homens. — Ele se reuniu a nós junto à porta que o auxiliar menor abriu para que saíssemos e depois a trancou atrás de nós. Estávamos fora, do lado de fora.

O sol, acima das nuvens, iluminava a fachada de tijolos do hospital com uma luz rosa-avermelhada. Uma brisa fraca trabalhava arrancando as poucas folhas que restavam nos carvalhos, empilhando-as de encontro ao arame da cerca anticiclone. Pequenos passarinhos castanhos pousavam na cerca; quando um monte de folhas batia nela, eles voavam com o vento. De início, parecia que as folhas que iam de encontro à cerca transformavam-se em passarinhos e voavam.

Era um belo e enevoado dia de outono, cheio do som de crianças chutando bolas e de motores de pequenos aviões. Todo mundo deveria estar feliz apenas por estar ao ar livre, num dia assim. Mas todos nós formamos um grupo silencioso, com as mãos nos bolsos, enquanto o médico ia buscar seu carro particular. Um grupo silencioso observando a gente da cidade que passava nos carros, a caminho do trabalho, e que diminuía a marcha para olhar estupidamente para todos aqueles loucos de uniforme verde. McMurphy viu como estávamos pouco à vontade e tentou colocar-nos num estado de espírito melhor, brincando e implicando com a garota, mas de alguma forma isso fez com que nos sentíssemos pior. Todos estavam pensando em como seria fácil voltar para a enfermaria, voltar e dizer que a enfermeira tinha razão; com um vento daquele, o mar estaria realmente perigoso demais.

O médico chegou, entramos no carro e partimos, eu, George, Harding e Billy Bibbit no carro com McMurphy e a garota, Candy; e Fredrickson, Sefelt, Scanlon, Martini, Tadem e Gregory seguiram no carro do médico. Todos estavam terrivelmente quietos. Paramos num posto de gasolina, a um quilômetro do hospital; o médico nos seguiu. Ele saltou primeiro e o empregado do posto saiu rapidamente, sorrindo e limpando as mãos num trapo. Então ele parou de sorrir e passou pelo médico para ver apenas o que estava *dentro* daqueles carros. Recuou, limpando as mãos no trapo engordurado, franzindo o rosto.

O médico agarrou o homem pela manga de maneira nervosa, tirou uma nota de 10 dólares e a enfiou na dele, como se estivesse plantando uma muda de tomate.

— Por favor, quer encher os dois tanques com a comum? — pediu o médico. Ele se sentia tão pouco à vontade fora do hospital como todos nós. — Ah, por favor, sim?

— Esses uniformes — disse o empregado — são daquele hospital lá atrás na estrada, não são? — Ele olhava em volta para ver se não havia uma chave-inglesa ou coisa semelhante à mão. Finalmente, ele se sentiu mais seguro perto de uma saca de garrafas vazias.

— Vocês aí são daquele *asilo*?

O médico procurou os óculos desajeitadamente e também olhou para nós, como se tivesse acabado de perceber os uniformes.

— Sim. Isto é, não. Nós, eles *são* do asilo, mas são uma equipe de trabalho, não doentes internados, é claro que não. Uma equipe de trabalho.

O homem olhou com desconfiança para o médico e para nós e saiu para cochichar com o companheiro, que estava lá atrás, no meio das máquinas. Confabularam um minuto, e o segundo sujeito, gritando, perguntou ao médico quem éramos nós. O médico repetiu que éramos uma equipe de trabalho. Os dois caras riram. Eu podia ver, pelo riso deles, que haviam decidido nos vender a gasolina — provavelmente seria fraca, suja e aguada e custaria o dobro do preço normal —, mas aquilo não fez com que me sentisse melhor. Podia ver que todo mundo estava se sentindo muito mal. O fato de o médico ter mentido fez com que nos sentíssemos pior que nunca — não por causa da mentira, nem tanto, mas por causa da verdade.

O segundo cara se aproximou do médico, sorrindo.

— Disse que queria a *super*, senhor? É claro. E que tal verificarmos o óleo e os limpadores de para-brisa? — Ele era maior que o amigo. Inclinou-se para o médico como se estivesse contando um segredo. — Acredita que 80% dos carros mostram, por estatísticas feitas na estrada hoje, que precisam de novos filtros de óleo e limpadores de para-brisa?

O sorriso dele estava coberto de carvão, de anos tirando velas de ignição com os dentes. Ele continuava inclinado para o médico, fazendo-o contorcer-se sob aquele sorriso, à espera de que ele admitisse que estava encurralado.

— Ah, e como é que sua equipe de trabalho está aparelhada em termos de óculos escuros? Temos uns bons Polaroides. — O médico sabia que fora apanhado. Mas bem no instante em que abriu a boca para entregar os pontos e dizer sim, qualquer coisa, ouviu um zumbido e a capota do nosso carro começou a subir. McMurphy xingava a capota sanfonada, tentando empurrá-la para trás mais depressa do que o mecanismo suportava. Todo mundo podia ver que ele estava furioso pelo jeito que socava e batia naquela capota, que se levantava lentamente; quando conseguiu que ficasse no lugar, depois de xingar e martelá-la com os punhos, passou por cima da garota, saltou por sobre a porta do carro e foi andando até ficar entre o médico e o empregado do posto e olhou para a boca do sujeito, encarando-o.

— Agora, tudo ok, amigo, nós queremos a comum, como o doutor mandou. Dois tanques da comum. Mais nada. Pro diabo com essa outra porcariada toda. E vamos pagar com um desconto de 3 centavos porque somos uma expedição patrocinada pelo governo.

O empregado não se mexeu.

— Ah, é? Pensei que o professor aqui tivesse dito que vocês não eram pacientes.

— Ora, amigo, você não está vendo que isso é apenas uma precaução gentil para impedir que caras como vocês se *assustem* com a verdade? O doutor não mentiria assim a respeito de *quaisquer* pacientes; mas nós não somos birutas comuns; somos todos sujeitos acabados de sair da ala de maníacos criminosos, a caminho de San Quentin, onde eles têm melhores condições para lidar conosco. Está vendo aquele garoto sardento ali? Bem, ele pode parecer que acabou de sair da capa do *Saturday Evening Post*, mas é um maníaco que maneja com arte uma faca e que já matou três homens. O cara ao lado dele é conhecido como o Grande Ganso Louco, imprevisível como um porco selvagem. Está vendo aquele grandalhão ali? É um índio e surrou seis homens brancos até a morte com um cabo de picareta quando eles tentaram passá-lo para trás na compra de peles de ratos-almiscarados. Levante-se para que eles possam ver você, Chefe.

Harding me cutucou com o polegar, e eu me levantei dentro do carro. O cara cobriu os olhos com a mão, olhou para mim e nada disse.

— Bem, admito que é um grupo da *pesada* — disse McMurphy —, mas está tudo planejado, autorizado, uma excursão legalmente patrocinada pelo governo, e temos direito ao desconto legal exatamente como se fôssemos do FBI.

O outro tornou a olhar para McMurphy, que enfiou os polegares nos bolsos, balançou-se para trás e olhou para ele por sobre a cicatriz do nariz. O sujeito virou-se para verificar se o companheiro ainda estava parado junto das garrafas vazias. Então, sorriu para McMurphy.

— Turminha braba, é isso que está dizendo, ruivo? Que é melhor entrarmos na linha e fazermos o que nos mandam, não é isso? Bem, então me conta, ruivo, por que é que *você* foi apanhado? Por tentar assassinar o presidente?

— Ninguém conseguiu *provar* isso, amigo. Eles me pegaram por um crimezinho vagabundo. Matei um cara num ringue, sabe como é, e então me *encanaram*.

— Um desses assassinos com luvas de boxe, é isso, ruivo?

— Ora, eu não disse isso, disse? Nunca consegui me acostumar com esses travesseiros que se usam nos punhos. Não, não foi nenhum grande acontecimento televisionado do Cow Palace; sou mais o que você chamaria de um lutador de boxe de terrenos baldios.

O cara enfiou os polegares nos bolsos para zombar de McMurphy.

— Você é mais o que eu chamaria de um lutador de boxe de merda, um contador de vantagens.

— Ora, mas eu não disse que contar vantagens não era, também, uma de minhas especialidades, disse? Mas eu quero que você olhe aqui. — Ele levantou as mãos na cara do sujeito, bem perto mesmo, virando-as devagar, as palmas e as juntas. — Alguma vez já viu um homem ficar com suas mãos estropiadas desse jeito só por *contar vantagem*? Já viu, amigo?

Ele ficou com as mãos bem na cara do sujeito durante muito tempo, esperando para ver se ele ainda tinha mais a dizer. O sujeito olhou para as mãos, para mim, e para as mãos de novo. Quando ficou bem evidente que ele nada mais tinha de realmente importante para dizer, McMurphy afastou-se dele e foi até o outro, o que estava encostado no refrigerador, e arrancou-lhe da mão a nota de 10 dólares do médico, dirigindo-se em seguida para a mercearia vizinha ao posto.

— Vocês aí, calculem quanto sai a gasolina e mandem a conta para o hospital — gritou. — Pretendo usar dinheiro vivo para comprar uns refrigerantes para os rapazes. Creio que vamos comprar isso em vez de limpadores de para-brisa e filtros de óleo.

Quando ele voltou, todos se sentiam arrogantes como galos de briga, dando ordens aos sujeitos do posto de gasolina para calibrar o estepe e limpar os vidros e tirar aquele cocô de passarinho do capô, se faz o favor, simplesmente como se a casa fosse deles. Quando o grandalhão não limpou o para-brisa ao gosto de Billy, este o chamou de volta.

— Você não tirou essa ma-mancha aqui, onde o mosquito ba-bateu.

— Isso não foi um mosquito — disse o sujeito de má vontade, raspando com a unha. — Foi um passarinho.

Martini berrou lá do outro carro que não poderia ter sido um passarinho.

— Se fosse, teria de ter penas e ossos.

Um homem parou com sua bicicleta para perguntar qual a razão de todos aqueles uniformes verdes — algum clube? Harding empertigou-se e respondeu:

— Não, meu amigo. Somos lunáticos saídos daquele hospital, ali adiante na estrada, cerâmica psíquica, as *cucas fundidas* da humanidade. Gostaria que eu interpretasse um teste de Rorschach para você? Não? Está com pressa? Ah, ele foi embora. Que pena! — Virou-se para McMurphy. — Eu nunca havia percebido que a doença mental pode incluir o aspecto de poder, *poder*. Pense nisto: talvez quanto mais louco um homem seja, mais poderoso poderá se tornar. Hitler é um exemplo. Se a gente se sente bem, algo faz o velho cérebro funcionar de novo, não é? Temos aí um bom tema para reflexão.

Billy abriu uma lata de cerveja para a garota, e ela o estimulou tanto com seu sorriso alegre e seu "Obrigada, Billy" que ele começou a abrir latas para todo mundo.

Fiquei sentado ali, sentindo-me bem e à vontade, bebericando a cerveja; eu podia ouvir o líquido escorregando por dentro de mim — zzzt zzzt. Eu havia esquecido que existiam sons e gostos bons assim, como o som e o gosto da cerveja descendo. Tomei mais um gole e comecei a olhar em volta para ver o que mais eu havia esquecido em vinte anos.

— Cara! — disse McMurphy enquanto tirava a moça de trás do volante e a empurrava para junto de Billy. — Olhem só para o Grande Chefe derrubando essa pinga! — e meteu o carro a toda no meio do tráfego, com o médico gritando atrás para manter o ritmo.

Ele nos mostrara o que se podia conseguir com um pouco de desafio e de coragem, e pensamos que nos havia ensinado como usá-los. Por todo caminho até a costa, nos divertimos fingindo que éramos corajosos. Quando as pessoas olhavam para nós e para nossos uniformes verdes num sinal fechado, fazíamos como ele, sentávamo-nos bem eretos, fortes e com aparência de gente durona, abríamos um grande sorriso e as encarávamos de volta até que os motores delas morriam, as janelas refletiam o sol e elas ficavam sentadas ali, quando o sinal abria, muito perturbadas por causa daquele bando de macacos selvagens que agora estava a menos de um metro de distância deles, sem qualquer socorro à vista.

Enquanto isso, McMurphy nos conduzia, os doze, em direção ao oceano.

Eu acho que McMurphy sabia melhor do que nós que nossa aparência de durões era só encenação, porque ainda não conseguira obter uma risada verdadeira de ninguém. Talvez não pudesse compreender por que ainda não éramos capazes de rir, mas sabia que ninguém é realmente forte se não sabe ver o lado engraçado das situações. De fato, ele se esforçava tanto para mostrar esse lado que eu me perguntava às vezes se, talvez, ele não estava cego em relação ao outro, se ele não era, quem sabe, incapaz de ver o que ressecava o riso lá dentro, no fundo da gente. Talvez os outros também não fossem capazes de ver isso, apenas pudessem sentir as pressões das várias ondas e frequências vindas de todas as direções, empurrando-os e dobrando-os para um lado ou para o outro, sentir a Liga funcionando — mas eu era capaz de *ver* isso.

Do mesmo modo que notamos a mudança em alguma pessoa de quem estivemos afastados durante muito tempo, enquanto os que a veem diariamente, dia após dia, não perceberiam, porque a mudança é gradual. Por todo o caminho em direção à costa, eu podia ver sinais do que a Liga havia conseguido fazer desde que eu estivera por ali pela última vez, como, por exemplo, um trem parando numa estação e despejando uma fileira de homens de ternos de um mesmo feitio e chapéus feitos em série; despejando-os como uma ninhada de insetos idênticos, coisas meio vivas saindo do último carro fazendo ft-ft-ft, então piando seu assovio elétrico e seguindo pela terra estragada para despejar outra ninhada.

Ou cinco mil casas picotadas identicamente por uma máquina e espalhadas pelas colinas nos arredores da cidade, tão recentemente saídas da fábrica que ainda estão presas umas às outras como salsichas, com um cartaz dizendo: ANINHE-SE NAS CASAS DO OESTE — SEM ENTRADA PARA VETERANOS DE GUERRA, um playground no sopé da colina onde ficam as casas, atrás de uma cerca de arame xadrezado e outro cartaz: ESCOLA SÃO LUCAS PARA MENINOS, na qual cinco mil meninos de calças de veludo cotelê verde e camisas brancas sob suéteres verdes estão brincando de chicotinho-queimado num acre de terra coberta de cascalho. A fila saltava, torcia-se e contorcia-se como uma cobra, e cada estalo do chicote punha para fora do final da fila um garotinho, que ia rolando até bater contra a cerca como um galho seco levado pelo vento. E era sempre o mesmo garotinho, uma vez atrás da outra.

Todos aqueles cinco mil garotos moravam naquelas cinco mil casas, de propriedade daqueles que haviam saltado do trem. As casas eram tão parecidas que volta e meia os garotos se enganavam e iam para casas diferentes e para famílias diferentes. Ninguém nunca percebia. Eles comiam e iam para a cama. O único que eles percebiam era o garotinho do fim da fila. Ele sempre estava tão esfolado, tão machucado, que pareceria deslocado aonde quer que fosse. Tampouco era capaz de se descontrair e rir. Rir é difícil de se fazer quando se pode sentir a pressão daquelas ondas que vêm de cada carro novo que cruza, ou de cada casa nova pela qual se passa.

— Podemos até ter um grupo em Washington — dizia Harding. — Grupos de pressão. Grandes cartazes à beira da estrada, mostrando um esquizofrênico tatibitate dirigindo uma máquina de demolição, com letras coloridas, em tamanho grande: EMPREGUE OS INSANOS. Temos um futuro cor-de-rosa, cavalheiros.

Atravessamos uma ponte sobre o Siuslaw. Havia bastante neblina no ar para que eu pudesse esticar a língua no vento e sentir o gosto do mar antes que pudéssemos vê-lo. Todo mundo sabia que já estávamos perto e ninguém disse uma palavra sequer durante todo o caminho até o porto.

O comandante que deveria nos levar tinha uma cabeça careca que parecia de metal cinzento apoiada sobre uma gola rulê preta como uma torre de tiro de um submarino; o charuto apagado enfiado na boca nos examinando. Ele ficou ao lado de McMurphy no ancoradouro e olhava para o mar enquanto falava. Atrás dele e alguns degraus acima, seis ou oito homens metidos em casacos de couro estavam sentados num banco, diante da fachada da loja de iscas. O comandante falava alto, para os vadios de um lado, e para McMurphy do outro.

— Não me importo. Disse-lhe especificamente na carta. Se você não tem um documento de liberação assinado, isentando-me junto às autoridades competentes, eu não saio. — A cabeça redonda girou na torre de seu suéter, baixando o charuto em direção ao nosso grupo. — Olhe aí. Um bando desses no mar poderia querer saltar sobre a amurada como ratazanas. Os parentes me processariam e me tomariam tudo que tenho. Não posso arriscar.

McMurphy explicou que a outra moça deveria ter apanhado todos aqueles papéis em Portland. Um dos caras encostados na loja de iscas gritou:

— Que garota? A lourinha aí não é capaz de dar conta de vocês todos? — McMurphy não lhe deu a mínima atenção e continuou discutindo com o comandante, mas podia-se ver como aquilo incomodava a garota. Os sujeitos junto da loja continuavam lançando olhares de soslaio para ela, inclinando-se e aproximando-se uns dos outros para cochichar. Toda a nossa tripulação, inclusive o médico, notou isso e começou a se sentir envergonhada de não tomar alguma providência. Não éramos aquele grupo atrevido que pouco antes estivera lá no posto de gasolina.

McMurphy parou de discutir quando viu que nada conseguiria com o capitão e virou-se umas duas vezes passando a mão pelos cabelos.

— Qual foi o barco que alugamos?

— Aquele ali. O *Cotovia*. Homem nenhum põe o pé nele antes que eu tenha um documento assinado me isentando de responsabilidade. Homem nenhum.

— Eu não pretendo alugar um barco para que nós possamos nos sentar o dia inteiro e ficar vendo-o balançar para cima e para baixo no ancoradouro — disse McMurphy. — Não tem um telefone ali na sua barraca de iscas? Vamos esclarecer esse negócio.

Subiram pesadamente os degraus que levavam à loja de iscas e entraram, deixando-nos agrupados ali sozinhos, com aquele bando de vadios lá em cima nos observando, fazendo comentários, dando risadinhas e cutucando um ao outro nas costelas. O vento soprava sobre os barcos em suas amarras, fazendo-os bater contra os pneus de borracha molhados, presos ao longo do ancoradouro, de modo que faziam um ruído como se estivessem rindo de nós. A água gargalhava sob os barcos, e a placa pendurada sobre a porta da loja de iscas, que dizia EQUIPAMENTOS MARÍTIMOS — PROPRIETÁRIO: CAPITÃO BLOCK, estava guinchando e rangendo ao vento, que sacudia seus ganchos enferrujados. Os mexilhões agarrados nas estacas, elevados 1 metro acima da água, marcando a linha da maré, assoviavam e estalavam sob o sol.

O vento se tornara frio e cortante. Billy Bibbit tirou o casaco verde e o deu à garota. Ela o vestiu sobre a camiseta fina. Um dos vadios continuava gritando:

— Ei, você, lourinha, gosta de garotos bobocas como esses? — Os lábios do homem estavam arroxeados e seu rosto era vermelho sob os olhos, onde o vento havia triturado as veias da superfície. — Ei, você, lourinha — ele continuava gritando repetidamente, numa voz alta e cansada: — Ei, você, lourinha... ei, você, lourinha... ei, você, lourinha...

Nós nos agrupamos mais, por causa do vento.

— Diga-me, lourinha, por que *você* foi internada?

— Ah, ela não foi internada, Perce, ela é parte do *tratamento*!

— É isso mesmo, lourinha? Você foi contratada como parte do *tratamento*? Ei, você, lourinha.

Ela levantou a cabeça e nos lançou um olhar que indagava onde estava aquele grupo esquentado que ela vira, e por que não diziam algo para defendê-la? Ninguém respondeu ao olhar. Toda a nossa força desafiante havia subido aqueles degraus, com o braço passado em volta do ombro daquele capitão careca.

Ela levantou a gola da jaqueta, apertando-a em volta do pescoço, abraçou os cotovelos e saiu andando pelo ancoradouro para tão longe de nós quanto pôde. Ninguém foi atrás dela. Billy Bibbit tremeu de frio e mordeu o lábio. Os sujeitos da loja de iscas cochicharam de novo e se agitaram, dando risadas.

— Pergunte a ela, Perce... ande.

— Ei, lourinha, você conseguiu que assinasse um papel isentando você de responsabilidade junto às autoridades competentes? Estão me dizendo que os parentes poderiam processar se um dos garotos caísse e se afogasse enquanto estivesse a bordo. Já pensou nisso? Talvez seja melhor você ficar aqui conosco, lourinha.

— É, lourinha, meus parentes não processariam. Prometo. Fique aqui conosco, lourinha.

Tive a impressão de que podia sentir meus pés ficarem molhados à medida que o ancoradouro afundava de vergonha na baía. Não tínhamos condições de estar ali fora com outras pessoas. Desejei que McMurphy voltasse, xingasse bastante aqueles sujeitos e então nos levasse de volta para o lugar onde devíamos estar.

O homem de lábios arroxeados fechou a faca, levantou-se e limpou os farelos do colo. Começou a andar em direção aos degraus.

— Ora, vamos, lourinha, pra que é que você quer se meter com esses *babacas*?

Ela se virou e olhou para ele lá da extremidade do ancoradouro, em seguida olhou para nós, e podia-se ver que ela estava pensando na proposta dele quando a porta da loja de iscas se abriu e McMurphy saiu apressadamente. Passando por eles, desceu os degraus.

— Tripulação, embarcar, está tudo resolvido! Combustível e tudo pronto e a bordo há iscas e cerveja.

Ele deu uma palmada no traseiro de Billy, deu uns passos de dança e começou a soltar as cordas das amarras.

— O velho Capitão Block ainda está ao telefone, mas vamos dar o fora assim que ele sair. George, vamos ver se você consegue esquentar esse motor. Scanlon, você e Harding desamarrem aquela corda ali. Candy! Que diabo você está fazendo aí? Vamos embora, querida, estamos de partida.

Entramos no barco às carreiras, satisfeitos com qualquer coisa que nos levasse para longe daqueles caras enfileirados na loja de iscas. Billy tomou a mão da garota e a ajudou a subir a bordo. George cantarolava sobre o quadro de instrumentos na ponte de comando, mostrando os botões para que McMurphy girasse ou apertasse.

— São esses engulhadores, barquinhos de engulhos, é como os chamamos — disse ele a McMurphy. — São bem fáceis, fáceis como dirigir um carro.

O médico hesitou antes de subir a bordo e olhou para a loja onde todos os vagabundos estavam se movendo em círculos em direção aos degraus.

— Não acha, Randle, que seria melhor que esperássemos... até que o capitão...

McMurphy, segurando-o pelas lapelas, levantou-o do ancoradouro, pondo-o dentro do barco como se ele fosse um garotinho.

— Sim, doutor, esperar até que o capitão o *quê?* — Começou a rir como se estivesse bêbado, falando de maneira agitada e nervosa. — Esperar até que o capitão saia e nos diga que o número de telefone que eu lhe dei é de um bordel em Portland? É claro! Ei, George, anda logo; assuma o comando dessa coisa e nos tire daqui! Sefelt! Solte aquela corda e suba. George, vamos embora!

O motor espocou e morreu, espocou outra vez como se estivesse pigarreando, então rugiu e pegou a toda.

— *Ooobaa!* Aí vai ele. Dê carvão pra ele, George, e todos os braços a postos para repelir hóspedes.

Uma massa branca de fumaça e água ergueu-se da traseira do barco quando a porta da loja de iscas se abriu com estrondo e a cabeça do capitão saiu como uma bala e desceu as escadas como se estivesse arrastando não somente seu corpo, mas também o dos outros oito vagabundos. Eles vieram correndo pelo ancoradouro e pararam bem no fervilhar de espuma que subia, cobrindo-lhes os pés à medida que George ia virando o grande barco para fora e para longe do ancoradouro, e tínhamos o mar para nós.

Uma guinada repentina no barco atirara Candy de joelhos no chão. Billy a ajudou a levantar-se e tentava ao mesmo tempo desculpar-se pela maneira como havia agido no ancoradouro. McMurphy desceu da ponte de comando e perguntou se eles dois gostariam de ficar a sós, de forma que pudessem falar sobre os velhos tempos. Candy olhou para Billy e tudo que ele conseguiu fazer foi sacudir a cabeça e gaguejar. McMurphy disse que nesse caso era melhor que ele e Candy descessem e verificassem se havia vazamentos, e que o restante de nós podia ficar onde estava por enquanto. Ele ficou na porta da cabine, bateu continência, piscou e nomeou George comandante e Harding imediato.

— Continuem, marujos — disse e seguiu a garota para o interior da cabine.

O vento amainou e o sol ficou mais alto, cromando o lado leste das compridas ondas verde-escuras. George dirigiu o barco direto para o mar, a toda velocidade, fazendo com que o ancoradouro e a loja de iscas ficassem cada vez mais para trás. Quando passamos pelo último ponto do quebra-mar e pela última rocha negra, pude sentir que uma enorme calma descia sobre mim, uma calma que foi aumentando quanto mais nos afastávamos da terra.

Haviam discutido animadamente durante alguns minutos sobre nosso ato de pirataria quanto à posse do barco, mas agora todos estavam quietos. A porta da cabine se abriu uma vez, por tempo suficiente para que um caixote de cerveja fosse empurrado para fora. Billy abriu uma cerveja para cada um com um abridor que encontrara na caixa de equipamentos e foi passando adiante. Bebemos e observamos a terra ir afundando na nossa trilha.

A 1 milha da costa, mais ou menos, George diminuiu a marcha para o que ele chamou de giro preguiçoso, pôs quatro homens nas quatro varas de pescar na traseira do barco, e o restante de nós se esparramou sob o sol no teto da cabine ou lá em cima na proa. Tiramos a camisa e ficamos observando os quatro tentarem mastrear as varas. Harding disse que, pelo regulamento, cada homem ficaria com uma vara até que conseguisse um peixe, então tinha de trocar com outro que ainda não tivesse tido a oportunidade. George ficou no leme, olhando para fora, pela vidraça manchada de sal, e berrava instruções sobre como ajustar as carretilhas e linhas e como prender um arenque no anzol, e a que distância e profundidade pescar.

— E pegue aquela vara número quatro e acrescente 350 gramas nela com um cabo que tenha uma carretilha de correr, mostro pra vocês daqui a um minuto, e vamos sair atrás desse *grandalhão* até lá no fundo com essa vara!

Martini correu até a beira e inclinou-se sobre a amurada, olhando fixamente para a água, na direção de sua linha.

— Oh! Oh, meu Deus — disse ele, mas o que quer que tenha visto estava muito lá no fundo para qualquer um de nós.

Havia outros barcos de pesca subindo e descendo pela costa, mas George não esboçou nenhuma tentativa de se juntar a eles; continuou seguindo firme em frente, ultrapassando-os, em direção ao mar aberto.

— Podem apostar — disse ele. — A gente sai com os barcos comerciais, para onde há *peixe* de verdade.

As ondas deslizavam, em tom esmeralda-escuro de um lado, prateado do outro. Os únicos ruídos eram o pipocar e o zumbido ocasional do motor, quando as ondas cobriam e descobriam o escape, e o grito estranho e perdido dos pequenos pássaros pretos, mergulhando ao redor, pedindo informações uns aos outros. Tudo mais estava em silêncio. Alguns dos rapazes dormiam, enquanto outros observavam a água. Estávamos navegando a cerca de uma hora quando a ponta da vara de Sefelt se arqueou e mergulhou na água.

— George! Jesus, George, venha nos dar uma ajuda!

George não queria nada com a vara, sorriu e disse a Sefelt para afrouxar a rosca do travão, manter a ponta para cima, *para cima*, e pintar o diabo com aquele cara até ele cansar!

— Mas e se eu tiver um ataque?

— Ora, nós simplesmente colocaremos um anzol e uma linha em você e o usaremos como isca — disse Harding. — Agora mande brasa em cima desse cara como o capitão ordenou e pare de se preocupar com ataques.

Trinta metros atrás do barco, o peixe surgiu ao sol num chuveiro de escamas prateadas, os olhos de Sefelt se arregalaram, e ele ficou tão entusiasmado olhando o peixe que deixou a extremidade da vara virar para baixo, e a linha voltou com um estalo contra o barco, como se fosse elástico.

— *Para cima*, eu lhe disse! Você deixou que ele pudesse puxar direto, não vê? Mantenha essa ponta *para cima... para cima!* Você havia apanhado um grande prateado, puxa vida!

O maxilar de Sefelt estava pálido e trêmulo quando ele finalmente entregou a vara a Fredrickson.

— Ok... mas, se você apanhar algum com um anzol na boca, é meu bendito peixe!

Eu estava tão entusiasmado quanto os outros. Não havia planejado pescar, mas, depois de ver aquela força de aço que um salmão tem na ponta de uma linha, saí do topo da cabine e vesti a camisa para esperar minha vez.

Scanlon estabeleceu um prêmio para o maior peixe e outro para o primeiro que fosse apanhado: quatro pratas de cada um que quisesse participar. Mal tinha acabado de pegar o dinheiro no bolso, Billy puxou para dentro uma coisa horrorosa, que parecia um sapo de 5 quilos com espinhos por todo lado.

— Isso não é peixe — disse Scanlon. — Você não pode ganhar com isso.

— Não é nenhum pa-pa-passarinho.

— Isso aí é uma *espécie* de bacalhau — disse George. — Ele é um peixe ótimo de comer se a gente tirar todos os espinhos dele.

— Está vendo. Ele também é peixe. Pa-pa-pague.

Billy me cedeu sua vara, recebeu o dinheiro e foi sentar-se junto da cabine, onde estavam McMurphy e a garota. Ficou olhando para a porta fechada com tristeza.

— Eu go-go-go-gostaria que houvesse varas para todos — disse ele, encostando-se na parede da cabine.

Eu me sentei e segurei a vara, observei a linha correr na esteira. Inspirei aquele ar e senti que as quatro latas de cerveja que havia bebido libertavam dúzias de mecanismos de controle bem lá dentro de mim: por toda parte, os lados cromados das ondas cintilavam e brilhavam ao sol.

George gritou para que olhássemos mais para a frente, que dali vinha exatamente o que estávamos procurando. Eu me inclinei e me virei para olhar, mas tudo que vi foi uma grande tora de madeira flutuando, e aquelas gaivotas pretas voando em círculos e mergulhando em volta da tora, como folhas negras apanhadas num redemoinho. George aumentou um pouco a velocidade, dirigindo-se para o lugar onde os pássaros voavam em círculos, e a velocidade do barco puxou tanto minha linha que eu concluí que a gente não seria capaz de dizer se havia apanhado algum peixe ou não.

— Essas gaivotas aí, elas vão sempre atrás de cardumes de peixes-vela — disse-nos George enquanto manobrava. — São peixinhos brancos bem pequenos, do tamanho de um dedo. Depois de secos, queimam da mesma forma que uma vela. Eles são *comida* de peixe, peixinhos camaradas. E pode apostar que onde há um cardume de peixes-vela a gente acha salmões prateados em busca de alimento.

Ele se enfiou no meio dos pássaros, desviando-se da tora flutuante. De repente, por toda a parte em volta de mim, os peixinhos, as gaivotas e os salmões rompiam através daquilo tudo. Vi uma daquelas gaivotas mudar de direção e dirigir-se para um ponto a 30 metros atrás da minha vara, onde devia estar meu arenque. Segurei com firmeza, meu coração saltando, e então senti um arranco nos braços como se alguém tivesse batido na vara com um bastão de beisebol e minha linha saiu queimando, deslizando na carretilha sob meu polegar, vermelha como sangue.

— Use a rosca do travão! — berrou George para mim, mas o que eu sabia sobre roscas de travões era absolutamente nada. Assim, apenas apertei mais forte com o polegar até que a linha ficou amarela de novo, foi girando cada vez mais devagar e parou. Olhei em volta, e lá estavam todas as outras três varas puxando como a minha. Todos os que estavam sentados saltaram de cima da cabine, diante de toda aquela animação.

— Para cima! Para cima! Mantenham a ponta virada para cima! — berrava George.

— McMurphy! Chegue aqui e venha ver isso.

— Deus o abençoe, Fred, você apanhou o bendito do meu peixe!

— McMurphy, precisamos de ajuda!

Ouvi McMurphy rindo, e o vi pelo canto do olho, de pé ali na porta da cabine, sem ensaiar um movimento sequer para fazer alguma coisa, e eu estava ocupado demais, girando a manivela para puxar meu peixe, para lhe pedir ajuda. Todo mundo gritava para que ele fizesse algo, mas ele não se mexia. Até o médico, que tinha a vara de profundidade, pedia ajuda a McMurphy. E McMurphy apenas ria. Finalmente, Harding viu que McMurphy nada ia fazer; assim, ele pegou o arpão e puxou meu peixe para dentro do barco com um gesto rápido e preciso, como se tivesse trazido peixes para o interior de barcos durante a vida inteira. Ele é grande como minha perna, pensei, grande como uma estaca de cerca! Ele é maior do que qualquer peixe que já peguei na cachoeira. Está saltando no fundo do barco como um arco-íris enlouquecido! Sangra e solta escamas como moedas de prata. Tenho medo de que salte sobre a amurada. McMurphy não faz gesto algum para ajudar. Scanlon agarra o peixe e o vence, impedindo assim que salte a amurada. A garota vem correndo de lá de baixo, grita que é a vez dela, xinga, agarra e puxa a vara e o anzol se enfia em mim umas três vezes, enquanto estou tentando prender um arenque para ela.

— Chefe, quero ser mico de circo se alguma vez na minha vida vi alguma coisa *demorar* tanto! Oh, seu polegar está sangrando. Aquele monstro mordeu você? Alguém venha rápido fazer um curativo no polegar do Chefe... rápido!

— Aqui vamos nós para o meio deles novamente — berra George, e eu solto a linha na popa do barco e vejo o brilho do arenque desaparecer sob o ataque azul-acinzentado de um salmão. A linha desce chiando para dentro d'água. A garota agarra a vara com as duas mãos e cerra os dentes.

— Ah, não, você não vai, danado! Ah, não...

Ela está de pé, com a ponta da vara firme entre as pernas, as mãos apertadas abaixo da carretilha e a manivela da carretilha fica batendo nela enquanto a linha se desenrola.

— Ah, não, você não vai!

Ela ainda está com o casaco de Billy, mas a carretilha o abriu de repente, e todo mundo a bordo vê que a camiseta que ela vestia sumiu — todo mundo olhando estupidamente, tentando apanhar seu peixe, esquivando-se do meu, que se debatia no fundo do barco, com a manivela daquela carretilha agitando o busto dela a tanta velocidade que o bico é apenas uma mancha vermelha!

Billy salta para ajudar. Tudo que ele pode fazer é estender os braços por trás dela e ajudá-la a apertar mais a vara entre os seios, até que afinal a carretilha para, por nenhuma outra razão a não ser a pressão de sua carne. A essa altura, ela está tão tesa e seus seios parecem tão firmes que penso que ela e Billy poderiam ambos soltar as mãos e os braços que ela *ainda* estaria segurando aquela vara.

Essa confusão de atividade dura algum tempo — os homens lastimando-se, xingando e tentando cuidar de suas varas enquanto observam a garota; a batalha sangrenta e violenta entre Scanlon e meu peixe no meio dos pés de todo mundo; as linhas todas emaranhadas, em todas as direções, com os óculos do médico num cordão emaranhado também, e balançando numa das linhas a 3 metros de distância da popa do barco, os peixes saltando, tentando abocanhar o reflexo luminoso das lentes, e a garota xingando furiosamente e agora olhando para os seios nus, um branco e o outro bem vermelho — e apenas por um segundo George para de olhar para onde está indo, bate com o barco naquela tora de madeira e desliga o motor.

Enquanto isso, McMurphy ri. Balança-se cada vez mais para trás contra o topo da cabine e lança sua risada para longe através da água — rindo da garota, dos caras, de George, de mim, por estar chupando meu dedo que sangra, do capitão lá atrás no ancoradouro, do ciclista e dos caras do posto de gasolina e das cinco mil casas e da Chefona e de tudo aquilo. Porque ele sabe que temos de rir daquilo que nos fere só para nos manter equilibrados, só para impedir que o mundo nos enlouqueça de todo. Ele sabe que há um lado doloroso; ele sabe que meu dedo lateja e que sua namorada está com um seio machucado, e que o médico está perdendo os óculos, da mesma forma que não deixará que essa graça esconda a dor.

Vejo que Harding, caído ao lado de McMurphy, também está rindo. E Scanlon, no fundo do barco. Rindo deles mesmos tanto quanto de nós. E a garota, com os olhos ainda contraídos de dor, enquanto olha do seio branco para o seio vermelho, começa a rir. E Sefelt e o médico. Todo mundo ri.

Começou devagar e foi aumentando até ficar cheio, fazendo os homens ficarem cada vez maiores. Eu observei, sendo parte deles, rindo com eles, e de alguma forma sem estar com eles. Eu estava fora do barco, erguido acima da água e deslizando no ar com aqueles pássaros negros, alto, acima de mim mesmo, e podia olhar para baixo e ver a mim mesmo e aos outros, ver o barco balançando ali no meio daqueles pássaros que mergulhavam, ver McMurphy rodeado por seus doze homens, e observá-los, a nós, lançando um riso que ecoava na água, em círculos cada vez maiores, mais distantes e maiores, até estourar nas praias por toda a costa, nas praias de todas as costas, em onda após onda após onda.

O médico apanhara alguma coisa no fundo do mar com a vara de profundidade, e todo mundo no barco, exceto George, havia pescado um peixe e trazido para o barco. Quando o médico conseguiu levantar essa coisa até onde podíamos distingui--la, apenas um vulto esbranquiçado que surgia, para depois mergulhar em direção ao fundo, a despeito de tudo que ele tentava fazer para segurá-lo. Tão logo conseguia trazê-lo novamente para a superfície, levantando e girando a manivela da carretilha, com pequenos grunhidos tensos e teimosos, e recusando qualquer ajuda que os outros pudessem oferecer, o animal via a luz e descia.

George não se deu ao trabalho de dar partida no barco outra vez, mas desceu para nos ensinar a limpar o peixe sobre a amurada e a abrir as guelras, de forma que a carne ficasse mais gostosa. McMurphy amarrou um pedaço de carne em cada extremidade de uma corda de 1 metro, atirou-a no ar e fez dois pássaros barulhentos saírem espiralando, "até que a morte os separe".

Toda a popa do barco e a maioria das pessoas que se encontravam nele estavam salpicadas de vermelho e de prata. Alguns de nós tiramos as camisas e, mergulhando-as na água por sobre a amurada, tentamos limpá-las. Fomos passando o dia assim, pescando um pouco, bebendo a outra caixa de cerveja e dando de comer aos pássaros até a tarde, enquanto o barco balançava preguiçosamente nas ondas e o médico lutava com seu monstro das profundidades. Um vento começou a soprar e agitou o mar em pedaços verdes e prateados, como um campo de vidro e de cromo, e o barco começou a balançar e a jogar mais, com mais força. George disse ao médico que ele teria de puxar logo seu peixe, ou soltá-lo, porque se aproximava um mau tempo. O médico não respondeu. Apenas ergueu mais a vara, inclinou-se para a frente e puxou a linha e ergueu de novo.

Billy e a garota haviam subido para a proa e conversavam, olhando para a água. Billy gritou que vira alguma coisa, e todos nós corremos para a amurada daquele lado, e uma forma grande e branca estava começando a se tornar sólida a uns 3 ou 4 metros abaixo. Era estranho observá-la, de início apenas uma coisa levemente colorida, depois uma forma branca sob a água, tornando-se sólida, viva...

— Meu Jesus — exclamou Scanlon —, isto é o peixe do doutor!

Estava do lado oposto ao do médico, mas podíamos ver pela direção da linha que ela ia para a forma debaixo d'água.

— Nunca conseguiremos trazê-lo para dentro do barco — disse Sefelt. — E o vento está se tornando mais forte.

— É um grande linguado — disse George. — Às vezes, eles pesam 100 ou mesmo 200 quilos. Vocês têm de puxá-lo para dentro com o guincho.

— Vamos ter de cortar a linha, doutor — afirmou Sefelt e pôs o braço em volta dos ombros do médico. O médico nada disse; a camisa estava ensopada de suor, e seus olhos, brilhantes e vermelhos, por estar havia tanto tempo sem óculos. Continuou puxando e girando a manivela até que o peixe apareceu do seu lado do barco. Nós o observamos vir aproximando-se da superfície por mais alguns minutos, então começamos a aprontar o cabo e o guincho.

Mesmo com o arpão enfiado nele, ainda levou uma hora para trazermos o peixe para a popa do barco. Tivemos de enganchá-lo com as outras três varas, e McMurphy se inclinou, meteu a mão nas guelras e, com um puxão, o trouxe para dentro, branco, transparente e achatado. Ele caiu no fundo do tombadilho junto com o médico.

— Isso foi uma façanha e tanto — arquejou o médico, esparramado no chão, sem força bastante para tirar o peixe de cima dele. — Isto foi... realmente uma façanha e tanto.

O barco balançou e estalou durante todo o caminho de volta para terra, enquanto McMurphy contava histórias terríveis sobre naufrágios e tubarões. As ondas foram ficando maiores à medida que nos aproximávamos da costa, e das cristas das ondas, voavam nuvens brancas de espuma no vento para se juntar às gaivotas. As ondas na boca do quebra-mar estavam se elevando mais alto que o barco. George nos fez vestir os coletes salva-vidas. Reparei que todos os outros barcos já estavam no porto.

Havia três coletes salva-vidas a menos e houve confusão para se decidir quem seriam os três que desafiariam a entrada da barra sem coletes. Finalmente, ficou decidido que seriam Billy Bibbit, Harding e George, que se recusava a usar um por causa da sujeira. Todo mundo ficou um pouco surpreso por Billy ter se apresentado como voluntário. Tirou seu colete imediatamente quando descobrimos que não os havia em número suficiente e ajudou a moça a vesti-lo, mas todo mundo ficou mais surpreso ainda por McMurphy não ter insistido em ser um dos heróis; durante toda a confusão, ele ficou de pé encostado na cabine, equilibrando-se contra o balanço do barco e observando os outros sem dizer uma palavra. Apenas sorrindo e olhando.

Chegamos à entrada da barra e caímos num desfiladeiro de água, a proa do barco virada para cima para a crista sibilante da onda que ia diante de nós, e a popa baixa, na depressão, à sombra da onda que surgia atrás de nós, e todo mundo na popa, agarrado na amurada, olhando da montanha que nos perseguia para as rochas negras do quebra-mar, uns 12 metros à esquerda, para George no timão. Ele continuava ali, firme como um mastro. Manteve-se assim, virando a cabeça para a frente e para trás, aumentando a aceleração, diminuindo, acelerando de novo, conservando o barco firme, controlando a escalada daquela onda na frente. Ele nos disse, antes que começássemos, que, se ultrapassássemos aquela crista da *frente*, deslizaríamos em seu impulso sem nenhum controle, tão logo o propulsor e o leme fizessem água, e que, se reduzíssemos a ponto que a onda *de trás* nos apanhasse, ela quebraria sobre a popa e despejaria 10 toneladas de água dentro do barco. Ninguém brincou nem fez qualquer comentário engraçado sobre o jeito que ele ficava, virando a cabeça para a frente e para trás, como se estivesse montado ali num pino giratório.

Dentro do quebra-mar, a água se acalmou novamente, numa superfície ondulada, e em nosso ancoradouro, junto da loja de iscas, podíamos ver o capitão na companhia de dois policiais. Todos os desocupados estavam agrupados atrás deles. George partiu na direção deles a toda velocidade, até que o capitão começou a acenar e gritar, e os policiais correram degraus acima junto com os vadios. Pouco antes que a proa do barco arrebentasse com o ancoradouro inteiro, George virou o leme, inverteu a marcha e, com um rugido violento, raspou o barco contra os pneus de borracha, como se o estivesse colocando suavemente na cama. Já estávamos do lado de fora, amarrando o barco, quando nossa marola bateu, fez jogar todos os barcos em volta, subiu pelo ancoradouro e estourou, cobrindo tudo de espuma, como se tivéssemos trazido conosco o mar para casa.

O capitão, os policiais e os vadios desceram os degraus com estardalhaço em nossa direção. O médico assumiu o comando da briga contra eles, dizendo logo, para começar, que eles não tinham nenhuma jurisdição sobre nós, já que éramos uma expedição legal, patrocinada pelo governo, e, se fosse preciso alguém para examinar o caso, teria de ser uma agência federal. Além disso, poderia haver uma investigação sobre o número de coletes salva-vidas que o barco carregava, se o capitão realmente planejasse criar problemas. Não deveria existir um colete salva-vidas para cada homem a bordo, de acordo com a lei? Quando o capitão não se pronunciou a respeito, os policiais anotaram alguns nomes e foram embora, resmungando, confusos. Tão logo eles saíram do ancoradouro, McMurphy e o capitão começaram a discutir e a trocar empurrões. McMurphy, que estava um bocado bêbado e ainda tentava restabelecer-se do balanço do mar, escorregou na madeira molhada e caiu no mar duas vezes antes de recuperar o equilíbrio, o suficiente para acertar um golpe na cabeça careca do capitão e resolver a confusão. Todo mundo se sentiu melhor quando, tudo resolvido, o capitão e McMurphy entraram na loja de iscas para mais umas cervejas, enquanto nós trabalhávamos tirando nossos peixes do porão. Os vadios ficaram lá de cima, observando-nos e fumando cachimbos que eles mesmos haviam entalhado. Estávamos à espera de que voltassem a dizer alguma piada sobre a garota, na verdade queríamos mesmo que dissessem, mas, quando um deles finalmente arriscou um comentário, não foi sobre a garota, mas sim que nosso linguado era o maior que já tinham visto ser pescado na costa do Oregon. Todos os outros concordaram com o companheiro e se aproximaram para observá-lo. Perguntaram a George onde ele havia aprendido a atracar um barco daquele jeito, e descobrimos que George não apenas navegara em barcos de pesca, mas que fora também comandante de uma lancha torpedeira no Pacífico, tendo recebido a Cruz Naval.

— Devia ter ido para o serviço público — disse um dos malandros.

— Sujo demais — respondeu-lhe George.

Podiam sentir a mudança que a maioria de nós apenas desconfiava que tivesse ocorrido; este não era o mesmo bando de mariquinhas saído de um hospício que eles viram engolir seus insultos naquela manhã. Eles não pediram desculpas à garota, não exatamente pelo que tinham dito, mas, quando pediram para ver o peixe que ela havia fisgado, foram gentis ao máximo. Quando McMurphy e o capitão voltaram da loja de iscas, todos nós tomamos uma cerveja juntos, antes de voltarmos.

Era tarde quando chegamos ao hospital.

A garota dormia encostada ao peito de Billy. Quando ela acordou, o braço dele estava dormente de segurá-la durante aquele tempo todo, numa posição não muito confortável, e ela lhe fez massagens. Ele lhe prometeu que, se tivesse qualquer um de seus fins de semana livre, a convidaria para sair, e ela comentou em resposta que podia vir visitá-lo dentro de duas semanas, se ele lhe dissesse a que horas. Billy olhou para McMurphy em busca de uma resposta. McMurphy, passando os braços em volta do ombro deles, disse:

— Combinado para as 2 horas em ponto.

— Sábado à tarde? — perguntou ela.

Ele piscou para Billy e apertou a cabeça da garota em seu braço.

— Não. Às 2 horas da madrugada de sábado. Entre escondido e bata à mesma janela da manhã de hoje. Eu passo uma cantada no auxiliar da noite e ele deixa você entrar.

Ela riu e concordou.

— Você, seu maldito McMurphy — disse ela.

Alguns dos Agudos da enfermaria ainda estavam acordados, de pé no banheiro, para ver se havíamos nos afogado ou não. Eles nos observaram quando entramos pelo corredor, sujos de sangue, queimados de sol, cheirando a cerveja e peixe, carregando nossos salmões como se fôssemos heróis conquistadores. O médico perguntou se gostariam de ir lá fora para ver seu linguado na mala do carro, e todos nos viramos para voltar, exceto McMurphy, que alegou estar muito cansado e que ia dormir. Quando ele se foi, um dos Agudos, dos que não haviam feito a viagem, perguntou como era possível que McMurphy estivesse com uma aparência tão abatida e cansada, enquanto o restante de nós estava corado e ainda cheio de animação. Harding explicou a situação como sendo apenas a perda de seu bronzeado.

— Vocês se lembram de que McMurphy veio para cá com a corda toda, saído de uma vida ativa ao ar livre numa colônia penal, o rosto corado, um modelo de saúde física. Nós simplesmente presenciamos o desbotar de seu magnífico bronzeado psicopático. Isso é tudo. Hoje, de fato, ele passou algumas horas cansativas... para ser mais preciso, na obscuridade da cabine do barco... enquanto estávamos lá fora, expostos aos elementos, e encharcando-nos de vitamina D. É claro que isso pode tê-lo esgotado até certo ponto, aqueles rigores lá embaixo, pensem bem. Quanto a mim, creio que poderia ter dispensado um pouco de vitamina D e aproveitado um pouco mais desse tipo de exaustão dele. Especialmente com a pequena Candy como chefe de serviço. Estou errado?

Eu nada disse, mas perguntava a mim mesmo se talvez ele não estaria enganado. Eu tinha percebido o cansaço de McMurphy antes, na viagem de volta, depois que ele insistiu em dirigir até um lugar onde havia morado numa outra época. Tínhamos acabado de partilhar nossa última cerveja e atirado a lata vazia pela janela num sinal fechado, e estávamos apenas descansando para *curtir* o momento, boiando naquela espécie de moleza gostosa que nos invade depois de passar um dia dando duro com alguma atividade que apreciamos — meio tostados de sol e meio bêbados, e acordados só porque queríamos saborear aquele gosto o maior tempo possível. Percebi vagamente que eu estava ficando de um jeito que conseguia ver algo de bom na vida à minha volta. McMurphy estava me ensinando. Eu estava me sentindo melhor do que lembrava de ter me sentido desde que eu era menino, quando tudo era bom e a terra ainda entoava a poesia das crianças para mim.

Dirigimo-nos para o interior em vez de direto à costa, para passar pela tal cidade onde McMurphy havia morado mais tempo do que em outro lugar qualquer. Descemos a encosta da colina Cascade, pensando que estávamos perdidos, até... até que chegamos a uma cidade que cobria uma extensão duas vezes o tamanho do terreno do hospital. Um vento frio cobrira o sol de nuvens quando atingimos a rua em que ele parou. Ele estacionou em cima de uns matos e apontou para o outro lado.

— Ali. É aquela ali. Parece que está recostada nas ervas... a morada humilde de minha juventude dissipada.

Ao longo da rua obscura, às 18 horas, vi árvores sem folhas se erguendo, batendo na calçada como raios de madeira, o concreto se partindo em fendas onde elas batiam, todas dentro de uma cerca de arame. Uma fileira de estacas de ferro saía do chão ao longo da entrada de um pátio coberto de mato, e atrás havia uma casa de madeira com uma varanda e um telhado resistente, inclinado contra o vento, para que a casa não fosse levada de roldão por dois quarteirões como uma caixa de papelão vazia. O vento soprava algumas gotas de chuva, e vi que a casa estava com os olhos bem fechados e os cadeados da porta balançavam numa corrente.

E na varanda, pendurada, havia uma dessas coisas que os japoneses fazem com vidro e prendem com cordões — coisas que tocam e bimbalham ao menor sopro —, na qual só restavam pendentes quatro pedaços de vidro. Esses quatro sacudiam, batiam e arrancavam pequenas lascas do chão de madeira.

McMurphy voltou a pôr o carro em movimento.

— Uma vez, estive aqui... no maldito ano, já faz muito tempo, quando todos nós estávamos voltando daquela confusão da Coreia. Para uma visita. Meu pai e minha mãe ainda estavam vivos. Era uma boa casa.

Ele soltou o freio e começou a dirigir, então parou de repente.

— Meu Deus! — disse ele. — Olhem ali, estão vendo um vestido? — Apontou para trás. — No galho daquela árvore? Um trapo amarelo e preto?

Eu consegui ver uma coisa como uma bandeira, ondulando alto nos galhos, sobre um barracão.

— A primeira garota que me levou para a cama usava aquele mesmo vestido. Eu tinha uns dez anos, e ela provavelmente tinha menos, e naquela ocasião uma trepada parecia um negócio tão importante que perguntei a ela se não pensava, não *sentia*, que devíamos *anunciar* isso de algum modo. Assim, como, digamos, dizer a nossos pais: "Mamãe, Judy e eu ficamos noivos hoje." E eu falava sério quando dizia aquilo, eu era idiota a esse ponto; pensava que, se você fizesse aquilo, cara, estava legalmente *casado*, bem ali no ato, fosse alguém que você quisesse ou não, e que não havia como quebrar a regra. Mas aquela putinha (de no máximo oito ou nove anos) abaixou-se, pegou o vestido do chão e disse que ele era meu: "Você pode pendurar isso em algum lugar, eu vou para casa assim mesmo, só de calcinhas, e vou anunciar desse jeito... eles vão compreender." Jesus, com nove anos! — disse ele, estendendo a mão e beliscando o nariz de Candy —, e sabia muito mais do que muita profissional.

Ela mordeu a mão dele, rindo, e ele examinou a marca.

— Depois que ela foi pra casa de calcinhas, esperei até de noite, para jogar fora aquele maldito vestido... mas estão vendo esse vento? Apanhou o vestido como se fosse uma pipa e o carregou no ar, em volta da casa, até eu perdê-lo de vista, e na manhã seguinte, por Deus, estava pendurado naquela árvore para que a cidade inteira, isso foi o que eu pensei na ocasião, o visse.

Ele chupou a mão, tão acabrunhado que Candy riu e deu-lhe um beijo.

— Assim, minha bandeira foi desfraldada, e daquele dia até hoje achei que poderia muito bem viver à altura do meu nome... amante dedicado... e esta é a verdade, por Deus: aquela garotinha de nove anos, do meu tempo de infância, é a culpada.

Passamos por uma casa. Ele bocejou e piscou.

— Ela me ensinou a amar, bendito seja seu doce rabo.

Então — enquanto ele falava — um par de lanternas traseiras iluminou o rosto de McMurphy, e o para-brisa refletiu uma expressão que ele só permitiu que aparecesse porque imaginava que estava escuro demais, no carro, para que alguém visse, terrivelmente cansada e tensa e *frenética*, como se não houvesse tempo suficiente para algo que ele tinha de fazer...

Enquanto sua voz descontraída e bem-humorada distribuía em quinhões a vida dele para que nós a vivêssemos — um passado travesso, cheio de divertimentos infantis e companheiros de porres, mulheres apaixonadas e brigas de bar por pequenas besteiras — para que todos nós a penetrássemos em sonho.

Parte IV

A Chefona já tinha sua manobra seguinte preparada no dia imediato à pescaria. A ideia lhe havia ocorrido enquanto conversava com McMurphy no dia anterior, a respeito de quanto ele estava ganhando na viagem e em outros pequenos empreendimentos. Ela desenvolvera a ideia durante aquela noite, examinando-a sob todos os ângulos, até que teve certeza absoluta de que não podia falhar. Durante todo o dia seguinte fez pequenas insinuações para dar início a um boato, que deveria tomar vulto antes que ela realmente dissesse algo a respeito.

Sabia que as pessoas, por serem como são, mais cedo ou mais tarde começam a desconfiar e se afastam de alguém que parece que está dando um pouco mais de si do que seria normal, bancando Papai Noel, missionário. Pessoas que, desconfiando de homens que doam fundos a causas justas, começam a se perguntar: o que eles ganham com isso? Um sorriso na boca quando o jovem advogado traz, digamos, um saco de nozes para as crianças da escola de sua região — pouco antes das eleições para deputado estadual — e uns dizem para os outros: ele não engana ninguém.

Ela sabia que não demoraria muito para que os outros começassem a se perguntar, agora que havia surgido o assunto, o que fazia McMurphy gastar tanto tempo organizando pescarias na costa e programando festas com bingo e incentivando a formação de times de basquete. O que o impulsionava a manter tudo a todo vapor, quando todo mundo na enfermaria sempre havia se contentado em ir levando, jogando *pinochle* e lendo as revistas do ano anterior? Como aquele cara, aquele irlandês arruaceiro, vindo de uma colônia penal na qual cumpria pena por jogo ilícito e agressão, amarrava um lenço na cabeça, brincava como um adolescente e passava duas horas inteiras fazendo com que todos os Agudos lhe gritassem vivas, enquanto fazia o papel da moça, tentando ensinar Billy Bibbit a dançar? Ou como é que um malandro, experiente como ele — um profissional, um artista de feira, um jogador perito na avaliação das possibilidades —, se arriscava a dobrar sua permanência num hospício tornando sua inimiga mais ferrenha a mulher que tinha a última palavra quanto a quem deveria ou não ser liberado?

A enfermeira fez com que as perguntas tivessem início, fazendo circular um levantamento da situação financeira dos pacientes nos últimos meses; deve ter-lhe tomado horas de trabalho a coleta daqueles dados nos arquivos. Mostrava uma diminuição constante nos fundos de todos os Agudos, exceto um. Os recursos dele haviam crescido desde o dia em que chegara.

Os Agudos começaram a fazer brincadeiras com McMurphy sobre como parecia que ele os estava depenando, e ele nunca negava isso. De maneira alguma. Na realidade, ele se jactava de que, se ficasse naquele hospital um ano ou algo assim, bem que poderia ser liberado com sua independência financeira garantida para se aposentar na Flórida pelo restante da vida. Todos eles riam daquilo quando ele estava por perto, mas, quando estava fora da ala, ou quando estava na Sala das Enfermeiras levando uma bronca por algum motivo, enfrentando o sorriso plástico e fixo dela com seu grande sorriso radiante, não era bem rindo que eles estavam.

    Começaram a perguntar uns aos outros por que ultimamente ele estivera tão ativo, conseguindo para os pacientes benefícios como modificar o regulamento, de modo que os homens não tivessem de andar em grupos terapêuticos de oito sempre que iam a algum lugar ("Billy tem falado em cortar os pulsos de novo", disse ele numa sessão em que argumentava contra o regulamento do grupo de oito. Assim, há sete de vocês aí que vão acompanhá-lo nessa terapêutica?"); e a maneira como manobrava o médico, que estava muito mais próximo dos pacientes desde a excursão de pescaria, para realizar assinaturas de *Playboy*, *Nugget* e *Man* e se livrar de toda as *McCall's* antigas, que o cara inchada do relações-públicas vinha trazendo de casa e deixando numa pilha na enfermaria, os artigos que ele achava que nos interessariam especialmente marcados com tinta verde. McMurphy chegou até a postar no correio uma petição para alguém em Washington, pedindo que examinassem os eletrochoques e as lobotomias que ainda eram praticados nos hospitais do governo. Eu simplesmente *gostaria de saber*, cada Agudo estava começando a se perguntar, o que Mack vai ganhar com isso?

    Depois que a ideia já circulava na ala havia mais ou menos uma semana, a Chefona tentou fazer sua grande jogada na Sessão de Grupo; na primeira vez em que tentou, McMurphy estava presente à sessão e a derrotou antes que ela pegasse embalo e começasse de fato. (Ela começou dizendo ao grupo que estava chocada e desapontada com o estado em que a ala se havia deixado cair: olhem em volta, por Deus; pornografia de verdade recortada daquelas revistas nojentas e pregada nas paredes — ela planejava, a propósito, providenciar que o Edifício Central fizesse uma investigação a respeito da *imundície* que havia sido trazida para dentro daquele hospital. Recostou-se na cadeira, preparando-se para continuar e mostrar quem era o culpado e seus verdadeiros motivos, sentada naqueles dois segundos que se seguiram à sua ameaça, como se estivesse num trono, quando McMurphy quebrou o encanto dela com acessos de riso, dizendo-lhe que fizesse aquilo mesmo e lembrasse ao pessoal do Edifício Central que trouxesse seus espelhinhos de *mão* quando viesse fazer a investigação.) Assim, na outra vez em que ela tentou a jogada, tratou de garantir que ele não estivesse presente à sessão.

Ele recebeu um chamado telefônico interurbano de Portland e estava lá embaixo na recepção com um dos auxiliares, esperando que a pessoa tornasse a chamar. Quando deu 13 horas e começamos a arrumar as coisas, preparando a enfermaria, o auxiliar menor perguntou-lhe se queria que ele descesse e chamasse McMurphy e Washington para a sessão, mas ela respondeu que não, que não tinha importância, que os deixassem ficar e que, além disso, alguns dos homens ali talvez desejassem ter uma oportunidade de discutir a respeito do nosso Sr. Randle Patrick McMurphy sem estar diante de sua presença dominadora.

Eles começaram a sessão contando histórias engraçadas a respeito dele e do que havia feito. Falaram durante algum tempo sobre o grande sujeito que ele era, e a enfermeira ficou quieta, esperando até que todos esgotassem aquele assunto. Então começaram a surgir outras perguntas. O que havia com McMurphy? O que o fazia continuar daquele jeito e fazer as coisas que fazia? Alguns deles sugeriram que talvez a história de ele provocar brigas de mentira na colônia penal para ser mandado para cá não fosse mais uma de suas lorotas, e que talvez ele fosse mais louco do que as pessoas pensavam. A Chefona sorriu diante disso e levantou a mão.

— Louco como uma raposa — disse ela. — Creio que isso é o que estão tentando dizer a respeito do Sr. McMurphy.

— O que está querendo di-di-dizer? — perguntou Billy. McMurphy era seu amigo preferido e seu herói, e ele não tinha muita certeza de que lhe agradasse a maneira como ela juntara aquele elogio com as coisas que não dissera em voz alta. — O que está querendo di-di-dizer com "como uma raposa"?

— É apenas uma observação, Billy — respondeu a enfermeira amavelmente. — Vamos ver se algum dos outros rapazes pode dizer-lhe qual é o significado. Que tal o senhor, Sr. Scanlon?

— Ela quer dizer, Billy, que McMurphy não é nenhum idiota.

— Ninguém disse que ele *e-e-e-e-ra*! — Billy socou o braço da cadeira com o punho para fazer sair a última palavra. — Mas a Srta. Ratched estava deixando im-im-plícito...

— Não, Billy, eu não estava deixando nada implícito. Estava simplesmente comentando que o Sr. McMurphy não é pessoa de correr riscos sem um motivo. Concorda com isso, não? Vocês todos não concordam com isso?

Ninguém respondeu.

— No entanto — continuou ela —, ele parece fazer as coisas sem pensar em si mesmo, como se fosse um mártir ou um santo. Alguém se aventuraria a dizer que o Sr. McMurphy é um santo?

Ela sabia que era seguro sorrir para toda a sala, esperando uma resposta.

— Não, nem santo nem mártir. Olhem aqui. Vamos examinar um ponto crucial da filantropia desse homem? — Ela apanhou uma folha de papel amarelo na cesta. — Olhem para alguns desses *presentes*, como podem chamá-los os fãs devotados dele. Primeiro, houve o presente da Sala de Hidroterapia. Isso era realmente dele, para que pudesse dar? Ele perdeu algo conquistando-a como seu cassino de jogo? Por outro lado, quanto acham que ele ganhou no curto período em que foi *croupier* do seu pequeno Monte Carlo aqui? Quanto você perdeu, Bruce? Sr. Sefelt? Sr. Scanlon? Creio que todos vocês tenham uma ideia de quanto somam suas perdas pessoais, mas acham que sabem a que total os ganhos dele chegaram, de acordo com os depósitos que ele fez nos Fundos? Quase 100 dólares.

Scanlon assoviou baixinho, mas ninguém disse nada.

— Tenho anotadas aqui várias outras apostas que ele fez, se quiserem ver, inclusive algo relativo a deliberadamente tentar perturbar os funcionários. E toda essa jogatina era — e é — completamente contrária ao regulamento da enfermaria, e cada um de vocês que jogou com ele sabe.

Ela tornou a olhar para o papel, depois o colocou na cesta.

— E esta recente excursão de pescaria? Quanto imaginam que o Sr. McMurphy lucrou com esse empreendimento? Da maneira como vejo a situação, ele se utilizou do carro do doutor, até do dinheiro do doutor para gasolina e, disseram-me, teve alguns outros benefícios, sem ter pago um centavo sequer. Uma raposa e tanto, devo dizer.

Ela levantou a mão para impedir que Billy a interrompesse.

— Por favor, Billy, compreenda-me, não estou criticando esse tipo de atividade em si; simplesmente pensei que seria melhor se não tivéssemos ilusões sobre os motivos desse homem. Mas, de qualquer maneira, talvez não seja justo fazer essas acusações sem a presença do homem de quem estamos falando. Vamos voltar ao problema que estávamos discutindo ontem... qual era? — ela começou a folhear papéis na cesta. — Qual era, lembra-se, Dr. Spivey?

A cabeça do médico levantou-se num sobressalto.

— Não... espere... eu acho...

Ela tirou uma folha de papel de uma pasta.

— Aqui está, Sr. Scanlon; seus sentimentos com relação a explosivos. Ótimo. Vamos examinar isso agora, e numa outra ocasião, quando o Sr. McMurphy estiver presente, voltaremos a ele. Entretanto, acho que vocês realmente poderiam pensar um pouco no que foi dito hoje. Agora, Sr. Scanlon...

Mais tarde, naquele dia, havia oito ou dez de nós agrupados na porta da cantina, esperando até que o auxiliar acabasse de roubar óleo de cabelo, e alguns tornaram a tocar no assunto. Eles disseram que não concordavam com o que a enfermeira dissera, mas, que diabo, a velha tinha razão em certos pontos. No entanto, droga, Mack ainda era um bom sujeito... realmente.

Harding finalmente pôs a questão às claras:

— Meus amigos, vocês protestam demasiadamente para acreditar em seus protestos. Todos vocês acreditam, bem lá no fundo de seus coraçõezinhos, que a nossa Srta. Anjo de Misericórdia Ratched está absolutamente certa em todas as suposições que fez hoje sobre McMurphy. Sabem que ela estava certa, e eu também. Mas por que negar? Sejamos honestos: vamos dar a esse homem o que lhe é devido, em vez de criticar em segredo seu talento capitalista. O que há de errado com o fato de ele ter algum lucro? Todos nós, quanto a isso não há dúvidas, recebemos em troca alguma coisa no valor do nosso dinheiro toda vez que ele nos depenou, não recebemos? Ele é um sujeito esperto, com um olho vivo para um dinheirinho rápido. Não finge com relação a seus motivos. Por que haveríamos nós de fazê-lo? Ele tem uma atitude honesta e saudável com relação à sua chicana, e eu sou totalmente a favor dele, da mesma forma que sou a favor do velho e querido sistema capitalista da livre empresa individual, camaradas, dele e de sua impudência franca e obstinada, da bandeira americana, bendita seja, e do Lincoln Memorial. Lembrem-se do Maine, de P.T. Barnum e do 4 de Julho. Sinto-me compelido a defender a honra de meu amigo como sendo a de um bom malandro vermelho, branco e azul, 100% americano. Bom sujeito, coisa nenhuma. McMurphy ficaria embaraçado até as *lágrimas* se soubesse de alguns dos motivos altruístas que as pessoas têm estado alegando que estavam por trás de alguns de seus negócios. Ele os encararia como uma afronta direta à sua arte.

Ele remexeu o bolso em busca de cigarros. Como não os encontrou, pediu emprestado a Fredrickson, acendeu com um riscar teatral de fósforo e continuou:

— Admito que de início fiquei confuso com suas ações. Quebrar aquela janela... Deus, pensei, aqui está um homem que parece que realmente quer ficar neste hospital, não quer abandonar os amigos e todo esse tipo de coisa, até que percebi que McMurphy agia assim porque não queria perder uma coisa boa. Ele está aproveitando ao máximo seu tempo aqui. Nunca se deixem enganar por suas maneiras caipiras; ele é um malandro muito esperto, dotado de bom senso. Observem: tudo que ele fez teve sua razão de ser.

Billy não estava disposto a desistir com tanta facilidade.

— Sim. E o que é que diz de ele me ensinar a da-da-dançar? — Estava cerrando os punhos ao lado do corpo; e nas costas de suas mãos vi que todas as queimaduras de cigarros haviam sarado, e que no lugar delas havia tatuagens que ele tinha desenhado com um lápis indelével, molhado de cuspe. — O que diz disso, Harding? Em que ele está ganhando di-di-dinheiro me ensinando a *dançar*?

— Não fique aborrecido, William — disse Harding. — Mas não seja impaciente, também. Vamos apenas sentar com calma e esperar... e ver como ele vai resolver isso.

Parecia que Billy e eu éramos os dois únicos que ainda acreditavam em McMurphy. E naquela mesma noite Billy passou-se para o lado de Harding na maneira de ver a situação quando McMurphy, voltando depois de dar outro telefonema, disse-lhe que o encontro com Candy estava confirmado e acrescentou, quando escrevia um endereço para ele, que poderia ser uma boa ideia enviar-lhe algum *tutu* para a viagem.

— *Tutu?* Di-dinheiro? Qu-qu-quanto? — Ele olhou para onde estava Harding, sorrindo.

— Ah, *você* sabe, *cara*... talvez 10 dólares para ela e 10...

— Vinte dólares! Uma passagem de ônibus até aqui não custa tan-tan-tanto assim.

McMurphy olhou por baixo da aba do chapéu, deu um sorriso lento para Billy e então esfregou a garganta com a mão, passando a língua nos lábios.

— Puxa, puxa vida, mas eu estou com uma sede daquelas. Imagino que ainda estarei com mais sede no sábado, daqui a uma semana. Você não se oporia a que ela me trouxesse umas bebidas, não é, Billy?

E lançou um olhar tão inocente para Billy que este teve de rir e sacudir a cabeça em negativa e ir para um canto conversar animadamente sobre os planos para o sábado seguinte com o homem que ele provavelmente considerava um alcoviteiro.

Eu ainda tinha minhas próprias opiniões — de como McMurphy era um gigante caído do céu para nos salvar da Liga, que estava estabelecendo uma rede com fio de cobre e cristal sobre a Terra, como era grande demais para ser incomodado por algo tão mesquinho, algo como dinheiro —, mas até eu cheguei a quase pensar como os outros. O que aconteceu foi o seguinte: ele havia ajudado a carregar as mesas para a Sala da Banheira antes de uma das Sessões de Grupo e estava olhando para mim de pé junto do painel de controle.

— Por Deus, Chefe — disse ele —, parece-me que você já cresceu 30 centímetros desde aquela pescaria. E, Deus todo-poderoso, olhe só o tamanho desse seu pé; é grande como um vagão-plataforma!

Olhei para baixo e vi como meu pé era muito maior do que eu me lembrava de que tivesse sido, como McMurphy dissera, dobrara seu tamanho.

— E esse braço! Esse é o braço de um índio ex-jogador de futebol, se é que eu já vi um. Sabe o que acho? Que você devia tentar levantar esse painel aqui só para ver como está progredindo.

Sacudi a cabeça dizendo que não, mas ele falou que havíamos feito um trato e que eu era obrigado a fazer uma tentativa para ver como seu sistema de *crescimento* estava funcionando. Eu não vi jeito de escapar; assim, fui até o painel só para lhe mostrar que eu não conseguiria fazê-lo. Inclinei-me e o segurei pelas alavancas.

— É isso mesmo, Chefe. Agora endireite a posição do corpo. Ponha essas pernas debaixo do tronco, assim... isso, isso. Agora devagar... apenas endireite o corpo. Puxa vida! Agora ponha-o de volta na base.

Pensei que ele fosse ficar desapontado de verdade, mas, quando me afastei para trás, ele estava todo sorridente, apontando para o lugar onde o painel havia se deslocado de sua base cerca de 15 centímetros.

— Melhor recolocá-lo no lugar, companheiro, para que ninguém saiba. Não devemos deixar que ninguém saiba ainda.

Então, depois da sessão, zanzando em volta das mesas de *pinochle*, ele encaminhou a conversa para o lado da força física, da coragem, e a respeito do painel de controle na Sala da Banheira. Pensei que lhes fosse contar como me havia ajudado a recuperar meu tamanho; aquilo provaria que ele não fazia tudo por dinheiro.

Mas ele não tocou no meu nome. Falou até que Harding lhe perguntou se estava pronto para fazer outra tentativa de levantá-lo e ele disse que não, mas que só porque ele não conseguia levantá-lo não era sinal de que não podia ser feito. Scanlon disse que talvez fosse possível com um guindaste, mas que nenhum *homem* poderia levantar aquele negócio sozinho, e McMurphy concordou e disse que talvez fosse assim, talvez sim, mas que nunca se pode ter certeza quanto a coisas desse tipo.

Observei a maneira como ele os manobrou e os fez chegar até onde ele queria, que dissessem *não*, por Deus, nenhum homem vivo seria capaz de levantá-lo. Por fim, até sugeriram a aposta eles mesmos. Observei como ele pareceu relutante em apostar. Deixou as apostas subirem e os fez apostar cada vez mais, até que havia cinco contra um, alguns deles apostando até 20 dólares. E nada disse a respeito de já ter me visto levantar o painel, nem uma vez sequer.

Durante toda a noite, fiquei desejando que ele não levasse aquilo até o fim. E durante a sessão, quando a enfermeira disse que todos os homens que haviam participado da pescaria teriam de se submeter a banhos de chuveiro especiais, porque se suspeitava de que estivessem com vermes, continuei tendo esperanças de que ela resolvesse a situação de algum modo, que nos fizesse tomar o banho imediatamente ou coisa assim — qualquer tarefa que me livrasse de ter de levantar o peso.

Mas, quando a sessão acabou, ele me levou e aos outros para a Sala da Banheira antes que os auxiliares pudessem trancá-la e me fez segurar o painel pelas alavancas e levantá-lo. Eu não queria fazer aquilo, mas não pude evitar. Eu me senti como se o tivesse ajudado a passá-los para trás e a tomar o dinheiro deles. Todos estavam amistosos em relação a ele quando pagaram as apostas, mas eu sabia como se sentiam por dentro, como se algo lhes tivesse sido arrancado de baixo dos pés. Assim que tornei a colocar o painel no lugar, saí correndo da Sala da Banheira, sem nem ao menos olhar para McMurphy, e fui para o banheiro. Eu queria ficar sozinho. Vi meu reflexo no espelho. Ele havia feito o que dissera que faria; meus braços estavam grandes de novo, grandes como eram na época da escola secundária, lá na aldeia, e meu peito e os ombros estavam largos e duros. Estava ali de pé olhando quando ele entrou. Estendeu-me uma nota de 5 dólares.

— Tome aqui, Chefe, dinheiro para o chiclete.

Sacudi a cabeça e comecei a andar para sair do banheiro. Ele me segurou pelo braço.

— Chefe, eu apenas lhe ofereci um presente como prova de minha admiração. Se acha que deve ganhar mais...

— Não! Fique com seu dinheiro, não quero.

Ele recuou, enfiou os dedos nos bolsos, levantou a cabeça para mim. Ficou me olhando durante algum tempo.

— Ok — disse ele. — Agora, que história é essa? Por que todo mundo aqui dentro está torcendo o nariz para mim?

Não respondi.

— Eu não fiz o que disse que faria? — perguntou. — Não fiz você tornar a ser do tamanho de um homem? O que há de errado comigo, por aqui, de repente? Vocês estão agindo como se eu fosse um traidor do meu país.

— Você está sempre... *ganhando* coisas!

— Ganhando coisas! Seu alce maldito, de que é que está me acusando? Tudo que faço é defender meu lado na parada. Agora o que é que há de tão errado...

— Nós pensamos que não fosse para ficar *ganhando* coisas!

Eu podia sentir meu rosto se contraindo para cima e para baixo, como costuma fazer antes de eu começar a chorar. Mas não chorei. Fiquei ali diante dele com meu rosto se contraindo. Ele abriu a boca para dizer alguma coisa e então parou. Tirou os polegares dos bolsos, levantou a mão e segurou o osso do nariz entre o polegar e o indicador, como fazem as pessoas cujos óculos são muito apertados, entre as lentes, e fechou os olhos.

— Meu Deus, ganhar! — disse com os olhos fechados. — Puxa vida, ganhar!

Assim, imagino que o que aconteceu no chuveiro, naquela tarde, foi mais por culpa minha do que de qualquer outra pessoa. E é por isso que a única maneira pela qual eu podia tentar me desculpar era fazendo o que fiz, sem pensar em ser esperto ou ficar em segurança ou no que me aconteceria — e, por uma vez, sem me preocupar com outra coisa além do que precisava ser feito.

Logo depois que saímos da privada, os três auxiliares se aproximaram, reunindo nosso grupo para nosso banho de chuveiro especial. O negro menor, lutando por toda a extensão do piso, com a mão negra, torta, fria como um pé de cabra, empurrando, levando de arrastão os homens ali reunidos, disse que era o que a Chefona chamava de higiene *cautelar*. Em vista da companhia que havíamos tido durante a viagem, devíamos submeter-nos a uma limpeza antes que espalhássemos alguma doença pelo hospital.

Nós nos enfileiramos nus, encostados no ladrilho, e lá veio um dos negros, com um tubo plástico na mão, esguichando uma pomada fedorenta, espessa e grudenta como clara de ovo. Primeiro no cabelo, depois no rosto todo.

Os caras reclamaram, brincaram e fizeram piadas sobre aquilo, tentando não olhar uns para os outros, nem para aquelas máscaras de pedra que se moviam enfileiradas atrás dos tubos plásticos, como rostos de pesadelo em negativo, fazendo mira como canos de espingarda macios, como num pesadelo também. Eles zombaram dos auxiliares dizendo coisas como:

— Ei, Washington, o que vocês fazem para se divertir durante as *outras* 16 horas?

— Ei, Williams, pode me dizer o que foi que tomei no café?

Todo mundo riu. Os negros fecharam a cara e não responderam; as coisas não costumavam ser assim antes de aquele maldito ruivo aparecer ali.

Quando Fredrickson botou a cara para a frente, houve tamanho barulho que pensei que o auxiliar menor fosse sair voando no ar.

— Ouçam! — disse Harding, pondo a mão atrás da orelha. — A voz adorável de um anjo.

Todos riam às gargalhadas, zombando uns dos outros, até que o auxiliar prosseguiu e parou na frente do homem seguinte, e de repente o lugar ficou num silêncio absoluto. O homem seguinte era George. E naquele único segundo, com as gargalhadas, as zombarias e as reclamações caladas, com Fredrickson ali ao lado de George erguendo-se e se virando e um negro grande pronto para mandar George abaixar a cabeça para levar uma esguichada daquela pasta fedorenta — bem naquele momento, todos nós tivemos uma ideia de tudo que iria acontecer, e por que tinha de acontecer, e por que todos nós estávamos errados com relação a McMurphy.

George nunca usava sabão quando tomava banho. Não deixava nem que alguém lhe entregasse uma toalha para se enxugar. Os auxiliares do turno da noite, que supervisionavam os banhos habituais das terças e quintas-feiras à noite, haviam aprendido que era mais fácil não insistir e não o forçavam a fazer nada diferente. E isso vinha sendo feito havia muito tempo. Todos os negros sabiam disso. Mas agora todo mundo sabia — até George, inclinado para trás e sacudindo a cabeça, cobrindo-se com as mãos enormes como folhas de carvalho — que aquele negro, com o nariz arrebentado e as entranhas azedas, e os dois companheiros, de pé atrás dele esperando para ver o que ele faria, não deixariam passar aquela oportunidade.

— Ahhhh, abaixe a cabeça até aqui, George...

Os outros já estavam olhando para onde McMurphy estava, dois homens mais adiante na fila.

— Ahhhh, vam'bora, George...

Martini e Sefelt estavam de pé no chuveiro, sem se mexer. O ralo sob os pés deles se engasgava engolindo ar e água com sabão. George olhou para o ralo por um segundo, como se estivesse falando com ele. Observou o ralo gorgulhar e se engasgar. Olhou novamente para o tubo na mão negra à sua frente, o muco escorrendo lentamente do buraquinho na ponta do tubo virado sobre as juntas dos dedos, que pareciam forjadas em ferro. O auxiliar moveu o tubo para a frente mais alguns centímetros, e George se inclinou ainda mais para trás, sacudindo a cabeça.

— Não... nada desse negócio.

— Vai ter de passar, Esfrega-Esfrega — disse o auxiliar, a voz com um tom falso de pena. — Você vai *ter* de passar. Não podemos ficar com este lugar cheio de *micróbios*, não é? Pelo que sei, você está coberto deles com uma camada *de um dedo de espessura*!

— Não! — disse George.

— Ahhhh, George, você nem faz *ideia*. Esses micróbios, eles são muito, muito miudinhos... não são maiores que a *ponta de um alfinete*. E cara, o que eles *fazem* é apanhar você pela ponta do cabelinho e ir perfurando, lá dentro, George.

— Não tenho micróbio algum! — disse George.

— Ahhh, deixe que eu lhe conte, George, já vi casos em que esses micróbios horríveis realmente...

— Ok, Washington — disse McMurphy.

A cicatriz onde o nariz do negro havia sido quebrado era como um fio torcido de néon. Ele sabia quem tinha falado com ele, mas não se virou; só soubemos que havia escutado pelo jeito que parou de falar, levantou um dedo comprido e o passou pela cicatriz que ganhara num jogo de basquete. Esfregou o nariz por um segundo, então lançou a mão para a frente, diante do rosto de George, raspando os dedos dobrados como garras.

— Um *chato*, Geo'ge, tá vendo? Tá vendo aqui? Ora, você sabe o que é um *chato*, não sabe? Com certeza, você apanhou chatos naquele barco *de pesca*. Não podemos deixar que os chatos entrem em você, né, Geo'ge?

— Não tenho *chato* algum! — berrou George. — Não! — Ele ficou ereto e suas sobrancelhas se levantaram o bastante para que víssemos seus olhos. O auxiliar recuou. Os outros dois riram dele.

— Alguma coisa errada, Washington, meu camaradinha? — perguntou o grandalhão. — Alguma coisa atrapalhando essa parte do *procedimento*, cara?

Ele aproximou-se mais.

— Geo'ge, tô lhe dizendo: se abaixa! Ou você se abaixa e passa esse negócio... ou eu lhe enfio a *mão*! — Ele tornou a levantá-la; era grande e negra como um pântano. — Eu lhe enfio essa mão preta! Fedida! Imunda! Arrebento você todo!

— Não enfia mão nenhuma! — disse George e levantou o punho acima da cabeça como se fosse esmigalhar em pedaços o crânio cor de lava, espalhar rodas dentadas, porcas e parafusos por todo o chão. Mas o negro apenas enfiou a ponta do tubo contra o umbigo de George e o apertou; e George se dobrou em dois com um arquejo. O auxiliar esguichou uma boa quantidade no cabelo branco e ralo de George, espalhando o negrume de sua mão por toda a cabeça de George. George envolveu a barriga com os dois braços e gritou.

— Não! Não!

— Agora se vira, George...

— Eu disse que chega, cara. — Dessa vez, a maneira como a voz dele soou fez o auxiliar virar e encará-lo. Vi que o negro sorria, olhando para a nudez de McMurphy, sem gorro, sem botas e sem bolsos para enfiar os dedos. O negro arreganhou os dentes, olhando-o de cima a baixo.

— McMurphy... — disse ele, sacudindo a cabeça... — Você sabe, eu tava começando a achar que a gente nunca ia ter uma chance.

— Seu filho da puta — disse McMurphy, parecendo mais cansado do que zangado. O auxiliar nada disse. McMurphy levantou a voz. — Seu negro escroto, filho da puta!

O auxiliar sacudiu a cabeça e riu para os dois companheiros.

— O que acham que o Sr. McMurphy está querendo com esse tipo de conversa, cara? Acham que ele quer que eu tome a *iniciativa*? Será que ele não sabe que somos treinados pra ouvir insultos horríveis assim desses loucos?

— Seu chupador de pica! Washington, você não passa de um...

Washington tinha-lhe dado as costas, virando-se novamente para George. George ainda estava dobrado em dois, arquejando por causa do golpe do tubo na barriga. O auxiliar agarrou-lhe o braço e o virou de frente para a parede.

— É isso aí, Geo'ge, agora espalha no rosto.

— Nã-ã-ã-o!

— Washington — disse McMurphy. Ele respirou fundo e deu um passo, enfiando-se na frente do negro, empurrando-o para longe de George. — Washington, está certo, está certo...

Todos podiam ouvir o desespero contido na voz de McMurphy.

— McMurphy, você tá me forçando a me proteger. Ele num tá me forçando, caras? — Os outros dois concordaram com um aceno de cabeça. Ele colocou o tubo cuidadosamente sobre o banco ao lado de George, tornou a se levantar com o punho girando num único movimento e acertando McMurphy, de surpresa, no rosto. McMurphy quase caiu. Cambaleou para trás, esbarrando na fileira de homens nus, e os caras o seguraram e o empurraram de volta em direção ao auxiliar sorridente. Ele foi atingido de novo, no pescoço, antes de admitir que a briga já tinha começado, afinal, e que agora não havia mais nada a fazer a não ser tocar para a frente. Aparou o golpe seguinte esquivando-se como uma cobra e segurou o negro pelo pulso enquanto sacudia a cabeça para clareá-la.

Eles oscilaram assim por um segundo, ofegantes; então, McMurphy empurrou o auxiliar para longe e se encurvou, erguendo os grandes ombros para cima a fim de proteger o queixo, os punhos um de cada lado da cabeça, e foi se movendo em volta do homem à sua frente.

E aquela fila arrumada e silenciosa de homens nus se transformou num círculo que gritava, membros e corpos se unindo numa arena de carne.

Os braços negros golpearam a cabeça ruiva abaixada e o pescoço taurino, tirando sangue do supercílio e do queixo. O auxiliar se desviava com saltos rápidos. Mais alto, com os braços mais compridos que os braços grossos e vermelhos de McMurphy, os socos mais rápidos e mais violentos, ele conseguiu golpear os ombros e a cabeça do outro sem se aproximar. McMurphy continuava avançando — com passos difíceis, sem tirar os pés do chão, o rosto abaixado e olhando para cima entre aqueles punhos tatuados que lhe ladeavam a cabeça — até que conseguiu pôr o negro contra o círculo de homens nus, e lançou um punho bem no centro do peito. Aquele rosto azul-acinzentado fendeu-se em cor-de-rosa, passou uma língua da cor de sorvete de morango sobre os lábios. Desviou-se da carga pesada de McMurphy e conseguiu lamber a boca duas vezes antes que aquele punho o acertasse de novo num golpe certeiro. A boca se escancarou dessa vez, uma mancha de cor doentia.

McMurphy tinha marcas vermelhas na cabeça e nos ombros, mas não parecia estar ferido. Continuou a arremeter, levando dez golpes para cada um que acertava. Continuou assim, para trás e para a frente na sala do chuveiro, até que o auxiliar negro estava arquejando, cambaleando e se esforçando principalmente para se manter fora do caminho daqueles braços vermelhos massacrantes. Os caras gritavam para que McMurphy o derrubasse. McMurphy não se apressou.

O auxiliar se desviou de um golpe no ombro e olhou depressa para os outros dois que observavam.

— William... Warren... que diabo!

O outro grandalhão afastou o grupo e agarrou McMurphy pelos braços, por trás. McMurphy o sacudiu como um touro sacode um macaco, mas ele continuou ali.

Então, eu o arranquei dali e o atirei no chuveiro. Ele estava cheio de tubos; não pesava mais do que 5 ou 10 quilos.

O auxiliar menor girou a cabeça de um lado para o outro, voltou-se e correu para a porta. Enquanto eu o observava ir, o outro saiu do chuveiro e me imobilizou com um golpe de luta livre — os braços sob os meus, por trás, e as mãos enlaçadas atrás do meu pescoço —, e eu tive de correr de costas para dentro do chuveiro e esmagá-lo contra os ladrilhos, e, enquanto estava ali deitado na água, tentando ver McMurphy arrebentar mais algumas costelas de Washington, o que estava atrás de mim começou a me morder o pescoço e tive de me livrar do aperto dos seus braços. Então ele ficou quieto, a goma escorrendo do uniforme e descendo pelo ralo obstruído.

E quando o negro menor voltou correndo, com correias e algemas e mais quatro auxiliares da Enfermaria dos Perturbados, todo mundo estava se vestindo e apertando a minha mão e a mão de McMurphy e dizendo que aquilo tinha de acontecer, mais cedo ou mais tarde, e que briga fantástica havia sido, que vitória tremendamente grande. Continuaram falando daquele jeito, para nos animar e para fazer com que nos sentíssemos melhor, sobre que briga incrível, que vitória — enquanto a Chefona ajudava os auxiliares dos Perturbados a colocarem aquelas algemas de couro macio de maneira a se ajustarem em nossos braços.

L á em cima, na Enfermaria dos Perturbados, há um eterno chocalhar estridente de sala de máquinas, uma fábrica de prisão imprimindo placas para licenças de carro. E o tempo é medido pelo di-doc, di-doc de uma mesa de pingue-pongue. Homens caminhando por suas rotas de fuga pessoais vão até uma parede, encostam o ombro; viram-se e andam de volta para outra parede, batem o ombro e se viram novamente, passos curtos e rápidos, caminhando pelos sulcos cruzados no chão de ladrilhos, com um olhar desvairado. Há um cheiro queimado de homens que o medo levou à fúria e à perda do controle, e nos cantos e debaixo da mesa de pingue-pongue há coisas abaixadas rangendo os dentes, que os médicos e enfermeiras não veem e que os auxiliares não conseguem matar com desinfetante. Quando a porta da ala se abriu, senti aquele cheiro de queimado e ouvi aquele ranger de dentes.

Um sujeito velho, alto e ossudo, pendurado por um arame preso entre as omoplatas, veio receber-nos, na porta, quando os auxiliares nos trouxeram para dentro. Ele nos examinou de alto a baixo com os olhos amarelos, escamados, e sacudiu a cabeça.

— Eu lavo minhas mãos quanto a todo esse negócio — disse ele a um dos auxiliares negros, e o arame o arrastou para longe pelo corredor.

Nós o seguimos até a enfermaria, e McMurphy parou na porta, separou os pés e inclinou a cabeça para trás a fim de examinar o ambiente; tentou enfiar os polegares nos bolsos, mas as algemas estavam muito apertadas.

— É um quadro e tanto — disse ele pelo canto da boca.

Concordei com um aceno de cabeça. Eu já conhecia tudo aquilo.

Dois sujeitos que estavam andando pararam para olhar, e o velho ossudo veio, arrastando-se de novo, repetindo que lavava as mãos quanto ao negócio todo. De início, ninguém nos deu muita atenção. Os auxiliares foram para a Sala das Enfermeiras, deixando-nos de pé ali na porta da enfermaria. O olho de McMurphy estava inchado, de forma que parecia estar permanentemente dando uma piscadela, e eu podia ver que sorrir fazia com que os lábios lhe doessem. Ele levantou as mãos algemadas, ficou olhando em volta e respirou fundo.

— Meu nome é McMurphy, companheiros — disse em sua voz arrastada, típica de um ator fazendo papel de vaqueiro. — E o que estou querendo *saber* é quem é o picareta que controla o jogo de pôquer aqui neste estabelecimento. — O relógio de pingue-pongue parou num tique-taque rápido no chão. — Eu não jogo vinte e um assim muito bem, amarrado desse jeito, mas afirmo que sou fogo no pôquer aberto. — Ele bocejou, deu de ombros, inclinou-se e pigarreou, cuspindo alguma coisa numa lata de lixo a um metro de distância; a coisa matraqueou, fazendo *ting*, e ele se endireitou de novo, sorriu e passou a língua no buraco ensanguentado entre os dentes. — Tivemos uma briga lá embaixo. Eu e o Chefe aqui saímos no tapa como dois macacos!

O barulho de britadeira já havia parado àquela altura, e todo mundo olhava para nós ali na porta. McMurphy atraía os olhares como um apresentador de variedades. Ao lado dele, descobri que era obrigado a ser olhado também e, com as pessoas olhando fixamente para mim, senti que tinha de ficar de pé tão ereto e alto quanto pudesse. Aquilo fez com que minhas costas doessem onde eu havia caído no chuveiro com o auxiliar agarrado em mim, mas não cedi. Um sujeito de aparência faminta com a cabeça coberta por uma cabeleira negra toda alvoroçada aproximou-se e estendeu a mão como se imaginasse que eu tinha algo a lhe oferecer. Tentei ignorá-lo, mas ele ficou andando sempre à minha volta, para onde quer que eu me virasse, como um garotinho, estendendo aquela mão aberta para mim.

McMurphy falou um pouco sobre a briga, e minhas costas começaram a doer cada vez mais; eu havia me encolhido em minha cadeira no canto durante tanto tempo que era difícil ficar de pé ereto sem sofrer as consequências.

Fiquei satisfeito quando uma jovem enfermeira japonesa nos levou até a Sala das Enfermeiras e tive uma oportunidade de me sentar e descansar.

Ela perguntou se já estávamos suficientemente calmos para que nos tirasse as algemas, e McMurphy assentiu. Ele se afundou na cadeira, com a cabeça caída e os cotovelos entre os joelhos, e parecia completamente exausto — não me havia ocorrido que ficar ereto fosse tão difícil para ele quanto para mim.

A enfermeira, minúscula, soltou nossas algemas, deu um cigarro a McMurphy e um tablete de chiclete a mim. Disse que se lembrava de que eu mascava chicletes. Não me lembrava absolutamente dela. McMurphy fumou, enquanto ela enfiava a pequena mão cheia de velas de aniversário cor-de-rosa num vidro de unguento e cuidava das feridas dele, encolhendo-se quando ele se encolhia e dizendo-lhe que sentia muito. Ela tomou uma de suas mãos nas dela e passou unguento nas juntas dos dedos.

— Foi Washington ou Warren?

McMurphy olhou para ela.

— Washington — disse ele e sorriu. — O Chefe aqui tomou conta de Warren.

Ela soltou a mão dele e virou-se para mim. Eu podia ver os pequenos ossos de passarinho no rosto dela.

— Está ferido em algum lugar?

Sacudi a cabeça em negativa.

— E Warren e Washington?

McMurphy disse que achava que possivelmente estariam exibindo algum gesso da próxima vez que os visse. Ela concordou com a cabeça e olhou para os pés.

— Nem tudo é como a enfermaria dela — disse. — Grande parte é, mas não tudo. Enfermeiras do Exército tentando dirigir um hospital do Exército. Elas mesmas são um pouco doentes. Às vezes, acho que todas as enfermeiras solteiras deveriam ser despedidas depois dos trinta e cinco anos.

— Pelo menos todas as enfermeiras solteiras do *Exército* — acrescentou McMurphy. Ele perguntou por quanto tempo poderíamos esperar ter o prazer da hospitalidade dela.

— Temo que não por muito tempo.

— *Teme* que não por muito tempo? — perguntou-lhe McMurphy.

— Sim. Às vezes eu gostaria de manter os homens aqui, em vez de mandá-los de volta, mas ela é mais antiga. Não, provavelmente vocês não vão ficar muito tempo... quero dizer... não como estão agora.

As camas na Enfermaria dos Perturbados são todas incômodas, duras demais ou moles demais. Designaram-nos para camas vizinhas. Não me amarraram com um lençol, embora deixassem uma luzinha fraca acesa perto da cama. No meio da noite, alguém gritou:

— Estou começando a girar, índio! Olhe para mim, olhe para mim. — Abri os olhos e vi uma dentadura de longos dentes amarelos cintilando bem na frente do meu rosto. Era o cara de aparência faminta. — Estou começando a *girar*! Por favor, olhe para mim!

Dois auxiliares o apanharam pelas costas, arrastaram-no, rindo e gritando, para fora do dormitório. "Estou começando a *girar*, índio!", então apenas o *riso*. Ele continuou dizendo aquilo e rindo por todo o caminho, corredor abaixo, até que o dormitório ficou em silêncio, e pude ouvir aquele outro que dizia: "Bem... lavo as minhas mãos quanto a todo esse negócio."

— Por um segundo, você arranjou um amigo ali, Chefe — cochichou McMurphy e se virou para o outro lado para dormir.

Não consegui dormir muito durante o restante da noite e ficava vendo aqueles dentes amarelos e o rosto faminto daquele cara, pedindo: "Olhe para mim! Olhe para mim!" Ou, finalmente, quando consegui dormir, apenas o pedido. Aquele rosto, apenas uma necessidade amarela e faminta, vir aparecendo gradualmente, saído da escuridão, diante de mim, querendo coisas... pedindo coisas. Eu me perguntei como McMurphy podia dormir perseguido por uma centena de rostos como aquele, ou duas centenas, ou um milhar deles.

Eles têm um despertador, lá em cima, na Enfermaria dos Perturbados, para acordar os pacientes. Eles não acendem simplesmente as luzes, como lá embaixo. O despertador toca como um apontador gigante indicando alguma coisa horrível.

McMurphy e eu nos sentamos de um salto só quando o ouvimos, e estávamos a ponto de nos deitar novamente quando um alto-falante nos chamou, pedindo que nos apresentássemos na Sala das Enfermeiras. Saí da cama e minhas costas haviam se enrijecido a tal ponto durante a noite que eu mal podia me inclinar; eu sabia, pela maneira como McMurphy se movia, que ele estava tão doído quanto eu.

— Qual é o programa deles para nós agora, Chefe? — perguntou. — Pontapés? A roda? Espero que nada de muito extenuante, porque, cara, estou realmente quebrado!

Eu lhe disse que não era nada de extenuante, mas não lhe afirmei mais nada, porque não tinha certeza até que chegamos à Sala das Enfermeiras, e a enfermeira, uma outra, disse:

— Sr. McMurphy e Sr. Bromden? — então nos entregou, a cada um, um copinho de papel.

Olhei para o meu, e havia três daqueles comprimidos vermelhos.

Esse *zing* zumbia na minha cabeça e não consegui parar com ele.

— Espere aí — disse McMurphy. — Essas são aquelas pílulas de fazer a gente apagar, não são?

A enfermeira concordou com um movimento da cabeça e virou-se para verificar o que havia atrás dela; são dois sujeitos esperando com apanhadores de gelo, inclinados para a frente de braços dados.

McMurphy devolveu o copinho e disse:

— Nada disso, dona, dispenso a escuridão. Agora, cigarro caía bem.

Devolvi o meu também e ela disse que tinha de telefonar e deslizou para trás da porta de vidro e já estava ao telefone antes que alguém pudesse dizer mais alguma palavra.

— Sinto muito se o meti em maus lençóis, Chefe — afirma McMurphy, e eu mal posso ouvi-lo com o barulho do telefone tilintando dentro das paredes. Posso sentir o apavorado torvelinho de pensamentos em minha cabeça.

Estamos sentados, aqueles rostos em volta de nós, num círculo, quando a Chefona, em pessoa, entra pela porta, os dois auxiliares, um de cada lado, um passo atrás. Tento me afundar na cadeira, afastar-me dela, mas é tarde. Há gente demais olhando para mim; olhos grudentos me prendem onde estou sentado.

— Bom dia — diz ela, agora recuperou seu velho sorriso. McMurphy diz bom-dia, e eu continuo calado, embora ela também me diga bom-dia, em voz alta. Estou observando os auxiliares; um tem esparadrapo no nariz e o braço numa tipoia, a mão cinzenta projetando-se para fora das ataduras como uma aranha, enquanto o outro se mexe como se tivesse alguma espécie de molde em torno das costelas. Ambos estão rindo, os dentes à mostra. Provavelmente poderiam ter ficado em casa, machucados como estão, mas não perderiam isso por nada. Eu lhes retribuo o sorriso, só para lhes mostrar.

A Chefona fala com McMurphy, suave e pacientemente, sobre a atitude irresponsável e infantil que ele teve, ter um acesso de raiva como um menininho, *não está envergonhado?* Ele diz que não e para ela ir logo em frente.

Ela lhe fala sobre como eles, os pacientes lá embaixo em nossa ala, numa Sessão de Grupo especial, na véspera à tarde, haviam concordado com a equipe que poderia ser benéfico que ele tivesse um pouco de terapia de eletrochoque — a menos que admitisse seus erros. Tudo que teria a fazer é *admitir* que estava errado, indicar, *demonstrar* contato racional e daquela vez o tratamento seria cancelado.

Aquele círculo de rostos espera e observa. A enfermeira diz que a decisão cabe a ele.

— Ah, é? — diz ele. — Tem um papel que eu possa assinar?

— Bem, não, mas se acha que é nec...

— Então por que não acrescenta algumas outras coisas enquanto trata do assunto... algo como, bem, eu fazer parte de um complô para derrubar o governo e como eu acho que a vida em sua enfermaria é a porra da coisa mais doce que existe deste lado do Havaí... sabe como é, esse tipo de merda.

— Não creio que isso seria...

— Então, depois que eu assinar, a senhora me traz um cobertor e um pacote de cigarros da Cruz Vermelha. Puxa vida, aqueles comunistas chineses poderiam ter aprendido um bocado de lições com a senhora, dona.

— Randle, estamos tentando ajudá-lo.

Mas ele está de pé, coçando a barriga, andando, passando por ela, e os auxiliares recuando, em direção às mesas de jogo.

— Ok, ora, ora, muito bem, onde está a tal mesa de pôquer, companheiros?

A enfermeira fica olhando para ele por um momento, então vai para a Sala das Enfermeiras, para o telefone.

Dois auxiliares negros e um branco, de cabelos louros ondulados, nos levam até o prédio principal. No caminho, McMurphy conversa com o auxiliar branco, exatamente como se nada o preocupasse.

Há uma geada espessa sobre a grama, e os dois auxiliares negros na frente soltam nuvens de ar como locomotivas. O sol separa à força algumas nuvens e ilumina o gelo até que o chão se enche de fagulhas. Os pardais se arrepiam com o frio, ciscando entre as fagulhas, à procura de sementes. Atravessamos a grama, que estala, passando pelos buracos dos esquilos, onde vi um cachorro. Fagulhas frias. Geada dentro dos buracos, até perder de vista.

Sinto aquela geada em minha barriga.

Chegamos àquela porta, e há um ruído atrás dela, como o de abelhas açuladas. Dois homens à nossa frente, cambaleando sob os efeitos dos comprimidos vermelhos, um berrando como um bebê:

— É minha cruz, obrigado meu Deus, é tudo que tenho, obrigado, Senhor.

O outro está dizendo:

— Coragem pra burro, coragem pra burro. — É o salva-vidas da piscina. E também está chorando um pouquinho.

Eu não vou chorar nem gritar. Não com McMurphy aqui.

O técnico nos pede que tiremos os sapatos, e McMurphy lhe pergunta se também nos vão tirar as calças e raspar a cabeça. O técnico diz que não temos tanta sorte assim.

A porta de metal olha para fora com seus olhos de rebite.

A porta se abre, suga o primeiro homem para dentro. O salva-vidas não se move. Um raio de luz como fumaça de néon sai do grande painel negro da sala, atinge-o na cabeça e o arrasta para dentro, como a um cachorro numa coleira. O raio de luz o faz girar três vezes antes que a porta se feche, e o rosto dele está contorcido de medo.

— Cabana 1 — ele resmunga. — Cabana 2! Cabana 3!

Eu os ouço abrir a cabeça dele como uma tampa de bueiro, o estrondo e o rangido de engrenagens emperradas.

A fumaça sopra e abre a porta, e uma maca sai com o primeiro homem, e ele me envolve com os olhos. Aquele rosto. A maca volta lá para dentro e traz o salva-vidas para fora. Posso ouvir os chefes de torcida soletrando o nome dele.

O técnico diz:

— Próximo grupo.

O chão está frio, gelado, estalando. Lá em cima a luz chora, tubos longos, brancos e gelados. Posso sentir o cheiro da pasta de grafita como o cheiro de uma garagem. Posso sentir o cheiro ácido do medo. Há uma janela, lá em cima, pequena, e lá fora vejo aqueles pardais roliços enfileirados num mesmo arame como contas marrons. As cabeças afundadas na penugem contra o frio. Alguma coisa começa a soprar sobre meus ossos ocos, cada vez mais alto, ataque aéreo! Ataque aéreo!

— Não grite, Chefe...

Ataque aéreo!

— Calma, Chefe. Eu vou primeiro. Meu crânio é duro demais para que eles me machuquem. E, se eles não podem me machucar, não podem machucar você.

Sobe na mesa sem nenhuma ajuda e abre os braços voluntariamente. Seus pulsos são afivelados. Uma das mãos tira-lhe o relógio de pulso, que ganhou de Scanlon, deixa-o cair junto do painel de controle, o relógio se abre, porcas e rodinhas e as longas espirais das molas soltam-se de encontro ao painel grudando ali, depressa.

Ele não parece nem um pouco assustado. Continua sorrindo para mim.

Eles passam a pasta de grafita em suas têmporas.

— O que é isso? — pergunta.

— Condutor — diz o técnico.

— Untam minha testa com um condutor. Vou ganhar uma coroa de espinhos?

Eles continuam espalhando. Ele está cantando para eles, faz com que suas mãos tremam.

— "Arranje óleo cremoso de raízes amargas, querida..."

Põem aquelas coisas como fones de ouvido, uma coroa de espinhos de prata sobre a grafita nas têmporas dele. Tentam calar seu canto com um pedaço de borracha para que ele morda.
— "Esfregue com lanolina para acalmar."
Viram alguns botões e a máquina treme, dois braços de robôs pegam ferros de soldar e os apertam em cima dele. Ele dá uma piscadela de olho para mim e fala comigo, abafado, diz alguma coisa, fala alguma coisa para mim através daquele tubo de borracha, bem no momento em que aqueles ferros chegam até junto da prata em suas têmporas — arcos de luz se cruzam, enrijecem-no, arqueiam-no para cima, para fora da mesa, até que nada está lá embaixo a não ser os pulsos e os tornozelos, e para fora, em torno daquele tubo de borracha enrugado, um som como *puxavííída!* sai e ele está completamente coberto de fagulhas.
E do lado de fora da janela os pardais caem do arame soltando fumaça.
Eles o levam para fora numa maca, ainda se contorcendo, o rosto branco congelado. Corrosão. Ácido de bateria. O técnico vira-se para mim.
— Vigiem esse alce. Eu o conheço. Segurem-no.
Não é mais uma questão de força de vontade.
— Segurem-no! Inferno. Não se trata mais desses caras sem Seconal.
As fivelas me mordem os pulsos e os tornozelos.
O creme de grafita tem pó de ferro, arranha as têmporas.
Ele disse alguma coisa quando piscou. Ele me disse alguma coisa.
O homem se inclina sobre mim, traz dois ferros na direção do anel na minha cabeça.
A máquina se arqueia sobre mim.

ATAQUE AÉREO.

Atinjo um passo de trote, correndo pela encosta abaixo. Não posso voltar, não posso seguir adiante, olhe para baixo do cano da arma e você está morto, morto, morto.

Subimos saindo dos pastos que acompanham a linha férrea. Encosto a orelha no trilho, e isso queima meu rosto.

— Nada em nenhuma das direções — digo. — Cem milhas...

— Ah — responde papai.

— Não costumávamos descobrir onde estavam os búfalos enfiando uma faca no chão, apertando o punho entre os dentes, e ouvir um bando lá longe?

"Ah", diz ele de novo, mas está animado. Lá do outro lado do trilho, estão enfileirados montículos com o restante de trigo do inverno passado. "Há ratos debaixo daquele negócio", diz o cachorro.

— Vamos subir ou descer os trilhos, menino?

— "Vamos atravessar", é o que o cachorro diz.

— Esse cachorro não é bom.

— Ele serve. "Pássaros ali do outro lado", é o que esse velho cachorro diz.

— Tem caça melhor mais acima na margem dos trilhos, é o que diz seu velho pai.

— "Melhor bem ali do outro lado, nos montículos de trigo", é o que o cachorro me diz.

Do outro lado — o que sei é que há gente por toda a extensão dos trilhos acertando faisões para todo lado. Parece que nosso cachorro correu muito adiante de nós e assustou todos os pássaros, fazendo-os sair dos montes de trigo para os trilhos.

O cachorro apanhou três camundongos.

...homem, Homem, HOMEM, HOMEM... forte e grande com uma piscadela como uma estrela.

Formigas de novo, oh, Jesus, e eu dessa vez estou mesmo cheio delas, as miseráveis com seus ferrões. Lembra quando descobrimos que aquelas formigas tinham gosto de pepinos em conserva, hein? Você disse que não eram pepinos em conserva e eu disse que eram, e sua mãe me arrancou o couro quando ouviu falar no assunto: ensinar um menino a comer *bichos*!

Que horror! Um bom menino índio deve saber como sobreviver com qualquer coisa que ele possa comer que não vá comê-lo antes.

Nós não somos índios. Somos civilizados e você trate de se lembrar disso.

Você me disse, papai: "Quando eu morrer me pendure lá no alto contra o céu."

O nome de mamãe era Bromden. Ainda é Bromden. Papai disse que nasceu só com um nome, nasceu direto de dentro dele da mesma maneira que um bezerro cai num cobertor estendido quando a vaca insiste em ficar de pé. Tee Ah Millatoona. "O Pinheiro Mais Alto Na Montanha", e eu sou, por Deus, o maior índio do estado do Oregon e provavelmente da Califórnia e de Idaho. Nascido direto ali dentro.

Por Deus, você é o maior dos idiotas se acha que uma mulher cristã vai usar um nome como Tee Ah Millatoona. Você nasceu dentro de um nome, então está bem, eu nasci dentro de um nome. Bromden. Mary Louise Bromden.

E, quando nos mudarmos para a cidade, papai diz, esse nome vai tornar muito mais fácil conseguir um cartão da Previdência Social.

Um sujeito está atrás de alguém com um martelo de rebitador, também vai apanhá-lo, se for em frente. Vejo aqueles relâmpagos de novo, cores resplandecendo.

Tinindo, tinindo, tilinta os dedinhos, ela é uma boa pescadora, pega os galinhos, bota na jaula... rendas de arame, trancadinhos, três gansos em revoada... de leste a oeste, voa passarinho, fica sem pouso, um estranho no ninho... F-O-R-A se soletra assim... aí vem o ganso e *você* ficou de fora.

Minha avó cantava isso, era uma brincadeira que fazíamos durante horas, sentados junto dos cavaletes de peixes, afastando as moscas. Um jogo chamado "Tinindo, tinindo, tilinta os dedinhos". Contando cada dedo de minhas duas mãos estendidas, um dedo para cada sílaba que ela recita.

Tinin-do, ti-nin-do, ti-lin-ta os de-di-nhos (doze dedos), ela é uma boa pescadora, pega os galinhos (dezessete dedinhos, batendo num dedo em cada sílaba com a sua mão áspera, minhas unhas voltadas para cima, em sua direção como rostinhos pedindo para aquele *você* que o ganso empurra para fora).

Eu gosto da brincadeira e gosto de vovó. Não gosto da Sra. Tinindo, tinindo, tilinta dedinhos, pegando os galinhos. Não gosto dela. Gosto muito daquele ganso, o estranho no ninho. Gosto dele e gosto de vovó, com poeira nas rugas.

Quando a vi de novo, estava fria como pedra, morta, bem no meio de The Dalles, na calçada. Camisas coloridas de pé em volta dela, alguns índios, alguns criadores de gado, alguns fazendeiros de trigo. Eles a levam numa carreta até o cemitério da cidade, empurram barro vermelho sobre os olhos dela.

Eu me lembro de tardes quentes silenciosas com tempestades elétricas no ar, quando os coelhos grandes corriam para baixo das rodas dos caminhões.

Joey-Pesca-no-Barril tem 20 mil dólares e três cadillacs desde o tratado. E não sabe dirigir nenhum deles.

Vejo um dado.

Eu o vejo de dentro, comigo no fundo. Sou o peso, lastreando o dado para lançar para cima aquele número 1, escrito em cima de mim. Eles dão uma espiada para lançar os dados, e sou o peso, seis saliências em volta de mim como travesseiros brancos, é o número 6 que estará sempre virado para baixo quando ele jogar. Para que número viciaram o outro dado? Aposto que está carregado para lançar o 1, também. Um ponto em cada dado. Estão jogando contra ele com dados viciados e eu sou o peso.

Cuidado, vem uma jogada aí. Sim, senhora, a sala de fumantes está vazia e o bebê precisa de outro par de sapatilhas. Já vou indo.

Perdeu.

Água. Estou deitado numa poça.

Um ponto em cada dado. Pegaram-no de novo. Vejo aquele número 1 no alto, acima de mim: ele não pode destruir dados viciados atrás da mercearia, num beco — em Portland.

O beco é um túnel, é frio porque o sol é o do fim da tarde. Deixe-me... ir ver a vovó. Por favor, mamãe.

O que ele disse quando piscou o olho?

De leste a oeste, voa passarinho.

Não fique no meu caminho.

Que inferno, enfermeira, não fique no meu caminho, Caminho, CAMINHO!

Minha vez. *Ponto*. Merda. Viciados de novo. Trapaceiro.

A professora me diz que você tem uma cabecinha boa, menino, seja alguma coisa...

Ser o quê, papai? Um trapaceiro como o tio Lobo Veloz? Um cesteiro? Ou outro índio bêbado.

Ei, atendente, você é índio, não é?

É, sou sim.

Bem, devo dizer que você fala inglês bastante bem.

É.

Bem... 3 dólares da comum.

Eles não seriam tão metidos a besta se soubessem o que eu e a *lua* estamos aprontando. Não qualquer maldito indiozinho...

Ele — quem era? — anda fora do passo, ouve outro tambor.

Um ponto em cada dado de novo. Puxa vida, esses dados estão *frios*!

Depois do enterro da vovó, eu, papai e o tio Lobo Veloz a desenterramos. Mamãe não quis ir conosco, ela nunca tinha ouvido falar numa coisa daquelas. Pendurar um cadáver numa *árvore*! É o bastante para fazer uma pessoa ficar nauseada.

Tio Lobo Veloz e papai passaram vinte dias no depósito dos bêbados na cadeia de The Dalles, jogando baralho, por Violação de Cadáver.

Mas ela é o diabo da nossa mãe!

Não faz a menor diferença, rapazes. Vocês deviam tê-la deixado enterrada. Não sei quando vocês, seus índios malditos, vão aprender. Agora, onde ela está? É melhor vocês dizerem.

Ah, vai se foder, cara-pálida, disse o tio Lobo Veloz, enrolando um cigarro. Não vou dizer nunca.

Alto, alto, bem alto nas montanhas, no alto da copa de um pinheiro, ela está seguindo o rastro do vento com aquela mão velha, contando as nuvens, entoando aquela velha cantiga: ...três gansos num bando...

O que foi que você disse pra mim quando piscou?

Banda tocando. Olhe — o *céu*, é o 4 de Julho.

Dados parados.

Eles me apanharam com a máquina de novo... eu me pergunto...

O que foi que ele disse?

...me pergunto como McMurphy me fez ficar grande outra vez.

Ele disse tenha colhões.

Eles estão lá fora. Auxiliares de uniformes brancos mijando debaixo da porta em cima de mim, depois vão entrar e me acusar de ter encharcado todos os seis travesseiros em que estou deitado! Número seis. Pensei que o quarto fosse um dado. O número um, o ponto em cada dado lá em cima, o círculo, a *luz* branca no quartinho quadrado... quer dizer que já é noite. Quantas horas estive apagado? Há um pouco de neblina, mas não vou me deixar escorregar e me esconder dentro dela. Não... nunca mais...

Levantei-me lentamente, sentindo uma dormência entre os ombros. Os travesseiros brancos no chão da Sala do Isolamento estavam encharcados por eu ter urinado neles enquanto estive apagado. Ainda não conseguia lembrar-me do fato todo, mas esfreguei os olhos com as costas das mãos e tentei clarear a cabeça. Esforcei-me ao máximo. Eu nunca tinha me esforçado para sair daquele estado antes.

Cambaleei em direção à janelinha redonda coberta de tela de arame na porta da salinha e bati com os nós dos dedos. Vi um auxiliar aproximar-se pelo corredor, com uma bandeja para mim, e soube que daquela vez eu os havia vencido.

Houve ocasiões em que eu perambulara por ali num torpor por cerca de umas duas semanas, depois do tratamento de choque, vivendo numa nebulosidade que é muito parecida com a parte final do sono, aquela zona cinzenta entre a luz e a escuridão, ou entre o dormir e o despertar ou entre viver e morrer, em que a gente sabe que não está mais inconsciente, mas não sabe ainda que dia é, ou quem é ou de que adianta voltar.

Se você não tem uma razão para acordar, pode ficar vagando naquela zona cinzenta por um tempo longo e indefinido, mas, se você quiser, com força suficiente, descobre que pode sair direto dela lutando. Daquela vez eu saí direto lutando, em menos de um dia, menos tempo do que qualquer outra vez.

E, quando finalmente a neblina foi varrida da minha cabeça, parecia que eu havia acabado de vir à tona após um mergulho longo e profundo, aflorando à superfície depois de ter ficado debaixo d'água por cem anos. Foi o último tratamento que me deram.

Deram mais três tratamentos a McMurphy naquela semana. Tão logo ele começava a sair de um, recuperando o cintilar de sua piscadela, a Srta. Ratched chegava com o médico e eles lhe perguntavam se estava pronto para ser razoável, enfrentar seu problema e voltar para a enfermaria para um tratamento. E ele assumia seu ar arrogante, consciente de que cada um daqueles rostos na Enfermaria dos Perturbados se havia virado para ele e esperava, e dizia à enfermeira que lamentava, mas que só tinha uma vida para dar pelo seu país e que ela podia beijar o traseiro vermelho-rosado dele, antes que ele abandonasse a porra do navio. É isso aí!

Então se levantava e fazia duas reverências para aqueles sujeitos ali, sorrindo para ele, enquanto a enfermeira levava o médico para a Sala das Enfermeiras, a fim de telefonar para o prédio principal e autorizar outro tratamento.

Uma vez, quando ela ia se virando para sair, ele a agarrou pela parte de trás do uniforme e lhe deu um beliscão que a fez ficar vermelha como o cabelo dele. Acho que, se o médico não estivesse ali, ele mesmo escondendo um sorriso, ela teria esbofeteado o rosto de McMurphy.

Tentei convencê-lo a fazer o jogo dela, de modo a escapar dos tratamentos, mas ele apenas riu e me disse que, afinal, que diabo, tudo que eles estavam fazendo era recarregar a bateria dele, e de graça, ainda por cima.

— Quando eu sair daqui, a primeira mulher que topar uma trepada com o ruivo McMurphy, o psicopata de 10 mil watts, vai se acender como uma máquina caça-níqueis e pagar em dólares de prata! Não, não tenho medo do carregadorzinho de bateria deles.

Ele insistia em afirmar que aquilo não o estava machucando. Nem ao menos tomava os comprimidos. Mas toda vez que o alto-falante chamava por ele, dizendo-lhe que não tomasse o café e que se preparasse para andar até o Setor 1, os músculos do seu maxilar se enrijeciam e seu rosto inteiro perdia a cor, parecendo magro e assustado — o rosto que eu havia visto refletido no para-brisa do carro na viagem de volta da costa.

Saí dos Perturbados no fim da semana. Eu tinha uma porção de coisas para dizer a McMurphy antes de ir, mas ele havia acabado de voltar de um tratamento e estava sentado, acompanhando a bola de pingue-pongue com os olhos, como se estivesse preso a ela com arames. O ajudante negro e o louro me levaram lá para baixo, fizeram-me entrar em nossa ala e trancaram a porta atrás de mim. A ala parecia terrivelmente silenciosa depois dos Perturbados. Fui andando até a nossa enfermaria e por alguma razão parei na porta; todos os rostos estavam virados para mim, olhando-me, com uma expressão diferente, como jamais me haviam olhado antes. Seus rostos se iluminaram como se estivessem olhando para o clarão ofuscante de um palco de teatro de variedades.

— Aqui, diante de seus próprios olhos — anuncia Harding —, está o homem *selvagem* que quebrou o braço... do auxiliar! Ei, vocês, vejam, vejam. — Retribuí o sorriso deles, dando-me conta de como McMurphy devia ter-se sentido durante todos esses meses, com aqueles rostos gritando para ele.

Todos se aproximaram e queriam que eu contasse tudo que havia acontecido; como ele estava agindo lá em cima? O que ele estava fazendo? Era verdade o boato que estava correndo no ginásio, de que eles estavam dando choques nele todo dia com TE, e que ele estava se livrando daquilo como se fosse água, fazendo apostas com os técnicos sobre quanto tempo seria capaz de manter os olhos abertos depois que os polos se tocassem?

Contei a eles tudo que podia, e ninguém pareceu espantar-se com o fato de eu, de repente, estar falando com as pessoas — um cara que tinha sido considerado surdo e mudo durante todo o tempo que eles o haviam conhecido, falando, ouvindo, igual a todo mundo. Contei a eles que tudo que tinham ouvido era verdade e ainda acrescentei algumas histórias minhas. Riram tanto de algumas das coisas que ele teria dito à enfermeira que os dois Vegetais, sob seus lençóis molhados no lado dos Crônicos, sorriram e grunhiram junto com as gargalhadas, como se compreendessem.

Quando a própria enfermeira apresentou o problema do paciente McMurphy na Sessão de Grupo, no dia seguinte, e disse que por alguma razão anormal ele não parecia estar respondendo ao TE de forma alguma e que meios drásticos poderiam ser necessários para estabelecer contato com ele, Harding disse:

— Ora, isso é possível, Srta. Ratched, sim... mas pelo que ouvi dizer a respeito de suas negociações com o Sr. McMurphy, lá em cima, ele não tem tido nenhuma dificuldade em estabelecer contato com a senhora.

Ela foi apanhada desprevenida e ficou tão perturbada com o fato de todo mundo ali estar rindo dela que não voltou a tocar no assunto.

Ela viu que McMurphy estava ficando maior do que nunca enquanto estava lá em cima, onde os caras não podiam ver a mossa que ela lhe estava causando, crescendo a ponto de se tornar quase uma lenda. Se não se vê um homem, não se vê também sua fraqueza, concluiu ela, e começou a fazer planos para trazê-lo de volta para baixo, para a nossa enfermaria. Concluiu que os rapazes poderiam constatar, com os próprios olhos, que ele podia ser tão vulnerável quanto qualquer homem. Não poderia manter seu papel de herói se estivesse sentado ali na enfermaria, o tempo todo no estado de estupor do choque.

Os caras pressentiram isso e o fato de que, enquanto ele estivesse ali na ala para que eles o vissem, ela lhe estaria dando choques toda vez que ele saísse. Assim, Harding, Scanlon,

Fredrickson e eu discutimos sobre um modo de convencê-lo de que a melhor solução para todo mundo envolvido seria sua fuga da ala. E no sábado, quando foi trazido de volta — saltitando pela enfermaria como um lutador de boxe entrando num ringue, as mãos unidas sobre a cabeça e anunciando que o campeão estava de volta —, tínhamos nosso plano todo preparado. Esperaríamos até que escurecesse, poríamos fogo num colchão e, quando os bombeiros viessem, nós o empurraríamos pela porta afora. Parecia um plano tão bom que não víamos maneira de ele recusar.

Mas não pensamos no fato de que seria o dia que ele havia marcado para pôr a garota, Candy, na enfermaria, para se encontrar com Billy.

Eles o trouxeram de volta para a enfermaria cerca das 10 horas da manhã.

— Cheio de mijo e de vinagre, companheiros; eles verificaram meus contatos e limparam minhas ponteiras, e estou brilhando como uma vela Modelo T. Alguma vez já usaram um indutor desses no Dia das Bruxas? *Zam!* Ótimo, não falha. — E ficou passeando pela enfermaria, mais atrevido do que nunca, derramou um balde de água de limpeza debaixo da porta da Sala das Enfermeiras, deixou cair um pedaço de manteiga bem em cima dos sapatos de lona brancos do auxiliar menor sem que ele percebesse e espalhou risadas durante todo o almoço, enquanto a manteiga ia derretendo, ficando de uma cor que Harding definiu como um "amarelo dos mais sugestivos", e, cada vez que passava perto de uma estudante de enfermagem, ela soltava um gritinho, revirava os olhos e saía batendo os pés pelo corredor, esfregando o quadril.

Contamos nosso plano de fuga, e ele disse que não havia pressa, lembrando-nos do compromisso de Billy.

— Não podemos desapontar o Billy, podemos, companheiros? Não quando ele está prestes a dar sua primeira trepada. E deverá ser uma festinha agradável a de hoje à noite, se conseguirmos levá-la a cabo; digamos que talvez seja minha festa de despedida.

Era o fim de semana em que a Chefona estava de serviço — não quis perder a volta dele —, e ela resolveu que seria melhor que tivéssemos uma sessão para tomar uma decisão. Na sessão, tentou mais uma vez apresentar sua sugestão de uma medida mais drástica, insistindo com o médico para que considerasse aquela alternativa "antes que fosse tarde demais para ajudarmos o paciente". Mas McMurphy deu tantas piscadelas, bocejos e arrotos enquanto ela falava que finalmente se calou, e, quando o fez, ele espantou o médico e os outros pacientes, ao concordar com tudo que ela dissera.

— Sabe, pode ser que ela esteja certa, doutor; olhe só o bem que aqueles míseros volts me fizeram. Talvez se *dobrássemos* a carga, eu poderia captar o Canal 8, como o Martini; estou cansado de ficar na cama só tendo alucinações com o Canal 4, com notícias e previsão do tempo.

A enfermeira pigarreou, tentando recuperar o controle da sessão.

— Eu não estava sugerindo que consideremos mais choques, Sr. McMurphy.

— Senhora?

— Eu estava sugerindo que considerássemos uma operação. Realmente muito mais simples. E temos históricos bem-sucedidos, de eliminação de tendências agressivas em certos casos hostis...

— Hostil? Dona, eu sou manso como um filhotinho de cachorro. Não dei pontapés em nenhum auxiliar durante quase duas semanas. Não houve motivo algum para querer me mandar entrar na faca, houve?

Ela conservou o sorriso, suplicando-lhe que visse como era simpática.

— Randle, não há nenhuma faca nem corte envolv...

— Além disso — continuou ele —, não adiantaria nada mandar cortá-los; tenho outro par na minha mesinha de cabeceira.

— Outro... par?

— Um tão grande quanto uma bola de beisebol, doutor.

— Sr. McMurphy! — O sorriso dela se partiu como vidro quando percebeu que estava sendo ridicularizada.

— Mas o outro é de tamanho suficiente para ser considerado normal.

Ele continuou assim até a hora em que estávamos prontos para ir para a cama. Àquela altura, havia um ar festivo de quermesse na enfermaria, à medida que os homens cochichavam sobre a possibilidade de termos uma festa se a garota trouxesse bebidas. Todos procuravam o olhar de Billy e sorriam e piscavam para ele cada vez que o encontravam. E, quando nos enfileiramos para receber os remédios, McMurphy se aproximou e perguntou à jovem enfermeira com o crucifixo e a marca de nascença se ela poderia conseguir uns comprimidos de vitaminas. Ela olhou para ele surpresa e disse que não via nenhuma razão em contrário, e lhe deu uns comprimidos do tamanho de ovos de passarinho. Ele os enfiou no bolso.

— Não vai tomá-los? — perguntou ela.

— Eu? Por Deus, não, eu não preciso de vitaminas. Só estava pegando aqui para o Billy. Ele está com uma aparência extenuada ultimamente... deve ser sangue cansado.

— Então... por que não dá a Billy?

— Vou dar, querida, vou dar, mas pensei em esperar até a meia-noite, mais ou menos, quando ele vai ter mais necessidade delas. — E saiu andando para o dormitório com o braço dobrado em volta do pescoço enrubescido de Billy, dando uma piscadela para Harding e uma cutucada nas minhas costelas com o polegar, quando passou por nós, e deixou a enfermeira atrás dele, na Sala das Enfermeiras, de olhos arregalados, derramando água sobre os pés.

É preciso que se diga algo mais a respeito de Billy: embora tivesse rugas no rosto e alguns fios grisalhos nos cabelos, ainda parecia um garoto — um garoto de orelhas de abano, o rosto sardento, dentuço, descalço e assoviando, como num daqueles calendários, arrastando uma fieira cheia de peixes na poeira atrás dele. No entanto, ele não era nada disso. A gente sempre se surpreendia ao descobrir, olhando para ele mais de perto, quando ele estava de pé junto de um dos outros homens, que era tão alto quanto todo mundo e que não tinha orelhas de abano, nem sardas, nem era dentuço, e tinha, na realidade, trinta e tantos anos.

Eu só o ouvi dizer a idade uma vez; para falar a verdade, estava escutando às escondidas, quando ele conversava com a mãe lá embaixo na recepção. Ela era recepcionista do hospital, uma senhora robusta, bem-apessoada, com o cabelo passando de louro para azul, depois para preto e de volta ao louro, a cada mês, vizinha da Chefona e, pelo que eu ouvira dizer, grande amiga pessoal dela. Toda vez que saíamos, Billy era obrigado a parar e inclinar uma bochecha enrubescida sobre a mesa para que ela lhe desse um beijo. Aquilo embaraçava tanto a nós quanto a ele, e por essa razão ninguém nunca zombou dele por causa daquilo, nem mesmo McMurphy.

Certa tarde, não me lembro há quanto tempo, paramos a caminho de alguma atividade e nos sentamos por ali nos grandes sofás forrados de plástico na recepção ou lá fora, sob o sol das 14 horas, enquanto um dos auxiliares usava o telefone para falar com seu agente de apostas, e a mãe de Billy aproveitou a oportunidade para largar o trabalho, sair de trás da mesa, pegar a mão de seu menino e levá-lo lá para fora, para se sentar na grama perto de onde eu estava. Ela se sentou toda tesa ali na grama, numa posição forçada, com as pernas curtas e gordas, cobertas pelas meias, estendidas à sua frente, fazendo eu me lembrar da cor da pele de salsicha; Billy deitou-se a seu lado e pôs a cabeça no colo dela e deixou que ela lhe coçasse a orelha com uma flor de dente-de-leão. Billy falava sobre um dia casar-se e ir para a universidade. A mãe dele lhe fez cócegas com a flor e riu daquelas idiotices.

— Querido, você ainda tem muito tempo para essas coisas. Tem a vida inteira pela frente.

— Mãe, estou com tr-tr-trinta e um anos!

Ela riu e acariciou a orelha dele com a planta.

— *Querido*, pareço ser mãe de um homem de meia-idade?

Ela franziu o nariz, abriu os lábios para ele e fez um barulho de uma espécie de beijo molhado com a língua no ar, e tive de admitir que não parecia mesmo mãe dele. Eu mesmo não acreditei que ele pudesse ter trinta e um anos, até mais tarde, quando pude me aproximar o suficiente para dar uma olhada na data de nascimento na tira do pulso dele.

À meia-noite, quando George, o outro auxiliar e a enfermeira deixaram o serviço, e o velho negro, Sr. Turkle, entrou para seu turno, McMurphy e Billy já estavam de pé, tomando vitaminas, imaginei. Saí da cama, vesti um robe e fui até a enfermaria, onde eles conversavam com o Sr. Turkle. Harding, Scanlon, Sefelt e alguns outros também saíram. McMurphy dizia ao Sr. Turkle o que fazer se a garota realmente viesse — na realidade, lembrando-o apenas, porque parecia que já haviam combinado tudo com antecedência umas duas semanas antes. McMurphy disse que a coisa a fazer era deixar a garota entrar pela *janela*, em vez de correr o risco de fazê-la passar pela recepção, onde poderia encontrar a supervisora da noite. E então destrancar a Sala do Isolamento. Sim, essa não é uma boa cabana para amantes em lua de mel? Um bocado reservado. ("Ahhh, McMurphy", Billy continuava tentando dizer.) E manter as luzes apagadas. Assim, a supervisora não poderia ver nada lá dentro. E fechar a porta dos dormitórios e não acordar todos os *babacas* dos Crônicos. E não fazer barulho, ficar em *silêncio*; não queremos perturbá-los.

— Ah, vam'bora Ma-Ma-Mack — disse Billy.

O Sr. Turkle assentia e balançava a cabeça, parecendo estar meio adormecido. Quando McMurphy disse "Acho que isso cobre bem todos os aspectos", o Sr. Turkle respondeu "Não... não inteiramente" e sentou-se ali sorrindo no uniforme branco, com a cabeça calva amarela flutuando na extremidade do pescoço como um balão numa vara.

— Ora, vamos, Turkle. Vai valer a pena. Ela deve trazer umas duas garrafas.

— Tá chegando mais perto — disse o Sr. Turkle. A cabeça oscilou e balançou. Ele agia como se mal fosse capaz de se manter acordado. Eu tinha ouvido dizer que ele trabalhava em outro emprego durante o dia, numa pista de corridas. McMurphy virou-se para Billy.

Turkle está se fazendo de difícil para ver se leva mais algum, Billy. Quanto é que vale pra você a primeira trepada na sua vida?

Antes que Billy conseguisse parar de gaguejar e responder, o Sr. Turkle sacudiu a cabeça.

— Não é isso. Não é dinheiro. Ela vai trazer mais que uma garrafa, não vai, essa coisinha? Vocês vão dividir mais que uma garrafa, não vão? — Ele sorriu para todos à sua volta.

Billy quase explodiu, tentando gaguejar algo, Candy não, *a sua* garota, não! McMurphy o puxou de lado e lhe disse que não se preocupasse com a castidade da *sua* garota — Turkle provavelmente estaria tão bêbado e sonolento quando Billy tivesse acabado que o velho urso não seria capaz nem de enfiar uma cenoura numa pia.

A garota estava atrasada de novo. Nós sentamos na enfermaria, vestidos em nossos robes, e ficamos ouvindo McMurphy e o Sr. Turkle contarem histórias do Exército, enquanto eles passavam um dos cigarros do Sr. Turkle de um para o outro, fumando de um jeito esquisito, prendendo a fumaça quando tragavam até os olhos se arregalarem. Uma vez, Harding perguntou que espécie de cigarro estavam fumando que tinha um cheiro tão provocante, e o Sr. Turkle disse numa voz aguda, prendendo o fôlego: "Ora, um cigarro comum. É sim. Quem quer uma tragada?"

Billy foi ficando cada vez mais nervoso, com medo de que a garota pudesse não aparecer, e com medo de que aparecesse. Ficava perguntando por que não íamos todos para a cama, em vez de ficarmos sentados ali fora no escuro e no frio, como cachorros esperando na cozinha pelos restos do jantar, e nós apenas sorrimos para ele. Nenhum de nós estava com vontade de ir para a cama; não estava fazendo frio algum, e era agradável se descontrair ali na semiobscuridade e ouvir McMurphy e o Sr. Turkle contarem histórias. Ninguém parecia estar com sono, nem mesmo muito preocupado com o fato de que já eram mais de 2 horas e a garota ainda não tinha aparecido. Turkle disse que talvez ela estivesse atrasada porque a ala estava tão escura que ela possivelmente não conseguia *ver* qual era aquela para onde devia vir, e McMurphy disse que aquilo era óbvio; assim os dois saíram correndo para cima e para baixo pelos corredores, acendendo todas as luzes do lugar. Estavam até a ponto de acender todas as luzes mesmo, de acordar todos no dormitório, quando Harding disse que aquilo simplesmente tiraria todos os outros homens da cama para partilhar a situação. Eles concordaram, e então se decidiram por todas as luzes do consultório do médico.

Tão logo iluminaram a ala como se fosse dia claro, ouviu-se uma batida à janela. Murphy correu para lá e encostou o rosto no vidro, cobrindo os lados com as mãos para conseguir enxergar. Virou-se e sorriu para nós.

— Ela anda que é uma beleza, à noite — disse ele.

Segurou Billy pelo pulso e o arrastou até a janela.

— Deixe-a entrar, Turkle. Vamos soltar esse garanhão maluco em cima dela.

— Olhe, McM-M-M-Murphy, espere — Billy empaca como uma mula.

— Não comece a me mamama-murphar, Billy. Agora é tarde demais para recuar. Você vai conseguir. Vou dizer-lhe uma coisa: aposto 5 dólares como você vai derrubar aquela mulher, tá bem? Para a janela, Turkle.

Havia duas garotas na escuridão, Candy e a outra que não havia aparecido para a pescaria.

— Cachorro-quente — disse Turkle, ajudando-as a entrar — bastante para todo mundo.

Todos nós fomos ajudar: elas tiveram de levantar as saias justas até as coxas para passar pela janela. Candy disse:

— McMurphy, seu maldito — e tentou atirar os braços em volta do pescoço dele com tanta violência que quase quebrou as garrafas que segurava nas mãos, pelo gargalo. Estava cambaleando um bocado, e o cabelo soltava-se do penteado que havia feito no alto da cabeça. Achei que ela ficava melhor com ele puxado para trás, como no dia da pescaria. Ela acenou para a outra garota com uma garrafa, depois que entrou.

— A Sandy veio junto. Ela simplesmente saiu e largou aquele louco de Beaverton com quem se casou, não é ótimo?

A garota entrou pela janela, beijou McMurphy e disse:

— Alô, Mack. Sinto muito não ter aparecido. Mas aquilo já acabou. A gente só aguenta gracinhas como ratos-brancos na fronha, vermes no creme e sapos no sutiã até certo ponto. — Sacudiu a cabeça e abanou a mão na sua frente como se estivesse afastando para longe a lembrança do marido que gostava de bichos. — Criiisto, que doido!

As duas estavam de saia e de suéter, meias de nylon e sem sapatos, os rostos corados e risonhos.

— Tivemos de parar para perguntar o caminho — explicou Candy — em todos os bares pelos quais passamos.

Sandy se virava, olhando em volta com os olhos arregalados.

— Puxa vida, Candy, onde é que estamos *agora*? Isto aqui é verdade? Estamos num hospício? *Homem!* — Era maior que Candy e talvez uns cinco anos mais velha, tinha tentado prender o cabelo castanho-avermelhado num coque elegante na nuca, mas ele insistia em cair sobre as largas maçãs do rosto, e ela parecia uma tratadora de vacas tentando se fazer passar por uma dama da sociedade. Os ombros, os seios e os quadris eram grandes demais, e o sorriso muito largo e franco para que ela fosse considerada uma beleza, mas era bonitinha e saudável, e tinha um longo dedo enfiado na alça de uma garrafa de 3,7 litros de vinho tinto que balançava ao lado de seu corpo como uma bolsa.

— Como, Candy, como essas coisas incríveis acontecem conosco? — Olhou em volta mais uma vez e parou, com os pés descalços separados, rindo.

— Essas coisas não acontecem — disse Harding, com ar solene, para a garota. — Essas coisas são fantasias com que a gente fica sonhando acordado, à noite, e depois fica com medo de contar para o analista. Você não está aqui *realmente*. Este vinho não é real; *nada* disso existe. Agora vamos continuar, a partir daqui.

— Oi, Billy — disse Candy.

— Olhe para aquela coisa — disse Turkle.

Candy estendeu uma das garrafas desajeitadamente para Billy.

— Trouxe um presente para você.

— Essas coisas são sonhos acordados — disse Harding.

— Puxa vida! — disse Sandy. — Onde é que viemos nos meter?

— Shhh — Scanlon olhou em volta, zangado. — Vocês vão acordar esses outros miseráveis ao falarem alto desse jeito.

— O que é que há, zangadinho? — Sandy riu, começando a se virar de novo. — Está com medo de que não dê pra *todos*?

— Sandy, eu devia ter imaginado que você ia trazer a droga desse vinho barato.

— Caramba! — Ela parou o giro que dava para olhar para mim. — Olha só esse aqui, Candy. Um Golias... fii-fiiuu.

— Que *barato* — comentou o Sr. Turkle e trancou a janela de novo.

Estávamos todos num grupinho meio desajeitado no meio da enfermaria, olhando uns para os outros, dizendo coisas só porque ninguém sabia ainda o que fazer — nunca havíamos enfrentado uma situação como aquela —, e não sei quando aquela confusão excitada e inquieta de conversa e de riso e de ficar rodando pela enfermaria teria parado se aquela porta da ala não tivesse estalado com o girar de uma chave lá no fundo do corredor. O ruído fez todo mundo saltar como se um alarme de ladrões tivesse começado a tocar.

— Oh, Senhor meu Deus! — disse Turkle, batendo com a mão no alto da careca. — É a supervisora, vai me botar pra fora com um pontapé na bunda.

Todos nós corremos para o banheiro, apagamos a luz e ficamos no escuro, ouvindo a respiração uns dos outros. Podíamos ouvir a supervisora andando pela enfermaria, chamando o Sr. Turkle num murmúrio alto, meio assustado. A voz dela estava baixa e preocupada, subindo de tom no final, quando chamava:

— Sr. Turkle? Se-nhor Turkle?

— Diabo, onde é que ele se meteu? — murmurou McMurphy. — Por que não responde?

— Não se preocupe — disse Scanlon. — Ela não vai procurar no banheiro.

— Mas por que não responde? Vai ver que ficou bêbado demais.

— Cara, de quem é que você está falando? Não fico bêbado demais com uma porcariazinha como aquela. — Era a voz do Sr. Turkle, em algum lugar na escuridão, ali no banheiro, conosco.

— Jesus, Turkle, o que você está fazendo aqui? — McMurphy tentava falar com severidade e prender o riso ao mesmo tempo. — Saia já daqui e veja o que ela quer. O que ela vai pensar se não encontrar você?

— Nosso fim está próximo — disse Harding, sentando. — Que Alá seja misericordioso!

Turkle abriu a porta, esgueirou-se para fora e foi encontrá-la no corredor. Ela viera ver por que todas as luzes estavam acesas. Qual o motivo para acender todas as luzes da ala? Turkle disse que nem todas as luzes estavam acesas; que as luzes do dormitório estavam apagadas e as do banheiro também. Ela disse que aquilo não era desculpa com relação às outras luzes e insistia na explicação de todas aquelas luzes acesas. Turkle não conseguiu inventar uma desculpa plausível e, durante a longa pausa, ouvi a garrafa ir passando de um para outro, perto de mim, no escuro. Lá fora no corredor, ela tornou a lhe fazer a mesma pergunta, e Turkle lhe disse que, bom, estava só dando uma limpeza, inspecionando tudo. Ela quis saber, então, por que o banheiro, o lugar que seu trabalho o obrigava a manter limpo, era o único lugar às escuras. E a garrafa circulou de novo, enquanto esperávamos para saber o que ele responderia. Chegou às minhas mãos e tomei um gole. Sentia que estava precisando. Pude ouvir Turkle engolindo em seco lá fora no corredor, fazendo huuumm e ahh, procurando alguma ideia para dizer.

— Deu branco nele — cochichou McMurphy. — Alguém vai ter de sair para ajudá-lo.

Ouvi uma descarga de latrina ser dada atrás de mim, e a porta se abriu e Harding foi iluminado pela luz do corredor enquanto ia saindo, levantando as calças do pijama. Ouvi a supervisora arquejar de susto ao vê-lo e ele lhe pediu que o desculpasse, mas que não a tinha visto, uma vez que estava tão escuro.

— Não está escuro.

— Quis dizer, no banheiro. Eu sempre apago as luzes para que meus intestinos funcionem melhor. Esses espelhos, compreende? Quando a luz está acesa, os espelhos parecem estar sentados ali me julgando, para aplicar uma punição se tudo não sair direito.

— Mas o ajudante Turkle disse que estava fazendo limpeza aí dentro...

— E estava fazendo mesmo um bom trabalho... considerando as restrições que lhe são impostas pela escuridão. Gostaria de ver? Venha comigo.

Harding abriu um pouco a porta, e uma faixa de luz correu pelo chão de ladrilhos do banheiro. Vi, de relance, a supervisora recuar, dizendo que teria de recusar o convite dele, pois tinha de fazer outras rondas. Ouvi a porta da ala ser destrancada de novo, lá no fim do corredor, e ela sair. Harding gritou-lhe que voltasse para outra visita, e todo mundo saiu depressa, apertou a mão dele e deu palmadinhas nas suas costas pela maneira brilhante como havia resolvido tudo.

Ficamos ali no corredor, e o vinho tornou a circular. Sefelt disse que preferiria tomar aquela vodca se tivesse alguma coisa para misturar com ela. Perguntou ao Sr. Turkle se não havia algo na enfermaria para misturar na vodca e Turkle respondeu que nada havia além de água. Fredrickson perguntou a respeito do xarope para tosse.

— Eles me dão um pouco de vez em quando, de um vidro de meio galão do depósito de remédios. O gosto não é ruim. Você tem a chave de lá, Turkle?

Turkle disse que a supervisora era a única pessoa que tinha a chave de lá durante a noite, mas McMurphy o convenceu a nos deixar tentar arrombar a porta. Turkle sorriu e concordou preguiçosamente. Enquanto ele e McMurphy trabalhavam em cima da fechadura com clipes para papel, as garotas e o restante de nós nos divertíamos na Sala das Enfermeiras abrindo os arquivos e lendo os dossiês.

— Olhem aqui — disse Scanlon, sacudindo uma das pastas. — Só pra falar em minúcias. Eles têm até meu boletim do primário aqui. Aahh, que notas horríveis, simplesmente horríveis.

Billy e sua namorada examinavam a pasta dele. Ela recuou para examiná-lo.

— Todas essas coisas, Billy? Não sei o quê, frênico e... psicopata... Você não parece ter todas essas coisas.

A outra garota havia aberto uma das gavetas de equipamento e estava achando suspeito o fato de as enfermeiras precisarem de *todos* aqueles sacos de água quente, um milhão deles, e Harding estava sentado à mesa da Chefona, sacudindo a cabeça com desaprovação para o negócio todo.

McMurphy e Turkle conseguiram abrir a porta do depósito de remédios e trouxeram da geladeira uma garrafa de um líquido espesso cor de cereja. McMurphy virou a garrafa para a luz e leu o rótulo em voz alta.

— "Colorido e aromatizado artificialmente, ácido cítrico, 70% de materiais neutros", isto deve ser água, "e 20% de álcool", isto é bom, "10% de codeína (Advertência: narcótico. Pode provocar dependência)." — Ele destampou a garrafa e tomou um gole, fechando os olhos. Passou a língua pelos dentes, tomou outro gole e leu o rótulo de novo. — Bem — disse ele e bateu com os dentes, como se tivessem acabado de ser afiados —, se abrandarmos isto aqui com um pouquinho de vodca, acho que vai ficar bom. Como é que estamos de gelo, Turkle, meu velho?

Misturado nos copinhos de papel com vodca e o vinho do Porto, o xarope tinha um gosto parecido com o de uma bebida de garotos, mas batia como o vinho de fruto de cacto que costumávamos tomar em The Dalles, frio e suave na garganta, quente e furioso logo que descia. Apagamos as luzes na enfermaria e nos sentamos em círculos para beber. Viramos os primeiros dois copos como se estivéssemos tomando remédio, sérios e silenciosos, e nos entreolhando para ver se ia matar alguém. McMurphy e Turkle alternavam o tempo todo, passando da bebida para os cigarros de Turkle e rindo enquanto discutiam como seria uma trepada com aquela jovem enfermeira, da marca de nascença, que saía à meia-noite.

— Eu ficaria com medo — disse Turkle — que ela viesse pra cima de mim com aquela cruzona pendurada na corrente. Não seria uma puta duma brochada?

— Eu ficaria com medo — disse McMurphy — de que, bem na hora da minha gozada, ela me enfiasse o termômetro por trás e me tomasse a temperatura!

Aquilo fez todo mundo cair na gargalhada. Harding parou de rir apenas o tempo suficiente para continuar com a brincadeira.

— Ou pior ainda — disse ele. — Só ficasse ali deitada debaixo de você com uma terrível concentração no rosto, e dissesse... essa seria de amargar... e dissesse qual era seu *pulso*!

— Ah, não... essa não...

— Ou, pior ainda, só ficasse deitada ali tentando calcular seu pulso e sua temperatura... sem instrumentos!

— Ah, essa seria demais...

Rimos até rolar pelos sofás e pelas cadeiras, sem fôlego e com os olhos cheios de lágrimas. As garotas estavam tão moles de tanto rir que tiveram de tentar duas ou três vezes até conseguirem levantar-se.

— Eu tenho que... fazer pipi — disse a grandona e saiu acenando e rindo em direção ao banheiro, errou a porta, entrou cambaleando no dormitório enquanto todos nós fazíamos "psiu" uns para os outros, com os dedos contra os lábios, esperando, até que ela soltou um gritinho e ouvimos o velho Coronel

Matterson rugir "O travesseiro é... um *cavalo*!" e sair correndo do dormitório, bem atrás dela, em sua cadeira de rodas.

Sefelt conduziu o Coronel de volta para o dormitório e mostrou a ela, pessoalmente, onde ficava o banheiro; disse-lhe que, em geral, só era usado por homens, mas que ele ficaria na porta enquanto ela estivesse ali dentro e montaria guarda contra intromissões na privacidade dela, jurando que a defenderia contra todos os assaltantes. Ela lhe agradeceu solenemente, apertou-lhe a mão e eles trocaram uma saudação. Enquanto ela estava lá dentro, lá veio o Coronel saindo novamente do dormitório na cadeira de rodas, e Sefelt teve um bocado de trabalho para impedi-lo de entrar no banheiro. Quando a garota saiu, ele estava tentando aparar os ataques da cadeira de rodas com o pé, enquanto assistíamos à confusão, estimulando com vivas ora um, ora outro. A garota ajudou Sefelt a pôr o Coronel de volta na cama e então os dois saíram valsando pelo corredor ao som de uma música que ninguém ouvia.

Harding bebeu, observou e sacudiu a cabeça.

— Isso não está acontecendo. É tudo uma mistura de Kafka com Mark Twain e Martini.

McMurphy e Turkle começaram a ficar preocupados com o fato de ainda haver luz em demasia. Assim, levantaram-se e saíram pelo corredor apagando tudo que brilhava, inclusive as luzes que ficavam acesas durante a noite, até que ficou tudo escuro como um breu. Turkle tirou as lanternas e brincamos de pega-pega, correndo pelo corredor, para cima e para baixo, com as cadeiras de rodas do estoque, divertimo-nos à beça até que ouvimos um dos gritos de convulsão de Sefelt e o encontramos esparramado se contorcendo ao lado daquela garota grande, a Sandy. Ela estava sentada no chão, alisando a saia, olhando para Sefelt.

— Nunca tive uma experiência como esta — disse num tom baixo e respeitoso.

Fredrickson se ajoelhou ao lado do amigo e lhe enfiou uma carteira entre os dentes, para impedir que mordesse a língua, e o ajudou a abotoar as calças.

— Você está bem, Seef? Seef?

Sefelt não abriu os olhos, mas levantou uma das mãos frouxa e tirou a carteira da boca. Sorriu através da baba.

— Estou bem — disse ele. — Me deem um remédio e me soltem de novo.

— Você realmente precisa de algum remédio, Seef?

— Remédio.

— Remédio — disse Fredrickson por sobre o ombro, ainda ajoelhado.

— Remédio — repetiu Harding e saiu com a lanterna para o depósito de remédios. Sandy o observou ir com os olhos vidrados. Estava sentada ao lado de Sefelt, acariciando-lhe a cabeça, atordoada.

— Talvez seja melhor trazer um pouco para mim também — gritou numa voz bêbada para Harding. — Nunca tive uma experiência que se parecesse de longe com isso.

No fundo do corredor, ouvimos um ruído de vidro quebrado e Harding voltou com uma dose dupla de comprimidos; ele os deixou cair sobre Sefelt e a mulher como se estivesse arremessando torrões de terra sobre uma sepultura. Ergueu os olhos para o teto.

— Deus todo-misericordioso, tome esses dois pobres pecadores entre seus braços. E mantenha as portas abertas para a chegada do restante de nós porque está testemunhando o fim, o fim absoluto, irrevogável e fantástico. Eu finalmente me dei conta do que está acontecendo. É nossa última jogada. Estamos condenados daqui por diante. Temos de levar nossa coragem ao ponto máximo e enfrentar nosso destino iminente. Nós seremos, todos nós, fuzilados ao amanhecer. Cem laxantes, por cabeça. A Srta. Ratched vai nos enfileirar contra a parede, onde seremos fuzilados com armas de fogo que ela carregou com Miltowns! Torazines! Libriuns! Stelazines!, e com um aceno de sua espada, blum!, ela nos tranquilizará completamente, colocando-nos para fora da existência.

Ele cambaleou contra a parede e escorregou para o chão, os comprimidos saltando de suas mãos em todas as direções como piolhos vermelhos, verdes e laranja.

— Amém — disse e fechou os olhos.

A garota no chão alisou a saia sobre as pernas longas e eficientes, olhou para Sefelt ainda mostrando os dentes e se contorcendo sob as luzes, ao lado dela, e disse:

— Nunca na minha vida tive uma experiência que se aproximasse nem *da metade* desta.

O discurso de Harding, se não conseguiu tornar as pessoas sóbrias, pelo menos fez com que tomassem consciência do que estavam fazendo. A noite estava avançando, e era preciso pensar um pouco na chegada dos funcionários do turno da manhã. Billy Bibbit e sua garota comentaram que eram mais de 4 horas, e que, se ninguém se importasse, eles pediriam ao Sr. Turkle para destrancar a Sala do Isolamento. Saíram sob um arco de focos de luz de lanternas e nós fomos para a enfermaria com o intuito de ver o que podíamos decidir quanto à limpeza. Turkle estava quase desmaiando quando voltou da Sala do Isolamento e tivemos de empurrá-lo para a Sala de Plantão numa cadeira de rodas.

Enquanto eu andava atrás deles, de repente me ocorreu, assim como uma espécie de surpresa, que eu estava bêbado, realmente bêbado, entusiasmado, sorridente e cambaleando de bêbado, pela primeira vez desde o Exército, bêbado junto com meia dúzia de outros caras e duas garotas — bem dentro da ala da Chefona! Bêbado e correndo e rindo e andando com mulheres exatamente no centro da mais poderosa fortaleza da Liga! Pensei no que estávamos fazendo desde o princípio da noite e era quase impossível acreditar. Eu tinha de ficar lembrando a mim mesmo o que *realmente* havia acontecido, o que nós tínhamos feito acontecer. Tínhamos simplesmente destrancado uma janela e permitido que aquilo entrasse, como se deixa entrar o ar fresco. Talvez a Liga não fosse todo-poderosa. O que nos impedia de fazer aquilo de novo, agora que estávamos vendo que podíamos? Ou o que nos impedia de fazer outras coisas que quiséssemos? Senti-me tão feliz pensando nisso que dei um grito e saltei sobre McMurphy e a garota, que caminhavam juntos na minha frente, levantei os dois, um em cada braço, e corri por todo o caminho até a enfermaria com eles gritando e esperneando como crianças. Sentia-me bem a esse ponto.

 O Coronel Matterson se levantou novamente, com os olhos brilhantes, cheio de lições, e Scanlon o empurrou de volta para a cama. Sefelt, Martini e Fredrickson disseram que era melhor irem dormir também. McMurphy, eu, Harding, a garota e o Sr. Turkle ficamos para acabar com o xarope e decidir o que iríamos fazer quanto à bagunça em que estava a ala. Harding e eu agíamos como se fôssemos os únicos realmente muito preocupados com aquilo; McMurphy e a garota apenas sentaram ali bebericando o xarope e sorrindo um para o outro e alisando-se com as mãos nas sombras; o Sr. Turkle volta e meia adormecia. Harding esforçou-se ao máximo, tentando fazer com que eles se preocupassem.

— Vocês todos parecem não compreender a complexidade da situação — disse ele.

— Besteira — disse McMurphy.

Harding bateu na mesa.

— McMurphy, Turkle, vocês não se dão conta do que aconteceu aqui esta noite. Numa enfermaria de doentes mentais. A ala da Srta. Ratched! As repercussões serão... devastadoras!

McMurphy mordeu o lóbulo da orelha da garota. Turkle concordou com um movimento de cabeça, abriu um olho e disse:

— É verdade. Ela vai estar aqui amanhã também.

— Entretanto, tenho um plano — disse Harding, levantando-se. Disse que McMurphy obviamente estava bêbado demais para dominar a situação e que outra pessoa teria de assumir o comando. Enquanto falava, ficou mais ereto e também mais sóbrio. Falou numa voz intensa e com uma nota de urgência, e suas mãos davam forma ao que ele dizia. Fiquei satisfeito que ele tivesse assumido o comando.

Seu plano era que devíamos amarrar Turkle e fazer com que parecesse que McMurphy o havia apanhado de surpresa por trás, que o amarrara com, ah, digamos, pedaços de um lençol rasgado e, depois de conseguir as chaves, havia entrado no depósito de remédios, espalhando os remédios por todo lado e feito aquela confusão com os arquivos só para aporrinhar a enfermeira — ela acreditaria *nessa* parte — e então havia destrancado a grade e fugido.

McMurphy disse que parecia enredo de novela de televisão e que era tão ridículo que não podia deixar de funcionar, e cumprimentou Harding por sua lucidez. Harding disse que o plano tinha seus méritos: manteria os outros fora da confusão com a enfermeira, Turkle continuaria em seu emprego e McMurphy fugiria da ala. Disse que McMurphy podia pedir às garotas que o levassem de carro para o Canadá ou para Tijuana, ou até Nevada, se quisesse, e ficaria em perfeita segurança; a polícia nunca se esforçava muito para apanhar os fugitivos do hospital, porque 90% deles sempre apareciam de volta poucos dias depois, sem dinheiro, bêbados e procurando aquela cama e mesa gratuitas. Conversamos sobre aquilo durante algum tempo e acabamos com o xarope. Finalmente falamos até esgotar o assunto e depois ficamos em silêncio. Harding tornou a sentar-se.

McMurphy tirou o braço dos ombros da garota e olhou para mim e para Harding, pensando, novamente com aquela expressão estranha, cansada, em seu rosto. E nós, perguntou, por que não nos levantávamos, apanhávamos as roupas e íamos com ele?

— Não estou pronto ainda, Mack — disse-lhe Harding.

— Então por que acha que estou?

Harding olhou para ele em silêncio por algum tempo, sorriu, depois disse:

— Não, você não compreende. Estarei pronto dentro de algumas semanas. Mas quero fazê-lo sozinho, por mim mesmo, sair por aquela porta da frente, com todas as formalidades e complicações tradicionais. Quero que minha mulher esteja aqui com um carro na hora determinada para me buscar. Quero que eles saibam que fui *capaz* de fazê-lo dessa maneira.

McMurphy assentiu.

— E você, Chefe?

— Acho que estou bem. Só que não sei ainda para onde quero ir. E alguém precisa ficar aqui algumas semanas depois que você tiver ido, para garantir que a situação não vai retroceder.

— E Billy, Sefelt, Fredrickson e os outros?

— Não posso falar por eles — disse Harding. — Ainda têm seus problemas, como todos nós. Ainda são homens doentes, de muitas maneiras. Mas pelo menos agora eles são *homens* doentes. Não são mais coelhos, Mack. Talvez, algum dia, possam ser homens sãos. Não sei dizer.

McMurphy refletiu sobre aquilo, olhando para as costas das mãos. Tornou a olhar para Harding.

— O que é isso, Harding? O que está acontecendo?

— Você quer dizer, tudo isso?

McMurphy concordou.

Harding sacudiu a cabeça.

— Não creio que eu possa dar-lhe uma resposta. Oh, eu poderia lhe dar razões freudianas em termos empolados e isso seria o máximo que poderia fazer. Mas o que você quer são as razões para as razões, e essas não sou capaz de lhe dar. Não as dos outros, pelo menos. As minhas? Culpa. Vergonha. Medo. Autossubestimação. Muito cedo, descobri que eu era... vamos ser gentis e dizer "diferente"? É uma palavra melhor, mais genérica que a outra. Eu cedi à prática de certos atos que nossa sociedade considera vergonhosos. E fiquei doente. Não foram os atos, não creio que tenham sido, foi sentir aquele dedo indicador enorme, letal da sociedade apontando para mim... e aquele enorme coro de milhões de vozes repetindo: "Vergonha. Vergonha. Vergonha." É essa a maneira de a sociedade lidar com alguém diferente.

— Eu sou diferente — disse McMurphy. — Por que nada disso aconteceu comigo? Tive gente me chateando, andando atrás de mim, desde que me entendo, mas... mas isso não me fez enlouquecer.

— Não, você tem razão. Não foi isso que o fez enlouquecer. Eu não estava dizendo que a minha razão é a única. Pensei durante determinada época, há alguns anos, quando eu era garoto, que a punição da sociedade era a única força que levava alguém para o caminho da loucura, mas você fez com que eu reexaminasse minha teoria. Há outro fator que leva as pessoas, gente forte como você, amigo, para esse caminho.

— Sim? Não que eu esteja admitindo que estou nesse caminho, mas o que é esse outro fator?

— Somos nós. — Ele moveu a mão em volta de si num suave círculo branco e repetiu: — Nós.

McMurphy disse sem convicção:

— Besteira. — Sorriu e se levantou, pondo a garota de pé. Olhou para o relógio. — São quase 5 horas. Preciso tirar um cochilo antes da grande fuga. O turno do dia ainda leva mais duas horas para entrar; vamos deixar o Billy e a Candy por lá mais um pouco. Vou dar o fora por volta das 6 horas. Sandy, querida, talvez uma hora no dormitório nos deixe mais sóbrios. O que acha? Temos um bocado de estrada pela frente, seja para o Canadá ou o México ou qualquer outro lugar.

Turkle, Harding e eu também nos levantamos. Todo mundo ainda estava bastante tonto e bêbado, mas um sentimento brando de tristeza havia penetrado na embriaguez. Turkle disse que tiraria McMurphy e a garota da cama dentro de uma hora.

— Me acorda também — disse Harding. — Quero ficar ali na janela com uma bala de prata na mão e perguntar: "Quem *era* aquele homem de máscara?", enquanto vocês vão...

— Vá pro inferno, pare com isso. Vocês dois aí, já para a cama, e não quero nunca mais ver nem pele nem cabelo de nenhum de vocês. Entenderam?

Harding sorriu e concordou com um aceno de cabeça, mas nada disse. McMurphy estendeu a mão, Harding apertou. Mc-

Murphy virou a cabeça para trás como um vaqueiro saindo de um bar e piscou o olho.

— Você pode ser o grande ganso valentão dos doidos de novo, companheiro, com o grande Mack fora do seu caminho.

Ele se virou para mim e franziu o rosto.

— Não sei o que você pode ser, Chefe. Você ainda tem que olhar por aí. Talvez conseguisse arranjar um emprego como bandido num bangue-bangue de tevê. De qualquer maneira, vá com calma.

Apertei a mão dele, e fomos para o dormitório. McMurphy disse a Turkle para rasgar alguns lençóis e escolher alguns de seus nós favoritos para ser amarrado. Turkle disse que iria providenciar. Deitei na minha cama, sob a luz acinzentada do dormitório, e ouvi McMurphy e a garota se deitarem na dele. Estava sentindo-me meio mole e bem quentinho. Ouvi o Sr. Turkle abrir a porta da rouparia lá fora no corredor, suspirar bem alto e arrotar enquanto fechava a porta atrás de si. Meus olhos se acostumaram com a escuridão, e pude ver McMurphy e a garota aconchegados nos braços um do outro, relaxando, mais parecidos com duas crianças cansadas do que com um homem feito e uma mulher feita, juntos na cama para fazer amor.

E foi assim que os auxiliares os encontraram quando entraram para acender as luzes do dormitório, às 6h30.

Pensei muito a respeito do que aconteceu depois, e acabei por chegar à conclusão de que estava destinado a acontecer e teria acontecido de uma forma ou de outra, dessa ou de outra vez, mesmo que o Sr. Turkle tivesse acordado McMurphy e as duas garotas e os tivesse posto para fora da ala como fora planejado. A Chefona teria descoberto de algum modo o que havia acontecido, talvez só pela expressão no rosto de Billy, e teria tomado a mesma atitude que tomou, quer McMurphy ainda estivesse ali ou não. E Billy teria feito o que fez e McMurphy teria sabido e teria voltado.

Teria voltado, porque não poderia mais ficar sentado sem fazer nada, fora do hospital, jogando pôquer em Carson City ou em Reno ou em algum outro lugar, e deixar a Chefona dar a última cartada e ter a última jogada, como não poderia tê-la deixado fazer aquilo mesmo debaixo do seu nariz. Foi como se ele tivesse se inscrito para o jogo inteiro e não houvesse jeito algum de quebrar o contrato.

Mal começamos a sair da cama e a circular pela ala, a história do que havia acontecido se espalhou como fogo num rastilho de cochichos.

— Eles tinham uma o *quê?* — perguntavam os que não haviam participado da "festa".

— Uma prostituta? No dormitório? Jesus!

Não apenas uma prostituta, disseram os outros, mas uma bebedeira geral de cair. McMurphy planejava botá-la para fora às escondidas antes que o turno do dia chegasse, mas não acordou.

— Ora, que espécie de lorota está querendo nos fazer engolir?

— Não é lorota alguma. Cada palavra é a absoluta verdade. Eu participei.

Os que haviam participado da noitada começaram a contar com uma espécie de calmo orgulho e de espanto, da maneira como as pessoas contam que viram um grande hotel se incendiar ou uma represa estourar — muito solenes e cheios de respeito, porque os mortos ainda não foram nem contados —, mas, à medida que iam contando, os caras iam ficando menos solenes. Toda vez que a Chefona e seus negros incansáveis faziam uma descoberta, tal como a garrafa vazia de xarope ou a frota de cadeiras de rodas estacionada no fim do corredor, como cavalos vazios num carrossel de parque de diversões, traziam de volta de repente, com clareza, outra parte da noitada para ser contada aos que não haviam participado e para ser saboreada pelos que haviam. Todo mundo fora levado para a enfermaria pelos auxiliares, Crônicos e Agudos também, movendo-se em círculos numa confusão excitada. Os dois velhos Vegetais estavam afundados em suas espreguiçadeiras, piscando e mastigando as gengivas. Todo mundo ainda estava de pijama e de chinelos, exceto McMurphy e a garota; ela estava completamente vestida, a não ser pelos sapatos e pelas meias de nylon, que agora estavam penduradas em seu pescoço, e ele estava com o calção preto com baleias brancas. Estavam sentados juntos num sofá, de mãos dadas. A garota cochilou de novo, e McMurphy estava encostado nela com um sorriso sonolento e satisfeito.

Nossa preocupação solene estava cedendo lugar, a despeito de nós, à alegria e ao bom humor. Quando a enfermeira encontrou a pilha de comprimidos que Harding havia derramado em cima de Sefelt e da garota, começamos a engasgar para segurar o riso, e na hora em que acharam o Sr. Turkle na rouparia e o tiraram de lá piscando e gemendo de ressaca, estávamos às gargalhadas. A Chefona enfrentou nosso bom humor sem exibir nem um traço sequer do seu sorrisinho fixo; cada gargalhada lhe estava sendo enfiada pela garganta abaixo, até que pareceu que ela ia explodir a qualquer minuto, como uma bexiga.

McMurphy pendurou uma perna nua sobre o braço do sofá e puxou o gorro para baixo, a fim de impedir que a luz lhe incomodasse os olhos avermelhados, e ficou espichando para fora a língua, que parecia ter sido envernizada por aquele xarope. Aparentava estar enjoado e terrivelmente cansado e pressionava as mãos fechadas contra as têmporas, bocejando, mas, por pior que parecesse se sentir, ainda mantinha o sorriso, e uma ou duas vezes chegou até a dar gargalhadas diante de algumas das novas descobertas que a enfermeira fez.

Quando a enfermeira entrou para telefonar para o edifício central a fim de comunicar a demissão do Sr. Turkle, ele e Sandy aproveitaram para destrancar a grade, dar até logo para todo mundo e sair correndo pelo jardim, tropeçando e escorregando na grama molhada, cintilando sob o sol.

— Ele não trancou de novo — disse Harding para McMurphy. — Ande, vá. Vá atrás deles!

McMurphy gemeu e abriu um olho vermelho como um ovo choco:

— Está brincando comigo? Não conseguiria nem passar minha *cabeça* por aquela janela, quanto mais meu corpo inteiro.

— Meu amigo, não creio que você compreenda.

— Harding, maldito seja você com esse seu palavrório; tudo que realmente compreendo é que ainda estou meio bêbado. E enjoado. Pra falar a verdade, acho que você também ainda está bêbado. E você, Chefe, ainda está bêbado?

Eu disse que meu nariz e rosto estavam dormentes, se é que aquilo tinha algum significado.

McMurphy balançou a cabeça uma vez e tornou a fechar os olhos; enlaçou as mãos sobre o peito e afundou na cadeira, o queixo assentando sobre o pescoço. Estalou os lábios e sorriu como se estivesse cochilando.

— Cara — disse ele —, todo mundo ainda está bêbado.

Harding ainda estava preocupado. Continuou dizendo que a melhor atitude que McMurphy poderia tomar era vestir-se depressa, enquanto o Anjo de Misericórdia estava lá dentro falando de novo com o médico para comunicar as atrocidades que havia descoberto, mas McMurphy afirmou que não havia razão para nervosismo; ele não estava em situação pior que antes, estava?

— Já aguentei o máximo deles — disse ele.

Harding lançou as mãos para o ar e saiu dali, predizendo o juízo final.

Um dos auxiliares viu que a grade estava destrancada e a trancou, entrou na Sala das Enfermeiras para pegar o grande livro diário, voltou passando o dedo pela lista abaixo e murmurando os nomes, chamava em seguida quando avistava o homem que correspondia a cada um deles. A lista é em ordem

alfabética às avessas, para confundir as pessoas, assim ele só chegou à letra "b" no fim. Deu uma olhada pela enfermaria sem tirar o dedo do último nome do livro.

— Bibbit. Onde está Billy Bibbit? — Os olhos dele estavam arregalados. Estava pensando que Billy havia fugido debaixo do seu nariz e que ia entrar pelo cano. — Quem viu Billy Bibbit fugir, seus malditos malucos?

Aquilo fez com que as pessoas se lembrassem de onde Billy estava; houve novamente cochichos e risos.

O auxiliar voltou para a sala, e percebemos que estava contando à enfermeira. Ela bateu com o fone no gancho e saiu pela porta, furiosa, com o negro nos seus calcanhares; uma mecha de cabelo havia se soltado da touca branca e caía-lhe no rosto. Estava suando entre as sobrancelhas e sob o nariz. Exigiu que lhe disséssemos para onde o fugitivo fora. Recebeu como resposta um coro de gargalhadas, e seus olhos percorreram os homens.

— Então? Ele não fugiu, não é? Harding, ele ainda está aqui... na ala, não está? Digam-me. Sefelt, diga-me!

Seus olhos dardejavam a cada palavra, golpeando o rosto dos homens, mas eles estavam imunes a seu veneno. Os olhos deles enfrentavam os dela; seus sorrisos zombavam do velho sorriso confiante que ela havia perdido.

— Washington! Warren! Venham comigo fazer uma ronda.

Levantamo-nos e os seguimos quando os três saíram, destrancando o laboratório, a Sala da Banheira, o consultório do médico... Scanlon cobriu a boca com a mão nodosa e murmurou:

— Ei, não vai ser uma boa para o velho Billy. — Todos nós concordamos. — E Billy não será o único que vai sofrer com a situação, agora que pensei bem; lembram quem está lá dentro?

A enfermeira chegou à porta da Sala de Isolamento no fim do corredor. Nós nos empurramos para olhar, amontoando-nos e nos apertando para espiar por cima da Chefona e dos auxiliares, enquanto ela destrancava e abria a porta. Estava escuro na sala sem janela. Houve um gritinho e uma agitação no escuro e a enfermeira estendeu a mão e acendeu a luz sobre Billy e a garota, que piscavam ali naquele chão acolchoado, como duas corujas num ninho. A enfermeira ignorou o rugido de gargalhadas às suas costas.

— William Bibbit! — Ela se esforçou para a voz soar fria e severa. — William... Bibbit!

— Bom dia, Srta. Ratched — disse Billy, sem fazer um único gesto para se levantar e abotoar o pijama. Ele segurou a mão da garota e sorriu. — Esta é Candy.

A língua da enfermeira estalou em sua garganta ossuda.

— Oh, Billy, Billy, Billy... estou tão envergonhada por você.

Billy não estava suficientemente acordado para corresponder bem à vergonha dela, e a garota mexia-se à sua volta, olhando debaixo do colchão, procurando as meias, movendo-se devagar e parecendo à vontade e disposta depois de ter dormido. De vez em quando, ela parava seu tatear sonhador, olhava para cima e sorria para o vulto gelado da enfermeira de pé ali, com os braços cruzados. Verificava então se o suéter estava abotoado e continuava a puxar a meia, presa entre o colchão e o piso de ladrilhos. Os dois se moviam como gatos gordos, saciados de leite morno, preguiçosamente sob o sol; imaginei que ambos também estivessem bastante bêbados.

— Oh, Billy — disse a enfermeira, como se estivesse tão desapontada que fosse capaz de cair em prantos. — Uma mulher como *essa*. Uma reles! Vagabunda! Pintada...

— Cortesã? — sugeriu Harding. — Jezebel? — A enfermeira voltou-se e tentou detê-lo com os olhos, mas ele continuou: — Jezebel, não? Não? — Ele coçou a cabeça e continuou: — Que tal Salomé? Ela é notoriamente má. Talvez "zinha" seja a palavra que quer. Bem, só estou tentando *ajudar*.

Ela voltou-se novamente para Billy. Ele estava se concentrando para ficar de pé: ficou de joelhos, o traseiro no ar como uma vaca se levantando, então tomou impulso com uma das mãos, pôs um pé, depois o outro e se endireitou. Parecia satisfeito com o sucesso obtido, como se não tivesse nem se dado conta de nossas figuras amontoadas ali na porta, mexendo com ele e o estimulando.

A gritaria e o riso redemoinhavam em torno da enfermeira. Seus olhos passaram de Billy e da garota para nosso grupo. O rosto esmaltado de plástico estava se desmantelando. Ela fechou os olhos e se esforçou para deter seu tremor, concentrando-se. Sabia que aquele era o momento, estava acuada contra a parede. Quando seus olhos se abriram novamente, estavam muito pequenos e calmos.

— O que me preocupa, Billy — pude ouvir a mudança no tom de sua voz —, é como sua pobre mãe vai receber isso.

Ela obteve a reação que procurava. Billy se contraiu e levou a mão ao rosto, como se tivesse sido queimado com ácido.

— A Sra. Bibbit sempre teve tanto orgulho de sua discrição. Eu sei que *isso* vai perturbá-la profundamente. Sabe como ela fica quando está perturbada. Billy, você sabe como a pobre coitada pode ficar doente. Ela é muito sensível. Especialmente no que diz respeito ao filho. Ela sempre falou de você com tanto orgulho. Ela sem...

— Nuh! Nuh! — A boca de Billy se esforçava. Ele sacudiu a cabeça, suplicando-lhe: — p-p-precisa!

— Billy, Billy, meu pobre Billy — disse ela. — Sua mãe e eu somos velhas amigas.

— Não! — gritou ele. Sua voz arranhou as paredes brancas e nuas da Sala de Isolamento. Levantou o queixo de modo que ficou gritando para a luz em forma de lua no teto. — N-n-*não*!

Tínhamos parado de rir. Observamos Billy se encolher no chão, a cabeça para trás, os joelhos para a frente. Esfregou a mão na perna da calça verde. Tremia de pânico, como uma criança a quem se prometeu uma surra tão logo se conseguisse uma vara. A enfermeira tocou o ombro dele para consolá-lo. O toque o sacudiu como uma pancada.

— Billy, não quero que ela acredite numa atitude dessa vinda de você... mas o que devo pensar?

— Nah-nah-não co-conte, S-S-S-Senhorita Ratched. Nah--nah-nah...

— Billy, tenho de contar. Detesto ter de acreditar que é capaz de um comportamento destes, mas, francamente, o que mais posso pensar? Encontro você sozinho, num colchão, com esse tipo de mulher.

— Não!! Eu n-n-não. Eu estava... — A mão dele subiu para o rosto de novo e ficou grudada ali. — Ela fez.

— Billy, essa moça não poderia ter trazido você para cá à força. — Ela sacudiu a cabeça. — Compreenda, eu gostaria de acreditar numa outra versão da história... pelo bem de sua pobre mãe.

A mão desceu violentamente do rosto dele, deixando marcas vermelhas.

— Ela fe-fez. — Ele olhou em volta. — E McMurphy! Ele fez. E Harding! E o-o-o restante todo! Eles im-im-implicaram comigo, me chamaram de coisas.

Agora o rosto dele estava preso ao dela. Não olhava nem para um lado, nem para outro, só em frente, para o rosto dela, como se ali houvesse uma luz espiralada em vez de feições, uma espiral hipnotizante de branco cremoso, azul e laranja. Ele engoliu em seco e esperou que ela dissesse alguma palavra, mas ela nada dizia; sua habilidade, seu fantástico poder mecânico voltaram-lhe numa torrente, analisando a situação e ordenando-lhe que tudo que ela tinha de fazer era ficar calada.

— Eles me o-o-obrigaram! Por favor, S-Senhorita Ratched, eles me obr-obri-obri-OBRI...

Ela controlou sua faixa de onda e o rosto de Billy sintonizou, soluçando de alívio. Ela pôs a mão em volta do pescoço dele e lhe puxou o rosto para o colo engomado, acariciando o ombro dele enquanto lançava, lentamente, um olhar de desprezo para nós.

— Está bem, Billy. Está tudo bem. Ninguém mais vai machucar você. Está tudo bem. Vou explicar à sua mãe.

Ela continuou nos fuzilando com o olhar enquanto falava. Era estranho ouvir aquela voz suave e consoladora, aconchegante como um travesseiro, saindo de um rosto de porcelana.

— Está bem, Billy. Venha comigo. Pode esperar aqui no consultório do doutor. Não há nenhuma razão para que você seja obrigado a sentar aqui na enfermaria com esses... seus amigos.

Ela o levou para o consultório, acariciando-lhe a cabeça inclinada e dizendo:

— Pobre menino, pobre menininho.

Enquanto isso, íamos voltando silenciosamente pelo corredor e nos sentamos na enfermaria, sem nos olharmos ou nos falarmos. McMurphy foi o último a sentar-se.

Os Crônicos do outro lado haviam parado de se agitar e estavam se acomodando em suas tocas. Olhei para McMurphy pelo canto do olho, tentando disfarçar. Ele estava na cadeira, no canto, descansando um segundo antes de se levantar para o próximo round — numa longa sucessão de rounds que viriam. Aquilo contra o qual ele lutava não se podia abater definitivamente. Tudo que se podia fazer era continuar batendo nela até que não se conseguisse mais lutar e outra pessoa tivesse de tomar seu lugar.

Mais telefonemas estavam sendo dados na Sala das Enfermeiras, e uma quantidade de autoridades aparecendo para ver as provas. Quando, finalmente, o próprio médico chegou, cada uma daquelas pessoas olhou para ele como se a situação inteira tivesse sido planejada por ele ou pelo menos admitida tacitamente e autorizada. Estava pálido e trêmulo sob aqueles olhares. Percebia-se que ele já sabia da maior parte do que acontecera ali, em sua ala, mas a Chefona relatou-lhe de novo, em detalhes lentos e em voz alta, de modo que também pudéssemos ouvir. Ouvimos da maneira correta, desta vez sérios, sem cochichos ou risadas enquanto ela falava. O médico balançava a cabeça e remexia os óculos, piscando os olhos tão lacrimejantes que pensei que estivesse respingando nela. Ela terminou contando-lhe sobre Billy e a trágica experiência pela qual tínhamos feito o pobre menino passar.

— Eu o deixei em seu consultório. A julgar por seu presente estado, sugiro que o veja imediatamente. Ele passou por uma terrível tortura. Estremeço só de pensar no mal que deve ter causado ao pobre menino.

Ela esperou até que o médico estremecesse também.

— Acho que deve ir ver se pode conversar com ele. Está precisando de apoio. Seu estado é lastimável.

O médico concordou mais uma vez e saiu em direção ao consultório.

— Mack — disse Scanlon. — Ouça... não pensa que nenhum de nós acreditou nessa baboseira toda, pensa? O quadro está mal, mas nós sabemos onde está a culpa... não estamos culpando você.

— Não — disse eu —, nenhum de nós culpa você. — E desejei que me tivessem arrancado a língua quando vi como me olhou.

Ele fechou os olhos e se descontraiu. Parecia estar esperando. Harding se levantou e dirigiu-se até onde ele estava, e havia acabado de abrir a boca para dizer algo quando a voz do médico, gritando lá no fundo do corredor, esfregou um horror comum no rosto de todos.

— Enfermeira! — berrou. — Meus Deus, *enfermeira!*

Ela correu, e os três auxiliares a seguiram pelo corredor para onde estava o médico ainda gritando. Mas nenhum paciente se levantou. Nós sabíamos que não havia nada para fazermos agora, senão ficar sentados ali e esperar que ela voltasse para a enfermaria para nos contar o que todos nós sabíamos ser um fato destinado a acontecer.

Ela caminhou direto para McMurphy.

— Ele cortou a garganta — disse ela. Esperou, aguardando que ele dissesse algo. Ele não levantou o olhar. — Abriu a escrivaninha do doutor, encontrou alguns instrumentos e cortou a garganta.

Esperou de novo. Mas, ainda assim, ele não levantou o olhar.

— Primeiro Charles Cheswick e agora William Bibbit! Espero que finalmente esteja satisfeito. Jogar com vidas humanas... apostar com vidas humanas... como se pensasse que é um *Deus!*

Ela se virou, entrou na Sala das Enfermeiras e fechou a porta, deixando um som estridente, mortal, soando nas lâmpadas acima da nossa cabeça.

Meu impulso inicial foi tentar detê-lo, convencê-lo a levar o que já havia conseguido e deixá-la ganhar a última rodada, mas outro pensamento muito maior apagou o primeiro completamente. De repente, eu me dei conta, com certeza absoluta, de que nem eu nem ninguém daquele grupo de segunda categoria conseguiria detê-lo. Que a argumentação de Harding ou eu agarrando-o por trás, ou os ensinamentos do velho Coronel Matterson ou a pressão de Scanlon ou todos nós juntos não seríamos capazes de nos levantar e detê-lo.

Não podíamos detê-lo porque nós o havíamos compelido a agir assim. Não era a enfermeira que o forçava; era nossa necessidade que fazia com que ele se erguesse lentamente da cadeira, as manoplas se afundando nos braços de couro da cadeira, empurrando para cima, fazendo-o levantar-se e ficar de pé como um desses zumbis de filme, obedecendo a ordens que lhe eram transmitidas por quarenta senhores. Nós o havíamos feito continuar durante semanas, mantendo-o de pé muito depois de seus pés e suas pernas terem cedido, semanas fazendo-o piscar e sorrir e rir e continuar com seu número, muito depois de seu humor ter sido transformado num pergaminho seco entre os dois eletrodos.

Nós o fizemos levantar-se e puxar o calção para cima, como se fosse calção de couro de vaqueiro, e empurrar o boné para trás com um dedo, como se fosse um chapéu de vaqueiro, em gestos lentos e mecânicos — e, quando ele foi andando, era possível ouvir seus calcanhares nus arrancarem fagulhas dos ladrilhos.

Só no final — depois que ele havia despedaçado aquela porta de vidro, o rosto dela recuando, com o terror arruinando para sempre qualquer outro olhar que ela pudesse jamais tentar usar, gritando quando ele a agarrou e lhe rasgou toda a frente do uniforme, gritando de novo quando os dois bicos redondos saltaram do peito, saindo cada vez maiores, maiores do que qualquer pessoa jamais teria imaginado, cálidos e rosados sob a luz — só no final, depois que os funcionários perceberam que os auxiliares nada iriam fazer, a não ser ficar ali e olhar, e que eles teriam de derrotá-lo sem a ajuda deles, médicos, supervisores e enfermeiras arrancando aqueles dedos vermelhos pesados da garganta dela, arrastando-o para trás, arrancando-o de cima dela com um ofegar pesado, só então ele demonstrou algum sinal de que poderia ser algo que não um homem são, decidido e pertinaz executando uma dura tarefa que, finalmente, simplesmente tinha de ser executada, quer gostasse ou não.

Ele soltou um grito. No final, caindo para trás, seu rosto aparecendo para nós por um segundo, de cabeça para baixo, antes que fosse esmagado no chão por uma pilha de uniformes brancos, ele se permitiu gritar.

Um som de medo e ódio e derrota e desafio de animal acuado, se você alguma vez já tiver caçado um urso ou um puma ou um lince, é como o último som que emite o animal encurralado, ferido e caindo, quando os cães o apanham, quando finalmente ele não se importa mais com nada, a não ser consigo mesmo e com sua morte.

Fiquei por lá mais umas duas semanas para ver o que ia acontecer. Tudo estava mudando. Sefelt e Fredrickson deixaram juntos o hospital, contrariando conselhos de médicos, e, dois dias depois, outros três Agudos saíram, e mais seis foram transferidos para outra ala. Houve muita investigação a respeito da festa na enfermaria e da morte de Billy, e o médico foi informado de que sua demissão seria aceita, e ele lhes informou que teriam de ir até o fim e colocá-lo em cana se o quisessem fora dali.

A Chefona ficou hospitalizada por uma semana; assim, por algum tempo tivemos a japonesinha dos Perturbados na direção da ala; isso deu aos Agudos a oportunidade de modificar bastante o regulamento da ala. Quando a Chefona voltou, Harding havia conseguido até que a Sala da Banheira fosse aberta de novo e estava ali, comandando o vinte e um ele mesmo, tentando fazer aquela sua voz suave e fina soar como o urro de leiloeiro de McMurphy. Estava dando as cartas quando ouviu a chave dela girar na fechadura.

Todos nós saímos da sala e fomos para o corredor encontrá-la, para perguntar por McMurphy. Ela saltou dois passos para trás quando nos aproximamos, e pensei, por um segundo, que fosse correr. O rosto dela estava roxo e deformado de um lado, um olho completamente fechado, e tinha um grande curativo na garganta. E um uniforme branco novo. Alguns dos caras riram, olhando-a de frente; apesar de ser menor, mais justo e mais engomado que os antigos uniformes, não podia mais esconder o fato de que ela era uma mulher.

Sorrindo, Harding se aproximou e perguntou o que havia acontecido a Mack.

Ela tirou um bloquinho e um lápis do bolso do uniforme e escreveu: "Ele vai voltar", e passou o papel para nós. O papel tremeu em suas mãos.

— Tem certeza? — Harding quis saber, depois que leu. Tínhamos ouvido todo tipo de história, que ele havia derrubado dois auxiliares na Enfermaria dos Perturbados e fugido, que havia sido mandado de volta para a colônia penal — até mesmo a enfermeira, agora no comando até que arranjassem outro médico, estava lhe dando uma terapia especial.

— Tem certeza? — repetiu Harding.

A enfermeira tornou a pegar o bloco. Estava com as juntas endurecidas, e a mão mais branca que nunca escreveu no bloco como uma dessas ciganas que põem cartas. "Sim, Sr. Harding", escreveu ela. "Eu não o diria se não tivesse certeza. Ele vai voltar."

Harding leu o papel, então o rasgou e atirou os pedaços em cima dela. Ela recuou e levantou a mão para proteger o lado ferido do rosto.

— Dona, acho que você está cheia de merda — disse-lhe Harding. Ela olhou para ele e a mão se inclinou para o bloco por um segundo, mas depois ela se virou e entrou na Sala das Enfermeiras, tornando a enfiar o bloco e o lápis no bolso do uniforme.

— Hum — disse Harding. — Parece que nossa conversa foi um pouco insatisfatória. Mas também, quando lhe dizem que você está cheio de merda, que tipo de resposta escrita *pode-se* dar?

Ela tentou fazer com que sua ala voltasse à velha forma, mas era difícil com a presença de McMurphy ainda marchando pelos corredores, rindo alto nas sessões e cantando na privada. Ela não podia mais governar com seu antigo poder, sem precisar escrever em pedaços de papel. Estava perdendo seus pacientes um após outro. Depois que Harding teve alta, tendo sido apanhado pela esposa, e George se transferiu para outra ala, só ficaram três de nós, daqueles que haviam feito parte do grupo da pescaria: eu, Martini e Scanlon.

Eu não queria ir ainda, porque ela me parecia segura demais, parecia estar esperando por mais um round, e eu queria estar lá, caso se realizasse. E certa manhã, três semanas após a ausência de McMurphy, ela fez sua última jogada.

A porta da ala se abriu e os auxiliares empurraram para dentro uma cama gurney com uma plaqueta pendurada que dizia em letras pretas: MCMURPHY, RANDLE P. PÓS-OPERATÓRIO. E abaixo disso estava escrito LOBOTOMIA.

Eles a empurraram para a enfermaria e a deixaram encostada na parede, perto dos Vegetais. Ficamos junto da cama, lendo a plaqueta. Então olhamos para a outra extremidade, para a cabeça afundada no travesseiro, um redemoinho de cabelos ruivos sobre um rosto branco como leite, exceto pelos hematomas vermelhos em volta dos olhos.

Depois de um minuto de silêncio, Scanlon se virou, cuspiu no chão.

— Aaah, que diabo aquela cadela está querendo jogar pra cima da gente, que diabo! Esse não é ele.

— Nada parecido com ele — disse Martini.

— Ela pensa que somos burros?

— Oh, mas eles fizeram um trabalhinho bastante bem-feito — disse Martini, aproximando-se da cabeça e apontando enquanto falava. — Está vendo? Conseguiram botar o nariz quebrado e aquela cicatriz maluca, até as costeletas.

— Claro — resmungou Scanlon. — *Mas que diabo!*

Eu abri caminho entre os outros pacientes e postei-me ao lado de Martini.

— Claro, eles podem fazer coisas como cicatrizes e narizes quebrados — disse eu. — Mas eles não podem fazer este *olhar*. Não há nada neste rosto. É igualzinho a um desses manequins de lojas, não acha, Scanlon?

Scanlon cuspiu de novo.

— Isso mesmo. O treco todo, sabe, é *inexpressivo* demais. Qualquer pessoa pode ver isso.

— Olhe aqui — disse um dos pacientes, levantando o lençol —, tatuagens.

— Claro — respondi —, eles podem fazer tatuagens. Mas e os braços, hein? Os braços? Não poderiam fazê-los. Os braços dele eram *grandes*!

Durante o restante da tarde, Scanlon, Martini e eu ridicularizamos o que Scanlon chamava de falsificação vagabunda de teatro de variedades deitada ali na cama gurney, mas, à medida que as horas iam passando e a inchação em volta dos olhos diminuía, vi os caras virem aproximando-se para olhar para ele. Eu os observei virem andando, fingindo que iam até a prateleira de revistas ou até o bebedouro, de forma que pudessem dar mais uma olhada naquele rosto. Eu só tinha uma certeza: ele nunca iria deixar uma coisa daquelas ficar deitada ali na enfermaria com seu nome pregado nela por vinte ou trinta anos, para que a Chefona pudesse utilizá-la como exemplo do que pode acontecer se você contestar o sistema. Eu tinha certeza disso.

Esperei naquela noite até que todos do dormitório estivessem dormindo, e até que os auxiliares tivessem acabado de fazer a ronda. Então virei minha cabeça no travesseiro de modo a poder ver a cama ao lado da minha. Eu vinha escutando a respiração havia horas, desde que eles haviam trazido a gurney e colocado a maca na cama, ouvindo os pulmões se engasgando e parando, então começando de novo, esperando, enquanto ouvia, que eles parassem em definitivo — mas ainda não me havia virado para olhar.

Pela janela, a lua derramava no dormitório uma luz como espuma de leite. Eu me sentei na cama, e minha sombra caiu sobre o corpo, parecendo cortá-lo ao meio entre os quadris e os ombros. A inchação havia diminuído bastante nos olhos, e eles estavam abertos; olhavam fixamente para a lua, abertos e sem sonho; vidrados, por estarem há tanto tempo sem piscar, até que se tornaram fusíveis queimados numa caixa de fusíveis. Fiz um movimento para pegar o travesseiro, e os olhos se pregaram no movimento e me seguiram quando me levantei e atravessei a pequena distância entre as camas.

O corpo grande e forte tinha um apego violento à vida. Lutou durante muito tempo contra a tomada dela, esperneando e se contorcendo tanto que finalmente tive de me deitar sobre o corpo pelo que me pareceu dias. Até que as contorções pararam. Até que ficou imóvel por algum tempo, estremeceu mais uma vez e então ficou imóvel de novo. Então me levantei, tirei o travesseiro e vi sob o luar que a expressão não havia se modificado naquele olhar inexpressivo e morto, nem um pouco, mesmo sob a sufocação. Com os polegares, baixei as pálpebras e as segurei até que ficassem na posição. Então voltei a me deitar na cama.

Fiquei deitado por algum tempo, segurando as cobertas sobre a cabeça, e pensei que não estava fazendo barulho algum, mas a voz de Scanlon, sussurrando lá de sua cama, me disse que estava enganado.

— Calma, Chefe — disse ele. — Vá com calma. Está tudo bem.

— Cale a boca — murmurei. — Vá dormir de novo.

Ficou tudo em silêncio por algum tempo, então o ouvi sussurrar de novo e perguntar:

— Está acabado?

Disse-lhe que sim.

— Cristo — disse ele então. — Ela vai saber. Você sabe disso, não sabe? É claro que ninguém vai poder provar nada,

qualquer um poderia bater as botas num pós-operatório como ele estava, acontece toda hora... mas ela, ela vai saber.

Eu nada disse.

— Se eu fosse você, Chefe, dava o fora daqui. Sim, senhor. Vou dizer-lhe algo. Você dá o fora daqui e eu vou dizer que o vi levantar-se e andar por aí depois de você ter ido, e assim protejo você. É a melhor ideia, não acha?

— Oh, sim, muito simples. É só pedir a eles para destrancarem a porta e me deixarem sair.

— Não. Ele uma vez mostrou a você como sair. Naquela primeira semana. Lembra?

Eu não respondi e ele não disse mais nada, e ficou tudo em silêncio, de novo, no dormitório. Fiquei deitado ali mais alguns minutos e então me levantei e comecei a me vestir, meti a mão na gaveta da mesinha de cabeceira de McMurphy, peguei o gorro dele e o experimentei. Era pequeno demais, e de repente tive vergonha de ter tentado usá-lo. Atirei-o sobre a cama de Scanlon quando saí do dormitório. Quando saí, ele disse:

— Calma, companheiro.

A lua brilhando através da tela das janelas da Sala da Banheira mostrava a forma baixa e pesada do painel de controle, cintilando nos metais cromados e nos mostradores de vidro, tão fria que quase podia ouvi-los estalar. Tomei fôlego, inclinei-me e segurei as alças. Equilibrei as pernas e ouvi o ranger do peso sob meus pés. Puxei para cima de novo e ouvi os arames e conexões sendo arrancados do chão. Eu o ergui sobre os joelhos e consegui passar uma das mãos em volta dele e a outra embaixo. O cromo estava frio contra meu pescoço e o lado da minha cabeça. Encostei as costas na tela e deixei que o impulso enfiasse o painel através da tela e da janela com um estrondo e barulho de coisas quebrando. O vidro se espatifou, voando para fora sob o luar, como uma água fria brilhante batizando a terra adormecida. Arquejando, pensei por um segundo em voltar lá e buscar Scanlon e alguns dos outros, mas então ouvi o guinchado dos sapatos dos auxiliares correndo no corredor, pus a mão no parapeito da janela e saltei atrás do painel para o luar.

Corri pelo jardim na direção em que me lembrava de ter visto o cachorro dirigir-se para a estrada. Lembro-me de que estava dando passos enormes enquanto corria, parecia que tomava impulso e flutuava durante muito tempo antes que meu outro pé batesse na terra. Eu me sentia como se estivesse voando. Livre. Ninguém se dá ao trabalho de vir atrás de um fugitivo de instituição mental, eu sabia, e Scanlon podia dar um jeito quando perguntassem sobre o homem morto — não precisava estar correndo daquele jeito. Mas não parei. Corri durante quilômetros antes de parar e andar até a beira da estrada.

Peguei uma carona com um cara, um mexicano, que estava indo para o norte com um caminhão cheio de ovelhas, e lhe contei que era um índio lutador profissional, que o sindicato havia tentado trancafiar num hospício. A história foi tão convincente que ele parou muito depressa, me deu um casaco de couro para esconder meu pijama e me emprestou 10 dólares para a comida enquanto eu fosse de carona para o Canadá. Eu o fiz escrever seu nome e endereço antes que se fosse e lhe disse que enviaria o dinheiro assim que arranjasse algum.

Talvez eu vá para o Canadá, mas acho que a caminho vou dar uma parada lá por Columbia. Gostaria de passar em Portland, o rio Hood e The Dalles, para ver se ainda estão lá alguns dos caras que eu conhecia na aldeia, que não se embebedaram até o embotamento. Gostaria de ver o que eles têm feito desde que o governo tentou comprar-lhes o direito de serem índios.

Eu até ouvi dizer que alguns da tribo recomeçaram a construir seus andaimes de corda e madeira ao longo daquela grande represa hidroelétrica de 1 milhão de dólares e estão arpoando salmões no vertedouro. Daria um bocado para ver isso. Mas, principalmente, o que eu gostaria mesmo era de ver a paisagem nos arredores do desfiladeiro, só para lembrar um pouco daquilo com clareza de novo.

Estive longe por muito tempo.

O texto foi composto em Caecilia LT Std, corpo 10,5/16,5.
A impressão se deu sobre papel off-white no
Sistema Cameron da Divisão Gráfica da Distribuição Record.